U0140835

应用电子教育系列

电子技术实训教程

（第2版）

杨碧石　束　慧　陈兵飞　编著

電子工業出版社·

Publishing House of Electronics Industry

北京·BEIJING

内 容 简 介

本书提供了电子技术实验和电子技术课程设计等实验教学的基本知识和基本技能训练。全书以电子技术的基础实验、设计性实验和综合性实验为主要内容，介绍了数字电子技术实验、模拟电子技术实验、电子设计自动化（EDA）实验的设计方法，还包含了多个电子技术课程设计的课题内容。此外，书中还介绍了一些常用电子仪器的工作原理、性能指标、使用方法及注意事项，并附有常用的电子元器件型号、特性参数、集成电路引脚图、Multisim 软件简介和近两届全国大学生电子设计竞赛题，可供教师在教学中使用，也可供学生自学。

本书可作为高等院校电子、电气、信息类及相关专业的本科生实验教材，也可作为高职高专院校电子、电气、信息类及相关专业的本、专科生实验教材，还可供从事电子技术研究和开发的工程技术人员参考。

图书在版编目（CIP）数据

电子技术实训教程 / 杨碧石，束慧，陈兵飞编著.—2 版.—北京：电子工业出版社，2009.2
（应用电子教育系列）

ISBN 978-7-121-07843-9

Ⅰ. 电⋯　Ⅱ. ①杨⋯②束⋯③陈⋯　Ⅲ. 电子技术—教材　Ⅳ. TN

中国版本图书馆 CIP 数据核字（2008）第 213042 号

策划编辑：刘海艳
责任编辑：刘真平
印　　刷：涿州市京南印刷厂
装　　订：涿州市桃园装订有限公司
出版发行：电子工业出版社
　　　　　北京市海淀区万寿路 173 信箱　邮编：100036
开　　本：787×1092　1/16　印张：16.5　字数：433 千字
印　　次：2009 年 2 月第 1 次印刷
印　　数：4000 册　定价：29.00 元

凡所购买电子工业出版社图书有缺损问题，请向购买书店调换。若书店售缺，请与本社发行部联系，联系及邮购电话：（010）88254888。

质量投诉请发邮件至 zlts@phei.com.cn，盗版侵权举报请发邮件至 dbqq@phei.com.cn。

服务热线：（010）88258888。

前　言

电子技术实验与实训在电子技术基础的教学中举足轻重，它既是学生在认知过程中感性认识和理性认识相辅相成的必要环节，又是学生从课堂学习走向工程实际的纽带和桥梁。由于电子技术发展迅速而且内容宽泛，在有限的时间内和一定的实验室条件下，以何种方式和内容来进行电子技术实训是多年来电子技术教学改革中一直在研究和探讨的问题。随着电子技术的迅速发展，如何培养学生适应发展变化的能力变得越来越重要。虽然教材内容总是滞后技术的发展，但只要学生具备学习新技术的基本素质和能力，学校的教学就达到了目的。因此，本教材再版时在选题上仍然立足于电路的典型性和教学的需要，而不是单纯地求新。

为适应高职高专技术应用型人才能力培养的需要，满足各个学校对实验、实习和课程设计的不同教学需要，在第 1 版的基础上，本教材进行了以下改进。

（1）对第一部分的常用仪器进行优选，取消 JT-1 型晶体管特性图示仪的介绍，增加了CA4810A 半导体管特性图示仪和数字存储示波器等新仪器的介绍，满足学生以后工作的需要。

（2）对各部分的实验比例进行调整，减少了验证型的基础实验，增加了设计型和综合性实验，以提高学生的实验基本技能及实际应用设计能力。

（3）为提高学生应用 EWB 或 Multisim 的能力，在附录部分增加了 Multisim 虚拟电子工作平台的内容，供学生课后学习和选做相关实验内容，使学生掌握用 Multisim 进行模拟电子技术和数字电子技术的单元电路参数设计的方法，培养学生应用计算机技术进行电路调试的能力。

（4）第五部分为电子技术课程设计，介绍了电子系统设计的一般方法和实例，并调整和增加部分课题，供有课程设计的学校选用。

（5）书后附录中还收集了近两届全国大学生电子设计竞赛题，可供教师在教学中使用，也可供学生自学。

本书第 2 版由杨碧石担任主编，负责全书内容的总体策划和审定。其中，第 1、3、4、5、6、7、10、11 章由杨碧石编著；第 2 章和附录 A～F 由束慧编著；第 8、9 章由陈兵飞编著。

在本书编写过程中，得到了严飞、戴春风和薛继华等老师的帮助，在此表示感谢。

希望新版教材得到专家、同行和学生的认同和指正，意见和建议可用 E-mail 发至ntybs@126.com 或 ntybs@mail.ntvc.edu.cn。

本书配有免费电子教案，需要的老师可与作者或策划编辑刘海艳（E-mail: lhy@phei.com.cn）联系。

编著者
2009 年 1 月

第1版前言

电子技术是高等工科院校实践性很强的技术基础课程。为了培养高素质的专业技术人才，在理论教学的同时，必须十分重视和加强实验教学环节。如何在实验教学过程中，培养学生的实践能力、独立分析问题和解决问题的能力、创新思维能力和理论联系实际的能力及书面表达能力，是高等院校着力探索与实践的重大课题。

本书是根据"电子技术课程教学大纲及教学基本要求"，为适应当前教学改革的需要，在总结了近几年来实验教学改革的经验基础上而编写的。全书在实验的安排上既考虑了与理论教学保持同步，又考虑了培养学生能力的循序渐进的过程，实现了从验证到设计再到综合性设计的教学模式，有利于在培养学生基本实践能力的基础上，培养他们的创新意识和创新能力。它不仅是与"电子技术基础"、"数字电子技术基础"、"模拟电子技术基础"、"电子设计自动化（EDA）"等技术基础课程相配套的实验指导教程，而且可以作为电子技术爱好者进行电子技术实践活动的参考资料和指导教材。

全书共分为5大部分：第一部分概述了电子技术实验基础知识与基本技能；第二部分提供了16个数字电子技术基础实验和6个设计性实验；第三部分提供了16个模拟电子技术基础实验和6个设计性实验，数字电子技术和模拟电子技术实验的实验内容分基础型、设计型两个层次，可根据教学的不同要求选择，以培养和提高学生的实践技能；第四部分提供了8个电子设计自动化（EDA）基础实验和4个设计性实验，介绍了目前使用的两种电子设计自动化（EDA）软件，通过设计实例介绍这些EDA软件的使用方法；第五部分系统介绍了电子技术课程的基础知识和10个课程设计题目。附录中收集了电子技术实验相关的电子元器件型号、特性参数、引脚排列等，以备必要时查阅；同时，还收集了近两届全国大学生电子设计竞赛题。本书由杨碧石、束慧、陈兵飞、严飞合作编著，杨碧石担任主编，负责全书的总体策划，并编著第1、3、4、5、6、7、10、11章；第2章和附录A~F由束慧编著；第8、9章由陈兵飞编著；严飞承担了本书部分插图的绘制及全国大学生电子设计竞赛题的收集工作。

由于编者水平所限，书中一定存在不少错误及疏漏，恳请读者批评和指正，意见和建议可通过E-mail发至 ntybs@126.com。

编著者
2004年10月

目　　录

第一部分　电子技术实验基础知识与基本技能

第二部分 数字电子技术实验

第三部分　模拟电子技术实验

第四部分 EDA 实验

第五部分 电子技术课程设计

第六部分　附　　录

第一部分　电子技术实验基础知识与基本技能

第1章　电子技术实验基础知识

通过实验，掌握一般实验程序、测量误差概念及测量数据的一般处理方法，常用电子仪器的基本原理、使用方法及电信号主要参数的测试方法，初步的工艺知识与制作等有关实验的必备知识与技能，有助于提高实验效果和动手能力。

1.1　概述

充分的实验准备工作、正确的实验操作方法和撰写合格的实验报告，是工科学生应掌握的一种基本技能。实验数据必然存在误差，应了解产生系统误差、偶然误差和过失误差的主要原因，掌握尽量减小上述误差的一般方法。实验数据是分析实验结果、反映实验效果的主要依据。应掌握读取、记录和处理实验数据的一般方法。

▶▶▶　1.1.1　电子技术实验的意义、目的与要求

1. 意义

电子技术实验，就是根据教学、生产和科研的具体要求，进行设计、安装与调试电子电路的过程。显然，它是将技术理论转化为实用电路或产品的过程。在上述过程中，既能验证理论的正确性和实用性，又能从中发现理论的近似性和局限性。由于认识的进一步深化，往往可以发现新问题，产生新的设计思想，促使电子电路理论和应用技术进一步向前发展。

目前，电子技术的发展日新月异，新器件、新电路（主要指集成电路）相继诞生并迅速转化为生产力。要认识和应用门类繁多的新器件和新电路，最为有效的途径就是进行实验。通过实验，可以分析器件和电路的工作原理，完成性能指标的检测；可以验证和扩展器件、电路的性能或功能，扩大使用范围；可以设计并制作出各种实用电路和设备。总之，可以断言，不进行实验，就不可能制造出适应时代建设需要的各种电子设备。可见，熟练掌握电子技术电路实验技术，对从事电子技术的人员是至关重要的。

2. 目的

就教学而言，电子技术实验是培养电子、电气类专业应用性人才的基本内容之一和重要手段。所以，"应用"是它直接的、唯一的目的。具体地讲，通过它可以巩固和深化应用技术的基础理论和基本概念，并付诸于实践。在实验这一过程中，培养理论联系实际的学风、严谨求实的科学态度和基本工程素质（其中应特别注重动手能力的培养），以适应实际工作的需要。

3. 要求

（1）能读懂基本电子技术电路图，具有分析电路作用或功能的能力。

（2）具有设计、组装和调试基本电子技术电路的能力。

（3）会查阅和利用技术资料，具有合理选用元器件（含中规模集成电路 MSI）并构成小系统电路的能力。

（4）具有分析和排除基本电子技术电路一般故障的能力。

（5）掌握常用电子测量仪器的选择与使用方法，以及各类电子技术电路性能（或功能）的基本测试方法。

（6）能够独立拟定基本电路的实验步骤，写出严谨的、有理论分析的、实事求是的、文字通顺和字迹端正的实验报告。

▶▶▶ 1.1.2　电子技术实验的类别和特点

按照实验电路传输信号的性质来分，可分为模拟电子技术实验和数字电子技术实验两大类。每大类又可按实验目的与要求分成三种，即验证性、设计性和综合性。其中验证性实验为基础实验，其目的是验证电子电路的基本原理，或通过实验探索提高电路性能（或扩展功能）的途径或措施，或检测器件或电路的性能（或功能）指标，为分析和应用准备必要的技术数据。而设计性或综合性实验，其目的是综合运用有关知识，设计、安装与调试自成系统的实用电子电路。

电子技术实验有如下特点。

（1）理论性强。主要表现在：没有正确的理论指导，就不可能设计出性能稳定，符合技术要求的实验电路，不可能拟定出正确的实验方法和步骤；另外，实验中一旦发生故障，就会陷入束手无策的境地。因此要做好实验，首先应学好模拟电子技术和数字电子技术课程。

（2）工艺性强。主要表现在：有了成熟的实验电路方案，但若装配工艺不合理，则一般不会取得满意的实验结果，甚至实验会宣告失败（高频电路实验尤为如此）。因此，需要认真掌握电子工艺技术。

（3）测试技术要求高。主要表现在：实验电路类型多，不同的电路有不同的功能或性能指标，不同的性能指标有不同的测试方法，采用不同的测试仪器。因此，应熟练掌握基本电子测量技术和各种测量仪器的使用方法。

总之，进行电子技术实验，需要具备本专业多方面的理论知识和实践技能，否则，实验效果将受到不同程度的影响。

▶▶▶ 1.1.3　实验安全

实验安全包括人身安全和设备安全。

1. 人身安全

（1）实验时不得赤脚，实验室的地面应有绝缘良好的地板（或垫）；各种仪器设备应有良好的地线。

（2）仪器设备、实验装置中通过强电的连接导线应有良好的绝缘外套，芯线不得外露。

（3）实验电路接好后，检查无误方可接入电源。应养成先接实验电路后接通电源，实验完毕先断开电源后拆实验电路的操作习惯。另外，在接通交流 220V 电源前，应通知实验合作者。

（4）在进行强电或具有一定危险性的实验时，应有两人以上合作。测量高压时，通常采用单手操作并站在绝缘垫上。

（5）万一发生触电事故时应迅速切断电源，如距电源开关较远，可用绝缘器具将电源线切断，使触电者立即脱离电源并采取必要的急救措施。

2．仪器安全

（1）使用仪器前，应认真阅读使用说明书，掌握仪器的使用方法和注意事项。

（2）使用仪器，应按要求正确地接线。

（3）实验中要有目的地旋动仪器面板上的开关(或旋钮)，旋动时切忌用力过猛。

（4）实验过程中，精神必须集中。当嗅到焦臭味，见到冒烟和火花，听到噼啪声，感到设备过烫及出现保险丝熔断等异常现象时，应立即切断电源，在故障未排除前不准再次开机接通电源。

（5）搬动仪器设备时，必须轻拿轻放。未经允许不准随意调换仪器，更不准擅自拆卸仪器设备。

（6）仪器使用完毕，应将面板上各旋钮、开关置于合适的位置，如电压表量程开关应旋至最高挡位等。

1.2　实验程序

实验一般可分为三个阶段，即实验准备、实验操作和撰写实验报告。

▶▶▶ 1.2.1　实验准备

实验能否顺利地进行并取得预期的效果，很大程度上取决于实验前的准备是否充分。

1．实验准备一

实验前，应按"实验任务书"的要求写出"实验准备报告"（或称"预习报告"）。具体要求是：

（1）认真阅读教材中与本实验有关的内容和其他参考资料，独立完成"实验准备报告"。

（2）根据实验的目的与要求，设计或选用实验电路和测试电路。所设计的电路，估算要正确，设计步骤要清楚，画出的电路要规范，电路中图形符号和元器件数值标注要符合现行国家标准。

（3）列出本次实验所需元器件、仪器设备和器材详细清单，在实验前交实验室。

（4）拟定出详细的实验步骤，包括实验电路的调试步骤与测试方法，设计好实验数据记录表格。

2．实验准备二

在实验前，应主动到开放实验室或相应课程实验室，或查阅校园网上多媒体课件，熟悉测试仪器的使用方法、实验原理和有关注意事项。

3．实验准备三

实验开始，应认真检查所领到的元器件型号、规格和数量，并进行预测，检查并校准电子仪器状态，若发现故障应及时报告指导教师。

▶▶▶ 1.2.2　实验操作

正确的操作方法和操作程序是提高实验效果的可靠保障。因此，要求在每一操作步骤之前都要做到心中有数，即目的要明确，操作时，既要迅速又要认真。因此要做到：

首先，应调整好直流电源电压，使其极性和大小满足实验要求，调整好信号源电压，使其大小满足实验要求。

其次，实验中要眼观全局，先看现象，如仪表有无超量程和其他不正常现象，然后再读取数据。对于指针式仪表，读数前要认清仪表量程及刻度，读数时，身体姿势要正确，眼、指针和针影应成一线。

第三，利用无焊接实验电路板（俗称面包板）插接电路时，要求接插迅速，接触良好和电路布局合理（要为调试操作创造方便条件，避免因接入测量探头而造成短路或其他故障）。

第四，在通电的情况下，不得拔、插（或焊接）半导体器件，应在关闭电源后进行。

最后，任何电路均应首先调试静态，然后进行动态测试。测试时，手不得接触测试表笔（或探头）的金属部分，最好用高频同轴电缆（或屏蔽导线）做测试线，地线要接触良好且应尽量短些。

▶▶▶ 1.2.3 撰写实验报告

按照一定的格式和要求，表达实验过程和结果的文字材料称为实验报告。它是实验工作的全面总结和系统的概括。

1. 撰写实验报告的目的

撰写实验报告的过程，就是对电路的设计方法和实验方法加以总结，对实验数据加以处理，对所观察的现象加以分析并从中找出客观规律和内在联系的过程。如果做了实验而未写出实验报告，就等于有始无终，半途而废。

对工科学生而言，撰写实验报告也是一种基本技能训练。通过撰写实验报告，能够深化对技术基础理论的认识，提高对技术基础理论的应用能力，掌握电子测量的基本方法和电子仪器的使用方法，提高记录、处理实验数据和分析、判断实验结果的能力，培养严谨的学风和实事求是的科学态度，锻炼科技文章写作能力等。此外，实验报告也是实验成绩考核的重要依据之一。

总之，撰写实验报告是实验工作不可缺少的一个重要环节，切不可忽视。

2. 实验报告的内容

因实验的性质和内容有别，实验报告的结构并非千篇一律，就电子技术实验而言，实验报告一般应由以下几部分组成。

（1）实验名称

每篇报告均应有其名称（或称标题），并应列在报告的最前面，使人一看便知该报告的性质和内容。实验名称应写得简练、鲜明、准确。简练，就是字数要尽量少；鲜明，就是令人一目了然；准确，就是能恰当地反映实验的性质和内容。

（2）实验目的

指明为什么要进行本次实验。要求写得简明扼要，常常是列出几条。在一般情况下，要写出三个层次的内容，即通过本次实验要掌握什么，熟悉什么，了解什么。

应当指出，有时为了突出主要目的，次要内容可以不写入报告。

（3）测试电路及仪器

测试电路除了能够表明被测电路与测试仪器的连接关系以外，还能反映出所采用的测试方法和测试仪器。一般而言，不同的测试方法有不同准确度的测试结果。所以，画出测试电路是必要的，列出实验用仪器的名称和型号，其目的是让人了解实验仪器的精度等级和先进程度，以便对实验结果可信度作出恰当的评价。

（4）设计任务与方案

按要求写入已知条件和设计要求。

（5）装配与调试步骤

若采用印制电路板装配，则应画出装配示意图；若用面包板插装，则可省略示意图。对于调试，应写出调试方法、步骤和内容等。

（6）预测量与设计方案修正

写入预测量数据与设计要求是否相符的内容，以及不符合设计要求时又是怎样修正设计方案的内容（即电路元器件参数有哪些变动）。本栏目内容可与第（5）条结合进行。

（7）数据记录

实验数据是在实验过程中从仪器、仪表上所读取的数值，可称为"原始数据"。要根据仪表的量程和精密度等级确定实验数据的有效数字位数（见 1.4 节）。一般是先记录在准备报告或实验笔记本上，然后加以整理，写入精心设计的表格中。所设计的表格要能反映数据的变化规律及各参量间的相关性。表格的项目栏要注明被测物理量的名称（或文字符号）和量纲，说明栏中，数字小数点要上下对齐，给人以清晰的感觉。在整理实验数据时，如发现异常数据，不得随意舍掉，应进行复测加以验证。

（8）实验结果

将实验数据代入公式，求出计算结果。例如，加输入电压有效值 U_i =0.01V，测得输出信号电压有效值 U_o=0.5V，则 $|A_u|=U_o/U_i$ =0.5/0.01 =50。有时为了更直观地表达各变量间的相互关系，常采用作图法反映实验结果。实验数据必然存在误差，因此，应进行误差估算。估算的目的，一是对提出误差要求的实验，要验证实验结果是否超差；二是找出影响实验结果准确性的主要因素，对超差或异常现象作出合理的解释，提出改进措施。最后，应对实验结果作出切合实际的结论。

（9）讨论

讨论包括回答思考题及对实验方法、实验装置等提出改进建议。

（10）参考资料记录

实验前、后阅读过的有关资料（作者、资料名称、出版单位及出版日期）应进行记录，为今后查阅提供方便。

3. 撰写实验报告应注意的几个问题

（1）要撰写好实验报告，首先要做好实验。实验做得不成功，在文字上花多大工夫也是补救不了的。

（2）撰写实验报告必须有严肃认真、实事求是的科学态度。不经重复实验不得任意修改数据，更不得伪造数据。分析问题和得出结论既要从实际出发，又要有理论依据，没有理论分析的实验报告算不上好报告，但照抄书本也是不可取的。

（3）在处理实验数据时，必然遇到实验测量误差和有效数字位数问题，应按照有关章节要求去做。

（4）图与表是表达实验结果的有效手段，比文字叙述直观、简捷，应充分利用，实验电路符合规定画法。

（5）实验报告是一种说明文体，它不要求文艺性和形象性，而要求用简练和确切的文字、技术术语恰当地表达实验过程和实验结果。实验报告常采用无主语句，如"按图所示连接实验电路。"因为人们关心的不是哪个人去连接电路，而是怎么去连接。

1.3 测量误差基本知识

被测量有一个真实值，简称为真值，它由理论给定或由计量标准规定。在实际测量该被测量时，由于受到测量仪器的精度、测量方法、环境条件和测量者能力等因素的限制，测量值与真值之间不可避免地存在差异，这种差异定义为测量误差。

学习有关测量误差知识的目的，就在于在实验中合理地选用测量仪器和测量方法，以便获得符合误差要求的测量结果。

有关误差分析的书籍很多。因受篇幅限制，本书不作详尽的分析，仅从尽量减小测量误差的角度介绍一些基本概念。

▶▶▶ 1.3.1 测量误差的类别

根据误差的性质及其产生的原因，测量误差一般分为三类。

1. 系统误差

在规定的测量条件下，对同一量进行多次测量时，如果误差的数值保持恒定或按某种确定的规律变化，则称这种误差为系统误差。例如，电表零点不准，温度、湿度、电源电压等因素变化所造成的误差均属于系统误差。

系统误差有一定的规律性，可以通过实验和分析，找出产生的原因，设法削弱或消除。

2. 偶然误差（又称随机误差）

在规定的测量条件下，对同一量进行多次测量时，如果误差的数值发生不规则的变化，则称这种误差为偶然误差。例如，热骚动、外界干扰和测量人员感觉器官无规律的微小变化等因素所引起的误差，便属于偶然误差。

尽管每次测量某量时，其偶然误差的变化是不规则的，但是，实践证明，如果测量的次数足够多，则偶然误差平均值的极限就会趋于零。所以，多次测量某量的结果，它的算术平均值就接近其真值。

3. 过失误差（又称粗大误差）

过失误差是指在一定的测量条件下，测量值显著地偏离真值时的误差。它的误差值一般都明显地超过在相同测量条件下的系统误差和偶然误差。例如，读错刻度、记错数字、计算错误以及测量方法不对等引起的误差。通过反复实验或分析，确认存在过失误差的测量数据，应予以剔除。

▶▶▶ 1.3.2 误差的表示方法

通常测量误差用三种方法来表示，即绝对误差、相对误差和容许误差。

1. 绝对误差

如果用 X_0 表示被测量的真值，X 表示测量仪器的示值（即标称值），则绝对误差 $\Delta X = X - X_0$。若用高一级标准的测量仪器测得的值作为被测量的真值，则在测量前，测量仪器应由高一级标准的测量仪器进行校正，校正量常用修正值表示，即对于某被测量，用高一级标准的仪器的示值减去测量仪器的示值，所得的差值就是修正值。实际上，修正值就是绝对误差，仅符号相反而已。例如，用某电流表测量电流时，电流表的示值为 10mA，修正值为+0.05mA，则被测电流的真值应为 10.05mA。

2．相对误差

为了衡量测量结果的准确度，引入相对误差(γ)概念。相对误差是绝对误差与被测量真值的比值，常用百分数表示，即 $\gamma = (\Delta X/X_0) \times 100\%$。当 $\Delta X \ll X_0$ 时，$\gamma \approx (\Delta X/X) \times 100\%$。例如，用频率计测量频率，频率计的示值为 500MHz，频率计的修正值为−500Hz，则相对误差为：

$$\gamma = (500/500 \times 10^6) \times 100\% = 0.000\ 1\%$$

又如，用修正值为−0.5Hz 的频率汁，测得频率为 500Hz，则相对误差为：

$$\gamma = (0.5/500) \times 100\% = 0.1\%$$

从上述两个例子可以看到，尽管后者的绝对误差远小于前者，但是后者的相对误差却远大于前者。因此，前者的测量准确度实际上高于后者。

3．容许误差（又称允许误差、最大误差、引用误差、满度相对误差）

通常测量仪器的准确度用容许误差表示。它是根据技术条件的要求，规定某一类仪器的误差不应超过的最大范围。仪器（含量具）技术说明书中所标明的误差，都是指容许误差。

在指针式仪表中，容许误差就是满度相对误差（γ_m），定义为：

$$\gamma_m = (\Delta X/X_m) \times 100\%$$

式中　X_m——表头满刻度读数。

指针式表头的误差，主要取决于它的结构和制造精度，而与被测量的大小无关。因此，用上式表示的满度相对误差，实际上是绝对误差与一个常数的比值。我国电工仪表，按 γ_m 值分为 0.1、0.2、0.5、1.0、1.5、2.5 和 5 七级。

例如，用一只满度为 150V、1.5 级的电压表测量电压，其最大绝对误差为 150V×(±1.5%)=±2.25V。若表头的示值为 100V，则被测电压的真值在(100±2.25)V = 97.75～102.25V 范围内；若表头的示值为 10V，则被测电压的真值在(10±2.25)V = 7.75～12.25V 范围内。可见，用大量程的仪表测量小示值时，误差过大。

在无线电测量仪器中，容许误差由基本误差和附加误差组成。所谓基本误差，是指仪器在规定工作条件下，在测量范围内出现的最大误差。规定工作条件又称为定标条件，一般包括环境条件（温度、湿度、大气压力、机械振动及冲击等）、电源条件（电源电压、频率、稳压系数及纹波等）和预热时间、工作位置等。所谓附加误差，是指定标条件的一项或几项发生变化时，仪器附加产生的误差。附加误差又可分为两种：一为使用条件（如温度、电源电压等）发生变化时仪器产生的误差；二为被测对象参数（如频率、负载等）发生变化时仪器产生的误差。例如，DA22 型高频毫伏表，其基本误差为：1mV 挡小于±1%，3mV 挡小于±5%……。频率附加误差为：在 5kHz～500MHz 范围内小于±5%，在 500～1 000MHz 范围内小于±30%。温度附加误差为：每 10℃增加±3%（1mV 挡增加±5%）。

▶▶▶ 1.3.3　削弱或消除系统误差的主要措施

对于偶然误差和过失误差的消除方法，前面已作过简要介绍。下面进一步说明产生系统误差的原因，并从中找到削弱或消除它的措施。

1．仪器误差

仪器误差是指仪器本身电气或机械等性能不完善所造成的误差。例如，仪器校准不佳，定度不准等。消除的方法是在使用前预先校准或确定它的修正值，这样，在测量结果中可引入适当的补偿值，即可消除仪器误差。

2．装置误差

装置误差是指测量仪器和其他设备，由于放置不当，使用方法不正确及因外界环境条件改变所造成的误差。为了消除它，测量仪器的安放必须遵守使用规则，如普通万用表应水平放置，而不能垂直放置使用；电表与电表之间必须有适当距离，不宜重叠或靠得太近，并应注意避开过强的外部电磁场的影响等。

3．人身误差（也称为个人误差或简称人差）

人身误差是测量者个人的感觉器官和运动器官不完善所引起的误差。例如，有人读指示刻度习惯于超过或欠少，无论怎样调试总是调不到真正的谐振点上等。为了消除这类误差，应提高测量技能，改变不正确的测量习惯，改进测量方法和采用先进的数字化仪器等。

4．方法误差或理论误差

这是一种由于测量方法所依据的理论不够严格，或采用了不适当的简化和近似公式等所引起的误差。例如，用伏安法测量电阻时，若直接以电压表的示值和电流表的示值之比作为测量结果，而未计及电表本身内阻的影响，则所测阻值往往存在不能容许的误差。

5．削弱或消除系统误差的方法

系统误差按其表现特性还可分为固定的和变化的两类。在一定条件下，多次重复测量所得到的误差值是固定的，称为固定误差；得到的误差值是变化的，则称为变化误差。下面仅介绍消除固定误差的两种方法。

（1）替代法

在测量时，先对被测量进行测量，记录测量数据。然后，用一已知标准量代替被测量，通过改变标准量的数值，使测量仪器恢复到原来记取的测量数据上，这时已知标准量的数值就等于被测量的值。这种方法由于测量条件相同，因此可以消除包括测量仪器内部结构、各种外界因素和装置不完善等所引起的系统误差。例如，测量一只电阻器的准确值（除用专用仪器外），可用替代法。测量步骤如下。

首先接上被测电阻 R_X，调整电路中电位器 RP 使指示电流表达到某个确定值（如 0.5mA）。然后换接上标准电阻箱，调整电阻箱阻值，使指示电流表仍达到原来的确定值（0.5mA），则标准电阻箱的示值等于被测电阻 R_X 的准确值。用此法可测直流电流表的内阻，被测量的误差与标准电阻箱的误差相同。

（2）正负误差抵消法

在相反的两种情况下分别进行测量，使两次测量所产生的误差等值而异号，然后取两次测量的平均值便可消除误差。例如，在有外磁场的场合测量电流值，可把电流表转动 180° 再测一次，取两次测量数据的平均值，就可抵消由于外磁场影响而引入的误差。

▶▶▶ 1.3.4 一次测量时的误差估计

在许多工程测量中，通常对被测量只进行一次测量。这时，测量结果中可能出现的最大误差与测量方法有关。测量方法有直接法和间接法两类：直接法是指直接对被测量进行测量并取得数据的方法；间接法是指通过测量与被测量有一定函数关系的其他量，然后换算得到被测量的方法。当采用直读式仪器并按直接法进行测量时，其最大可能的测量误差是仪器的容许误差，如前面提到的用满度值为 150V、1.5 级指针式电压表测量电压时的情况。当采用间接法进行测量时，应先由上述直接法估计出直接测量的各量的最大可能误差，然后再根据函数关系找出被测量的最大可能误差。例如，函数关系式为 $X=A\pm B$，则 $X+\Delta X=(A+\Delta A)\pm(B+\Delta B)$，所以 $\Delta X=\Delta A+\Delta B$。等式说明：不论 X 等于 A 与 B 的和或差，X 的最大可能绝对误差都等于 A、B 最大可能误差的算术和，故相对误差 $\gamma_X=\Delta X/X=(\Delta A+\Delta B)/(A\pm B)$。必须指出：当 $X=A-B$ 时，如果 A、B 二量很接近，那么被测量的相对误差可能大到不能允许的程度。所以，在选择测量方法时，应尽量避免用两个量之差来求第三个量。

1.4　数据的一般处理方法

在记录和计算数据时，必须掌握有效数字的正确取舍。不能认为一个数据中，小数点后面位数越多，这个数据就越准确；也不能认为计算测量结果中，保留的位数越多，准确度就越高。因为测量数据都是近似值，并用有效数字表示。

▶▶▶ 1.4.1　有效数字的处理

测量中有效数字的处理是一个很重要的环节，处理得好能带来很好的实验效果，减小误差，所以必须重视。

1．有效数字的概念

所谓有效数字，即对一个数而言，指从左边第一个非零数字开始至右边最后一个数字为止所包含的数字。例如，测得的频率为 0.023 8MHz，它是由 2、3、8 三个有效数字表示的，其左边的两个零不是有效数字，因为可通过单位变换，将这个数写成 23.8kHz。其末位数字"8"，通常是在测量中估计出来的，因此称它为欠准确数字，其左边的各个有效数字是准确数字。准确数字和欠准确数字对测量结果都是不可少的，它们都是有效数字。

2．有效数字的正确表示

（1）在有效数字中，只应保留一个欠准确数字。因此，在记录测量数据时，只有最后一位有效数字是"欠准"数字，这样记取的数据表明被测量可能在最后一位数字上变化±1 单位。例如，用一只刻度为 50 分度（量程为 50V）的电压表，测得的电压为 41.8V，则该电压是用三位有效数字来表示的，其中 4 和 1 两个数字是准确数字，而 8 则是欠准的，因为 8 是根据最小刻度估计出来的，它可能被估读为 7，也可能被估读为 9。所以上述测量结果可以表示为（41.8±0.1）V。

（2）欠准数字中，要特别注意"0"的情况。例如，测量某电阻值为 13.600kΩ，表明前面 1、3、6、0 是准确数字，最后一位"0"是欠准确数字。如果改写成 13.6kΩ，则表明 1、3 是准确数字，而 6 是欠准确数字。上述两种写法，尽管表示同一数值，但实际上反映了不同的测量准确度。

如果用"10"的方幂表示一个数据，则 10 的方幂前面的数字都是有效数字。例如，数据 $13.60\times10^3\Omega$ 有四位有效数字。

（3）π、$\sqrt{2}$ 等常数具有无限位有效数字，在运算中根据需要取适当的位数。

（4）对于计量测定或通过计算所得数据，在所规定的精度范围以外的那些数字，一般都应按"四舍五入"的原则处理。

如果只取 n 位有效数字，那么第 $n+1$ 位及其以后的各位数字都应该舍去。古典"四舍五入"法则，对于第 $n+1$ 位为"5"时只入不舍，这样会产生较大的累计误差。目前广泛采用的"四舍五入"法则对"5"的处理是：当被舍的数字等于5，而5之后有数字时，则可舍5进1；若5之后为"0"，则只有在5之前数字为奇数时，才能舍5进1，若5之前数字为偶数（含零），则舍5不进位。

下面是把有效数字保留到小数点后第二位的几个数据（括号外为原始数据，括号内为经处理的数据）：

36.850 4（36.85）、5.226 8（5.23）、118.245（118.24）、71.995（72.00）、5.925 1（5.93）。

3．有效数字的运算

（1）加、减法运算

由于参加加、减法运算的数据必为相同单位的同一物理量，所以其精确度最差的就是小数点后面有效数字位数最少的。因此，在进行运算前，应将各数据所保留的小数点后的位数处理成与精度最差的数据相同，然后再进行运算。

（2）乘、除法运算

运算前对各数据的处理应以有效数字位数最少的数据为标准。所得的积或商，其有效数字位数应与有效数字位数最少的那个数据相同。

▶▶▶　1.4.2　有效数字的图解处理

在许多场合中，如模拟电子技术实验，对最终测量结果的要求并不十分严格。在这种情况下，用图解法处理测量数据比较简单易行。此外，在电子测量中，测量的目的往往不只是单纯地要求某个或几个量的值，而是在于求出某两个量 x 和 y（或更多个量）之间的函数关系，如晶体管特性曲线的测量。对于这种确定函数关系的测量，一般不对测量精度进行估计，适于采用图解法处理。

图解法处理时应按照一定的规则进行。

第 2 章　常用电子测量仪器的使用

2.1　电子测量仪器的分类和选用

利用电子技术对各种电量（或非电量）进行测量的设备，统称为电子测量仪器（以下简称电子仪器）。

2.1.1　分类

电子仪器品种繁多，有多种分类方法。按功能，可分为专用与通用两大类。专用电子仪器是为特定测量目的专门设计、制造的，例如，晶体管特性图示仪专用于测量晶体管等半导体的特性，而不能他用。通用电子仪器应用范围广，灵活性强，例如，电子示波器可用于测量电信号的电压、电流、周期（或频率）和相位等参量，配上相应的器件（如传感器）和电路，也可用于非电量的测量。除电磁场测量仪器以外，用于电路的电子仪器，按用途可分为下列几种。

1. 信号发生器

用来产生测试用的信号。主要有：高/低频正弦信号发生器、脉冲信号发生器、函数发生器和噪声发生器等。

2. 电压表

用来测量交、直流和脉冲信号的电压。电压表的种类较多，主要有：模拟式电子电压表和数字式电子电压表两大类。

3. 电子示波器

用来显示电信号波形，测量电信号参数。主要有：通用示波器、多踪示波器（如双踪）、多扫描示波器、取样示波器、记忆示波器和数字存储示波器等。

4. 频率、相位计

用来测量电信号的频率和相位。主要有：电子计数式频率计、数字式相位计和波长计等。

5. 模拟电路特性测试仪器

用来测量网络的频率特性、噪声特性。主要有：频率特性测试仪（即扫频仪）、相位特性测试仪和噪声系数测试仪等。

6. 数字电路功能测试仪器

用来测量数字电路功能。主要有：逻辑分析仪、逻辑脉冲发生器和逻辑笔等。

7. 信号分析仪器

用来分析电信号的频谱。主要有：失真度测量仪、谐波分析仪和频谱分析仪等。

8. 元器件参数测量仪器

用来测量元器件参数，检测元器件工作状态（或功能）。主要有：电桥、Q 表、晶体管特性图示仪、模拟（或数字）集成电路测试仪等。

除上述各种仪器外，将微处理器用于电子仪器中，出现了"智能仪器"。该类仪器具有一系列自动化测试功能。但是它还不能完全取代传统的电子仪器，因为并非在所有场合都需要自动化测试，只有需要大量重复或快速测量时，使用"智能仪器"才有实际意义。目前，在生产、科研和教学中，大量使用的仍然是传统电子仪器。所以，熟练地掌握传统电子仪器的使用技术是十分必要的。

▶▶▶ 2.1.2 电子仪器的选用原则

在进行电子技术实验时，选用仪器要从被测电路的结构，被测量的性质、范围和要求的测量精度，所采用的测量方法，现有的设备条件和使用环境等因素，综合加以考虑。若考虑不周，仪器选择不当，轻者造成测量结果误差过大，重者损坏测量仪器或损坏被测电路中的元器件。下面举几个实例。例如，在实验中，时有用电流表去测电压，或用低量程去测高电压、大电流，或用工频电压表去测高频电压等选用上的错误，其结果不是损坏仪器，就是得出不可信赖的测量结果。又例如，用万用表 R×1 挡测试晶体三极管发射结电阻，或用 CA4810A 型或 JT-1 型晶体管图示仪（限流电阻置于过小挡位上）显示输入特性。上述测量，由于限流电阻过小（基极注入电流过大），往往使被测晶体管未经使用就在测试过程中损坏了。

所以，选用仪器很重要。选用电子仪器的一般原则如下。

1. 电压表选用的一般原则

（1）为减小测量误差，宜选用输入电阻高，量程挡级略高于被测量的电压表。

（2）要注意被测量电压的基准电位。若基准电位为零伏（即地电位），则可选用不平衡输入式或平衡输入式电压表。若基准电位不为零伏（以电路中不接地点为基准），则可选用不平衡输入式或平衡输入式电压表进行间接测量。

（3）测量正弦信号时，要选用电压测量范围和频率测量范围均满足被测电压要求的电压表，测量脉冲信号应选用脉冲电压表。

（4）电流的测量，可采用电流表直接测量。但是，在电子电路中，交、直流电流的测量一般均采用测量已知电阻两端电压降，然后换算成电流的间接测量方法。所以，选用仪器的原则与电压测量相同。

2. 频率计选用的一般原则

宜选用输入电阻高，测量频率范围满足被测频率要求的数字频率计。

若所用频率计输入阻抗偏低，可在被测电路与频率计之间加阻抗变换器（射极、源极输出器和集成电路跟随器），以减小频率计对被调电路的影响，提高测量准确度。用电子示波器测量频率，一般能满足实验要求。

对于其他电子仪器的选用原则，因仪器种类、型号繁多，在此不一一介绍，留待以后在实际应用中加以解决。

最后需要明确两个问题：

（1）仪器使用说明书是正确选用仪器的主要依据，阅读时要结合实际仪器，边读边操作，这样可以收到事半功倍的效果。

（2）测试仪器的选择与测量方法的选择是密切相关的。往往为了达到同一测量目的，因采用的测量方法不同，选用的仪器也有所不同。

2.2　函数信号发生器/计数器

函数信号发生器/计数器是进行实验必不可少的信号发生器。下面介绍 BC2002 型函数信号发生器/计数器和 CA1640-02 型函数信号发生器/计数器。

▶▶▶ 2.2.1　BC2002 型函数信号发生器/计数器

1．BC2002 型函数信号发生器的主要指标

（1）输出波形：正弦波、三角波、方波。

（2）输出频率：1Hz～2MHz。

（3）输出幅度：0～10V_{P-P}（50Ω负载）。

（4）输出阻抗：（50±5%）Ω。

（5）输出衰减：0dB、20dB、40dB。

（6）单脉冲输出：TTL 高电平。

（7）占空比可调：10%～90%。

（8）方波上升/下降时间：≤25ns。

（9）正弦波失真度：≤1%。

（10）频率计测频范围：10Hz～9MHz，误差：±3‰。

　　　　频率计幅度范围：100mV_{P-P}～10V_{P-P}。

（11）电源要求：固定 AC 220V±10%。

　　　　频率：50Hz/60Hz。

2．BC2002 型函数信号发生器/计数器的工作原理

BC2002 型函数信号发生器/计数器采用大规模集成电路和贴片生产工艺。该产品精确度高，可靠性强，具有优良的性价比。电路采用单片机、DDS、CPLD 技术和大量的集成电路，提高了频率，准确度高，使操作更加方便。它还具有输出保护，电压过载报警，是电子类实验室、生产线及科研、教学所需配置的理想设备。

3．BC2002 型函数信号发生器/计数器的使用方法

BC2002 型函数信号发生器/计数器的面板图如图 2-1 所示。

图 2-1　BC2002 型函数信号发生器/计数器的面板图

面板图中各旋钮的名称及作用如下。

（1）频率和幅度显示窗口

分别显示频率和幅度的大小及单位。

（2）键盘说明

0～9 为数字输入频率键，"·"设置小数点（1kHz 以上），DOWN 输入频率减 1，UP 输入频率加 1，DELETE 删除最右边一位，ENTER 输出频率数值确认，OUTPUT 输出信号控制。

（3）其他功能说明

SINE 输出正弦波，TRIANGULAR 输出三角波，SQUARE 输出方波，20dB、40dB 分别衰减 20dB 和衰减 40dB，DC LEVEL 为直流电平开关，COUNT 表示外部计数，SWITCH 用于频率单位 Hz 与 kHz 的转换，POWER 为电源开关，AMPLITUDE 用于信号幅度调节，DUTY RATIO 用于方波和 TTL 占空比调节，DC LEVEL 用于直流电平调节，COUNT IN 为频率计输入，TTL OUT 为 TTL 输出，OUTPUT 为信号输出。

（4）操作方法

打开电源开关，将仪器先预热 3～5min。

电源开启后，仪器进入自检状态，自检通过后即进入输出的初始状态：频率为 1kHz，波形为正弦波，直流电平为 0，衰减比为 0dB。

更改输出频率：可直接用键盘输入数字后按"ENTER"键，输入的步进为 1Hz。输入的数值加或减 1 可按"UP"或"DOWN"键，输入错误时可按"DELETE"键进行逐位删除。

更改输出幅度：直接调节"AMPLITUDE"电位器，当需要小幅度时可配合衰减按键一起使用：0dB 为不衰减，20dB 为衰减 10 倍，40dB 为衰减 100 倍。

直流电平输入：按"DC LEVEL"键后，调节"DC LEVEL"电位器。

外部计数：先按"COUNT"键，此时频率等待测量显示为 FFFFFF，然后把信号输入"COUNT IN"，当测量完成时 FFFFFF 将被测量值取代。

占空比调节：只有 TTL 输出和方波输出才起作用，调节"DUTY RATIO"电位器改变占空比，当电位器逆时针关掉时，占空比为 50%。

当 ALARM 指示灯亮时，电路进入保护状态，并且蜂鸣器报警，此时应断开信号输出端，检查负载电路。

▶▶▶ 2.2.2　CA1640-02 型函数信号发生器/计数器

1. CA1640-02 型函数信号发生器/计数器的主要指标

（1）频率范围：0.2Hz～2MHz。

（2）输出波形：对称或非对称的正弦波、三角波、方波。

（3）输出阻抗：50Ω/1MΩ。

（4）输出电压范围：$1mV_{P-P}$～$10V_{P-P}$，$-3dB$（50Ω）；$1mV_{P-P}$～$20V_{P-P}$，$-3dB$（1MΩ）。

（5）输出信号类型：单频、调频。

（6）对称度：20%～80%。

（7）直流偏置范围：-5～$+5V$。

（8）TTL 输出：输出幅度不小于$+3V$，输出阻抗为 600Ω，输出信号波形为脉冲波。

（9）时基标称频率：12MHz。

（10）外测频率范围：0.2Hz～20MHz。

（11）函数输出：0dB 时为 1～10V$_{P-P}$±10%。

　　　　　　　20dB 时为 0.1～1V$_{P-P}$±10%。

　　　　　　　40dB 时为 10～100mV$_{P-P}$±10%。

　　　　　　　60dB 时为 1～10mV$_{P-P}$±10%。

（12）TTL 输出："0"电平≤0.8V，"1"电平≥3V。

（13）正弦波：失真度<2%。

（14）三角波：线性度>99%（输出幅度的 10%～90%）。

（15）方波上升时间：≤100ns。

（16）方波升、下降沿过程：≤5%（10kHz，5V$_{P-P}$预热 10min）。

2．CA1640-02 型函数信号发生器/计数器的工作原理

　　本仪器采用大规模单片集成精密函数发生器电路，使得该机具有很高的可靠性及优良的性价比。采用单片微机电路进行整周期频率测量和智能化管理，对于输出信号的频率幅度（数显）用户可以直观、准确地了解（特别是低频时也是如此），因此极大地方便了用户。该机采用精密电流源电路，使输出信号在整个频带内均具有相当高的精度。同时，多种电流源的变换使用，使仪器不仅具有正弦波、三角波，而且对各种波形可以实现扫描功能。整机采用大规模集成电路设计，以保证仪器具有高可靠性，平均无故障时间高达数千小时以上。整机造型美观大方，电子控制按钮操作起来更舒适、更方便。

3．CA1640-02 型函数信号发生器/计数器的使用方法

CA1640-02 型函数信号发生器/计数器的面板图如图 2-2 所示。

图 2-2　CA1640-02 型函数信号发生器/计数器的面板图

面板图中各旋钮的名称及作用如下。

（1）频率显示窗口：显示输出信号的频率或外测频信号的频率。

（2）频率单位显示：kHz、Hz。

（3）幅度显示窗口：显示函数输出信号的幅度（50Ω负载时的峰-峰值）。

（4）幅度单位显示：V$_{P-P}$、mV$_{P-P}$。

（5）扫频宽度调节旋钮：调节此电位器可以改变内扫描的时间长短。在外测频时，逆时针旋到底（绿灯亮），为外输入测量信号经过衰减"20dB"进入测量系统。

（6）扫频频率旋钮：在外测频时，旋钮应打开；不在外测频时，旋钮应关闭。

（7）外部输入插座：当"扫频频率"键功能选择在扫描计数状态时，外扫描控制信号或外测频信号由此输入。

（8）TTL 信号输出端：输出标准的 TTL 幅度的脉冲信号，输出阻抗为 600Ω。

（9）函数信号输出端：输出多种波形受控的函数信号，输出幅度为 20V$_{P-P}$（1MΩ负载）、10V$_{P-P}$（50Ω负载）。

（10）函数信号输出信号直流电平预置调节旋钮：调节范围为−5～+5V（50Ω负载），当电位器处于"关"位置时，则为 0 电平。

（11）函数信号输出幅度调节旋钮：调节范围为 20dB。

（12）函数信号输出幅度衰减开关：有 0dB、20dB、40dB 和 60dB 四挡。

（13）函数输出波形选择开关：可选择正弦波、三角波、方波输出。

（14）扫频/计数：可选择多种扫描方式和外测频方式。

（15）频率范围选择旋钮：调节此旋钮可改变输出频率的 1 个频程。

（16）占空比开关：可改变输出信号的对称性。当处于"关"位置时，则输出对称信号。

（17）整机电源开关：此键按下时，电源接通，整机工作。此键释放为关掉整机电源。

本仪器的使用方法与 BC2002 型类同。

2.3　电压表

电压表是用来测量各种不同性质电压大小的一种仪器，主要有指针式万用表、数字万用表和电子电压表。

▶▶▶ 2.3.1　指针式万用表

万用表是测量电阻、电压、电流等参数的常用仪表。它具有体积小，使用方便，检测精度较高，造价低廉等一系列优点，应用极为广泛。目前，人们通常使用的万用表有指针式和数字式两大类。

指针式万用表有 U-10 型、U-20 型、U-101 型、U-201 型、MF-66 型、MF-94 型、MF-122型、MF-500 型等多种型号。图 2-3 所示为 MF-500B 型（或 500-2 型）万用表面板示意图。

图 2-3　500-2 型万用表面板示意图

1．主要技术指标

MF-500B 型（或 500-2 型）万用表是一种高灵敏度、多量程的磁电整流式仪表，共有 24个测量量程，能测量直流电压（DCV）、交流电压（ACV）、直流电流（DCA）、交流电流（ACA）、电阻（R）及音频电平。表盘装有减小视差的反射镜，所有量程切换均由两个选择旋钮来完成。它的测量范围和精度等级如表 2-1 所示。

表 2-1　MF-500B 型万用表测量范围和精度等级

项　　目	测　量　范　围	灵敏度及电压降	精 度 等 级
直流电流	0～50μA～1mA～10mA～100mA～500mA～1 000mA～5A	0.75A	2.5
交流电流	0～1 mA～10mA～100mA～500mA～1 000mA～5A	0.75A	5.0
直流电压	0～2.5V～10V～50V～250V～500V	20kΩ/V	2.5
	2 500V	4kΩ/V	5.0
交流电压	0～10V～50V～250V～500V～2 500V	4kΩ/V	5.0
电阻	R×1Ω, R×10Ω, R×100Ω, R×1kΩ, R×10kΩ, 中心值为10; D Ω, 中心值为 2.1Ω		2.5
音频电平	–10～+22dB		

2. 工作原理

万用表是由电流表、电压表和欧姆表等各种测量电路通过转换装置组成的综合仪表。了解各测量电路的原理也就掌握了万用表的工作原理，各测量电路的原理基础就是欧姆定律和电阻串并联规律。下面分别介绍各种测量电路的工作原理。

（1）直流电流的测量电路

万用表的直流电流测量电路实际上就是一个多量程的直流电流表。由于表头的满偏电流很小，所以采用分流电阻来扩大量程，一般万用表采用闭路抽头式环形分流电路，如图 2-4 所示。

这种电路的分流回路始终是闭合的。转换开关换接到不同位置，就可改变直流电流的量程，这和电流表并联分流电阻扩大量程的原理是一样的。

（2）直流电压的测量电路

万用表测量直流电压的电路实际上就是一个多量程的直流电压表，如图 2-5 所示。它由转换开关换接电路中与表头串联的不同的附加电阻，来实现不同电压量程的转换。这和电压表串联分压电阻扩大量程的原理是一样的。

图 2-4　多量程直流电流表原理图

图 2-5　多量程直流电压表原理图

（3）交流电压的测量电路

磁电式微安表不能直接用来测量交流电，必须配以整流电路，把交流变为直流，才能加以测量。测量交流电压的电路是一种整流系电压表。整流电路有半波整流和全波整流电路两种。

整流电流是脉动直流，流经表头形成的转矩大小是随时变化的。由于表头指针的惯性，它来不及随电流及其产生的转矩而变化，指针的偏转角将正比于转矩或整流电流在一个周期内的平均值。

　　流过表头的电流平均值 I_0 与被测正弦交流电流有效值的关系为：半波整流时 $I=2.22I_0$，全波整流时 $I=1.11I_0$。由此可知，表头指针偏转角与被测交流电流的有效值也是正比关系。整流系仪表的标尺是按正弦量有效值来刻度的，用万用表测交流电压时，其读数是正弦交流电压的有效值，它只能用来测量正弦交流电，如测非正弦交流电，会产生大的误差。如图 2-6 和图 2-7 所示，为测量交流电压的电路。

图 2-6　半波整流多量程交流电压表原理图　　　　图 2-7　全波整流多量程交流电压表原理

（4）直流电阻的测量电路

　　在电压不变的情况下，如回路电阻增加一倍，则电流减为一半，根据这个原理，就可制作一只欧姆表。万用表的直流电阻测量电路，就是一个多量程的欧姆表。其原理电路如图 2-8 所示。

　　把欧姆表"+"、"−"表笔短路，调节限流电阻 R_C 使表针指到满偏转位置，在对应的电阻刻度线上，该点的读数为 0。此时电流为：

$$I=E/R_Z \text{ 或 } E=IR_Z$$

$$R_Z=R_C+\frac{R_A R_B}{R_A+R_B}+r_0$$

图 2-8　欧姆表测量电阻原理

式中　R_Z——欧姆表的综合电阻；

　　　　R_C——限流电阻；

　　　　R_A——表头内阻；

　　　　R_B——分流电阻；

　　　　r_0——干电池内阻。

　　去掉短路，在"+"、"−"极间接上被测电阻 R_X，则电流下降为 I'，此时

$$I'=\frac{E}{R_Z+R_X}=\frac{IR_Z}{R_Z+R_X}=\frac{R_Z}{R_Z+R_X}I$$

当 $R_Z=0$ 时，$I'=I$；当 $R_X=R_Z$ 时，$I'=\frac{1}{2}I$；当 $R_X=2R_Z$ 时，$I'=\frac{1}{3}I$；…；当 $R_X=\infty$ 时，$I'=0$。

　　由上可知：I' 的大小即反映了 R_X 的大小，两者的关系是非线性的，欧姆标度为不等分的倒标度。

　　当被测电阻等于欧姆表综合内阻时（即 $R_X=R_Z$），指针指在表盘中心位置。所以 R_Z 的数值又叫做中心阻值，称为欧姆中心值。由于欧姆表的分度是不均匀的，在靠近欧姆中心值的一段范围内，分度较细，读数较准确，当 R_X 的值与 R_Z 比较接近时，被测电阻值的相对误差较小。

对于不同阻值的 R_X 值，应选择不同量程，使 R_X 与 R_Z 值相接近。

欧姆测量电路量程的变换，实际上就是 R_Z 和电流 I 的变换。一般万用表中的欧姆量程有 R×1、R×10、R×100、R×1k、R×10k 等，其中 R×1 量程的 R_X 值，可以从欧姆标度上直接读得。

在多量程欧姆测量电路中，当量程改变时，保持电源电压 E 不变，改变测量电路的分流电阻，虽然被测电阻 R_X 变大了，而通过表头的电流仍保持不变，同一指针位置所表示的电阻值相应变大。被测电阻的阻值应等于标度尺上的读数乘以所用电阻量程的倍率，如图 2-9 所示。

电源干电池 E 在使用中其内阻和电压都会发生变化，并使 R_Z 值和 I 改变。I 值与电源电压成正比。为弥补电源电压变化引起的测量误差，在电路中设置调节电位器 RP。在使用欧姆量程时，应先将表笔短接，调节电位器 RP，使指针满偏，指示在电阻值的零位，即进行“调零”后，再测量电阻值。

在 R×10k 量程上，由于 R_Z 很大，I 很小，当 I 小于微安表的本身额定值时，就无法进行测量。因此在 R×10k 量程，一般采用提高电源电压的方法来扩大其量程，如图 2-10 所示。

图 2-9　多量程欧姆表原理图

图 2-10　提高电源电压测量高阻值电阻

3. 各主要旋钮的作用

MF-500B 型（500-2 型）万用表面板上的上半部是指示部分，通过指针的位置和与之对应的表盘刻度值可指示被测参数的数值。下半部是供操作的旋钮和插座，共有 4 个调节旋钮和 4 个插座。它们的名称及作用如下。

（1）机械调零旋钮：万用表在没有使用的状态下，指针应指在标度尺的“零”位上。如有偏移，可调节机械调零旋钮，使指针处在“零”位置。

（2）测量功能与量程转换旋钮：在测量过程中，首先根据被测值选择功能旋钮，再根据被测值的大小选择量程旋钮。

（3）高压插孔：在其上方标有“2 500V”标记。在测量 500V 以上的交/直流电压时，红表棒应插在该插孔里。这时，万用表的最大量程为 2 500V。

（4）大电流插孔：在其上方标有“5A”标记。在测量 1 000mA 以上的直流电流时，红表棒应插在该插孔里。这时，万用表的最大量程为 5A。

（5）电阻挡调零旋钮：测量电阻时，无论选择哪一挡旋钮，都要先将指针指在“0Ω”处，否则，会给测量值带来一定的误差。

（6）正极插孔：在其上方标有“+”标记。在测量电阻、1 000mA 以下的直流电流及 500V 以内的交/直流电压时，红表棒应插在该插孔里。

（7）负极插孔：在其上方标有“*”标记。在做任何项目的测量时，黑表棒都应插在该插孔里。

MF-500B 型万用表表盘共有 5 条刻度线，分别为电阻、直流电流、直流电压、交流电压、音频电平刻度线。第 1 条电阻刻度线的标称单位为"Ω"。该线的刻度间隔是非线性的，表针的起始位置在"∞"，阻值从右到左递增。该刻度线所标刻度在用 R×1 挡测量时可由表盘直读 x 值；若用 R×10 挡测量，则实际值应为直读数 $x×10$；其他电阻挡位依次类推。分贝（dB）是度量功率增益和衰减的计量单位。万用表中一般以 0dB（将在 600Ω 负荷阻抗上得到 1mW 功率定为 0dB）作为参考零电平。其他三条刻度线分别作为测量电压和电流时的指示刻度，其中在测量 10mA 以下的交流电流时，要用满量程为 10mA 的红色刻度值来读数。

4．使用方法

（1）使用前须调整机械调零器，使指针指在标度尺第二条刻度线的零位上。

（2）直流电压测量：将测试棒分别插在"*"和"+"插孔内，右边开关旋钮旋至电压位置，左边开关旋钮旋至欲测量直流电压相应量程位置上，再将测试棒跨接在被测电路两端。当不能预计被测电压时，可将开关旋钮旋在最大量程位置上，然后根据指示值的大约数值再选择合适量程，使指针得到最大偏转。

测量直流电压时，读数见第二条刻度线。

测量 2 500V 时，将测试棒分别插在"*"和"2 500V"插孔中，左边开关旋钮旋至 250V 量程位置上。

（3）交流电压测量：将右边开关旋钮旋至电压位置上，左边开关旋钮旋至欲测量交流电压相应量程位置上，测量方法与直流电压相似。

测量 2 500V 交流电压时，将测试棒分别插入"*"和"2 500V"插孔中，左边开关旋钮旋至交流 250V 量程位置上。

（4）交流电流测量：将左边开关旋钮旋至交流电流位置上，右边开关旋钮旋至欲测量交流电压相应量程位置上，再将测试棒串在被测电路中。当不能预计被测电流时，可将开关旋钮旋在最大量程位置上，然后根据指示值的大约数值再选择合适量程，使指针得到最大偏转。指示值见第四条刻度线。

测量 5A 时，将测试棒分别插在"*"和"5A"插孔中，右边旋钮放在 500mA 位置上，测试棒与被测电路相串联，指示值见第四条刻度线。

（5）直流电流测量：将左边开关旋钮旋至直流电流位置上，右边开关旋钮旋至被测电流相应量程的位置，测试棒分别插入"*"和"+"插孔中，然后将测试棒串接在被测电路中，指示值见第二条刻度线。

5A 测量：将测试棒分别插入"*"和"5A"插孔中，右边旋钮放在 500mA 位置上，指示值见第二条刻度线。

（6）电阻测量：将左边开关旋钮旋至"Ω"位置，右边开关旋钮旋至欲测量电阻相应的量程挡，测试棒分别插入"*"和"+"插孔中，先将两测试棒短路，调整带"Ω"字样调零器，使指针指在Ω刻度线 0 的位置上，再将测试棒分开，跨接被测电阻，指示值见第一条刻度线。为提高精度，指针所指示被测电阻之值尽可能选择在全刻度的 20%～80% 弧度范围内。当两测试棒短路，调节"Ω"调零器不能使指针指到"Ω"刻度 0 的位置时，表示电池电压不足，应更换新电池。

小电阻"DΩ"测量：将右边开关旋钮旋至"DΩ"位置上，左边开关旋钮旋至"Ω"位置上，调节"Ω"调零器使指针指向 0，然后两测试棒跨接在被测电阻两端，指示值见第三条刻度线。该挡测量时，时间不宜太长，量完后立即将开关旋离此位置，以免无谓消耗电池。

（7）音频电平测量：测量方法与交流电压相同，指示值见第五条刻度线。当测量音频电压同时有直流电压存在时，应在测试棒一端串接一只 0.1μF 耐压值大于被测电平峰值的电容器，以隔绝直流电压。

5. 注意事项

（1）在使用万用表前，应先检查万用表是否调零，包括机械调零和电阻调零。在测量电阻时，每换一次挡都要重新调零。当一切正常后，才可开始测试。

（2）测试时，要根据测量项目及估计的量程，将调节旋钮置在相应的位置上。除电阻挡外，表的量程一般应选在比实测值高的量程挡位上，如无法估计，则应选择最大量程，然后再根据测量情况进行调整。

（3）由于有些刻度是非线性的，在测量电压或电流时，一般应选择读数指针位于 2/3 满量程与满量程之间的位置上，这样读数才较为准确。

（4）测量电流时，万用表必须串联在被测电路中；测量电压时，万用表必须并联在被测电路两端。同时应注意表笔的正、负极性，红表笔应接在高电位，否则容易损坏万用表。一般来说，普通万用表无法测量幅度微小的高频交流信号。

（5）在测量电路板中的电阻时，必须将被测电阻与其他元件断开，并切断电路板上的电源。测量中，不能用手接触表棒金属的部分，以免人体电阻并入，引起测量误差。每改变一次电阻量程挡位，都必须重新调零。

（6）不使用万用表时，应把转换开关放在电压最高挡位上，防止下次使用时因忘记合理选挡而误测高压，将表损坏。若万用表长期不使用，则应取出内部电池，以防电池漏液腐蚀内部电路而损坏万用表。

▶▶▶ 2.3.2 数字式万用表

数字式万用表与指针式万用表相比，具有许多优点：测量值直接用数字显示，使读数变得直观、准确；机内采用大规模集成电路，极大地提高了测量内阻，从而减小了测量误差，提高了测量精度；提高了防磁能力，使万用表在强磁场下也能正常工作；增加了保护装置，具备了输入超限显示功能，提高了可靠性和耐久性。VC9805A⁺ 型是一种袖珍式数字万用表，它采用大号数字 LCD 显示，因而在光亮之处也能清晰读数。该表使用旋钮式量程转换开关，操作简便，具有多种检测项目；表内装有蜂鸣器，可提高连续检测的速度；使用时，电池能量消耗较小，并设有表内电池低电压指示功能，可防止电池低电压而引起测量误差。

1. 主要技术指标

直流基本精度为±0.05%，输入阻抗为 10MΩ，具备全量程保护功能，测量范围如表 2-2 所示。

表 2-2 VC9805A⁺型数字万用表测量范围

项　　目	测　量　范　围
直流电流	0～2mA～20mA～200mA～20A
交流电流	0～2mA～20mA～200mA～20A
直流电压	0～200mV～2V～20V～200V～1 000V
交流电压	0～200mV～2V～20V～200V～700V
电阻	0～200Ω～2kΩ～20kΩ～200kΩ～2MΩ～20MΩ
电容	0～20nF～200nF～2μF～20μF～200μF

续表

项　目	测量范围
电感	0～2mH～20mH～200mH～2H～20H
音频测试	0～2kHz～20kHz
二极管和线路通断测试	显示二极管正向电压值，导通电阻小于30Ω时，机内蜂鸣器响
晶体三极管 h_{FE} 参数测试	β：0～1 000

2．主要原理

数字万用表是在直流数字电压表的基础上扩展而成的。数字万用表主要由功能转换器、A/D 转换器、LCD 显示器（液晶显示器）、电源和功能/量程转换开关等组成。为了能测量交流电压、电流、电阻、电容、二极管正向压降、晶体管放大系数等电量，必须增加相应的转换器，将被测电量转换成直流电压信号，再由 A/D 转换器转换成数字量，并以数字形式显示出来。

常用的数字万用表显示数字位数有三位半、四位半和五位半之分。对应的数字显示最大值分别为 1 999、19 999、199 999，并由此构成不同型号的数字万用表。

3．各主要旋钮的作用

VC9805A⁺ 型数字式万用表的面板如图 2-11 所示。在其上半部有一个数字显示屏，下半部有 4 个输入插孔，中间是量程开关、电源开关和 h_{FE} 插孔。各开关的作用如下。

图 2-11　VC9805A⁺ 型数字式万用表面板示意图

① 液晶显示器：显示仪表测量的数值及单位。

② 电源开关（POWER）：将开关置于按下状态，电源接通；不用时，置于弹出状态。

③ 保持开关（HOLD）：按下此功能键，将仪表当前所测数值保持在液晶显示器上并出现 "H" 符号；再次按下，"H" 符号消失，退出保持功能状态。

④ DC/AC 键：选择 DC 和 AC 工作方式。

⑤ h_{FE} 插孔：根据被测三极管的种类、型号，将三极管的 E、B、C 三个极分别插入对应的 "NPN" 或 "PNP" 插孔内。

⑥ 量程旋转开关：所有项目和量程都由此旋转开关来设定。应根据不同被测信号的要求，首先确定该旋转开关的挡位。当被测信号值未知时，应将量程开关置于最大挡位，然后再根据实测情况逐渐减小量程，直到满意为止。

⑦ 电容（Cx）或电感（Lx）插座。

⑧ 20A 电流测试插座。

⑨ 电流测试插座：测试小电流。

⑩ 电压、电阻及频率插座。

⑪ 公共地（COM）。

4. 使用方法

（1）测量直流电压：将 DC/AC 键弹起置 DC 测量方式，黑表棒插在 "COM" 插孔，红表棒插在 "VΩHz" 插孔，将表笔接到测量点上，屏幕即显示被测电压值。

（2）测量交流电压：将 DC/AC 键按下置 AC 测量方式，黑表棒插在 "COM" 插孔，红表棒插在 "VΩHz" 插孔，将表笔接到测量点上，屏幕即显示被测电压值。

（3）测量直流电流：将 DC/AC 键弹起置 DC 测量方式，当被测电流超过 200mA 时，应将红表棒插入 "20A" 插孔；当被测电流小于 200mA 时，应将红表棒插入 "mA" 插孔。黑表棒仍插在 "COM" 孔中，然后将红、黑表棒串入被测电路中，屏幕即显示被测电流值。

（4）测量交流电流：将 DC/AC 键按下置 AC 测量方式，其测量方法与测量直流电流的方法相同。

（5）测量电阻：将量程开关置于电阻的相应挡位，黑表棒插入 "COM" 孔，红表棒插入 "VΩHz" 孔，然后将表棒接到电阻两端，如电阻阻值超过所选的量程，则会显示 "1"，这时应将量程旋转开关转高一挡，屏幕即显示被测电阻值。

（6）h_{FE} 检测：根据被测三极管是 PNP 型或 NPN 型，将量程开关置于相应的位置，然后将被测三极管的 E、B、C 三个极分别插入对应的 "E"、"B"、"C" 插孔内。此时，将显示出 40～1 000 之间的 β 值。

（7）蜂鸣器：将量程开关置于标有蜂鸣器符号的位置，黑表棒置于 "COM" 孔，红表棒置于 "VΩHz" 孔。如果所测电路的电阻在 30Ω以下，则表内的蜂鸣器将发出声音，表示电路导通。

（8）测量二极管压降：将量程开关置于二极管挡，因为数字表的红表棒接表内电池的正极，因此在测试时将红表棒插入 "VΩHz" 孔，接二极管的正极，黑表棒插入 "COM" 孔，接二极管的负极。

（9）测量电容：将量程开关置于电容量程挡，将测试电容插入 "Cx" 插孔，将测试表笔跨接在电容两端进行测量，必要时注意极性，屏幕即显示被测电容值。

（10）测量电感：将量程开关置于电感量程挡，将测试电感插入 "Lx" 插孔，将测试表笔跨接在电感两端进行测量，屏幕即显示被测电感值。

5. 注意事项

（1）数字式万用表使用 9V 的叠层电池，如电池电压不足，显示屏将有低电压字符显示，此时应及时更换电池，以免引起测量误差。在电池盒内，还装有 0.5A 的熔断器。当熔断器断开后，显示屏上将无显示，打开电池盖可进行更换。

（2）在使用中，特别是测量电流时应注意量程开关当前的挡位是否合适，红、黑表棒所插的孔是否正确。否则，容易引起万用表损坏。

（3）应在显示稳定后再读数，若显示数字一直在一个范围内变化，则应取中间值。

（4）不允许正在测 220V 以上高压或 0.5A 以上大电流时拨动量程开关，以免产生电弧，烧坏开关触点。

（5）不允许在被测线路带电的情况下测量电阻，也不允许测量电池的内阻，因为这样做不仅对测试结果毫无意义，还容易烧坏万用表。

（6）在选用电阻挡检测二极管时，红表笔为正极，黑表笔为负极，与指针式万用表用法正相反。

▶▶▶ 2.3.3　电子电压表

电子电压表一般是指模拟式电压表。它是一种在电子电路中常用的测量仪表，采用磁电式表头作为指示器，属于指针式仪表。电子电压表与普通万用表相比较，具有以下优点。

（1）输入阻抗高，一般输入电阻至少为 500kΩ，仪表接入被测电路后，对电路的影响小。

（2）频率范围宽，适用频率范围约为几赫兹到几千兆赫兹。

（3）灵敏度高，最低电压可测到微伏级。

（4）电压测量范围广，仪表的量程分挡可以从几百伏一直到几百微伏级十几个挡位。

1. 电子电压表的组成及工作原理

电子电压表根据电路组成结构的不同，可分为放大-检波式、检波-放大式和外差式。

DA-l6 型、CA2171 型等交流毫伏表，属于放大-检波式电子电压表。它们主要由衰减器、交流电压放大器、检波器和整流电源四部分组成，其方框图如图 2-12 所示。

图 2-12　放大-检波式电子电压表

被测电压先经衰减器衰减到适宜交流放大器输入的数值，再经交流电压放大器放大，最后经检波器检波，得到直流电压，由表头指示数值的大小。

电子电压表表头指针的偏转角度正比于被测电压的平均值，而面板却是按正弦交流电压有效值进行刻度的，因此电子电压表只能用以测量正弦交流电压的有效值。当测量非正弦交流电压时，电子电压表的读数没有直接的意义，只有把该读数除以 1.11（正弦交流电压的波形系数），才能得到被测电压的平均值。

2. CA2171 型交流毫伏表

（1）主要技术指标

① 测量电压范围：300μV～100V，仪器共分 12 个量程，对应的分贝量程为-70～+40dB。

② 测量电压的频率范围：10Hz～2MHz。

③ 基本条件下的电压误差：±3%（400Hz）。

④ 输入阻抗：1～300mV 时，输入电阻≥2MΩ，输入电容≤50pF；1～300V 时，输入电阻≥8MΩ，输入电容≤20pF。

⑤ 噪声电压：小于满刻度的 3%。

（2）各主要旋钮的作用

CA2171 型交流毫伏表前面板如图 2-13 所示。各部分如下。

图 2-13　CA2171 型交流毫伏表前面板

① 表面。

② 机械零调节螺丝：用于机械调零。

③ 电源开关。

④ 指示灯：当电源开关按下时，该指示灯亮。

⑤ 输入插座：被测信号电压输入端。

⑥ 输出端：CA2171 型交流毫伏表不仅可以测量交流电压，还可以用做一个宽频带、低噪声、高增益的放大器。此时，信号由输入插座输入，由输出端输出。

⑦ 量程选择旋钮：该旋钮用以选择仪表的满刻度值。

（3）使用方法

① 机械调零：仪表接通电源前，应先检查指针是否在零点，如果不在零点，应调节机械零调节螺丝，使指针位于零点。

② 正确选择量程：应按被测电压的大小选择合适的量程，使仪表指针偏转至满刻度的 1/3 以上区域。如果事先不知被测电压的大致数值，应先将量程开关置在大量程，然后再逐步减小量程。

③ 正确读数：根据量程开关的位置，按对应的刻度线读数。

④ 当仪表输入端连线开路时，由于外界感应信号可能使指针偏转超量限而损坏表头，因此，测量完毕时，应将量程开关置在大量程。

（4）注意事项

① 通电前，调整电表的机械零位，并将量程开关置 100V 挡。

② 接通电源后，电表的双指针摆动数次是正常的，稳定后即可测量。

③ 若测量电压未知，则应将量程开关置最大挡，然后逐级减小量程，直至电表指示大于 1/3 满刻度时读数。

3. SX2172 型交流毫伏表

（1）主要技术特性

① 交流电压测量范围：1mV～300V，共分 12 挡量程，分别为 1mV、3mV、10mV、30mV、100mV、300mV、1V、3V、10V、30V、100V、300V。

② 输入电阻：1～300mV 量程时为（8±0.8）MΩ，1～300V 量程时为（10±1）MΩ。

（2）各主要旋钮的作用

本仪器的主要旋钮类同于 CA2171 型交流毫伏表，这里不再赘述。

（3）使用方法及注意事项

本仪器的使用方法同 CA2171 型交流毫伏表。

2.4　示波器

示波器是一种能把随时间变化的电过程用图像显示出来的电子仪器。可用它来观察电压（或转换成电压的电流）的波形，测量电压幅度、频率和相位等。因此，示波器被广泛应用于电子测量中。

虽然通用示波器的型号很多，但使用方法却大体相同。为了更好地掌握示波器的一般使用方法，首先简介电子示波器原理。

▶▶▶ 2.4.1　波形显示原理

示波管是示波器的核心部件，它由电子枪、偏转系统和荧光屏三部分组成。图 2-14 所示是其结构示意图。图中荧光屏是显示图形的屏幕，电子枪产生一束极细的电子流，偏转系统控制电子束的运动轨迹，使荧光屏在电子束的轰击下显示欲测的波形。

图 2-14　示波器结构示意图

1. 示波器的结构及工作原理

下面分别说明电子枪、偏转系统和荧光屏这三部分的工作原理。

（1）荧光屏

荧光屏是在玻璃壳内一表面涂上荧光粉制成的。由于荧光粉材料不同，产生的荧光颜色和余辉时间也就不同，一般示波管都选用人眼最敏感的黄、绿、蓝三色。所谓余辉时间，就是指电子束停止轰击后，光点在荧光屏上残留的时间。根据残留时间的长短，可分为长余辉（100ms～1s）、中余辉（10～100ms）和短余辉（10μs～10ms）三种。一般示波器多采用中余辉示波管。

高速电子束轰击荧光屏时，其动能的一部分转变为光能，而大部分却转变为热能。因此，在使用示波器过程中，切忌在屏幕上长时间显示一个不动光点，避免该点因荧光粉过热而逐渐失去发光性能，影响示波管的使用寿命。

（2）电子枪

电子枪包括阴极 k、加热阴极的灯丝 f、控制栅极 g、第一阳极 a_1、第二阳极 a_2、第三阳极 a_3。其中控制栅极的电压低于阴极电压，调节控制栅极电压就能控制阴极发射的电子流密度，从而控制荧光屏光点的亮度。示波器面板上"辉度"旋钮就是调节栅压的电位器。第一阳极电压高于阴极电压，而第二阳极电压又高于第一阳极电压。这样，就能对阴极发射出来的电子进行加速，且利用第一、第二阳极之间的不均匀电场，形成电子透镜，使电子流聚焦成极细的电子束。面板上"聚焦"和"辅助聚焦"旋钮就是分别用来调节两个阳极上所加电压的电位器。第三阳极的作用是对通过偏转系统后的电子束再加速，同时吸收荧光屏二次发射的电子。

（3）偏转系统

偏转系统由两对互相垂直的金属板组成，一为垂直（y 轴）偏转板，一为水平（x 轴）偏转板。当两偏转板上不加电压时，电子束将沿示波管轴线直射到荧光屏中心点上，屏幕中心点（O）上出现亮点。如果仅在垂直偏转板上加直流电压，则电子束受电场力的作用发生垂直偏移，这时荧光屏上的亮点移到 A 点，如图 2-15 所示。

图 2-15　电子束通过偏转板后的运动轨迹

荧光屏上垂直偏转距离 y 和加在偏转板上的电压 V_y 成正比，其比例系数称为偏转灵敏度，用 K_y 表示，单位是 cm/V。但也可用偏转单位距离所需的偏转电压来表示，称偏转因数，单位是 V/cm。习惯上往往把二者混为一谈，均称为偏转灵敏度。

同理，仅在水平偏转板上加上直流电压时，光点只在水平方向偏移，偏移距离 x 和加在偏转板上的电压 V_x 成正比。当两对偏转板上同时加直流电压时，则光点将按电场合力的方向偏移。因此，只要在两对偏转板上加不同极性、不同大小的直流电压，光点就能显示在屏幕的任何位置上。示波器面板上"Y 轴位移"和"X 轴位移"旋钮就是调节偏转电压的电位器。

2. 波形显示

为了观察被测正弦信号的波形，应将该信号加在垂直偏转板上，同时在水平偏转板加上幅度随时间成正比变化的电压，即锯齿波电压。当锯齿波的周期等于被测信号的周期时，屏幕上就可以显示一个完整周期的被测信号波形，如图 2-16 所示。

图 2-16   示波原理

当锯齿波电压的周期为被测信号周期的两倍时，在屏幕上可以显示两个完整周期的被测信号波形。依次类推，如欲在屏幕上看到 N 个周期被测信号波形，则只要改变锯齿波周期，使其为被测信号周期的 N（正整数）倍即可。通常将锯齿波电压称为扫描电压，其周期为扫描周期，用 T_C 表示。若被测信号周期用 T_S 表示，显然，要看到稳定的被测信号波形，必须严格遵守 T_C 与 T_S 成正整数倍关系，即 $T_C = NT_S$。这样，扫描电压每次扫描的起始点都会落在被测信号波形的同一点上。否则，波形就要左右移动，稳定不下来。当扫描电压周期 T_C 略小于信号周期 T_S 整数倍（如 $T_C = 1.75T_S$）时，图形将不停地向右移动；当 T_C 略大于 T_S 的整数倍（如 $T_C = 2.25T_S$）时，图形将不停地向左移动。显然，T_C 越接近 T_S 的整数倍，图形移动的速度就越慢。因此，当显示的波形左右移动时，应该调节扫描电压的周期使所显示的波形稳定下来，以便观测。

▶▶▶ 2.4.2   示波器的基本组成

各种型号示波器，都包含下列基本组成部分，如图 2-17 所示。

1. 垂直通道

垂直通道包括高频探头（图 2-17 中未画）、Y 轴衰减器和 Y 轴放大器。

由于示波管的偏转因数一般为 10～20V/cm，因此，微弱的被测信号必须通过 Y 轴放大器放大，再加到 Y 偏转板上，才能在屏幕上显示出一定高度的波形，否则所显示波形极小，无法观测。实际上，Y 轴放大器的作用是提高示波管的偏转灵敏度。另一方面，为了保证 Y 轴放大器对强信号进行不失真的放大，加到 Y 轴放大器的信号不宜太大。但是，实际被测信号的幅度往往在很大范围内变化（微伏至数百伏），因此，在 Y 轴放大器前还必须加一个 Y 轴衰减器，这样才能观察不同幅度的被测信号。示波器面板上设有"Y 轴衰减"（即"灵敏度选择 V/DIV"开关）和"Y 轴增幅"（即"V/DIV 微调"旋钮），前者用来调节 Y 轴衰减器的衰减量，后者用来调节 Y 轴放大器的电压增益。

根据被测信号的特点，要求 Y 轴放大器电压增益高，频响好，输入阻抗高。例如，通用示波器 Y 轴灵敏度可高达每厘米几十微伏，宽带示波器的频响可达几百兆赫兹。

为了避免杂散信号的干扰,被测信号都通过同轴电缆或带有高频探头的同轴电缆加到 Y 轴输入端。

图 2-17　示波器的基本组成框图

2．水平通道

水平通道包括 X 轴衰减器、锯齿波发生器和 X 轴放大器。

X 轴放大器的作用和 Y 轴放大器的类似,用它提高 X 轴偏转灵敏度。为了适应 X 轴输入不同大小的电压, X 轴放大器前加有 X 轴衰减器。示波器面板上同样也设有"X 轴衰减"和"X 轴增益"旋钮(有些型号示波器未设),分别调节 X 轴衰减器的衰减量和 X 轴放大器的电压增益。

用示波器观察被测信号波形时,锯齿波发生器产生的扫描电压直接加到 X 轴放大器放大,然后送到 X 轴偏转板以控制电子束水平扫描。

锯齿波发生器产生频率调节范围宽的锯齿波,频率(或周期)的调节是由面板上"扫描范围"(即"t/DIV"开关)和"扫描微调"(即"t/DIV 微调"旋钮)控制的。使用时,调节"扫描范围"和"扫描微调",能使 $T_C = NT_S$。但是,锯齿波和被测信号来自不同的信号源,维持 $T_C = NT_S$ 的关系不可能长久,波形暂时稳定,稍后又会发生左、右移动。因此,示波器电路中都有同步装置(或称整步装置),它的作用是引入一个幅度可调的电压来迫使(控制)$T_C = NT_S$。根据不同的测量场合,同步分为以下三种方式。

内同步:从 Y 轴放大器中取出被测信号电压去控制锯齿波周期。一般情况下,均采用此种同步方式。

外同步:通过"同步输入"端,从外部输入一个电压去控制锯齿波周期。要求这个外部电压的周期与被测信号周期必须满足整数倍关系。此种同步方式少用。

电源同步:用 50Hz 交流电去控制锯齿波周期。此种同步方式多用于测量与电源频率有关的信号。

上面介绍了示波器的基本组成及面板上主要旋钮的作用。下面结合使用,介绍双踪示波器(PNGPOS9020 型)的使用方法。

▶▶▶ 2.4.3　PNGPOS9020 型双踪示波器的使用方法

1．主要技术指标

（1）垂直偏转系统

① 偏转因数:5mV/DIV～5V/DIV,按 1、2、5 顺序分 10 挡。

② 精度：±3%。

③ 微调范围：≥2.5：1。

④ 上升时间：≤17.5ns。

⑤ 带宽（-3dB）：DC 时为 0~20MHz，AC 时为 10Hz~20MHz。

⑥ 输入阻抗：直接接入时为 1MΩ±3%，（25±5）pF；经 10：1 探极时为 10MΩ±5%，（10±2）pF。

⑦ 最大安全输入电压：400V（DC+AC，峰值）

⑧ 垂直方式：CH1，CH2，ALT，CHOP，ADD。

（2）触发系统

① 触发灵敏度：内为 2V，外为 0.5V。

② 自动方式下限频率：20Hz。

③ 外触发输入阻抗：1MΩ，20pF。

④ 外触发输入最大安全电压：160V（DC+AC，峰值）。

⑤ 触发源选择：内、外、电源。

⑥ 内触发源选择：CH1，VERT MODE，CH2。

⑦ 触发方式：常态、自动、TV、峰值自动。

（3）水平偏转系统

① 扫描时间因数：0.5s/DIV～0.2μs/DIV，按 1、2、5 顺序分 20 挡，扩展×10 最快扫描速率达 20ns/DIV。

② 精度：×1 时为±3%，×10 时为±8%。

③ 微调范围：≥2.5：1。

④ 校正信号：波形为对称方波，幅度为 0.5V±2%，频率为 1kHz±2%。

⑤ X-Y 方式：偏转因素同垂直偏转系统。

　　　　　　　精度：±5%。

　　　　　　　带宽（-3dB）：DC 时为 0～1MHz，AC 时为 10Hz～1MHz。

　　　　　　　X-Y 相位差：≤3°（DC～50kHz）。

⑥ Z 轴系统。

　　　　灵敏度：5V。

　　　　输入极性：低电平加亮。

　　　　频率范围：DC～1MHz。

　　　　输入电阻：10kΩ。

　　　　最大安全输入电压：50V（DC+AC，峰值）。

2. 使用方法

PNGPOS9020 型双踪示波器面板图如图 2-18 所示。

（1）各控制件的作用

① 亮度（INTENCITY）：调节光迹的亮度。

② 辅助聚焦（ASTIG）：与聚焦配合，调节光迹的清晰度。

③ 聚焦（FOCUS）：调节光迹的清晰度。

④ 迹线旋转（ROTATION）：调节光迹与水平刻度线平行。

⑤ 校正信号（CAL）：提供幅度为 0.5V，频率为 1kHz 的方波信号，用于校正 10：1 探极的补偿电容器和检测示波器垂直与水平的偏转因数。

图 2-18 PNGPOS9020 型双踪示波器面板图

⑥ 电源指示（POWER INDICATOR）：电源接通时，灯亮。

⑦ 电源开关（POWER）：电源接通或关闭。

⑧ CH1 移位（POSITION）：调节通道 1 光迹在屏幕上的垂直位置，PULL（拉出 CH1），CH1-X，CH2-Y，此时用做 X-Y 显示。

⑨ CH2 移位（POSITION）：调节通道 2 光迹在屏幕上的垂直位置，在 ADD 方式时使 CH1+CH2 或 CH1-CH2（拉出 CH2 时反向）。

⑩ 垂直方式（VERT MODE）：CH1 或 CH2 表示通道 1 或通道 2 单独显示；ALT 表示两个通道交替显示；CHOP 表示两个通道断续显示，用于扫速较慢时的双踪显示；ADD 用于两个通道的代数和或差。

⑪ 垂直衰减器（VOLTS/DIV）：CH1（CH2）调节垂直偏转灵敏度。

⑫ 微调（VARIABLE）：CH1（CH2）用于连续调节垂直偏转灵敏度，顺时针旋到头为校正位置。

⑬ 耦合方式（AC-DC-GND）：用于选择被测信号馈入垂直通道的耦合方式。

⑭ CH1 OR X：被测信号的输入插座；CH2 OR Y：被测信号的输入插座。

⑮ 接地（GND）：与机壳相连的接地端。

⑯ 外触发（EXT）：外触发输入插座。

⑰ 内触发源（INT TRIG SOURCE）：用于选择 CH1、CH2 或交替触发。

⑱ 触发源选择（TRIG SOURCE）：用于选择触发源为 INT（内）、EXT（外）或 LINE（电源）。

⑲ 触发极性（SLOPE）：用于选择信号的上升或下降沿触发扫描。

⑳ 电平（LEVEL）：用于调节被测信号在某一电平触发扫描。

㉑ 扫描速率（SEC/DIV）：用于调节扫描速度。

㉒ 微调（VARIABLE）：用于连续调节扫描速度，顺时针旋到头为校正位置。

㉓ 触发方式（TRIG MODE）：常态（NORM），无信号时，屏幕上无显示，有信号时，与电平控制配合显示稳定波形；自动（AUTO），无信号时，屏幕上显示光迹，有信号时，与电平控制配合显示稳定波形；电视场（TV），用于显示电视场信号；峰值自动（P-P AUTO），

无信号时，屏幕上显示光迹，有信号时，无须调节电平即能获得稳定波形显示。

㉔ 触发指示（TRIG'D）：在触发扫描时指示灯亮。

㉕ 水平移位（POSITION）PULL×10：调节迹线在屏幕上的水平位置，拉出时扫描速度被扩展 10 倍。

（2）操作方法

① 电源检查。本示波器电源电压为 220V±10%。接通电源前，检查当地电源电压，如果不相符，则严格禁止使用。

② 面板一般功能检查。将有关控制件按表 2-3 所示置位，接通电源，电源指示灯亮，稍后预热，屏幕上出现光迹，分别调节亮度、聚焦、辅助聚焦、迹线旋转，使光迹清晰并与水平刻度平行。

表 2-3 示波器各旋钮位置

控制件名称	作用位置	控制件名称	作用位置
亮度（INTENCITY）	居中	触发方式	峰值自动
聚焦（FOCUS）	居中	扫描速率（SEC/DIV）	0.5ms
位移（CH1、CH2、X）	居中	极性（SLOPE）	正
垂直方式（MODE）	CH1	触发源	INT
VOLTS/DIV	10mV	内触发源	CH1
微调（VARIABLE）	校正位置	输入耦合	AC

③ 亮度控制。调节亮度电位器，使屏幕显示的光迹亮度适中。一般观察不宜太亮，以免荧光屏老化，高亮度的显示一般用于观察低频率的快扫描信号。

④ 垂直系统的操作。

a. 垂直方式的选择。当只需观察一路信号时，将"MODE"开关置于"CH1"或"CH2"，此时被选中的通道有效，被测信号可从通道端口输入。当需要同时观察两路信号时，将"MODE"开关置于"ALT"，该方式使两个通道的信号交替显示，交替显示的频率受扫描周期控制。当扫速低于一定频率时，交替方式显示会产生闪烁，此时应将开关置于断续"CHOP"位置。当需要观察两路信号代数和时，将"MODE"开关置于"ADD"位置，在选择这种方式时，两个通道的衰减设置必须一致，CH2 移位处于常态时为 CH1+CH2，CH2 移位拉出时（PULL INVERT）为 CH1-CH2。

b. 输入耦合的选择。

直流（DC）耦合：适用于观察包含直流成分的被测信号，如信号的逻辑电平和静态信号的直流电平，当被测信号的频率很低时，也必须采用这种方式。

交流（AC）耦合：信号中的直流分量被隔断，用于观察信号的交流分量，如观察较高直流电平上的小信号。

接地（GND）：通道输入端接地（输入信号断开），用于确定输入为零时光迹所处位置。

⑤ 触发源的选择。当触发源开关置于电源触发"LINE"时，机内 50Hz 信号输入到触发电路。当触发源开关置于常态触发"NORM"时，有两种选择，一种是外触发"EXT"，由面板上外触发输入插座输入触发信号；另一种是内触发"INT"，由内触发源选择开关控制。

内触发源选择如下。

CH1 触发：触发源取自通道 1。

CH2 触发：触发源取自通道 2。

VERT MODE 触发：触发源受垂直方式开关控制，当垂直方式开关置于"CH1"时，触发源自动切换到通道 1；当垂直方式开关置于"CH2"时，触发源自动切换到通道 2；当垂直方式开关置于"ALT"时，波形交替显示，触发源与通道 1、切换到通道 2 同步切换。在这种状态使用时，两个不相关的信号频率不应相差很大，同时垂直输入耦合置于"AC"，触发方式应置于"AUTO"或"NORM"。当垂直方式开关置于"CHOP"和"ADD"时，内触发源选择应置于"CH1"或"CH2"。

⑥ 水平系统的操作。

a. 扫描速度的设定。扫描范围从 0.2μs/DIV～0.5s/DIV 按 1、2、5 进位分 20 挡，微调提供至少 2.5 倍的连续调节。根据被测信号频率的高低，选择合适挡级，在微调顺时针旋转至校正位置时，可根据开关的示值和波形在水平轴方向上的距离读出被测信号的时间参数；当需要观察波形某一个细节时，可进行水平扩展×10，此时原波形在水平轴方向上被扩展 10 倍。

b. 触发方式的选择。

常态（NORM）：无信号输入时，屏幕上无光迹显示；有信号输入时，触发电平调节在合适位置上，电路被触发扫描。当被测信号频率低于 20Hz 时，必须选择这种方式。

自动（AUTO）：无信号输入时，屏幕上有光迹显示；一旦有信号输入时，电平调节在合适位置上，电路自动切换到扫描状态，显示稳定的波形。当被测信号频率高于 20Hz 时，最常用这一种方式。

电视场（TV）：对电视信号中的场信号进行同步，在这种方式下，被测信号是同步信号为负极性的电视信号。如果是正极性，则可以由 CH2 输入，借助于 CH2 移位拉出（PULL INVERT）把正极性转变为负极性后测量。

峰值自动（P-P AUTO）：这种方式同自动方式，但无须调节电平即能同步，它一般适用于正弦波、对称方波或占空比相差不大的脉冲波。对于频率较高的被测信号，有时也要借助于电平调节，它的触发同步灵敏度要比"常态"和"自动"稍低一些。

2.5 CA4810A 型晶体管特性图示仪

晶体管特性图示仪是显示半导体晶体管特性曲线的常用仪器。它是示波器功能的扩展，它的工作原理与示波器的原理相似。图 2-19 所示为晶体管特性图示仪的原理框图。

图 2-19 晶体管特性图示仪的原理框图

▶▶▶ **2.5.1　工作原理简介**

由图 2-19 可以看出，示波管的 Y 轴输入电压与电阻 R_e 两端的电压 U_e 成正比，$U_e = I_e \times R_e$，所以 Y 轴输入的电压与 I_e 成正比。X 轴输入的则是三极管集电极和发射极之间的电压 U_{ce}，这样就使 X 轴输入电压与三极管的 U_{ce} 成正比。

被测管基极输入的是一个阶梯波信号，集电极加的是扫描信号，但这个信号与示波器的扫描信号是不同的，示波器的扫描信号为一个锯齿波，而图示仪的扫描信号是单向正弦波。集电极扫描信号 u_x、基极阶梯信号 i_b 和 u_e 之间的关系如图 2-20 所示。

图 2-20　图示仪波形示意图

由图 2-20 可以看到，在每个集电极扫描电压周期里，i_b 是相同的，示波管的电子束在屏幕上由左到右扫描一遍，荧光屏上可以显示出一条特性曲线（u_{ce}-i_c）。由于 i_b 是一个阶梯信号，因此当扫描信号频率足够高时，可以在荧光屏上显示一簇曲线，且通过改变阶梯信号的阶数，可以使输出特性曲线的个数随之变化。

▶▶▶ **2.5.2　使用方法**

图 2-21 所示为 CA4810A 型晶体管特性图示仪的面板图。

1．各主要旋钮的作用

（1）水平单元

① X 轴灵敏度：这个旋钮的指示数表示荧光屏的 X 轴方向每一个格代表的电压值。它的刻度分成"集电极电压（V_{CE}）"、"基极电压 V_{BE}"和"漏电流电压（V_R）"三部分。当测量三极管输出特性时，需将旋钮旋至"集电极电压"部分；当测量输入特性时，需将旋钮旋至"基极电压"部分；当测量"漏电流电压"时，需选配 5kV 测试台，这个旋钮指示的数值单位是 V/DIV。开关置于阶梯电压挡位时，X 轴显示阶梯级数。

② 移位：调整显示曲线 X 轴方向的位置。

③ 双簇分离：当测试台功能选择在"双簇"测试时，调节右侧被侧半导体管的水平位置。

（2）垂直单元

① Y 轴灵敏度：集电极电流范围（I_C）为 20μA/DIV～1A/DIV 分 15 挡；二极管反向漏电流（I_R）为 0.2～10μA/DIV 分 6 挡；阶梯电压当开关置于此挡位时，Y 轴显示阶梯级数。

② 移位：调整显示曲线 Y 轴方向的位置。

③ 电流/度×0.5 开关：该直键开关"按入"，电流/度开关的偏转系数被扩展两倍。

④ 反相开关：该键开关"按入"，垂直与水平信号都反相180°，当测试 PNP 型管时，按此键尤为方便。

图 2-21 CA4810A 型晶体管特性图示仪的面板图

（3）集电极扫描单元

① 集电极峰值电压范围：根据被测器件的测试条件选择，共设四个挡级，5V 10A、20V 2.5A、100V 0.5A、500V 0.1A。注意：在集电极电压换挡时，一定要把集电极峰值电压调节器逆时针调到"0"位置，换挡升压，然后再顺时针调到所需电压，不然可能导致被测器件损坏。

② 集电极峰值电压调节器：与峰值电压范围相配合，使集电极峰值电压从 0V 调至 500V。通常使用时，首先将其调至零，然后按测试条件将其调至所需值。

③ 极性：用于选择三极管的极性。按键弹出，集电极输出正电压，适用于 NPN 型晶体管的测量；反之，该键按入，集电极输出负电压，适用于 PNP 型晶体管的测量。

④ 功耗限制电阻：该电阻串联在被测器件的集电极回路中限制其功耗，也可视为被测器件的集电极负载电阻。

（4）基极阶梯信号单元

① 串联电阻：当阶梯"电压-电流/级"开关置于电压输出时，该电压经串联电阻送到被测

场效应管的栅极，然后改变串联电阻即可判断被测器件的输入阻抗。

② 当"重复/单簇"开关置于单簇时，该键每按一次即输出一簇阶梯，该功能特别适用于测试大电流晶体管的输出特性。

③ "重复/单簇"开关：该直键开关"弹出"，阶梯连续输出；该直键开关"按入"，阶梯停止输出，此时"按"开关阶梯输出，发光二极管亮。测量大功率管时，为了防止器件及仪器损坏，一般使用单次观察。

④ 阶梯"+/−"开关：该直键开关"弹出"，阶梯输出为正极性；该直键开关"按入"，阶梯输出为负极性。

⑤ "电压-电流/级"开关：它是一种具有 22 挡级，两种输出功能的开关。基极电流源从 1μA/级～0.1A/级分 16 挡；基极电压源从 0.05～2V/级分 6 挡。

⑥ 阶梯调零：其调零范围不小于±1 级，因此能覆盖阶梯级与级之间的任何位置。通常在测量放大倍数时，必须将其调整在零电平上。

⑦ 阶梯"级/簇"：根据需要可以将每簇阶梯从 4 级连续调至 10 级。

（5）测试台

CA4810A 型晶体管特性图示仪测试台如图 2-22 所示。

图 2-22　CA4810A 型晶体管特性图示仪测试台

① 测试台测试连接插孔：由专用附件来进行测试台与被测器件之间的连接，完成二极管反向击穿电流的测试；三极管测试座主要完成三极管和场效应管性能的测试，大功率管测试座主要完成大功率管性能的测量。

② 测试台选择开关：由五位直键开关组成。有五种选择，当选择开关"左"按下时，示波管屏幕上显示左侧被测器件的特性；当选择开关"右"按下时，示波管屏幕上显示右侧被测器件的特性；当选择开关"双簇"按下时，左、右两个被测器件的特性交替地显示在示波管屏幕上，该功能最适宜于管子电流放大倍数的配对；当"零电流"键按下时，被测半导体三极管的基极处于开路状态，即能测量 I_{CEO} 特性；当"零电压"键按下时，被测器件的基极处于零电位，这种状态通常用于测量场效应管的 I_{DSS}，在测得 I_{DSS} 后将该按键复位，并调节"阶梯调零"旋钮，使零阶梯与 I_{DSS} 重合，用这样的方法测量场效应管的特性才是正确的。

③ 场效应管配对开关：用于小功率场效应管输出特性的配对，在配对场效应管时，如需双簇显示，必须把该开关按下，这一功能在国产半导体图示仪中是唯一仅有的。

2. 测量三极管的输出特性

如测量 NPN 型 9013 管子的输出特性，应将峰值电压范围调到最小挡 0～5V，将极性调到"正"，X 轴集电极电压调到"0.5V/DIV"（或按手册中的给定测试条件），Y 轴集电极电流调到"1mA/DIV"，阶梯信号的极性调到"正"、"重复"、"10μA/级"和阶梯级数"10 级"，功耗限制电阻调到 250Ω（或按手册中的给定条件），将"辉度"、"聚焦"、"辅助聚焦"旋钮放在合适的位置，使波形的亮度和聚焦合适，调整峰值电压细调旋钮，即可在屏幕上显示输出特性曲线。

2.6　数字存储示波器

前面介绍的示波器为通用示波器，通用示波器（模拟示波器）擅长测量周期信号，观测随机信号比较困难，而数字存储示波器能够容易地对随机信号进行观测。

数字存储示波器不是一种模拟信号的存储，而是将它捕捉到的波形通过 A/D 转换进行数字化，然后存入管外的字存储器中。读出时，将存入的数字化波形经 D/A 变换，还原成捕捉到的波形，然后在荧屏上显示出来。数字存储示波器经常采用大规模集成电路和微处理器，在微处理器的统一指挥下工作，具有自动化程度高，功能强等特点。

▶▶▶ 2.6.1　数字存储示波器的性能特点

数字存储示波器在微计算机的统一管理下进行工作，与普通模拟示波器相比，具有一系列优点。

（1）可长期存储波形

在数字存储示波器中，把需要保存的波形存放在 RAM 中，由后备电源供电，因此存储内容可长期保存。

（2）可进行负延时触发

普通模拟示波器只能观察触发以后的信号，而数字存储示波器的触发点可位于显示波形的任何位置，即具有负延时（预延时）功能。利用负延时触发功能可观测触发点以前的信号，这一功能非常适合于观测非周期信号和缓变变化的信号。

（3）便于观测单次过程和突发事件

只要设置好触发源和取样速度，就能在事件发生时将其采集并存入存储器，就可以长期保存和多次显示，并且取样存储和读出显示的速度可在很大范围内调节。利用这一特点，可捕捉和显示瞬变信号和突发事件。

（4）具有多种显示方式

数字存储示波器的显示方式灵活多样，具有基本存储显示、抹迹显示、卷动显示、放大显示和 X-Y 显示等，可适应不同情况下波形观测的需要。

（5）便于数据分析和处理

由于微计算机嵌入在数字存储示波器中，利用计算机强大的数据分析和处理能力，数字存储示波器也具有数据分析和处理功能。如对多次等精度测量取平均值，求方差；信号的峰值、有效值和平均值的换算；时间间隔计算；波形的叠加运算等。

（6）可用数字显示测量结果

数字存储示波器存储的数据可直接在屏幕上用数字形式显示测量结果，读数直观，无视觉误差，测量准确度高。

（7）具有多种方式输出

数字存储示波器存储的数据可在微机的控制下通过接口，以各种方式输出。如直接在屏幕上用数字形式、用 BCD 码、用 GPIB 接口总线或其他接口输出。

（8）便于进行功能扩展

数字存储示波器与所有的智能化仪器一样，可在不改动，或少量改变仪器硬件的情况下，通过改变工作程序来扩展仪器功能，这是普通模拟示波器无法做到的。

2.6.2   数字存储示波器的工作原理

在数字存储示波器中用于存储数字化波形的器件是数据存储器（RAM），由于多数被测信号是模拟量，必须通过量化之后才能存入 RAM，相应地，在示波器中为了在屏幕上再现被测信号波形，需要依次从 RAM 中读出数据，并经过 D/A_Y 和 Y 放大器恢复为模拟信号，再作用于 Y 偏转板。

Y 偏转信号是离散的幅值，X 偏转板不能加锯齿波电压，而用数码经 D/A_X 产生的阶梯波。数字存储示波器的原理框图如图 2-23 所示。

图 2-23   数字存储示波器的原理框图

1．A/D 和 D/A 变换器

在数字存储示波器中，将模拟量进行数字化需要三个过程，即取样、量化和编码。这个过程是由 A/D 变换器来完成的，因此，A/D 变换器是数字存储示波器的核心，它决定着示波器的存储带宽、分辨率等主要指标。宽带示波器中 A/D 变换器主要是并行比较式和并串比较式两大类。

D/A 变换器用于产生阶梯波，对其准确度和建立时间要求较高，因为准确度不高会影响扫描线性，建立时间长则会在显示波形上产生毛刺。

2．存储器

从数字存储示波器的要求来看，存储器应该是高速大容量的。在存储速度不高的情况下，可将高速采集的数据分路变为低速数据进行存储。采用此方法可降低对存储器的要求，利用廉价的慢速存储器来存储高速信号。

3．控制系统

控制系统主要包括时基控制电路、存储控制电路和功能控制电路。数字存储示波器在控制系统的管理下完成各种测量任务，控制系统的核心是微处理器。根据系统的复杂程度可采用单处理器或多处理器系统。

2.6.3   数字存储示波器的显示方式

由于被测信号已经被存储，波形的显示和存储可以分开进行，因此与宽带示波器相比，数字存储示波器对其显示的速度要求不高。

数字存储示波器的显示方式灵活多样，具有基本显示、抹迹显示、卷动显示、放大显示和X-Y 显示等，可适应不同情况下波形观测的需要。

1. 基本显示方式

将存储在存储器中的数据按地址顺序取出，经过 D/A 变换还原为模拟量，模拟量送示波管的 Y 偏转板；同时把地址按顺序送出，经 D/A 变换为阶梯波，送 X 轴作为扫描信号，即可将存储的波形显示在屏幕上。

这种显示方法的特点是：无论是 Y 轴数据，还是 X 轴数据，都必须通过 CPU 传送，因此，数据传送速度受到一定限制。

2. 抹迹显示方式

抹迹显示方式是指在 CRT 屏幕上从左到右更新数据。通过配置写、读和扫描计数器，当某存储单元有新的数据写入时，马上读出并显示出来，在屏幕上看到波形曲线自左向右刷新。

3. 卷动显示方式

卷动显示方式与数据的存储和读出方式有关。卷动显示方式的特点是：新数据出现在 CRT 屏幕最右边，并从右向左连续推出，相当于观测的时间窗口从左向右移动。

这种显示方式与抹迹显示方式的区别在于，抹迹显示方式无预触发功能。

4. 显示技术的改进

数字存储示波器是将取样数据显示出来，由于取样点不能无限增多，能够做到正确显示的前提是必须有足够的点来重新构成信号波形。考虑到有效存储带宽问题，一般要求每个信号显示 20~25 个点。但是，较少的采样点会造成视觉误差，可能使人看不到正确的波形。数据点插入技术可以解决点显示中视觉误差问题。

数据点插入技术常常使用插入器将一些数据补充给仪器，插在所有相邻的采样点之间。主要有线性插入和曲线插入两种方式。线性插入法仅按直线方式将一些点插入到采样点之间，在有足够的点可以用来插入时，这是一种令人满意的简单办法。曲线式插入法以曲线形式将点插入到采样点之间，这条曲线与仪器的带宽有关，曲线式插入法可以用较少的插入点构成非常好看的曲线。但必须注意，可供使用的点仅仅构成显示的实际点，使用曲线插入器必须注意形状特殊的波形和高频分量。

▶▶▶ 2.6.4 数字存储示波器的技术指标

数字存储示波器除了具有与通用示波器相同的指标外，还有其特有的技术指标，主要包括以下几项。

1. 取样速率

取样速率是指单位时间获取被测信号的样点数。目前，在数字存储示波器的 Y 通道中，限制最高采样速率的因数主要是 A/D 的转换速度。因此，采样速率通常指对被测信号进行取样和 A/D 转换的最高频率，通常用最高频率或用一次取样和 A/D 转换的最短时间表示。

2. 存储带宽

模拟示波器的带宽是以 3dB 带宽定义的，而数字存储示波器的存储带宽是指以存储方式工作时所具有的频带宽度。根据采样定理，存储带宽上限值低于最高取样频率的二分之一。存储带宽描述了示波器捕捉信号的能力。

3. 测量分辨率

测量分辨率通常用 A/D 转换器或 D/A 转换器的二进制位数表示，位数越多，分辨率越高，测量误差和波形失真越小。

4. 存储容量

存储容量又称为存储长度，通常定义为获取波形的取样点数目，用数据存储器的存储容量的字节数表示。

5. 断电存储时间

断电存储时间通常指参考波形存储器断电后能保存波形的最长时间。

6. 测量计算功能

测量计算功能说明数字存储示波器所具有的各种测量计算功能，如波形的电压、频率周期和时间等参数的测量和计算。

7. 测量准确度

测量准确度指数字存储示波器在进行波形测量时，测量结果数字示值的最大误差。垂直和水平通道各有其准确度指标。

8. 触发延迟范围

触发延迟范围说明信号触发点与时间参考点之间相对位置的变化范围，又分为正延迟和负延迟，一般用格数或字节数表示。

9. 读/写速度

读/写速度是指由存储器中读出数据和写入数据的速度，一般用读或写一个字节所用的时间表示，读/写速度可进行选择。

10. 输出信号

输出信号说明数字存储示波器输出信号的种类和特性，主要包括输出信号种类、数据编码方式、输出信号电平和通信接口类型等。

▶▶▶ 2.6.5　CA1102/2102/1052/2052 数字存储示波器的使用方法

除非另有说明，所有技术规格都适用于 CA1102/2102/1052/2052 系列数字示波器。其中 CA1102、CA1052 为黑白 LCD；CA2102、CA2052 为彩色 LCD，在下面的技术规格中以 CA2102（带宽 100MHz）、CA2052（带宽 50MHz）为例进行叙述。另外，示波器必须首先满足"在规定的操作温度下连续运行 10min"这一条件，才能达到这些规格标准。

1. 技术规格

除标有"典型"规格的字样外，所有规格都有保证。技术规格有：

（1）获取状态：采样、峰值采样、平滑。

（2）输入耦合：直流、交流或接地。

（3）输入阻抗：1MΩ±3% 并联（20±6）pF。

（4）探极衰减：1×、10×、100×。

（5）最大输入电压：400V（直流加交流峰值）。

（6）通道共模抑制比：CA1102/2102 在 100MHz 时为 20：1；CA1052/2052 在 50MHz 时为 20：1。

（7）通道隔离度：CA1102/2102 在 100MHz 时为 20：1；CA1052/2052 在 50MHz 时为 20：1。

（8）数字转换器：8 比特分辨度，两个通道同时取样。

（9）偏转系数：从 BNC 输入，2mV/DIV～5V/DIV。

（10）模拟带宽：20MHz（2mV/DIV）；

CA1102/2102（1052/2052）100（50）MHz：5mV/DIV～5V/DIV。

（11）单次带宽：25MHz。

（12）交流耦合：≤10 Hz。

（13）上升时间（从 BNC 输入）：约 17.5ns，2mV/DIV，CA1102/2102 约 3.5ns。

（14）直流增益精确度：±4%，5mV/DIV，±3%，10mV/DIV 以上。

（15）电压测量精确度：±（3%×读数+0.05 分度）。

（16）取样率范围：500S/s～100MS/s、10GS/s（等效）。

（17）记录长度：每个通道 25k 个取样。

（18）秒/刻度范围：5ns/DIV～5s/DIV，顺序按为 1-2.5-5 进制。

（19）取样率和延迟时间精确度：±100ppm（在任何≥1ms 的间隔时间）。

（20）时间测量精确度：±（1 取样间隔时间+100ppm×读数+0.6ns）。

2．基本操作

数字存储示波器前面板分为几个功能区，使用和寻找都很方便。这里概要介绍各种控制钮及屏幕上显示的信息。数字存储示波器的前面板如图 2-24 所示。

图 2-24　数字存储示波器的前面板

（1）显示区

显示图像中除了波形外，还有有关波形和仪器控制设定值的细节显示区，如图2-25所示。波形显示的获得取决于仪器上的许多设定值。一旦获得波形，即可进行测定。但是，这些波形的外形也提供了有关波形的重要信息。

图2-25　数字存储示波器显示屏

显示屏上有关数字标识说明如下：1 表示在采样状态；2 为触发状态，表示是否具有充足的触发信源或获取是否已停止；3 为指针，表示时基系统延迟触发位置，这其实也就是示波器水平位置；4 为触发位置显示，表明垂直中心与触发位置之间的（时间）偏差，屏幕中心等于零；5 为 M，表示选中主时基，W 表示选中视窗扩展；6 为显示当前菜单；7 为指针，表示触发电平，当信号中的幅值达到此电平时即产生触发；8 为图标，表明边沿触发时所选的触发斜率；9 表示所选取的触发信源；10 为读数，表示时基设定值；11 为读数，表示通道2垂直偏转系数，如果在数值前显示向下的箭头，则表示该通道反相被打开；12 为读数，表示通道1垂直偏转系数，如果在数值前显示向下的箭头，则表示该通道反相被打开；13 为在该显示区显示波形存储信息等；14、15 为屏幕上指针，表示所显示的波形的接地基准点，如果没有指针，就说明该通道被关闭；16 为扩展时基设定值；17 为两个光标，用于测量时间和电压等波形参数。

（2）垂直控制钮

CH1（通道1）和 CURSOR1 POSITION（光标1位置）：垂直调整通道1显示，或确定光标1位置。

CH2（通道2）和 CURSOR2 POSITION（光标2位置）：垂直调整通道2显示，或确定光标2位置。

MATHMENU（数学功能值菜单）：显示波形的数学操作功能菜单，当 CH1 和 CH2 反相被关闭时，MATH 值为 CH+CH2；反之若全部打开，则为-CH1-CH2。

CH1 MENU（通道1功能菜单）和 CH2 MENU（通道2功能菜单）：显示通道输入功能

菜单选择，并控制通道显示的接通和关闭。

VOLTS/DIV（通道 1 和通道 2 的伏/度）：选择合适的偏转系数。

（3）水平控制钮

POSITION（位置）：调整所有通道的水平位置。

HORIZONTAL MENU（水平功能表）：显示水平功能菜单。

SEC/DIV（秒/度）：为主时基选择水平时间/刻度（偏转系数）。

（4）触发控制钮

LEVEL（电平）和 HOLD OFF（释抑）：这个控制钮具有双重作用，在水平功能菜单里有说明。作为触发电平控制钮，它设定信号必须通过的振幅，以便进行获取。作为释抑控制钮时，它设定接收下一个触发事件之前的时间。

TRIGGER MENU（触发功能表）：显示触发功能菜单。

SET LEVEL TO 50%（中点设定）：触发电平设定在信号电平的中点。

FORCE TRIGGER（强制触发）：无论示波器是否检测到触发，按下此钮均可完成当前波形捕获。这在"单次"及"正常"触发模式中很有用。在"自动"模式下，如果未检测到触发，示波器会周期性地强制触发。但如果示波器设置在 STOP，则强制触发不起作用。

（5）控制钮

SAVE/RECALL（储存/调出）：显示储存/调出功能菜单，用于设置和波形显示。

MEASURE（测量）：显示自动测量功能菜单。

ACQUIRE（获取）：显示获取功能菜单。

DISPLAY（显示）：显示显示类型功能菜单。

CURSOR（光标）：显示光标功能菜单。当显示光标功能菜单时，用 CH1 和 CH2 垂直位置控制钮来调整光标位置。当屏幕不显示光标功能菜单时，光标仍将被保持显示（除非关闭），但不能进行调整。

UTILITY（功能）：显示辅助功能菜单。

AUTOSET（自动设定）：本仪器根据被测信号自动设定仪器各项控制值，无须人工干预即可使输入信号以合适的设置来稳定显示。

INTERFACE（RS-232 接口）：启动与计算机通信。

RUN/STOP（启动/停止）：启动和停止波形获取。

PROBE COMP（探极补偿器）：用来使探极补偿与输入电路相匹配。

探极补偿器接地和 BNC 屏蔽连接到地面：请勿将电压源连接到这些接地终端。

CH1（通道 1）和 CH2（通道 2）：波形显示所需的输入连接器。

EXT TRIG（外部触发）：外部触发信源的输入连接器。使用触发功能菜单来选择触发信源。

3. 功能介绍

（1）获取

按 ACQUIRE（获取）钮来设定获取参数。在这个菜单里有三种获取方式，即采样、峰值采样和平均。当在采样方式时，即为正常的获取，采集的数据直接显示；当在峰值采样方式时，仪器可采集到低频信号中的高频分量；当在平均方式时，按设定的平均次数采样相应的数据经过平均处理后显示，平均方式可去掉被测信号中的噪声。

要点：如要探测含有不连贯的窄脉冲波形干扰的嘈杂信号，波形显示将根据所选择的获取状态而异。

（2）自动设定

自动设定功能用于自动调节各种控制值，以产生可使用的输入信号显示。

（3）光标

按 CURSOR（光标）钮，即出现测量光标和光标功能菜单。

要点：光标移动，用垂直两个通道的波形移位钮来移动光标 1 和光标 2。只有在光标功能菜单显示时，才能移动光标。

（4）显示

按 DISPLAY（显示）钮，即可选择波形的显示方式并改变整个显示外观。

（5）X-Y 方式

选择 X-Y 显示方式以后，水平轴线上显示通道 1，垂直轴线上显示通道 2。此时使用取样获取状态，数据成光点显示，取样率为固定值。

各种控制钮的操作如下：通道 1 的 VOLTS/DIV（伏/格）钮和垂直波形位置控制钮分别设定水平偏转系数和位置；通道 2 的 VOLTS/DIV（伏/格）钮和垂直波形位置控制钮分别设定垂直偏转系数和位置。而以下功能在 X-Y 显示格式中不起作用：基准或数学值波形、光标、自动设定（重新设定到 YT 显示方式）、时基控制、触发控制。

（6）接口

通过示波器输出端口与外设连接，将波形及其参数显示在计算机上，并可存储或打印。

接口软件安装（适用于 Windows 98、Windows 2000）：将数字示波器所附光盘放入计算机光驱，并打开光盘文件，双击 SETUP.exe 图标，则进入 CALTEK_DSO Setup 安装向导，将进入选定安装位置，可以在目标文件夹下输入要安装的位置或者计算机默认的状态，然后单击 Next 按钮，当屏幕出现："CALTEK_DSO has been successfully Installed" 时，单击 Finish 按钮。

接口使用：首先将数字示波器所附的 RS-232 电缆线连接计算机和 CA2102 数字示波器，在检查连接无误后，打开仪器电源。其次将被测信号输入数字示波器，并对示波器进行相应操作，使显示波形符合要求。然后按数字示波器面板上的 "INTERFACE" 键，根据波形所输入的通道选择信源(信源有两种:CH1、CH2)，如果传送到计算机上的波形是 CH1 的信号，则将信源选择为"CH1"。单击计算机的 "开始" 按钮，进入 "程序"，并寻找 "CALTEK_DSO" 程序，单击右边的 "CALTEK_DSO"，打开显示界面（也可创建快捷方式）。单击显示界面的开始接收按钮，屏幕出现 "系统信息" 对话框。按示波器屏幕上的 "通信" 按钮，根据屏幕提示按 "RUN" 键，则进入数据传输，这个时间大约需要 20s（如果扫描时基处于 100～5ns/DIV 挡级，则需要的时间相对更长）。进入通信时，示波器的键盘操作不再响应。通信结束后，示波器将自动返回原操作界面。

功能键说明如下。

① 通道选择：用于选择显示在计算机屏幕上的通道波形，有三种方式：CH1、CH2、CH1 和 CH2 同时显示。

② 采样方式：告诉使用者当前传送到计算机的波形数据的采样方式，如果进入 100～5ns/DIV，则采样方式自动显示为 "随机"。

③ 其他键操作：在有波形显示时，可看到操作这些键波形将发生相应变化。

（7）水平控制

可使用水平控制钮来改变时基、水平位置及波形的水平放大。

要点：秒/度，如波形获取被停止（使用启动/停止钮），秒/刻度控制可扩张或压缩波形。扫描状态显示，当秒/刻度控制设定在 100ms/刻度或更慢，并且触发状态设定在自动位置时，仪器进入扫描获取状态。在此状态下，波形自左向右显示最新平均值。在扫描状态中，没有波形的水平位置或触发控制显示。如果要存储扫描获取状态下的波形，则要先按 RUN/STOP 钮，然后进入储存/调出方式，请参看储存/调出功能说明。

释抑：释抑功能用来同步非周期性波形的显示。

仪器识别一个触发事件以后，即禁止触发系统运行，直至获取操作完成为止。这时释抑开始，在每次识别获取后的释抑时间里，触发系统保持被禁止状态。

（8）数学值

按 MATHMENU（数学值功能表）钮，即显示波形数学值操作。再次按数学值功能表钮，则关闭数学值波形显示。当 MATHMENU 打开时，实现 CH1+CH2 数学值操作。如果要进行 CH1–CH2 运算，则将 CH2 反相打开；同理，要进行–CH1+CH2 运算，则将 CH1 反相打开。

要点：伏/格，VOLTS/DIV（伏/格）控制钮用来测量通道 1 和通道 2 波形，从而给数学值波形分度。数学值操作，每个波形只允许一项数学值操作。

（9）测量

按 MEASURE（测量）钮，即进入自动测量操作，本仪器具有五项参数测量功能，在同一时间中最多可显示其中的四项。如果要改变测量参数，请按相应的按键进入。

在选取"信源"后，确定想要进行测定的通道。

要点：测定每一波形（或在两个波形之间分配）一次可显示最多四项自动测量值。波形通道必须处于开启（显示）状态，才能进行测定。

在基准波形或数学值波形上，或在使用 XY 状态或扫描状态时，都不能进行自动测量。

（10）储存/调出

按 SAVE/RECALL（储存/调出）钮，即可储存或调出波形。

储存和调出波形：可以在永久性储存器中储存两个基准波形。这两个基准波形可以与当前获取波形同时显示。调用的波形不能调整。如果选择"类型"为"设置"，则用于储存操作设置。本仪器可保存五种面板操作设置，在以后需要使用某一种设置时，先选择"设置记忆"的编号，然后按"调出"键即可。

触发方式有两种：边沿触发和视频触发，每类触发使用不同的功能菜单，边沿触发方式是在触发阈值上触发输入信号的边沿。

要点：正常和自动状态，"正常"触发状态只执行有效触发，"自动"触发状态则允许在缺少有效触发时，获取功能自由运行。"自动"状态允许没有触发的扫描波形设定在 100ms/刻度或更慢的时基上。

单次触发状态："单次"触发状态只对一个事件进行单次获取。

耦合：耦合功能允许用户过滤用来触发获取的触发信号，"交流"阻挡"直流"成分，"直流"让信号的所有成分通过。

预触发：触发位置通常设定在屏幕的垂直中心。在此情况下，用户可以观察预触发信息，并且可以调节波形的水平位置，以便更详细或更粗略地查看预触发信息。

视频触发：选择视频触发后，即可在 PAL、NTSC 标准视频信号上触发（行触发或场触发），其中"正常"适用于 PAL，"反相"适用于 NTSC。

辅助功能：按 UTILITY（辅助功能）钮，即显示辅助功能菜单。

垂直控制：可以使用垂直控制钮来调节垂直偏转系数和位置，以及设定输入参数。

要点：接地耦合。"接地"耦合用于显示 0V 波形。在使用"接地"耦合时，输入 BNC 连接器与内部电路断开。在内部，通道输入与 0V 基准电平相连接。

微调：在进行偏转系数微调时，垂直偏转系数读数不显示实际的伏/格设定值，仅在伏/格设定值前显示一个">"。在伏/格控制钮回到粗调时，微调不再有效。

波形关闭：要使波形显示消失，按 CH1 MENU（通道 1 功能菜单）钮或 CH2 MENU（通道 2 功能菜单）钮，显示垂直功能菜单。再按一次功能菜单钮，则关闭波形。

4. 使用实例

（1）测量简单信号

观测电路中某一未知信号。欲迅速显示该信号，请按如下步骤操作。

① 如果被测信号的幅度估计可能在几十伏或者频率很高，请将探极的菜单衰减系数设定为 10×，并将探极上的开关设定为 10×。

② 将探极与通道 1 相连接，并连接到电路测试点。

③ 按下 AUTO（自动设置）按钮。

示波器在自动设置完成后，屏幕将显示一个稳定的波形。如果认为波形的显示还没有完全符合要求，则可以进一步手动调整垂直偏转系数（V/DIV）和扫描时基（s/DIV）。

（2）捕捉单次信号

如果要观察一个 TTL 电平的逻辑信号，触发电平应该设置成 2V 左右，当要观察其前沿时，触发斜率应设置成"上升"。如果对于信号的情况不确定，可以通过"自动"或"正常"的触发方式先行观察，待波形显示正确后再进行单次观察。如果要捕捉一个单次信号，首先需要对此信号有一定了解，以正确地设置触发电平和触发沿。操作步骤如下。

① 设置探头和 CH1 通道的衰减系数。

② 进行触发设定：按下 TRIGGER MENU 触发菜单按钮，显示触发设置菜单；在此菜单下分别应用 1~5 号菜单操作键设置触发类型为"边沿"，触发斜率为"上升"，信源选择为"CH1"，触发方式为"单次"，耦合方式为"直流"；调整水平时基和垂直挡位至适合的范围；旋转 LEVEL 触发电平按钮，调整适合的触发电平；按 RUN/STOP 执行按键，使屏幕显示为"RUN"，等待符合触发条件的信号出现。如果有某一信号达到设定的触发电平，则该波形显示在屏幕上。如果再一次捕捉单次信号，可再按一次 RUN/STOP 按键。 利用此功能可以轻易捕捉到偶然发生的事件，例如信号中含有幅度较大的突发性毛刺。如果要观察此毛刺，可将触发电平设置到刚刚高于正常信号的触发电平，按 RUN/STOP 按钮开始等待，当毛刺发生时，机器则自动触发并把触发前后一段时间的波形记录下来。通过旋转面板上水平控制区域（HORIZONTAL）的 POSITION 旋钮，改变触发位置的水平位置，可以得到不同的正、负延迟触发，便于观察毛刺发生前后的波形。

（3）进行自动测量

数字存储示波器仪器可对大多数显示信号进行自动测量，欲测量信号频率、周期、峰-峰值和平均值，请按下 MEASURE 按钮以显示自动测量菜单，按测试要求选择相应菜单的操作键后，频率、周期、峰-峰值和平均值的测量结果将显示在菜单中，并且被周期性地修改。如果无信号输入或显示的波形不符合测量频率和周期，则其测量值将显示"？"。

注意：测量结果在屏幕上的显示会因为被测信号的变化而改变，当无信号输入时，显示值为"--"。

（4）光标的测量

欲用光标测量信号的峰-峰值，请按如下步骤操作。

① 按下 CURSOR 按钮以显示光标测量菜单。

② 按下 1 号菜单操作键设置测量类型为"电压"，此时屏幕显示两条水平光标。

③ 按下 2 号菜单操作键设置信源为"CH1"。

④ 旋转 CH1 POSITION 旋钮将光标 1 置于波形的负峰值处。

⑤ 旋转 CH2 POSITION 旋钮将光标 2 置于波形的正峰值处。

此时，光标菜单中将显示下列测量值：

增　量：峰-峰值电压；光标 1：光标 1 处的电压；光标 2：光标 2 处的电压。

（5）X-Y 功能的应用

查看两通道信号的相位差，如测试信号经过一电路网络产生的相位变化。将示波器与电路连接，监测电路的输入/输出信号。欲以 X-Y 坐标图的形式查看电路的输入/输出，请按如下步骤操作。

① 将通道 1 的探头连接至网络的输入，将通道 2 的探头连接至网络的输出。

② 若通道未被显示，则按下 CH1 MENU 和 CH2 MENU 菜单按钮，以打开其通道。

③ 按下 AUTO（自动设置）按钮。

④ 按下显示菜单框按钮以选择 X-Y。示波器将以李沙育（Lissajous）图形模式显示网络的输入/输出特性。

⑤ 调整两个通道的 POSITION 和 V/DIV 开关使波形达到最佳效果，并测量相位差。另外，如果两个被测信号的频率具有整数倍关系或相位差在 4π 或 2π，则根据图形可以推算出两信号之间频率及相位关系。

（6）视频信号触发

观测 DVD 机中的视频电路，应用视频触发并获得稳定的视频输出信号显示。

如进行视频场触发，请按如下步骤操作（信号输入 CH1，并调整到合适幅度）。

① 按下触发控制区域 TRIGGER MENU 按钮以显示触发菜单。

② 按下 1 号菜单操作键选择"视频"触发。

③ 按下 2 号菜单操作键选择信源为"CH1"。

④ 按下 3 号菜单操作键设置极性为"正常"。

⑤ 按下 4 号菜单操作键选择同步为"场"。

⑥ 调整 V/DIV 水平时基旋钮，使整个场显示在屏幕上。

⑦ 按下水平 HORIZONTAL 菜单以显示时基菜单。

⑧ 将"释抑"旋钮调到适当的值，一般可选择其值为 21ms。

如进行视频行触发，请按如下步骤操作。

① 按下触发控制区域 TRIGGER MENU 按钮以显示触发菜单。

② 按下 1 号菜单操作键选择"视频"触发。

③ 按下 2 号菜单操作键选择信源为"CH1"。

④ 按下 3 号菜单操作键设置极性（"正常"适用于 PAL，"反相"适用于 NTSC）。

⑤ 按下 4 号菜单操作键选择同步为"行"。

⑥ 调整 V/DIV 水平时基旋钮为 50μs。

⑦ 按下水平 HORIZONTAL 菜单以显示时基菜单。

⑧ 将"释抑"旋钮调到适当的值。

2.7 电子仪器"接地"与"共地"问题

电子仪器"接地"与"共地"是抑制干扰，确保人身和设备安全的重要技术措施。

所谓"地"可以是指大地，电子仪器往往以地球的电位作为基准，即以大地作为零电位，在电路图中以符号"⏚"表示；"地"也可以是以电路系统中某一点电位为基准，即设该点为相对零电位，如电子电路中往往以设备的金属底座、机架、外壳或公共导线作为零电位，即"地"电位，在电路图中以符号"⊥"表示，这种"地"电位不一定与大地等电位。

▶▶▶ 2.7.1 接地问题

这里所说的"接地"是指电子仪器相对零电位点接大地。一台仪器或一个测试系统都存在接地问题。下面说明一台仪器"接地"的必要性。为防止雷击可能造成的设备损坏和人身危险，电子仪器的外壳通常应接大地，而且接地电阻越小越好（一般应在 100Ω 以下）。

在测量过程中，使用电子电压表和示波器等高灵敏度、高输入阻抗仪器，若仪器外壳未接地，当人手或金属物触及高电位端时，会使仪器的指示电表严重过负荷，可能损坏仪表。这种现象发生的原因是，当人手触及仪器的输入端时，就有一部分漏电流自交流电源的火线，经变压器和机壳之间的绝缘电阻和分布电容到达机壳，再通过仪器的输入电阻 R_i 到达输入端（即高电位端），而后通过人体电阻到大地而形成回路。由于 R_i 很高，则压降很大，常可达数十伏或更高，这相当于在仪器的输入端加了一个很大的输入信号。如果这时仪器（如电压表）处在高灵敏挡上（如 1mV 挡），必然产生过负荷现象，可能损坏仪表。同理，在仪器输入端接被测电路时，输入电阻 R_i 上既有被测信号压降又有干扰信号压降，会造成仪器工作不稳定和产生较大的误差。如果仪器外壳接大地，则漏电流自电源经变压器和机壳到大地形成回路，而不流经仪器的输入电阻，所以上述影响就消除了。

▶▶▶ 2.7.2 共地问题

所谓"共地"，即各台电子仪器及被测量装置的地端，按照信号输入、输出的顺序可靠地连接在一起（要求接线电阻和接触电阻越小越好）。

电子测量与电工测量所用仪器、仪表有所不同。从测量输入端与大地的关系看，电工测量仪表两个输入端均与大地无关，即对大地是"悬浮"的，可称为"平衡输入"式仪表，如万用表。当用万用表测量 50Hz 交流电压时，它的两个测试表笔可以互换测量点，而不影响测量结果。在电子测量中，由于被测电路工作频率高，线路阻抗大和功率低（或信号弱），所以抗干扰能力差。为了排除干扰提高测量精度，所以大多数电子测量仪器采用单端输入（输出）方式，即仪器的两个输入端中，总有一个与相对零电位点（如机壳）相连，两个测试输入端一般不能互换测量点，可称为"不平衡输入"式仪器。测试系统中这种"不平衡输入"式仪器，它们的接地端（⊥）必须相连在一起。否则，将引入外界干扰，导致测量误差过大。特别是当各测试仪器的外壳通过电源插头接大地时，若未"共地"，会造成被测信号短路或毁坏被测电路元器件。

第 3 章　电子工艺知识与制作

3.1　电原理图的画法

说明电子设备中各元器件或单元间电的工作原理及连接关系的图叫电原理图。这种图的特点是以元器件的图形符号代替其实物，以实线条表示电性能的连接，按电路的原理进行绘制。它是电工和电子产品的主要技术文件之一。

▶▶▶ 3.1.1　部分元器件的图形符号和文字符号

电原理图中，元器件图形符号的形状和画法，国家标准局有严格规定（即国标，代号"GB"），它是技术法规之一，不得任意更改或乱画。只有严格执行国标，技术人员才有共识。GB 4728（电气图用图形符号）详尽规定了电工、电子元器件的图形符号，使用时务必按其规定执行。

▶▶▶ 3.1.2　电原理图的绘制

画电原理图有两层含义，一是根据设计意图和资料，按规定画法绘制电原理图；二是在技术资料不齐全或无资料的情况下，根据设备实体绘制电原理图。在此，仅介绍第一种。

1. 绘制电原理图的一般规则

（1）元器件图形符号的布局或单元电路的布局，要疏密相间，排列均衡，保持图面紧凑而又清晰。

（2）整个图面上的各种排列应由左到右，由上到下，一般单元电路的输入部分应排在左端，向右依次为功能部分和输出部分。

（3）元器件图形符号的排列方向应与图纸底边平行或垂直，尽量避免斜线排列。

（4）引线折弯处要成直角。

（5）两条引线相交时，如果两线在电路上是连接的，则在两线交点处要用黑点表示；如果两线不相连，则无黑点。

（6）在产品中共同完成一定任务的一组元件，不论其在产品结构中的位置是否在一起，在图上都可以画在一起，可将该组件画上点画轮廓线。

（7）为了减少线条，在图中可将许多根单线汇成一总线（总线不加粗），汇合处用45°或90°角表示，并在每根汇合线的两端标以相同的序号。

（8）图中可动元器件的位置为：①开关在断路位置；②转换开关在断路位置或最具有代表性的位置；③继电器、接触器等电磁可动器件在无电压作用的位置；④限制器在符合产品正常工作的位置。

（9）为了图纸清晰，允许将某些元器件的图形符号（如多级开关、继电器等）分成几个部分，分别绘在图面的几个部位，但各个部分的位置代号应该相同。

（10）对于串联或并联的元件组，在图上只绘出一个图形符号，但要在元件目录表的备注栏中加以说明。

（11）各种图形符号在同一张图上要有一定比例，同一种图形符号尺寸要一致。

（12）在有必要说明波形变化时，允许在图上标出波形形状和特征数据。

（13）图形符号位置的安排，应以半导体器件为中心进行配置。通常共射或共集电路基极引线以水平放置为宜，而共基电路基极引线则以垂直为宜。

2．绘图步骤简介

根据上述绘图规则、图形符号及尺寸和电原理图的繁简情况，估算出欲画电原理图的高度和宽度，以便选择恰当的图纸幅面或在技术文件（实验报告、研究报告、设计方案和产品说明书等）上留出合适的插图位置和范围，使所画电原理图布局合理，疏密适当，以利于读图。

（1）估算电路图尺寸。首先，应对电路图的横向宽度和纵向高度进行估算。不论电路图繁简，均应以"草图"横向元器件图形符号最多处估算宽度，以纵向元器件图形符号最多处估算高度。选定估算位置及其元器件图形符号数目以后，可依实际情况选定每个图形符号的尺寸，并计算出横向各图形符号尺寸之和，再加上每个图形符号两端引线的长度（引线长度的选定，以元器件图形符号疏密适中和易于标注元器件位置代号、标称值为原则），即为电路图的宽度。以同样估算方法，可求出电路图的高度。

（2）按上述同样方法，确定每一级的宽度，并确定半导体器件的位置（一般均居中）。然后，依次画上半导体器件周围的元件图形符号。

（3）最后，将要连接的线条交叉点涂成黑圆点，画上接地符号"⊥"，标注电源符号和电压值，标注元器件位置符号和标称值，即完成了整个电路图的绘制工作。

3．元器件位置符号和标称值的标注方法

元器件位置符号由文字符号及注角阿拉伯数字组成，如 R_1、R_2，C_1、C_2 等。位置符号应标注在图形符号上方或左方；元器件型号或标称值应标注在位置符号之后或之下。

3.2　实验电路安装

要达到实验目的，取得满意的实验结果，不仅取决于电路原理和测试方法的正确性，而且还与电路安装的合理性紧密相关。例如，装一个高增益的放大器，由于布线（或印制电路设计）不合理，就可能产生寄生振荡，而使放大器不能正常工作。

电子元器件必须安装在实验板上才能构成实验电路。实验板有铆钉板、印制电路板和插件板（俗称"面包板"）三种。目前，广泛应用插件实验板，下面简单介绍其使用方法。

▶▶▶ 3.2.1　插件实验电路板的使用方法

现代的实验电路板都是无焊接的。使用时，可将元器件简单地插入或拔出，可迅速地改变电路布局，元器件可长期重复使用。插孔之间的连线表示插孔之间内部电的连接关系。板中间部位的间隙，是为直接插入集成电路组件而设置的（一般不需要专用集成电路插座）。板上每个插孔内都装有金属簧片，以保证元器件插入后接触良好。

一些体积较大的元器件，不能直接插入电路板上，应装在板外某种形式的安装支架上，再用单股导线接到电路板上。连接导线剥头一般在 5mm 左右，不宜过长或过短。

使用插件实验电路板要注意清洁。切勿将焊锡或其他异物掉入插孔内，用完后要用防护罩盖好，以免灰尘进入插孔。

目前插件电路板有好多种规格。但不管哪一种，其结构和使用方法都大致相同，即每列五个插孔内均用一个磷铜片相连。这种结构，造成相邻两列插孔之间分布电容大。因此，插件电路板一般不宜用于高频电路实验中。

3.2.2　元器件安装方式

若采用铆钉实验板，在一般情况下，应以板面为基准，电容器、半导体三极管等元器件采用立式安装，而电阻器、二极管等采用卧式安装。

不能直接焊接在铆钉板上的元器件，如中频变压器、集成电路插座等，需将其引线加长并将加长的引线焊接在铆钉上。

若采用印制电路实验板，则仍以板面为基准，也有立式和卧式两种安装方式。

集成电路可采用直接焊在板上或将其插座焊在板上两种安装方式，焊接或插入集成电路时，要确认定位标记，切勿焊（插）反。

当采用插件实验板时，元器件的安装方式可根据实验电路的复杂程度灵活掌握。

不论采用哪一种实验板，均应注意以下几点。

（1）通常实验板左端为输入，右端为输出。应按输入级、中间级、输出级的顺序进行安装。

（2）同一块实验板上的同类元器件应采用同一安装方式，距实验板表面的高度应大体一致。若采用立式安装，元器件型号或标称值应朝同一方向，而卧式安装的元器件型号或标称值均应朝上方，集成电路的定位标志方向应一致。

（3）凡具有屏蔽罩的磁性器件，如中频变压器等，其屏蔽罩应接到电路的公共地端。

（4）由于是进行实验，所以元器件的引线一般不宜剪得过短，以利重复使用。

3.2.3　布线的一般原则

实践证明，虽然元器件完好，但由于布线不合理，也可能造成电路工作失常。这种故障不像脱焊、断线（或接触不良）或器件损坏那样明显，多以寄生干扰形式表现出来，很难排除。

元器件之间电的联系均由导线完成。所以，合理布线的基础是合理地布件（即确定各元器件在实验板上的位置，也称排件）。布件不合理，一般布线也难于合理。

一般布线原则如下。

（1）应按电原理图中元器件图形符号的排列顺序进行布件，多级实验电路要成一直线布局，不能将电路布置成"L"或"II"字形。如受实验板面积限制，非布成上述字形不可，则必须采取屏蔽措施。

（2）布线前，要弄清引脚或集成电路各引脚的功能和作用，尽量使电源线和地线靠近实验电路板的周边，以起到一定的屏蔽作用。

（3）信号电流强的与弱的引线要分开；输入与输出信号引线要分开，还要考虑输入、输出引线各自与相邻引线之间的相互影响，输入线应防止邻近引线对它产生干扰（可用隔离导线或同轴电缆线），而输出线应防止它对邻近引线产生干扰。一般应避免两条或多条引线互相平行；所有引线应尽可能地短并避免形成圈套状或在空间形成网状；在集成电路上方不得有导线（或元器件）跨越。

（4）所用导线的直径应和无焊接板的插孔粗细相配合，太粗会损坏插孔内的簧片，太细导致接触不良；所用导线最好分色，以区分不同的用途，即正电源、负电源、地、输入与输出用不同颜色导线加以区分。如习惯上正电源线用红色导线，地线用黑色导线。

（5）布线应有步骤地进行，一般应先接电源线、地线等固定电平连接线，然后按信号传输方向依次接线并尽可能使连线贴近实验面板。

▶▶▶ 3.2.4 去耦与接地知识简介

1. 去耦

去耦又称为退耦，就是消除寄生耦合。寄生耦合是经公共阻抗（互阻抗）而产生的。如由于公共电源内阻的存在而产生的寄生耦合。寄生耦合普遍地存在于各类电子电路中，其影响轻者使传输的信号质量变坏，重者导致自激，破坏电路的放大作用或逻辑功能。

消除寄生耦合的有效措施是加 RC（或 LC）去耦电路。去耦电路的作用是使各级交流信号在本级附近形成回路，从交流意义上讲，把各级互相隔离起来（除正常信号耦合外）。在实施去耦措施时，尤其要注意把强信号级（如末级）和弱信号级（如输入级）隔离起来。

滤除低频干扰通常用大容量的电解电容，滤除高频干扰用小容量电容器。若将小容量电容器并联使用，则能同时滤除低频和高频。这种情况在实际电路中是常见的。

2. 低频单元电路接地问题

在电原理图上，应接地的元件可随处画上接地符号。然而，在实际安装电路时，却不能把该接地的元器件接在"地线"的任意点上。单元电路接地有一点接地和多点接地两种方式。对于单元电路而言，应该只有一个接地点。这是因为"地线"不可能是理想的零阻抗，因此多点接地往往会引入地阻抗带来的干扰电压。所以单元电路正确的接地方式是单点接地。至于多级电子电路的接地方式问题，原则上与单级类似。

上述内容虽有些繁杂，但对于搞好电子电路实验具有实际意义。初学者往往忽略去耦问题，装接电路时，又常常把直流馈电线接得很长，无形中增大互阻抗，给实验带来许多麻烦。一个有经验的实验人员，实验开始应首先检查直流电源是否纯净。因为即使不存在电路内部的寄生耦合，但直流电源本身有时也会存在故障（常见的是纹波过大），一些外界干扰有时也会由交流电源串入直流电源。发现问题要采取相应措施加以消除。如果在直流电源不纯净的情况下进行实验，效果不会好，甚至无法继续进行实验。

3.3 印制电路的设计与制作

印制电路是在一块平面绝缘敷铜板（多为玻璃布敷铜板）上印制成电路，这种板称为印制电路板。它与用普通导线接成的电路相比，具有尺寸小，简化装配工序，提高安装效率，增强电路工作可靠性等优点。

▶▶▶ 3.3.1 印制电路板图设计原则

印制电路板图设计原则如下。

（1）印制导线宽度应与传导的电流大小相适应。例如，直流电源线传导电流可达几安培，一般按每安培 3mm 左右加宽线条。小电流的电路线条主要是考虑其机械强度，一般取宽度为 1.5mm，微小型设备线条宽可取 0.5mm 或再窄一些。

（2）印制导线间距一般取 1.5mm。间距过小抗电强度下降，分布电容增大（在高频电路中其作用不可忽视），容易造成线间击穿和电路工作不稳定等现象。

（3）焊点处应加大面积，一般取焊点直径为 3mm 左右。加大焊点面积一方面可以加大焊点接触面，提高焊点质量；另一方面又可防止在焊接过程中焊点铜箔因受热而剥离。

（4）输出信号印制导线与输入信号线平行时，要防止寄生反馈，防止的办法一般是加宽线间距离，或在输出与输入线间加一根地线（直流电源线也可，因其为交流零电位），可起一定隔离作用。

（5）直流电源线和地线的宽度，要以减小分布电阻，即减小寄生耦合为依据。必要时，可采取环抱接地的方法，即将印制电路中的空位和边缘部分的铜箔全部保留作为地线的方法。这样既加大了地线面积，又增强了屏蔽隔离作用。

（6）线间电位差较高时，要注意绝缘强度，应适当增大线间距离。如果信号线与高压线平行，可在增加线间距离的基础上，在两线之间再增加一条地线，以防止高压对信号线的泄漏。

（7）同一台电子设备的各块印制电路板，其直流电源线、地线和置零线的引出脚要统一，以便于连线和测试；高压引出脚两侧应留出空脚；电流较大的引出脚可几脚并用。

（8）一般将公共地线布置在板的边缘，以便于将印制电路板安装在机壳上；电源、滤波、控制等直流、低频导线和元件，靠边缘布置；高频导线及元器件，布置在板子中间部位，以减小它们对地或机壳的分布电容。

（9）印制电路板上应标注必要的字和符号。例如，在晶体管引脚的位置焊点旁注上 e、b 和 c；在电源线上注出"+"或"-"和电压值等。这样，便于焊接和调试。但应注意所注的字和符号不要把印制导线和元件短路。

（10）设计印制电路时，可先将元器件按电路信号流程成直线排列在纸上（即排件），并力求电路安排紧凑，元器件密集，以缩短引线。这对高频和宽带电路十分重要。然后，用铅笔画线（即排线），排件和排线要兼顾合理性和均匀性。

（11）设计印制电路的主要矛盾是解决导线交叉问题。在单面板上解决交叉线的方法，是靠元器件的空位，印制导线穿越这些空位就可避免导线交叉。当单面板不能解决导线交叉问题时，可采用双面敷铜板解决。

▶▶▶ 3.3.2　印制电路板制作

制作方法较多，其中最常用的是铜箔腐蚀法。该法是把需要印制的电路图形照相制版，用照相版直接在涂有感光液的铜箔板上感光，得到耐腐蚀的电路图形；然后，用三氯化铁溶液腐蚀，把没有保护层的铜箔腐蚀掉，留下需要的电路图形，成为印制电路板。

在学校实验室中，常用简易腐蚀法，即先把敷铜板表面的油污清除掉，用调稀的油漆在敷铜板上绘制所设计的电路图，待漆干了以后，将敷铜板浸入三氯化铁溶液中，没有漆的部分，铜箔被腐蚀掉，留下的就是涂漆的电路。然后用汽油、香蕉水等稀释液擦去油漆，用擦字橡皮擦亮电路，涂上一层松香酒精溶液即可。

铜箔腐蚀的速度与三氯化铁溶液的浓度和温度有关，在常温下，浓度高，腐蚀速度快（浓度大致为一份三氯化铁、两份水）。

焊接元件前，应对印制电路板进行仔细检查，看其是否有短路和断路现象。若存在，则必须排除，免得装配后在通电时损坏元器件和设备。

3.4　焊接工艺知识与操作

锡焊（又称软焊）可以使元器件引线与连接导线、焊点之间产生可靠的电气和机械连接。

锡焊具有方便、经济和防止焊接头氧化的优点，因此被广泛应用于电子电路的装配过程中。

锡焊方法有手工焊、浸焊和波峰焊等。本节重点介绍手工焊，同时也简单介绍一些波峰焊知识。

▶▶▶ 3.4.1 手工焊接知识

1. 电烙铁及其使用

电烙铁有内热式、外热式和吸锡式等品种。按其功率分有 15W、20W、30W、45W、100W 和 300W 等几种，应根据所焊元器件的大小和导线粗细来选用。一般焊接晶体管、集成电路和小型元件时，选用 15W 或 20W 即可。

烙铁头用紫铜圆棒制成，前端加工成楔状，焊接前应将楔状部分的表面刮光，通电升温后马上蘸上松香，再涂镀上焊锡，这个过程称为"吃锡"。已用过的烙铁，在用前也一定要处理好头部再用。长时间通电而未用，烙铁头会因温度不断升高而氧化发黑，造成"烧死"现象。"烧死"后必须重新处理再用。烙铁头的温度通常用改变烙铁头伸出的长度进行调节。这样做，使烙铁头与加热部分接触面积发生变化，达到调节电烙铁温度的目的。也可以用降低电源电压的方法来降低电烙铁温度。

2. 焊料

常用的焊料是锡铅合金，俗称焊锡。其作用是把元器件与导线连接在一起。要求焊料具有良好的导电性、一定的机械强度和较低的熔点，一般选用熔点低于 200℃的焊锡丝为宜。

3. 焊剂

焊剂的配方较多，常用的焊剂是松香。它的软化温度约为 52～83℃，加热到 125℃时变为液态。若将 20%的松香、78%的酒精和 2%的三乙醇胶配成松香酒精溶液，会比单用松香效果好。若将 30g 松香、75g 酒精、15g 溴化水杨酸和 30g 树脂 A 配成焊剂，则效果更好。酸性焊油具有腐蚀性，装配电子设备时不准使用。

焊剂的作用是提高焊料的流动性，防止焊接面氧化，起到助焊作用。

4. 手工焊操作要点

（1）掌握好焊接温度和时间是焊接质量优劣的关键所在。烙铁温度低，焊接时间短，焊料流动不开，容易使焊点"拉毛"或造成"虚焊"，虚焊焊点成渣状，内部没有真正渗入熔锡，好似焊点包了一层结构粗糙的锡壳。反之，若烙铁温度过高或焊接时间过长，焊接处表面被氧化，也容易造成虚焊，即使焊上了，焊点表面也无光泽。一般烙铁温度应控制在 200～240℃范围内，焊接时间在 3s 左右（视温度和焊料而异）。经验表明，焊接开始时，焊锡吸附在烙铁头附近，当看到液态锡流动后焊点收缩那一瞬间，即表明熔锡已经渗入了焊点，应立刻提起烙铁。

（2）用焊锡丝焊接时，应先将烙铁头在焊点表面预热一段时间，再把焊锡丝与烙铁头接触，焊锡熔化流动后就能牢固地附着在焊点周围。良好焊点应该是锡量适当、光洁圆润。

（3）焊接前，一定要刮去元器件和导线焊接处的氧化层，处理干净后立即涂上焊剂和焊锡，这一过程称为"预焊"或"搪锡"。否则，易造成虚焊。

（4）焊接 MOS 型场效应管和集成电路时，电烙铁外壳必须接地线或将烙铁电源插头拔下后焊接，以防交流电场击穿栅极损坏器件。

（5）扁平封装集成电路引出线多而且间距较小。焊接前，应用工具将其外引线合理整形

（应一次成形，不要从根部弯曲，否则易折断），使每根引线对正所要焊的焊点，然后逐个进行焊接。

3.4.2　波峰焊接法简介

现代电子工业自动生产线上，印制电路板的焊接采用波峰焊接法。其特点是：一块印制电路板上全部焊点均一次完成焊接，效率高，质量稳定。

波峰焊接的工作过程为：将插好电子元器件的印制电路板的铜箔面朝下并装在夹具上，夹具装在传送带上，传送带以 25mm/s 的速度运动。第一级经过泡沫喷涂器进行助焊剂喷涂；第二级是红外线预热器，使印制电路板表面逐渐加热，助焊剂汽化；然后经过锡锅，锡锅中装满熔锡，锅的中心部位用机械装置搅动熔锡使熔锡表面产生隆起的波峰（约高出熔锡表面 13～15mm），当印制板平面稍有倾角经过熔锡波峰时，锡焊就完成了；最后，印制板经冷风冷却并传送到下道工序。

波峰焊接没有锡渣的影响，所以焊接质量高而稳定。因为锡渣不能停留在熔锡的波峰上，而是漂浮在锡锅的四周。常在锡锅中加入少量的耐高温油，油和锡渣一样也是漂浮在锡锅的四周，使锡和空气隔绝，以减少锡渣。

3.5　SMT 表面安装技术

表面安装技术（Surface Mount Technology，SMT），是将表面贴装元器件贴、焊到印制电路板表面规定位置上的电路装联技术，所用的印制电路板无须钻孔。具体地说，就是首先在印制板电路焊盘上涂布焊锡膏，再将表面贴装元器件准确地放到涂有焊锡膏的焊盘上，通过加热印制电路板使焊锡膏熔化，冷却后便实现了元器件与印制板之间的互连。20 世纪 80 年代，SMT 生产技术日趋完善，采用表面安装技术的元器件大量生产，价格大幅度下降，各种技术性能好、价格低的设备纷纷面世。用 SMT 组装的电子产品具有体积小，性能好，功能全，价位低的优势，故 SMT 作为新一代电子装联技术，被广泛地应用于航空、航天、通信、计算机、医疗电子、汽车、办公自动化、家用电器等各个领域的电子产品装联中。到了 20 世纪 90 年代，SMT 相关产业更是发生了惊人的变化，片阻容元件自 20 世纪 70 年代工业化生产以来，尺寸从最初的 3.2mm×1.6mm×1.2mm 已发展到现在的 0.6mm×0.3mm×0.3mm，体积从最初的 6.14mm^3 发展到现在的 0.014 mm^3，其体积缩小到原来的 0.88%。片式元器件的发展还可以从 IC 外形封装尺寸的演变过程来看，IC 端子中心距已从最初的 1.27mm 快速过渡到 0.65mm、0.5mm 和 0.4mm。如今 IC 封装形式又以崭新的面貌出现在人们面前，继 PLCC（Plastic Leadiess Chip Carrier）和 QFP（Quad Flat Package）之后又出现了 BGA（Ball Grid Array）、CSP（Chip Scale Package）等，令人目不暇接；与元件相匹配的印制电路板也从早期的双面板发展为多层板，最多可达 50 多层，板面上线宽已从 0.2～0.3mm，缩小到 0.15mm，甚至到 0.05mm。

用于 SMT 大生产的主要设备贴片机也从早期的低速（1s/片）、机械对中，发展为 E（0.06s/片）、光学对中，并向多功能、柔性连接模块化发展；再流焊炉也由最初的热板式加热发展为氮气热风红外式加热，能适应通孔元件再流焊且带局部强制冷却的再流焊炉也已实用化，再流焊的不良焊点率已下降到百万分之十以下，几乎接近无缺陷焊接。

SMT 技术作为新一代装联技术，仅有 40 年的历史，但却充分显示出其强大的生命力，它以非凡的速度，走完了从诞生、完善直至成熟的路程，迈入了大范围工业应用的旺盛期。

3.5.1 表面安装技术的特点

1．安装密度高

SMT 片式元器件比传统穿孔元器件所占面积和质量都大为减小。一般来说，采用 SMT 可使电子产品体积缩小 60%，质量减轻 75%。通孔安装技术元器件，按 2.54mm 网格安装，而 SMT 组装元件网格从 1.27mm 发展到了目前的 0.63mm，个别达 0.5mm，密度更高。例如，一个 64 端子的 DIP 集成块，它的组装面积为 25mm×75mm，而同样端子采用引线间距为 0.63mm 的方形扁平封装集成块（QFP），它的组装面积仅为 12mm×12mm。

2．可靠性高

由于片式元器件小而轻，抗震动能力强，自动化生产程度高，故贴装可靠性高，一般不良焊点率小于百万分之十，比通孔插装元件波峰焊接技术低一个数量级。用 SMT 组装的电子产品平均无故障时间（MTBF）为 $2.5×10^5$h，目前几乎有 90%的电子产品采用 SMT 工艺。

3．高频特性好

由于片式元器件贴装牢固，器件通常为无引线或短引线，降低了寄生电容的影响，提高了电路的高频特性。采用片式元器件设计的电路最高频率达 3GHz，而采用通孔元件仅为 500MHz。采用 SMT 也可缩短传输延迟时间，可用于时钟频率为 16MHz 以上的电路。若使用多机制 MCM 技术，计算机工作站的高端时钟可达 100MHz，由寄生电抗引起的附加功耗可降低 2～3 倍。

4．降低成本

印制板使用面积减小，面积为采用通孔面积的 1/12，若采用 CSP 安装，则面积还可大幅度下降；印制板上钻孔数量减少，节约返修费用；频率特性提高，减少了电路调试费用；片式元器件体积小，质量轻，减少了包装、运输和储存费用；片式元器件发展快，成本迅速下降，一个片式电阻已同通孔电阻价格相当。

5．便于自动化生产

目前穿孔安装印制板要实现完全自动化，还需扩大 40%原印制板面积，这样才能使自动插件的插装头将元件插入，若没有足够的空间间隙，则将碰坏零件。而自动贴片机采用真空吸嘴吸放元件，真空吸嘴小于元件外形，可提高安装密度。事实上，小元件及细间距器件均采用自动贴片机进行生产，以实现全线自动化。

当然，SMT 大生产中也存在一些问题：元器件上的标称数值看不清楚，维修工作困难；维修调换器件困难，并需专用工具；元器件与印制板之间热膨胀系数（CTE）一致性差；初始投资大，生产设备结构复杂，涉及技术面宽，费用昂贵。

随着专用拆装设备及新型的低膨胀系数印制板的出现，它们已不再成为阻碍 SMT 深入发展的障碍。

3.5.2 表面安装技术

表面安装技术通常包括表面安装元器件、表面安装电路板及图形设计、表面安装专用辅料（焊锡膏及贴片胶）、表面安装设备、表面安装焊接技术（包括双波峰焊、再流焊、气相焊、激光焊）、表面安装测试技术、清洗技术以及表面组成大生产管理等多方面内容。这些内容可以归纳为三个方面：一是设备，人们称它为 SMT 的硬件；二是装联工艺，人们称它为 SMT 的软件；三是电子元器件，它既是 SMT 的基础，又是 SMT 发展的动力，它推动着 SMT 专用设备和装联工艺不断更新和深化。

表面安装元器件俗称无端子元器件，问世于 20 世纪 60 年代，习惯上人们把表面安装无源元器件，如片式电阻、电容、电感称为 SMC（Surface Mounted Component），而将有源器件，如小外形晶体管（SOT）及四方扁平组件（QFT）称为 SMD（Surface Mounted Devices）。无论 SMC 还是 SMD，在功能上都与传统的通孔安装元器件相同，最初是为了减小体积而制造的，最早出现在电子表中，使电子表微型化成为可能；然而，它们一经问世，就表现出强大的生命力，体积明显减小，高频特性提高，耐振动，安装紧凑等优点是传统通孔元器件所无法比拟的，从而极大地刺激了电子产品向多功能、高性能、微型化、低成本的方向发展。

SMC/SMD 贴装是 SMT 产品生产中的关键工序。SMC/SMD 贴装一般采用贴装机（称贴片机）进行，也可采用手工借助辅助工具进行。手工贴装只有在非生产线自动组装的单件研制或试验、返修过程中的元器件更换等特殊情况下采用，而且一般也只适用于元器件端子类型简单，组装密度不高，同一 PCB 上 SMC/SMD 数量较少等有限场合。

随着 SMC/SMD 的不断微型化和端子细间距化，以及栅格阵列芯片、倒装芯片等焊点不可直观芯片的发展，不借助于专用设备的 SMC/SMD 手工贴装已很困难。实际上，目前的 SMC/SMD 手工贴装也已演化为借助返修装置等专用设备和工具的半自动化贴装。

自动贴装是 SMC/SMD 贴装的主要手段，贴装机是 SMT 产品组装生产线中的核心设备，也是 SMT 的关键设备，是决定 SMT 产品组装的自动化程度、组装精度和生产效率的重要因素。

第二部分 数字电子技术实验

第4章 数字电子技术实验技术概要

4.1 数字集成电路概述

数字电子技术实验基本技能的绝大部分内容在本书的第一部分中作了介绍。在进行实验前，应认真阅读，努力掌握，特别是仪器的使用、布线原则、故障的分析与排除等部分。

通过本章的学习，将了解数字集成电路的一般知识、型号及使用注意事项；研究数字电子电路的测试方法；并在第一部分的基础上，深入具体地学习寻找和排除数字电子电路故障的方法；还将通过技能训练，切实掌握数字电子技术实验仪的使用。本部分的技能训练可以结合仪器的使用实验进行。

如今数字电子电路几乎已完全集成化了，因此充分掌握和正确使用数字集成电路，用以构成数字逻辑系统，就成为数字电子技术的核心内容之一。

集成电路按集成度可分为小规模、中规模、大规模和超大规模等。小规模集成电路（SSI）是在一块硅片上制成约 1～10 个门，通常为逻辑单元电路，如逻辑门、触发器等。中规模集成电路（MSI）的集成度约为 10～100 门/片，通常是逻辑功能电路，如译码器、数据选择器、计数器、寄存器等。大规模集成电路(LSI)的集成度约为 100 门/片以上。超大规模集成电路(VLSI)约为 1 000 门/片以上，通常是一个小的数字逻辑系统。现已制成规模更大的极大规模集成电路。数字集成电路还可分为双极型电路和单极型电路两种。双极型电路中有代表性的是 TTL 电路；单极型电路中有代表性的是 CMOS 电路。国产 TTL 集成电路的标准系列为 CT54/74 系列或 CT0000 系列，其功能和引脚排列图与国际 54/74 系列相同。国产 CMOS 集成电路主要为 CC（CH）4000 系列，其功能和引脚排列图与国际 CD4000 系列相对应。高速 CMOS 系列中，74HC 和 74HCT 系列与 TTL74 系列相对应，74HC4000 系列与 CC4000 系列相对应。

部分数字集成电路的引脚排列图和功能表列于附录 D 中。逻辑符号或功能表描述了集成电路的功能以及输出与输入之间的逻辑关系。为了正确使用集成电路，应该对它们进行认真研究，深入理解，充分掌握。还应对使能端的功能和连接方法给以充分的注意。

必须正确了解集成电路参数的意义和数值，并按规定使用。特别是必须严格遵守极限参数的限定，因为即使瞬间超出，也会使器件遭受损坏，所以应重视器件的使用。

▶▶▶ 4.1.1 TTL 电路

TTL 集成电路，因其输入级和输出级都采用半导体三极管而得名，也叫晶体管-晶体管逻辑电路，简称 TTL 电路。

TTL 电路对电源电压的稳定性要求较严格。首先，只允许在 5V±10%的范围内工作。若电源电压超过 5.5V，将使器件损坏；若电源电压低于 4.5V，将导致器件的逻辑功能不正常。其次，为防止动态尖峰电流造成的干扰，常在电源和地之间接入滤波电容。消除高频干扰的滤波电容取 0.01～0.1μF，消除低频干扰的取 10～50μF。第三，千万注意，不要将 V_{CC} 和"地"颠倒相接，例如将芯片插反。此外，TTL 的工作电流相当可观，例如中规模 TTL 需要几十毫安，因此应避免使用干电池长期工作，这样既不经济，也不可靠。

TTL 电路的输出端不允许直接接电源或接地，否则将使器件损坏。OC 门的输出端可以并联，但其公共输出端应通过外接负载电阻 R_L 与电源 V_{CC} 相连。三态门输出端也可以并联，但任一时刻只允许一个门处于工作状态，其他门应处于高阻状态。应该注意，实验时勿将连接线头互相碰到一起，避免将集成电路损坏。

应正确连接多余的输入端。TTL 电路的输入端若悬空，该输入端就相当于高电平状态。因此，正或逻辑（如或门、或非门）的输入端，不用时必须直接接地。而正与逻辑（如与门、与非门）的输入端，不用时可以悬空，但容易受干扰，而使其逻辑功能不稳定，所以最好接电源，或者将几个输入端并联使用。对使能端也应按功能表的要求作类似处理。

在时序电路中，输入信号的有效的上升沿或下降沿不应超过 1μs。否则可能产生误触发，导致逻辑错误。

当负载为容性，且电容量大于 100pF 时，应串接数百欧姆的限流电阻，以限制电容充、放电电流。

▶▶▶ 4.1.2　CMOS 电路

CMOS 集成电路的发展非常迅速，主要因为它具有如下优点：功耗低，工作电源电压范围宽，抗干扰能力强，逻辑摆幅大，输入阻抗高，扇出能力强，封装密度高，温度稳定性好，抗辐射能力强及成本低等。

由于输入阻抗极高，在输入端很容易出现电荷积累，形成高电压，致使器件损坏。因此在集成电路内部输入端处设有二极管与电阻保护电路。加保护电路后，输入阻抗略有降低（约为 10^8～$10^{11}\Omega$），输入电容略有增加。

CMOS 电路的电源电压允许在较大的范围内变化，例如 4000 系列的 CMOS 电路可在 3～18V 的电源电压范围内工作，所以对电源的要求不像 TTL 电路那样严格。当然，不允许超过 V_{DD} 最大值，也不允许低于 V_{DD} 最小值，以取其允许范围的中间值为宜，例如 10V。CMOS 电路的噪声容限与 V_{DD} 成正比，在干扰较大的情况下，适当提高 V_{DD} 是有益的。应该指出，CMOS 电路在工作时，V_{DD} 不应下降到低于输入信号电压，否则可能使保护二极管损坏。V_{DD} 和 V_{SS} 绝不可接反，否则将产生过大的电流，因而可能使保护电路或内部电路烧坏。

输入信号电压应低于 V_{DD} 而高于 V_{SS}，以防止输入保护电路中的二极管正向导通，出现大电流而损坏。实验时要先接通电源 V_{DD} 和 V_{SS}，后加输入信号；关机时要先撤输入信号，后切除 V_{DD} 和 V_{SS}，以免损坏保护二极管。

输入端的输入电流一般以不超过 1mA 为宜，对低内阻的信号源常采取限流措施。

多余的输入端不能悬空，应按照逻辑功能的要求接 V_{DD} 或 V_{SS}。因为 CMOS 的输入阻抗极高，输入端如悬空，则极易受外界干扰而可能破坏电路的正常逻辑关系。不用的输入端不可悬空的原则适用于各种情况（如包装、保存、运输等）。

在时序电路中，输入信号的有效的上升沿或下降沿不应超过 5～10μs。否则可能产生误触发，导致逻辑错误。

CMOS 的输出端不允许直接接 V_{DD} 或 V_{SS}，以免损坏器件。

4.2 测试和故障分析

▶▶▶ 4.2.1 测试

逻辑电路测试的目的是：检验集成电路器件的功能，验证其逻辑功能是否符合设计要求，或其状态的转换是否与状态图相符合。

1．组合逻辑电路的测试

组合逻辑电路测试的目的是验证其逻辑功能是否符合设计要求，也就是验证其输出与输入的关系是否与真值表相符。

（1）静态测试

静态测试是在电路静止状态下测试输出与输入的关系。将输入端分别接到逻辑开关上，用发光二极管分别显示各输入端和输出端的状态。按真值表将输入信号一组一组地依次送入被测电路，测出相应的输出状态，与真值表相比较，借以判断此组合逻辑电路静态工作是否正常。

（2）动态测试

动态测试是测量组合逻辑电路的频率响应。在输入端加上周期性信号，用示波器观察输入、输出波形，测出最高输入脉冲频率。

2．时序逻辑电路的测试

时序逻辑电路测试的目的是验证其状态的转换是否与状态图相符合，可用发光二极管、数码管或示波器等观察输出状态的变化。常用的测试方法有两种：一种是单拍工作方式，以单脉冲源作为时钟脉冲，逐拍进行观测；另一种是连续工作方式，以连续脉冲源作为时钟脉冲，用示波器观察波形，来判断输出状态的转换是否与状态图相符。

▶▶▶ 4.2.2 故障分析

在第一部分已对电子技术实验的故障分析作了详细的叙述，本节将就数字电子技术实验进行深入和具体的探讨。

1．发现故障时采用的措施

（1）先切断电源，检查电源和"地"有否接错，输出端有否错接电源或"地"。如错接，应立即改正，以免损坏器件。

（2）分析故障发生的区域，以缩小查找范围。

（3）用单拍工作方式，判断故障是出现于特定的节拍还是普遍存在。

（4）判断在给定的状态和给定的输入下，故障是必然的还是偶然的。

2．寻找和排除故障的方法

（1）查线法。检查所有的线路，看有无错接、漏接或接触不良之处。

（2）对比替代法。对比相同电路的工作情况，可用肯定正常的器件替代同型号的器件。

（3）逻辑分析法。应用逻辑分析判断出现故障的可能原因和地点，判断关键点的电平，并与实测值相比较。

（4）查器件功能法。认真观察器件的型号，研究器件的功能，以免误用。

（5）消除干扰。例如加去耦电容以消除来自电源的干扰。

（6）消除竞争冒险。

3. 出现竞争冒险的原因

（1）有两个或两个以上的输入信号同时向相反方向变化（一个信号由 0 变 1，另一个由 1 变 0）。

（2）在卡诺图中出现相邻的方框。

（3）某一逻辑反馈电路传输延迟时间过短，在输入变化的影响到达有关部分之前，反馈引起的变化就出现了；或者各反馈电路传输时间相差过大。

4. 消除竞争冒险的方法

（1）加滤波电容以消除干扰脉冲（毛刺）。

（2）引入选通封锁脉冲。

（3）加冗余门以消除卡诺图中的相邻框可能造成的毛刺。

（4）增加反馈电路的传输时间。

4.3　数字电子技术实验仪

数字电子技术实验仪广泛地用于以集成电路为主要器件的数字电子技术实验中，也用于数字电子技术的设计中。数字电子技术实验仪主要有两大类型：自锁插座型和插件板型。目前大多数学校主要使用自锁插座型数字电子技术实验仪。

数字电子技术实验仪一般由下列部分组成：直流电源、连续脉冲源、单次脉冲源、逻辑电平开关、发光二极管显示器、数码管显示器、双列直插式集成电路插座区、分立元件针管座区。

1. 直流电源

提供固定电源和可调电源，供实验时选用。

2. 脉冲源

提供连续脉冲，其频率为 1Hz～1MHz，幅度为 5V；提供单次脉冲，输出有正脉冲和负脉冲。

3. 逻辑电平开关

逻辑电平开关是机械式开关。它有两个状态，即高电平（1）和低电平（0）。为实验提供数据或控制开关。逻辑电平开关也称 "01" 开关。

4. 发光二极管显示器

发光二极管显示器由发光二极管及其驱动电路组成，用来指示测试点的逻辑电平。接高电平时发光二极管亮，接低电平时发光二极管暗。由于有驱动电路，发光二极管可以直接与集成电路的输出端相连。这种显示器也称 "01" 显示器或状态显示器。

5. 数码管显示器

数码管显示器由七段数码管与译码器组成，当向译码电路输入 4 位（8421 码）二进制数码时，数码管相应地显示 0，1，2，…，9。

6. 插座区与管座区

供插入集成电路、分立元件之用。

第 5 章　数字电子技术实验项目

5.1　基础实验

▶▶▶ 5.1.1　集成门电路功能测试

1．实验目的

（1）熟悉各种集成门电路的逻辑功能和测试方法。

（2）熟悉万用表的使用。

2．实验原理

集成门电路是组成各种数字电路的基本单元，而门电路有多种形式，其中常用的有"与非门"、"或非门"、"非门"、"与门"等。熟悉各种门电路输入与输出之间的逻辑关系，对学好本课程非常重要。通过实验，进一步熟悉各种门电路的逻辑功能，学会各种门电路的多余输入端的处理方法。

3．实验仪器和器件

（1）实验仪器

① 数字电子技术实验仪（HY-DE-1 型）。

② 万用表（500-2 型）。

（2）器件

① 74LS00（四 2 输入与非门）。

② 74LS02（四 2 输入或非门）。

③ 74LS04（六反相器）。

④ 74LS86（四 2 输入异或门）。

⑤ 74LS51（双二-二、三输入与或非门）。

⑥ 74LS125（四三态门）。

4．实验内容

（1）与非门逻辑功能测试（用 74LS00 四 2 输入与非门进行实验）

① 按图 5-1 所示接线测试。

② 按表 5-1 要求改变输入端 A、B 的状态，用万用表测试输出端的电压，判断其逻辑状态，将测试结果填入表 5-1 中。

（2）或非门逻辑功能测试（用 74LS02 四 2 输入或非门进行实验）

① 按图 5-2 所示接线测试。

② 按表 5-2 要求改变输入端 A、B 的状态，用万用表测试输出端的电压，判断其逻辑状态，将测试结果填入表 5-2 中。

图 5-1　与非门实验测试图　　　　　　　图 5-2　或非门实验测试图

表 5-1　与非门功能测试表

输　入		输 出 电 压	输出逻辑状态
A	B	u_o（V）	F_1
0	0		
0	1		
1	0		
1	1		

表 5-2　或非门功能测试表

输　入		输 出 电 压	输出逻辑状态
A	B	u_o（V）	F_2
0	0		
0	1		
1	0		
1	1		

（3）与或非门逻辑功能测试（用 74LS51 双二-二三输入与或非门进行实验）

① 按图 5-3 所示接线测试。

② 按表 5-3 要求改变输入端 A、B、C、D 的状态，用万用表测试输出端的电压，判断其逻辑状态，将测试结果填入表 5-3 中。

（4）异或门逻辑功能测试（用 74LS86 四 2 输入异或门进行实验）

① 按图 5-4 所示接线测试。

② 按表 5-4 要求改变输入端 A、B 的状态，用万用表测试输出端的电压，判断其逻辑状态，将测试结果填入表 5-4 中。

图 5-3　与或非门实验测试图　　　　　　图 5-4　异或门实验测试图

表 5-3　与或非门功能测试表

输　　入				输 出 电 压	输出逻辑状态
A	B	C	D	u_o（V）	F_3
0	0	0	0		
0	0	0	1		
0	0	1	1		
0	1	1	1		
1	1	1	1		

（5）利用"与非门"实现"与门"、"或门"、"或非门"、"异或门"的功能

要求写出各种门电路的逻辑表达式和真值表，画出逻辑图并在实验仪上加以验证。

（6）TTL 集成门电路的多余输入端的处理方法

将图 5-1、图 5-2 所示的电路中输入端 A 分别接地和电源电压，观察当 B 端输入信号分别为高、低电平时相应输出端的状态，并把测试结果记入表 5-5 中。

表 5-4　异或门功能测试表

输　入		输出电压	输出逻辑状态
A	B	u_o（V）	F_4
0	0		
0	1		
1	0		
1	1		

表 5-5　多余输入端的处理测试表

输　入		输　出	
A	B	F_1	F_2
接地	0		
接地	1		
接电源	0		
接电源	1		

（7）三态门逻辑功能测试（用 74LS125 四三态门进行实验）

用三态门（74LS125）和反相器（74LS04）按图 5-5 所示接线，改变输入端 A、B、$\overline{EN}$ 的状态，用万用表测试输出端的电压，判断其逻辑状态，并把测试结果填入表 5-6 中。

图 5-5　三态门实验测试图

表 5-6　三态门功能测试表

输　入			输出电压	输出逻辑状态
$\overline{EN}$	A	B	u_o（V）	F_5
0	0	1		
0	1	0		
1	0	1		
1	1	0		

5. 实验预习要求

（1）TTL 门电路的功能和特点。

（2）所用器件功能和外部引脚排列。

6. 实验报告要求

（1）整理实验数据，分析实验结果与理论是否相符。

（2）总结 TTL 集成门电路特点和多余输入端的处理方法。

7. 思考题

（1）与非门一个输入端接连续脉冲，其余输入端是什么状态允许脉冲通过？是什么状态禁止脉冲通过？

（2）为什么异或门又称可控反相门？

▶▶▶ **5.1.2　组合逻辑电路**

1. 实验目的

（1）掌握组合逻辑电路的分析和设计方法。

（2）掌握半加器、全加器、奇偶校验器的逻辑功能。

2．实验原理

使用中、小规模集成门电路分析和设计组合逻辑电路是数字逻辑电路的任务之一。本实验中有半加器、全加器的逻辑功能的测试，又有表决电路、比较电路、奇偶校验器的逻辑设计。通过实验要求熟练掌握组合逻辑电路的分析和设计方法。

3．实验仪器和器件

（1）实验仪器

① 数字电子技术实验仪（HY-DE-1 型）。

② 万用表（500-2 型）。

（2）器件

① 74LS00（四 2 输入与非门）。

② 74LS86（四 2 输入异或门）。

③ 74LS10（三 3 输入与非门）。

④ 74LS51（双二-二三输入与或非门）。

⑤ 74LS04（六反相器）。

4．实验内容

（1）分析半加器的逻辑功能

① 按图 5-6 所示接线测试。

② 写出该电路的逻辑表达式，列真值表。

③ 按表 5-7 的要求改变输入端 A、B 的状态，测试输出端 S、C 状态，将测试结果填入表 5-7 中，验证半加器的逻辑功能。

（2）分析全加器的逻辑功能

① 按图 5-7 所示接线测试。

② 写出该电路的逻辑表达式，列真值表。

③ 按表 5-8 的要求改变输入端 A_i、B_i、C_{i-1} 的状态，测试输出端 S_i、C_i 的状态，将测试结果填入表 5-8 中，验证全加器的逻辑功能。

表 5-7　半加器测试表格

输　　入		输　　出	
A	B	S	C
0	0		
0	1		
1	0		
1	1		

图 5-6　半加器实验测试图

图 5-7　全加器实验测试图

（3）设计裁判表决电路

在举重比赛中，有三个裁判员（其中有一个是主裁判员），当裁判员认为杠铃已举上时，按一下自己前面的按钮，只有在两个以上的裁判员按下按钮（其中必须有一个为主裁判员）时指示灯才亮，表示有效。本设计要求用与非门实现。

表 5-8　全加器测试表格

输　入			输　出	
A_i	B_i	C_{i-1}	S_i	C_i
0	0	0		
0	0	1		
0	1	0		
0	1	1		
1	0	0		
1	0	1		
1	1	0		
1	1	1		

（4）设计比较电路

设计一个对两个二位无符号的二进制数进行比较的电路，根据第一个数是否大于、等于、小于第二个数，使相应的三个输出端中的一个端为"1"，其他输出端均为"0"。

（5）奇偶校验器电路

设计一个四位奇偶校验器电路（有奇数个 1 时，输出为 1，不加校验位），本设计要求用异或门实现。

5．实验预习要求

（1）复习组合逻辑电路的分析与设计方法。

（2）根据实验要求设计电路，画出设计的逻辑电路图。

6．实验报告要求

（1）分析半加器、全加器的逻辑功能。

（2）列出设计电路的设计过程，画出设计的逻辑电路图。

7．思考题

（1）使用中、小规模集成门电路设计组合逻辑电路的一般方法是什么？

（2）用与非门设计一个全加器，画出电路图，并用实验验证其功能。

▶▶▶ 5.1.3　全加器

1．实验目的

（1）掌握中规模集成电路全加法器的工作原理及其逻辑功能。

（2）熟悉并掌握全加器的应用。

2．实验原理

加法器是计算机中不可缺少的组成单元，应用十分广泛。加法器从功能上来分，有半加器、全加器、多位加法器（4 位串行进位加法器和超前进位加法器）。全加器是常用的组合逻辑部件之一。它通过组合逻辑电路对二进制数字信号进行运算来完成全加的逻辑功能。使用时可以根据要求选择合适的加法器，完成全加的逻辑功能。

全加器是一种通用的中规模集成电路，除了有全加的逻辑功能外，还可用它设计成码制转换电路等。本实验内容为用全加器设计码制转换电路。

3．实验仪器和器件

（1）实验仪器

① 数字电子技术实验仪（HY-DE-1 型）。

② 万用表（500-2 型）。

（2）器件

① 74LS183（双保留进位全加器）。

② 74LS283（四位二进制全加器）。

4．实验内容

（1）测试 74LS183 双保留进位全加器的逻辑功能

自拟测试方法和测试表格进行测试。

（2）用 74LS183 组成 4 位串行进位加法器

自拟测试方法和测试表格进行测试。

（3）测试 74LS283 四位二进制全加器的逻辑功能

实验按表 5-9 要求进行测试。

表 5-9　四位二进制全加器的逻辑功能测试表

A_4	A_3	A_2	A_1	B_4	B_3	B_2	B_1	C_0	S_4	S_3	S_2	S_1	C_4
0	0	0	1	0	0	0	1	1					
0	1	0	0	0	0	1	1	0					
1	0	0	0	0	1	1	1	1					
1	0	0	1	1	0	0	0	0					
1	0	1	1	0	1	0	1	1					
1	1	0	0	0	1	1	0	0					
1	1	0	1	0	1	0	0	1					
1	1	1	1	1	1	1	1	0					
1	1	1	1	1	1	1	1	1					

（4）用四位二进制全加器实现 BCD 码到余 3 码的转换

将每个 BCD 码加上 0011，即可得到相应的余 3 码。

5．实验预习要求

（1）复习加法器有关内容。

（2）设计本实验中逻辑功能电路，画出实验图，列出测试表格。

6．实验报告要求

（1）总结 74LS183、74LS283 的逻辑功能。

（2）比较 74LS183、74LS283 的优缺点。

（3）论证全加器设计码制转换电路的逻辑电路的正确性和优点。

7．思考题

（1）为了提高计算机的运算速度，应选择何种类型的加法器？为什么？

（2）试用 74LS183 设计一个八位二进制数的串行进位的加法器，画逻辑电路接线图，并验证其功能。

5.1.4　译码器

1．实验目的

（1）掌握中规模集成译码器的逻辑功能和使用方法。

（2）掌握用译码器进行逻辑设计的方法，熟悉译码器的应用。

2．实验原理

译码器是一个多输入、多输出的组合逻辑电路。它的作用是把给定的代码进行"翻译"变成相应的状态，使输出通道中相应的一路有信号输出。译码器在数字系统中有广泛的用途，不仅用于代码的转换，终端的数字显示，还用于数据分配，存储器寻址和组合控制信号等。不同的功能可选用不同种类的译码器。译码器可分为通用译码器和显示译码器两大类。前者又分为变量译码器和代码交换译码器。变量译码器（又称二进制译码器）用以表示输入变量的状态，如 2-4 线、3-8 线和 4-16 线译码器。若有 n 个输入变量，则有 2^n 个不同的组合状态，就有 2^n 个输出端供其使用。而每一个输出所代表的函数对应于 n 个输入变量的最小项。

二进制译码器实际上也是负脉冲输出的脉冲分配器。若利用使能端中的一个输入端输入数据信息，器件就成为一个数据分配器（又称多路分配器），如图 5-8 所示。若在 S_1 输入端输入数据信息，$\overline{S}_2=\overline{S}_3=0$，地址所对应的输出是 S_1 数据信息的反码；若从输入端 $\overline{S}_3$ 输入数据信息，令 $S_1=1$，$\overline{S}_2=0$，地址码所对应的输出就是 $\overline{S}_3$ 端数据信息的原码。若数据信息是时钟脉冲，则数据分配器便成为时钟脉冲分配器。

图 5-8　二进制译码器做数据分配器

根据输入地址的不同组合译出唯一地址，故可用做地址译码器。用它接成多路分配器，可将一个信号源的数据信息传输到不同的地点。

二进制译码器还能方便地实现逻辑函数，如图 5-9 所示。利用使能端能方便地将两个 3-8 线译码器组合成一个 4-16 线译码器，如图 5-10 所示。

3．实验仪器和器件

（1）实验仪器

数字电子技术实验仪（HY-DE-1 型）。

（2）器件

① 74LS138（译码器）。

② 74LS20（二 4 输入与非门）。

4．实验内容

（1）译码器逻辑功能测试

按译码器功能表进行测试。

图 5-9　二进制译码器实现逻辑函数　　　　图 5-10　两个 3-8 线译码器组合成一个 4-16 线译码器

（2）用两片 74LS138 译码器组成 4-16 线译码器

实验按图 5-10 所示接线，列出实验测试表，测试其逻辑功能。

（3）用译码器组成全加器

用译码器（74LS138）和与非门（74LS20）组成全加器，列出实验测试表，测试其逻辑功能。与全加器真值表进行比较。

5. 实验预习要求

（1）复习译码器有关内容。

（2）设计本实验中逻辑功能电路，画出实验电路图，列出测试表格。

6. 实验报告要求

（1）总结 74LS138 的逻辑功能。

（2）总结用译码器构成全加器的优点，并与 5.1.2 节比较。

7. 思考题

（1）用 3-8 线译码器构成 5-32 线译码器时，如何连接分配使能端？

（2）设计用译码器实现 $F = A\overline{B} + \overline{A}BC$，画逻辑电路接线图，列出测试表格。

▶▶▶　**5.1.5　触发器**

1. 实验目的

（1）掌握基本 RS 触发器、JK 触发器、D 触发器和 T 触发器的逻辑功能。

（2）熟悉各触发器之间逻辑功能的相互转换方法。

2. 实验原理

触发器是具有记忆功能的二进制信息存储器件，是时序逻辑电路的基本单元。触发器按逻辑功能可分基本 RS 触发器、JK 触发器、D 触发器和 T 触发器；触发器按触发方式可分为主从型触发器和边沿型触发器。本实验中用 74LS112 为双 JK 触发器，是下降边沿触发的边沿触发器；74LS74 为双 D 触发器，是上升边沿触发的边沿触发器。在集成触发器的产品中，虽然每一种触发器都有固定逻辑功能，但可以用转换的方法得到其他功能的触发器。如 JK 触发器可转换为 D、T、T′触发器；D 触发器可转换为 JK、T、T′触发器。

3. 实验仪器和器件

（1）实验仪器

① 数字电子技术实验仪（HY-DE-1 型）。

② 示波器（PNGPOS9020 型）。

（2）器件

① 74LS00（四 2 输入与非门）。

② 74LS04（六反相器）。

③ 74LS112（双 JK 触发器）。

④ 74LS74 （双 D 触发器）。

图 5-11 与非门构成基本 RS 触发器

4. 实验内容

（1）测试基本 RS 触发器的逻辑功能

按图 5-11 所示用与非门构成基本 RS 触发器。

输入端的 $\overline{R}$、$\overline{S}$ 接逻辑开关，输出端 Q、$\overline{Q}$ 接电平显示器，按表 5-10 的要求测试逻辑功能，并将测试结果填入表 5-10 中。

（2）测试双 JK 触发器 74LS112 的逻辑功能

① 测试 $\overline{R}_D$、$\overline{S}_D$ 的复位、置位功能。

② 测试 JK 触发器的逻辑功能。按表 5-11 的要求改变 J、K、CP 端状态，观察 Q 端的状态变化，并将测试结果填入表 5-11 中。

表 5-10 基本 RS 触发器测试表

$\overline{R}$	$\overline{S}$	Q	$\overline{Q}$
0	0		
0	1		
1	0		
1	1		

表 5-11 JK 触发器逻辑功能测试表

J	K	CP	Q^{n+1}	
			$Q^n=0$	$Q^n=1$
0	0	0→1		
		1→0		
0	1	0→1		
		1→0		
1	0	0→1		
		1→0		
1	1	0→1		
		1→0		

③ JK 触发器的 J、K 端连在一起，构成 T 触发器。CP 端分别接入单次脉冲、连续脉冲，测试其逻辑功能。

（3）测试双 D 触发器 74LS74 的逻辑功能

① 测试 $\overline{R}_D$、$\overline{S}_D$ 的复位、置位功能。

② 测试 D 触发器的逻辑功能。按表 5-12 的要求改变 D、CP 端状态,观察 Q 端的状态变化,并将测试结果填入表 5-12 中。

③ 将 D 触发器的 $\overline{Q}$ 端与 D 端相连接,构成 T′ 触发器。CP 端分别接入单次脉冲、连续脉冲,测试其逻辑功能。

表 5-12　D 触发器逻辑功能测试表

D	CP	Q^{n+1}	
		$Q^n=0$	$Q^n=1$
0	$0 \to 1$		
	$1 \to 0$		
1	$0 \to 1$		
	$1 \to 0$		

（4）JK 触发器时钟脉冲转换成两种时钟脉冲

实验电路如图 5-12 所示。输入端 CP 接连续脉冲（f=1kHz），观察并描绘 CP、Q_1、Q_2 端波形。

5. 实验预习要求

（1）复习有关触发器的部分内容。

（2）列出各触发器的测试表格。

6. 实验报告要求

（1）列表整理各类触发器的逻辑功能。

（2）总结 JK 触发器 74LS112 和 D 触发器 74LS74 的特点。

（3）画出 JK 触发器作为 T′ 触发器时的 CP、Q、$\overline{Q}$ 端的波形图。讨论它们之间的相位和时间关系。

（4）总结图 5-12 所示电路的功能。

图 5-12　时钟脉冲转换电路

7. 思考题

（1）JK 触发器和 D 触发器在实现正常逻辑功能时,$\overline{R}_D$、$\overline{S}_D$ 应处于什么状态?

（2）触发器的时钟脉冲输入为什么不能用逻辑开关作为脉冲源,而要用单次脉冲源或连续脉冲源?

▶▶▶ 5.1.6　时序逻辑电路

1. 实验目的

（1）掌握常用时序电路分析、设计和测试方法。

（2）熟悉用触发器组成计数器的方法。

2. 实验原理

计数器是一个用以实现计数功能的时序部件,它不仅可用来计脉冲数,而且还常常用于数字系统的定时、分频和执行数字运算等逻辑功能。计数器种类很多,按构成计数器中的各触发器是否使用一个时钟脉源来分,有同步计数器和异步计数器;按计数器进制的不同,分为二进制计数器、十进制计数器、任意进制计数器;按计数器的增减趋势,又分为加法、减法和可逆计数器。本实验用触发器构成各种计数器，并测试其功能。

3. 实验仪器和器件

（1）实验仪器

① 数字电子技术实验仪（HY-DE-1 型）。

② 示波器（PNGPOS9020 型）。

（2）器件

① 74LS00 （四 2 输入与非门）。

② 74LS10 （三 3 输入与非门）。

③ 74LS112（双 JK 触发器）。

④ 74LS74 （双 D 触发器）。

⑤ 74LS04（六反相器）。

4. 实验内容

（1）异步二进制计数器

① 设计一个异步二进制加法计数器，并测试逻辑功能。由 CP 端接入单次脉冲和连续脉冲，测试并记录输出端状态和波形图。

② 将电路改为减法计数器，测试其逻辑功能。

（2）异步二-十进制计数器

① 设计一个异步二-十进制加法计数器，并测试逻辑功能。由 CP 端接入单次脉冲和连续脉冲，测试并记录输出端状态和波形图。

② 将电路改为减法计数器，测试其逻辑功能。

（3）环形计数器

① 实验按图 5-13 所示接线。

图 5-13　环形计数器实验电路图

② 由 CP 端接入单次脉冲，测试并记录 $Q_0 \sim Q_3$ 端状态（如起始态为 1000）。检查电路能否自启动。

③ 按图 5-14 所示接线，重复上述实验，检查电路能否自启动。掌握自启动概念。

5. 实验预习要求

（1）复习利用触发器构成计数器的设计方法。

（2）熟悉计数器的时序图。

6. 实验报告要求

（1）列表整理，画出相关波形图。

（2）总结时序电路的特点。

图 5-14 自启动环形计数器实验电路图

7. 思考题

（1）如何构成异步减法计数器？

（2）时序电路中有几种计数器？异步计数器和同步计数器各有什么特点？

▶▶▶ 5.1.7 移位寄存器

1. 实验目的

（1）掌握移位寄存器的工作原理及电路组成。

（2）熟悉双向移位寄存器的逻辑功能。

（3）掌握二进制码的串行并行转换技术、二进制码的传输和累加。

2. 实验原理

（1）单向移位寄存器

移位寄存器是一种由触发器连接组成的同步时序电路。每个触发器的输出连到下一级触发器的控制输入端，在时钟的作用下，存储在移位寄存器中的信息，逐位左移或右移。图 5-15 所示电路是由 D 触发器组成的四位右移寄存器；图 5-16 所示电路是由 D 触发器组成的四位左移寄存器。

图 5-15 四位右移寄存器

图 5-16 四位左移寄存器

移位寄存器的清零方式有两种：一种是将所有触发器的清零端$\overline{R}_D$连在一起，置位端$\overline{S}_D$连在一起，当$\overline{R}_D=0$、$\overline{S}_D=1$时，Q端为0，这种方式称为"异步清零"；另一种方法是在串行输入端输入"0"电平，接着从CP端送四个脉冲，则所有触发器也可清至零状态，这种方式称为"同步清零"。

（2）双向移位寄存器

74LS194为集成的四位双向移位寄存器，当清零端（$\overline{CR}$）为低电平时，输出端（Q_0、Q_1、Q_2、Q_3）均为低电平（零）。当工作方式控制端（S_1、S_0）均为高电平时，在时钟CP上升沿作用下，并行数据（D_0、D_1、D_2、D_3）被送入相应的输出端（Q_0、Q_1、Q_2、Q_3），此时串行数据被禁止；当S_1为低电平，S_0为高电平时，在时钟CP上升沿作用下进行右移操作，数据由D_{SR}送入；当S_1为高电平，S_0为低电平时，在时钟CP上升沿作用下进行左移操作，数据由D_{SL}送入；当S_0和S_1为低电平时，时钟CP被禁止，移位寄存器保持不变。

3. 实验仪器和器件

（1）实验仪器

数字电子技术实验仪（HY-DE-1型）。

（2）器件

① 74LS74（双D触发器）。

② 74LS194（双向移位寄存器）。

③ 74LS183（双保留进位全加器）。

4. 实验内容

（1）由D触发器构成的单向移位寄存器

① 右移寄存器。

a. 按图5-15所示接线测试，CP端接单次脉冲，$\overline{R}_D$、$\overline{S}_D$、D_I端接逻辑电平开关，用同步清零法或异步清零法清零。

b. 按表5-13要求改变输入端D_I的状态，测试输出端状态，将测试结果填入表5-13中。

② 左移寄存器。

a. 按图5-16所示接线测试，CP端接单次脉冲，$\overline{R}_D$、$\overline{S}_D$、D_I端接逻辑电平开关，用同步清零法或异步清零法清零。

b. 按表5-14要求改变输入端D_I的状态，测试输出端状态，将测试结果填入表5-14中。

表5-13　右移寄存器测试表

CP	D_I	Q_0	Q_1	Q_2	Q_3
0	0	0	0	0	0
1	1				
2	0				
3	0				
4	0				

表5-14　左移寄存器测试表

CP	D_I	Q_3	Q_2	Q_1	Q_0
0	0	0	0	0	0
1	1				
2	0				
3	0				
4	0				

（2）双向移位寄存器

① 送数（并行输入）。按表5-15要求改变输入端D_0、D_1、D_2、D_3的状态，测试输出端状态，将测试结果填入表5-15中。

② 右移。将 Q_3 接 D_{SR}，按表 5-16 要求测试输出端状态，将测试结果填入表 5-16 中。

表 5-15 双向移位寄存器送数测试表

序号	输 入				输 出			
	D_0	D_1	D_2	D_3	Q_0	Q_1	Q_2	Q_3
1	0	0	0	0				
2	1	0	0	0				
3	1	0	1	0				
4	0	1	0	1				
5	1	1	1	1				
6	1	1	0	0				

表 5-16 双向移位寄存器右移测试表

时钟	输 出			
CP	Q_0	Q_1	Q_2	Q_3
0	1	0	0	0
1				
2				
3				
4				

③ 左移。将 Q_0 接 D_{SL}，按表 5-17 要求测试输出端状态，将测试结果填入表 5-17 中。

④ 保持。按表 5-18 要求测试输出端状态，将测试结果填入表 5-18 中。

表 5-17 双向移位寄存器左移测试表

时钟	输 出			
CP	Q_0	Q_1	Q_2	Q_3
0	0	0	0	1
1				
2				
3				
4				

表 5-18 双向移位寄存器保持测试表

时钟	输 出			
CP	Q_0	Q_1	Q_2	Q_3
0	1	0	1	0
1				
2				
3				
4				

⑤ 串入并出。

右移方式串入并出：数据以串行方式加入 D_{SR} 端（高位在前，低位在后），移位方式控制端置右移方式，在四个 CP 脉冲作用下，将四位二进制码送入寄存器中，在 Q_0、Q_1、Q_2、Q_3 端获得并行的二进制码输出。

左移方式串入并出：数据以串行方式加入 D_{SL} 端（低位在前，高位在后），移位方式控制端置左移方式，在四个 CP 脉冲作用下，将四位二进制码送入寄存器中，在 Q_0、Q_1、Q_2、Q_3 端获得并行的二进制码输出。

⑥ 并入串出。数据以并行方式加至 D_0、D_1、D_2、D_3 端，工作方式控制端置送数方式，在 CP 脉冲作用下，将四位二进制码送入寄存器中（即 $Q_0Q_1Q_2Q_3 = D_0D_1D_2D_3$）。然后按左移方式在四个 CP 脉冲作用下数据从 Q_0 端串出（低位在前，高位在后）；也可以按右移方式在四个 CP 脉冲作用下数据从 Q_3 端串出（高位在前，低位在后）。

（3）二进制码的传输

二进制码的串行传输在计算机的接口电路和计算机通信中是十分有用的。如图 5-17 所示是二进制码串行传输电路（其他引脚按要求自己连接）。

图 5-17 中移位寄存器 1 作为发送端，移位寄存器 2 作为接收端。先使数据 0101 并行输入到移位寄存器 1 中，然后采用右移方式将数据传送到移位寄存器 2 中，实现数据串行传输，按表 5-19 要求进行测试。

图 5-17 二进制码串行传输实验电路

表 5-19 二进制码的传输测试表

工作方式			时钟	74LS194（1）				74LS194（2）			
控制端	S_1	S_0	CP	Q_0	Q_1	Q_2	Q_3	Q_0	Q_1	Q_2	Q_3
送数	1	1	1	0	1	0	1	0	0	0	0
右移	0	1	2								
右移	0	1	3								
右移	0	1	4								
右移	0	1	5								

（4）累加运算

按图 5-18 所示连接实验电路（其他引脚按要求自己连接），先将触发器置零，然后进行送数，用并行送数方法把三位加数（$A_2A_1A_0$）和三位被加数（$B_2B_1B_0$）分别送入加数移位寄存器 1 和被加数移位寄存器 2 中。然后进行右移，实现加法运算。连续输入四个脉冲，观察两个寄存器输出状态的变化，记入表 5-20 中。

图 5-18 累加运算实验电路

表 5-20　累加运算测试表

时钟 CP	74LS194（1）				74LS194（2）			
	Q_0	Q_1	Q_2	Q_3	Q_0	Q_1	Q_2	Q_3
0								
1								
2								
3								
4								

5．实验预习要求

（1）移位寄存器的功能和特点。

（2）所用器件功能和外部引脚排列。

6．实验报告要求

（1）整理实验数据，分析实验结果与理论是否相符。

（2）总结移位寄存器特点。

7．思考题

（1）移位寄存器有哪些应用？

（2）在串/并行转换中，若二进制代码高位在前，低位在后，则移位寄存器应采用哪种方式传输？

（3）使寄存器清零，除采用清零端 $\overline{R_D}$ 输入低电平外，可否采用右移或左移的方法？可否使用并行送数法？若可行，如何进行操作？

▶▶▶　5.1.8　集成定时器

1．实验目的

（1）熟悉集成定时器的电路结构和引脚功能。

（2）掌握定时器的典型应用。

2．实验原理

集成定时器是一种模拟、数字混合的中规模集成电路。只要外接适当的电阻、电容等元件，便可方便地构成单稳态触发器、多谐振荡器和施密特触发器等波形变换电路。

3．实验仪器和器件

（1）实验仪器

① 数字电子技术实验仪（HY-DE-1 型）。

② 示波器（PNGPOS9020 型）。

（2）器件

① 555 定时器。

② 电阻、电容若干。

4. 实验内容

（1）单稳态触发器

将 555 定时器按图 5-19 所示连接，就构成了单稳态触发器，u_I 接连续脉冲（f=1kHz），用双踪示波器观察 u_I 与 u_O 的对应波形、u_I 与 u_C 的对应波形，并绘出。若改变电阻、电容的数值，观察波形变化情况。

图 5-19 中电路参数为：R=20kΩ，C=0.033μF，C'=0.01μF。

（2）多谐振荡器

将 555 定时器按图 5-20 所示连接，就构成了多谐振荡器。用双踪示波器观察 u_C 与 u_O 的对应波形，并绘出。若改变电阻、电容的数值，观察波形变化情况。

图 5-20 中电路参数为：R_1=5.1kΩ，R_2=10kΩ，C=0.047μF，C'=0.01μF。

图 5-19　单稳态触发器实验电路图　　　图 5-20　多谐振荡器实验电路图

（3）施密特触发器

将 555 定时器按图 5-21 所示连接，就构成了施密特触发器。改变 RP 的值，分别测量对应的 u_I 与 u_O 的值，并绘出施密特触发器的电压传输特性，标出 U_{T+}、U_{T-} 值，说明该电路的特点。图 5-21 中电路参数为：R_{RP}=10kΩ，C'=0.01μF。

（4）触摸式开关定时器

利用 555 定时器设计制作一只触摸式开关定时器，每当用手触摸一次，电路即输出一个正脉冲宽度为 10s 的信号。试连接电路并测试电路功能。

（5）模拟声响电路

按图 5-22 所示连接，就构成了模拟声响电路，调节定时元件可改变振荡器频率，试听扬声器的声音。图中电路参数为：$R_1 = R_2 = R_3$=10kΩ，R_4=100kΩ，R_{RP}=100kΩ，C_1=10μF，C_2=0.01μF，C_3=0.02μF，C_4=0.01μF，C_5=100μF。

5. 实验预习要求

（1）熟悉定时器的典型应用。

（2）根据电路中电阻、电容的数值计算有关参数。

6. 实验报告要求

（1）整理实验数据，分析理论与实验的差异，并讨论。

（2）画出实验中相关波形图。

7. 思考题

（1）如何用示波器观察施密特触发器的电压传输特性？

图 5-21　施密特触发器实验电路图　　　　图 5-22　模拟声响实验电路图

（2）什么是施密特触发器的回差（滞回）特性？

（3）单稳态触发器要求触发脉冲宽度小于输出脉冲宽度，为什么？

（4）试用 555 定时器设计一个多谐振荡器，其正、负脉冲宽度比为 2:1。

5.1.9　数/模转换器

1. 实验目的

（1）熟悉使用集成 DAC0832 器件实现八位数/模转换的方法。

（2）掌握测试八位数/模转换器的转换精度及线性度的方法。

2. 实验原理

在电子技术的很多应用场合往往需要把数字量转换为模拟量，这种器件称为数/模转换器（D/A 转换器，简称 DAC）。完成这种转换的线路有多种，特别是单片大规模集成 D/A 的问世，为实现上述的转换提供了极大的方便。使用者可借助于手册提供的器件性能指标及典型应用电路，正确使用这些器件。本实验将采用大规模集成电路 DAC0832 实现 D/A 转换。

DAC0832 芯片是双列直插式八位数/模转换器。片内有 R-2R 梯形解码网络，用来对基准电流分流，完成数字输入、模拟量（电流）输出的变换。

DAC0832 的主要特性和技术指标有：只在满量程下调整其线性度；具有双缓冲、单缓冲或直通数据输入三种工作方式；输入数字为八位；逻辑电平输入与 TTL 兼容；基准电压 U_{REF} 工作范围为 -10～+10V；电流稳定时间 1μs；功耗 20mW；电源电压范围 +5～+15V。

DAC0832 引脚功能说明如下。

（1）V_{CC}：电源电压，工作范围为 +5～+15V，最佳工作状态使用 +15V。

（2）AGVD：模拟量电路的接地端，它始终与数字量地端相连。

（3）DGVD：数字量地。

（4）$\overline{CS}$：片选信号端，低电平有效。$\overline{CS}$ 和 ILE 信号共同对 $\overline{W}_{R1}$ 能否起作用进行控制。

（5）ILE：允许输入锁存（高电平有效）。

（6）$\overline{W}_{R1}$：写信号 1，用以把数字数据输入锁存寄存器中。在 $\overline{W}_{R1}$ 有效时，必须使 $\overline{CS}$ 和 ILE 同时有效。

（7）$\overline{W}_{R2}$：写信号 2，用以将锁存于输入寄存器中的数字传递到 D/A 寄存器中锁存，$\overline{W}_{R2}$ 有效的同时必须 $\overline{XFER}$ 有效。

（8）$\overline{XFER}$：传递控制信号用来控制 $\overline{W}_{R2}$。

（9）$D_0 \sim D_7$：八位数字输入。D_0 为最低位（LSB），D_7 为最高位（MSB）。

（10）I_{OUT1}：DAC 电流输出 1。当 DAC 寄存器中全为 1 时，输出电流最大；当 DAC 寄存器中全为 0 时，输出电流最小。

（11）I_{OUT2}：DAC 电流输出 2。I_{OUT2} 为一常数与 I_{OUT1} 之差，即 $I_{OUT1}+I_{OUT2}$=常数。

（12）R_{fb}：反馈电阻，在芯片内。作为外部运算放大器的分路反馈电阻，为 DAC 提供电压输出信号，并与 R-2R 梯形电阻网络相匹配。

（13）U_{REF}：基准电压输入。该电压将外部标准电压和片内的 R-2R 梯形电阻网络相连接。U_{REF} 可选择在-10～+10V 范围内。DAC 在做四象限应用时，它又是模拟电压输入端。

3．实验仪器和器件

（1）实验仪器

① 数字逻辑实验仪（HY-DE-1 型）。

② 数字万用表（DT9204 型）。

（2）器件

① DAC0832（D/A 转换器）。

② LM324（集成运算放大器）。

③ 电阻、电位器若干。

4．实验内容

（1）接线

按图 5-23 所示接线（其他引脚按要求自己连接），其中 R=100kΩ，R_{RP1}=10kΩ，R_{RP2}=100kΩ。

（2）测试 DAC0832 的静态线性度

① 将 $D_0 \sim D_7$ 接到电平输出上。

② 使 $D_0 \sim D_7$ 全为 0，调节 RP_1 使 U_O=0。

③ 使 $D_0 \sim D_7$ 全为 1，调节 RP_2 使 U_O 为满度（-5V）。

图 5-23　DAC0832 实验电路图

④ 按照表 5-21 所给定的输入数字量（相对应的十进制数）分别测出各对应的输出模拟电压值（U_O）。

表 5-21　DAC0832 转换测试表

十进制数	二 进 制 数								实测 U_O	十进制数	二 进 制 数								实测 U_O
	D_7	D_6	D_5	D_4	D_3	D_2	D_1	D_0			D_7	D_6	D_5	D_4	D_3	D_2	D_1	D_0	
255										110									
250										100									
240										90									
230										80									
220										70									
210										60									
200										50									
190										40									
180										30									

续表

十进制数	二 进 制 数								实测 U_O	十进制数	二 进 制 数								实测 U_O
	D_7	D_6	D_5	D_4	D_3	D_2	D_1	D_0			D_7	D_6	D_5	D_4	D_3	D_2	D_1	D_0	
170										20									
160										10									
150										5									
140										2									
130										1									
120										0									

5．实验预习要求

（1）熟悉 DAC8032 数/模转换器的功能和典型应用。

（2）根据电路中的数值计算有关参数。

6．实验报告要求

（1）整理实验数据，并在坐标纸上画出 DAC8032 的输入数字量和实测输出模拟电压之间的关系曲线。

（2）将实测值与理论值加以比较，计算出最大线性误差和精度，并确定其分辨率。

7．思考题

根据采用的基准电压计算出每个输入数码对应的模拟电压理论值，并与实测值进行比较，算出其中的误差，分析其产生的原因。

▶▶▶ 5.1.10　模/数转换器

1．实验目的

（1）熟悉使用集成 ADC0809（0804）器件实现八位模/数转换的方法。

（2）掌握测试八位模/数转换器静态线性度的方法。

2．实验原理

在电子技术的很多应用场合往往需要把模拟量转换为数字量，这种器件称为模/数转换器（A/D 转换器，简称 ADC）。完成这种转换的线路有多种，特别是单片大规模集成 A/D 的问世，为实现上述的转换提供了极大的方便。使用者可借助于手册提供的器件性能指标及典型应用电路，正确使用这些器件。本实验将采用大规模集成电路 ADC0809（0804）实现 A/D 转换。ADC0809 模/数转换器采用逐次逼近的原理，它主要由电压比较器、D/A 转换器、寄存器、时钟信号源和控制逻辑电路五个部分组成。

ADC0809 的主要特性和技术指标有：分辨率八位；总的不可调误差±1/2LSB（相对误差）和±1LSB（绝对误差）；转换时间 100μs；单电源 5V 供电时模拟输入电压范围为 0～5V；采用 CMOS 工艺制成，输出与 TTL 兼容；时钟脉冲可由自身产生，只要外接一电阻和电容，便可自行产生频率 $f_{CP}=1/1.1RC$ 的时钟信号。

ADC0809 引脚功能说明如下。

（1）V_{CC}：电源端。

（2）GND：接地端。

（3）CP：时钟脉冲信号输入端，控制时序电路工作。

（4）START：地址锁存器允许信号，高电平有效。

（5）$D_0 \sim D_7$：数据输出端。D_0 为最低位（LSB），D_7 为最高位（MSB）。

（6）OE：输出允许，高电平有效。

（7）$U_{REF(+)}$ 和 $U_{REF(-)}$：电阻网络参考电压正端和负端。

（8）$IN_0 \sim IN_7$：8 路模拟信号输入端。

（9）A_2、A_1、A_0：地址输入端。

3．实验仪器和器件

（1）实验仪器

① 数字电子技术实验仪（HY-DE-1 型）。

② 数字万用表（DT9204 型）。

（2）器件

① ADC0809（0804）（A/D 转换器）。

② 电阻、电位器、电容若干。

4．实验内容

图 5-24　ADC0809 实验电路图

（1）按图 5-24 所示接好实验电路（其他引脚按要求自己连接）。

（2）实验按表 5-22 要求进行测试，将测试结果记入表 5-22 中。

表 5-22　ADC0809 测试表

通道	输入	地址	输出数字量								
IN	U_i（V）	$A_2 A_1 A_0$	D_7	D_6	D_5	D_4	D_3	D_2	D_1	D_0	十进制数
IN_0	4.5	0 0 0									
IN_1	4.0	0 0 1									
IN_2	3.5	0 1 0									
IN_3	3.0	0 1 1									
IN_4	2.5	1 0 0									
IN_5	2.0	1 0 1									
IN_6	1.5	1 1 0									
IN_7	1.0	1 1 1									

5．实验预习要求

（1）熟悉 A/D 转换器的功能和典型应用。

（2）根据电路中的数值计算有关参数。

6．实验报告要求

（1）整理实验数据，并在坐标纸上画出 ADC0809 的输入模拟电压与输出数字量之间的关系曲线。

（2）比较实测值与理论值，作误差分析。

7. 思考题

根据每个输入模拟电压理论值，算出对应的输出数码，并与实测值进行比较，分析其产生的原因。

5.2 设计性实验

5.2.1 三态门与OC门

1. 实验目的

（1）掌握集电极开路门（OC门）的逻辑功能及应用。

（2）了解集电极负载电阻 R_L 对集电极开路门的影响。

（3）掌握 TTL 三态输出门（3S 门）的逻辑功能及应用。

2. 实验原理

数字系统中有各种逻辑门，每种逻辑门都具有特定的逻辑功能，集电极开路门和三态输出门是两种特殊的门电路，它们允许把输出端直接并接在一起使用。

（1）集电极开路门（OC 门）

OC 门应用主要有下述三个方面。

① 利用电路的"线与"特性方便地完成某些特定的逻辑功能。把两个（或两个以上）OC 与非门"线与"可完成"与或非"的逻辑功能。

② 实现多路信息采集，使两路以上的信息共用一个传输通道（总线）。

③ 实现逻辑电平的转换，以推动数码管、继电器、MOS 器件等多种数字集成电路。OC 门输出并联运用时负载电阻 R_L 的值应按照教材中相关原则选取。

（2）三态输出门（3S 门）

三态输出门是一种特殊的门电路，它与普通的门电路结构不同，它的输出端除了通常的高电平、低电平两种状态外（这两种状态均为低阻状态），还有第三种输出状态——高阻状态。当 3S 门输出端处于高阻状态时，电路与负载之间相当于开路。三态输出门按逻辑功能及控制方式来分有各种不同类型，本实验采用的三态门是 74LS125 三态输出四总线缓冲器。

三态电路主要用途之一是实现总线传输，即用一个传输通道（称为总线），以选通方式传送多路信息。

3. 实验内容

（1）集电极开路门的应用

① 用 OC 门实现 F=AB+CD+EF。实验时输入变量允许用原变量和反变量，外接负载电阻 R_L 自取合适的值。

② 用 OC 门实现异或逻辑。

③ 用 OC 电路作为 TTL 电路驱动 CMOS 电路的接口电路，实现电平转换。

（2）三态输出门的应用

利用三态门实现数据传送，将四个数据按要求传输到数据总线上去。

4. 实验预习与实验报告要求

（1）复习集电极开路门和三态输出门的工作原理。

（2）计算实验中各 R_L 阻值，并从中确定实验所用 R_L 的值（选标称值）。

（3）画出实验内容中的测试图，并选择元器件型号。

（4）整理分析实验结果，总结集电极开路门和三态输出门的优缺点。

5. 思考题

在使用总线传输时，总线上能不能同时接有 OC 门与三态输出门？为什么？

▶▶▶ 5.2.2　门电路实际应用

1. 实验目的

（1）掌握各种门电路的逻辑功能及应用。

（2）利用门电路组成实际应用电路。

2. 实验原理

数字系统中有各种逻辑门，每种逻辑门都具有特定的逻辑功能，利用逻辑门可以组成各种完成特定功能的简单数字电路，如抢答器、数字密码锁等。

3. 实验内容

（1）用门电路设计一个简单的有三人参赛的智力竞赛抢答器

设有三名参赛者和一名主持人，每人控制一单刀双掷开关。当主持人允许抢答时给出抢答指令，三名参赛者谁先给出抢答信号（如高电平为有效电平），标志该抢答者的相应显示电路即发出光亮，其他两人再要求抢答就无效，对应的显示电路不亮。

（2）用门电路设计一个四位数字密码锁电路

要求用最少的与非门。

4. 实验预习与实验报告要求

（1）掌握各种门电路的逻辑功能。

（2）设计实验内容中的电路图，并选择门电路器件型号。

（3）整理分析实验结果，总结门电路实际应用。

5. 思考题

请用其他门电路设计一个六位数字密码锁电路（可用各种逻辑门）。

▶▶▶ 5.2.3　加/减运算电路

1. 实验目的

（1）掌握各种中规模组合逻辑电路的逻辑功能及应用。

（2）利用组合逻辑电路组成实际应用电路（全加器和全减器）。

2. 实验原理

数字系统中有各种中规模组合逻辑电路，每种组合逻辑电路具有独特的逻辑功能，利用各种组合逻辑电路可以组成各种完成特定功能的数字电路。本实验主要用中规模集成电路设计加/减运算电路。

3．实验内容

（1）加法运算电路

请分别用译码器（74LS138）与门电路，用数据选择器（74LS253）与门电路组成一个能完成一位二进制数的全加运算的组合电路。

（2）减法运算电路

请分别用译码器（74LS138）与门电路，用数据选择器（74LS253）与门电路组成一个能完成一位二进制数的全减运算的组合电路。

（3）加/减法运算电路

请用中规模组合逻辑电路与门电路组成一个能完成二位二进制数的加法运算的组合电路。

4．实验预习与实验报告要求

（1）掌握各种组合逻辑电路的逻辑功能和特点。

（2）设计实验内容中的电路图，并合理选择中规模组合逻辑电路器件型号。

（3）整理分析实验结果，总结组合逻辑电路综合应用。

5．思考题

请用组合逻辑电路设计一个二位二进制数的减法运算的组合电路。

5.2.4 数据选择器

1．实验目的

（1）熟悉中规模集成数据选择器的逻辑功能和测试方法。

（2）掌握用集成数据选择器进行逻辑设计的方法。

2．实验原理

数据选择器是常用的组合逻辑部件之一。它通过组合逻辑电路对数字信号进行控制来完成较复杂的逻辑功能。它有若干个数据输入端 D_0、D_1…，若干个控制输入端 A_0、A_1…，一个输出端 Y。在控制输入端加上适当的信号，即可从多个数据输入端中将所需的数据信号选择出来，送到输出端。使用时可以在控制输入端加上一组二进制编码程序的信号，使电路按要求输出一串信号，所以它是一种可编程序的逻辑部件。

数据选择器是一种通用性很强的中规模集成电路，除了能传递数据外，还可把它设计成数码比较器，变并行码为串行码，组成函数发生器。本实验内容为用数据选择器设计全加器、表决电路和函数发生器。

3．实验内容

（1）测试数据选择器的逻辑功能

（2）用数据选择器实现下列逻辑功能

① 构成三人表决电路。

② 构成函数 $F=A\overline{C}+B$。

③ 构成全加器。

4．实验预习与实验报告要求

（1）设计本实验中逻辑功能电路，画出实验图，列出测试表格。

（2）总结用数据选择器构成全加器的优点，并与 5.1.2 节比较。

（3）论证自己设计的逻辑电路的正确性和优点。

5．思考题

如何用 4 选 1 数据选择器构成 16 选 1 数据选择器？

▶▶▶ 5.2.5 数码比较器

1．实验目的

（1）掌握用数码比较器进行数值比较的方法。

（2）掌握中规模集成数码比较器的逻辑功能和使用方法。

2．实验原理

比较器是常用的组合逻辑部件之一。比较是一种最基本的操作，人只能在比较中识别事物，计算机只能在比较中鉴别数据和代码，实现计算机的操作。在数字电路中，数码比较器的输入是要进行比较的二进制数，输出是比较的结果。

数码比较器可分为大小比较器、相等比较器（同比较器）；根据电路结构不同，可分为串行比较器和并行比较器，前者电路结构简单，但速度慢，后者电路结构复杂，但速度快。

3．实验内容

（1）用门电路设计一位二进制数比较器

设 A、B 为两个一位二进制数，有 A>B、A<B 和 A=B 三种比较结果。画出实验图，列出测试表格，进行逻辑功能测试。

（2）用门电路设计四位二进制数比较器

设 A、B 为两个四位二进制数，其中 $A=A_3A_2A_1A_0$，$B=B_3B_2B_1B_0$，只有对应的每一位相等，A 和 B 才相等。画出实验图，列出测试表格，进行逻辑功能测试。

（3）四位数码比较器逻辑功能测试

自拟一个测试 74LS85 功能的电路，列出测试表格，进行逻辑功能测试。

（4）猜数游戏

先由同学甲在测数输入端 A 输入一个 0000～1111 之间的任意数，再由同学乙在测数输入端 B 输入一个所猜的数，由数码比较器的输出显示所猜的结果。当 A=B 为"1"时，表示猜中。经过反复操作，总结出又快又准的猜数方法。

4．实验预习与实验报告要求

（1）设计本实验中逻辑功能电路，列出测试表格。

（2）总结 74LS85 的逻辑功能和设计电路的设计过程。

5．思考题

用门电路设计二位二进制数比较器，画出逻辑电路接线图，并验证其功能。

▶▶▶ 5.2.6 总线数据锁存器

1．实验目的

（1）掌握触发器和时序逻辑电路的特点。

（2）掌握用触发器和门电路设计简单的时序逻辑电路方法。

2．实验原理

数据传输与锁存在计算机和数字通信中被广泛应用，总线数据传输利用门电路的一些特殊功能按实际要求进行传送；而数据锁存利用触发器记忆功能，实现寄存，并利用控制电路实施定时寄存和输出，供整个系统电路使用。

3．实验内容

设计一个四路数据锁存器，用四个二输入与门中的一端作为数据输入端，另一端作为数据选通控制端；用触发器寄存数据，并用三态门缓冲器作隔离用。

电路能完成数据输入、锁存和输出等功能。

4．实验预习与实验报告要求

（1）复习触发器逻辑功能。

（2）设计本实验中电路，画出实验电路图。

（3）总结时序逻辑电路设计方法。

5．思考题

设计一个八路数据锁存器，要求用最少器件，并验证其逻辑功能。

▶▶▶ **5.2.7 编码电子锁**

1．实验目的

（1）掌握触摸开关的应用。

（2）熟悉 D 触发器的功能。

（3）了解编码电子锁的基本工作原理。

2．实验原理

触摸式编码电子锁不需要钥匙，只要记住一组十进制数字组成的密码（一般为四位数），顺着数字的先后从高位数到低位，用手指逐个触及相应的触摸按钮，锁便自动打开。若操作顺序不对，锁就打不开。

3．实验内容

设计一个四位触摸式编码电子锁。

设计提示：用两个芯片（74LS74）设置四位密码，开锁信号可用发光二极管代替三极管和继电器。

4．实验预习与实验报告要求

（1）复习触发器逻辑功能，了解触摸开关和编码电子锁的基本工作原理。

（2）设计本实验中电路，画出实验电路图。

（3）总结时序逻辑电路设计方法。

5．思考题

设计一个八路触摸式编码电子锁，要求用最少器件，并验证其逻辑功能。

▶▶▶ 5.2.8　集成计数器

1．实验目的

（1）熟悉集成计数器的逻辑功能和各控制端作用。

（2）掌握集成计数器组成任意进制计数器的方法与实际应用。

2．实验原理

中规模集成电路计数器的应用十分普及。然而，定型产品的种类是很有限的。常用的多为十进制、二-五-十进制、十六进制几种。因此必须学会用已有的计数器芯片构成其他任意进制计数器的方法。本实验采用中规模集成电路计数器 74LS290、74LS160、74LS161、74LS192 芯片，采用不同方法构成任意进制计数器。

3．实验内容

（1）集成计数器 74LS290 功能测试

74LS290 是二-五-十进制异步计数器，它有二、五、十共三种计数功能。测试其三种计数功能。

（2）计数器级联

① 用 74LS290（或 74LS192）组成异步五十进制计数器。

② 用 74LS290（或 74LS192）组成同步六十进制计数器。

（3）任意进制计数器（用复位法和置数法）

① 用 74LS290（或 74LS192）组成七进制计数器。

② 用 74LS290（或 74LS160、74LS192）组成四十五进制计数器。

（4）用 74LS160（或 74LS161）组成七进制计数器和五十进制计数器

4．实验预习与实验报告要求

（1）复习中规模集成电路计数器的功能及使用方法。

（2）熟悉 74LS290、74LS160、74LS161 等芯片的功能及外部引脚排列。

（3）整理实验数据，画出实验电路图和相关状态转换图。

（4）总结集成计数器使用特点。

5．思考题

（1）用中规模集成电路计数器构成 N 进制计数器的方法有几种？

（2）试用 74LS160 构成六十进制计数器，画出逻辑电路图，并进行实验验证。

▶▶▶ 5.2.9　自动售货机

1．实验目的

（1）掌握时序逻辑电路的特点。

（2）掌握时序逻辑电路设计方法及应用。

2．实验原理

时序逻辑电路具有记忆功能，因而在各个领域得到了广泛应用。自动售货机就是一例，其特点是操作简单，且不用人看守，全天候开放。只要投入定额的钱币，自动售货机就送出所需的物品，并把多余的钱币退出。

3．实验内容

设计一个自动售货冷饮机：设冷饮机能接收 5 角或 1 元的硬币，冷饮机售冷饮价格为 1 元。一次投币最多为两元（两个 5 角，一个 1 元），当投币大于等于 1 元时，给出冷饮 1 份并找多余的钱币；小于 1 元时，则只还钱币而不给冷饮。钱币投好后要启动一下冷饮机开始执行交易。要求电路能够自启动。

4．实验预习与实验报告要求

（1）复习时序逻辑电路的设计方法。
（2）设计本实验中电路，画出实验电路图。
（3）总结时序逻辑电路的特点和设计方法。

5．思考题

设计一个自动售邮票的控制电路或自动售饮料的控制电路。

▶▶▶ 5.2.10　可调分频电路

1．实验目的

（1）掌握时序逻辑电路设计方法及应用。
（2）掌握利用中规模集成时序逻辑电路设计可调分频电路的方法。

2．实验原理

时序逻辑电路具有记忆功能，因而在各个领域得到了广泛应用，其中常用来计数和分频，如可调分频器，是利用置数端的数字变化实现任意进制计数，从而实现可调分频的。

3．实验内容

设计一个可调分频器：用计数器（74LS192）和门电路组成一个 1～99 分频的可调分频电路。

设计提示：根据对电路功能的要求，所选主要集成逻辑器件应是计数器，因为计数器就是分频器。本命题应满足的最大分频能力是 99，故采用两片十进制计数芯片可以满足。分频倍数的设置，可由计数过程中输入脉冲与进位（或借位）信号的关系来决定。例如，可逆计数器进行递减计数时，计数状态每减到零就发出结尾信号，这样可在计数器置数输入端置入特定数据，在输入信号驱动下，计数器进行递减计数，从借位输出端所得到的脉冲的频率就等于输入脉冲频率除以被置入的数。若置入 99，就可以实现 99 分频。

选择器件：选两片 74LS192 同步十进制可逆计数器，为了改变置入数据，再选两片 8421BCD 码拨码盘，另外还要选择一片 74LS04 反相器，以将结尾信号送给置数使能端。

拨动码盘，内部开关接通时，置入数据为 1，断开时为 0，置数 0～9 可调，即根据分频倍数置入数据。反相器一方面可将 BO 端的负脉冲变为正脉冲并输出，另一方面，当 BO 结束时，将由 0 到 1 的正跳变变为由 1 到 0 的负跳变，以满足置数使能端 LD 重新置数的需要，使电路往复不停地工作。

4．实验预习与实验报告要求

（1）复习可逆计数器和 8421BCD 码拨码盘的相关知识。

（2）设计并画出本实验电路图。

（3）总结可调分频器的特点和工作原理。

5. 思考题

如要设计一个1～999分频的可调分频电路，如何对原有电路加以改进，完成其功能？

▶▶ 5.2.11　汽车尾灯控制电路

1. 实验目的

（1）掌握时序逻辑电路设计方法及应用。

（2）掌握利用中规模集成时序逻辑电路设计汽车尾灯控制电路的方法。

2. 实验原理

汽车在行驶过程中根据各自的目的地，要进行直行、右转和左转等操作，实施何种操作通常用汽车尾灯来表示，以提示过往车辆注意。汽车尾灯控制电路用译码器、计数器和寄存器等集成电路来完成其控制功能。

3. 实验内容

设计汽车尾灯控制电路：请用寄存器（74LS194）、计数器（74LS192）和译码器（74LS138）组成一个汽车尾灯控制电路。

设计提示：汽车在夜间行驶过程中，其尾灯的变化规律为，当车辆正常行驶时，车后6盏尾灯全部亮；左转时，左边3盏灯依次从右向左循环闪动，右边3盏灯熄灭；右转时，右边3盏灯依次从左向右循环闪动，左边3盏灯熄灭；当车辆停车时，6盏灯一明一暗同时闪动。

4. 实验预习与实验报告要求

（1）复习寄存器、计数器和译码器的相关知识。

（2）设计并画出本实验电路图。

（3）总结汽车尾灯控制电路的工作原理。

5. 思考题

设计一个白天使用的汽车尾灯控制电路。

▶▶ 5.2.12　顺序脉冲发生器

1. 实验目的

（1）熟悉和掌握时序逻辑电路的一般设计方法。

（2）掌握测试顺序脉冲发生器的方法。

2. 实验原理

在数控装置以及数字计算机中，往往需要机器按照人们事先规定的顺序进行运算或操作，这就要求机器的控制部分不仅能正确地发出各种控制信号，而且要求这些控制信号在时间上有一定的先后顺序。通常采用的方法是，用一个顺序脉冲发生器（或称节拍脉冲发生器或序列脉冲发生器）产生时间上有先后顺序的脉冲，以实现整机各部分的协调动作。按电路结构不同，顺序脉冲发生器可分为计数型和移位型两大类。

3．实验内容

（1）设计一个 4 输出顺序脉冲发生器

试分别用 D 触发器和门电路，用 JK 触发器和门电路，用环形计数器和门电路设计。

（2）设计一个 8 输出顺序脉冲发生器

试分别用扭环计数器和门电路，用集成计数器和译码器设计。

4．实验预习与实验报告要求

（1）熟悉顺序脉冲发生器的功能和典型应用。

（2）根据实验要求，完成理论设计，画出实验电路图。

（3）列出实验步骤，整理实验结果。

5．思考题

（1）顺序脉冲发生器电路的特点是什么？可用哪几种方法实现？各有什么优缺点？

（2）试用 74LS161 集成计数器和门电路设计一个脉冲序列电路。要求电路的输出端在时钟的作用下，能周期性地输出 10101000011001 的脉冲序列。

5.2.13　触摸和声控双延时灯电路

1．实验目的

（1）掌握 555 集成定时器特点与应用。

（2）掌握用 555 集成定时器进行实际控制的方法。

2．实验原理

集成定时器是一种模拟、数字混合的中规模集成电路。只要外接适当的电阻、电容等元件，即可方便地构成单稳态触发器、多谐振荡器和施密特触发器等波形变换电路，常常用于整形、定时和延时等场合。触摸和声控双延时灯电路是典型的单稳态电路应用。

3．实验内容

设计一个触摸、声控双功能延时灯电路：其电路由电容降压整流电路、声控放大器、555 触发定时器和控制器组成，具有声控和触摸控制灯亮的双功能。

当击掌声传至压电陶瓷片（HTD）时，HTD 将声音信号转换成电信号，使电灯亮；同样，当触摸金属片 A 时，人体感应电信号触发 555 集成定时器，使电灯亮。

4．实验预习与实验报告要求

（1）熟悉集成定时器的功能和典型应用。

（2）根据实验要求，完成理论设计，画出实验电路图。

（3）列出实验步骤，整理总结实验结果。

5．思考题

用 555 定时器设计一个音乐传花游戏机电路（设计提示：电路按动按钮后，会产生音乐声，经一段时间后，音乐声停止，且音乐声保持时间可调，可取代击鼓传花游戏）。

5.2.14　防盗和水位报警电路

1．实验目的

（1）掌握 555 集成定时器复位端的功能和应用。

（2）掌握用 555 集成定时器设计防盗和水位报警控制电路。

2. 实验原理

集成定时器可方便地构成多谐振荡器。适当地选择振荡频率，输出端所接的扬声器负载便可以发出尖响，常常用于各种报警控制电路。水位报警控制电路把水位的变化转变为时基电路控制端的电压变化，从而通过控制电路实现报警。

3. 实验内容

（1）设计一个防盗报警控制电路

电路用导线作为控制线，正常时集成定时器构成的多谐振荡器不振荡（控制端为地，被导线短路），当有人把导线碰掉后，多谐振荡器工作，扬声器发出尖响，实现报警。

（2）设计一个水位报警控制电路

电路用导线作为控制线，正常时集成定时器构成的多谐振荡器不振荡（控制端接一个电容，电容两端各接一个导线放入储水容器上方），当水位超出规定线后，多谐振荡器工作，扬声器发出尖响，实现报警。

4. 实验预习与实验报告要求

（1）熟悉集成定时器复位端的功能和应用。
（2）根据实验要求，完成理论设计，画出实验电路图。
（3）列出实验步骤和调试方法，整理总结实验结果。

5. 思考题

用 555 定时器设计一个可燃气体报警控制电路（设计提示：电路用"气-电"传感器）。

▶▶▶ **5.2.15 彩灯控制电路**

1. 实验目的

（1）掌握移位寄存器特点与应用。
（2）掌握用移位寄存器进行彩灯控制电路的设计。

2. 实验原理

彩灯显示在广告中和音乐厅等场合得到了广泛应用，其原理是利用双向移位寄存器控制端工作在不同方式状态下，实现左移、右移、保持、送数等功能。彩灯控制电路按要求可实现多种显示功能，如：灯依次亮，间隔为 1s；灯依次灭，间隔为 1s；灯同时亮，间隔为 0.5s；灯同时灭，间隔为 0.5s；灯逐个发亮，直至全部发亮等。若用三色变色发光二极管作为彩灯，则可实现更多的显示功能。

3. 实验内容

设计一个 4 个彩灯控制电路。

彩灯控制电路要求控制 4 个以上彩灯；要求彩灯组成两种以上花型，每种花型连续循环两次，各种花型轮流交替。

4. 实验预习与实验报告要求

（1）熟悉移位寄存器的功能和典型应用。
（2）根据实验要求，完成理论设计，画出实验电路图。

（3）列出实验步骤，整理总结实验结果。

5．思考题

本实验中节拍脉冲如何产生？要求电路最简。

▶▶▶ 5.2.16　步进电机控制电路

1．实验目的

（1）掌握用触发器设计脉冲分配器的方法及应用。

（2）掌握用脉冲分配器进行步进电机实际控制电路的设计。

2．实验原理

脉冲分配器的作用是产生多路顺序脉冲信号，它可以由计数器和译码器组成，也可以由环形计数器构成。步进电机接收脉冲分配器输出的信号，一步一步地转动，并带动机械装置实现精密的角位移和直线位移。步进电机广泛应用于各种自动控制系统中，它的工作方式主要取决于步进脉冲的控制电路。

3．实验内容

设计一个步进电机控制电路。

用 D 触发器设计一个三相三节拍的脉冲分配器；设计电路工作的时钟信号，其频率为 10Hz～10kHz 可调。

4．实验预习与实验报告要求

（1）熟悉脉冲分配器的功能和应用。

（2）根据实验要求，完成理论设计，画出实验电路图。

（3）列出实验步骤，整理总结实验结果。

5．思考题

如何定义步进电机的工作状态，使其控制最方便？

5.3　综合性实验

▶▶▶ 5.3.1　数字钟

1．设计任务

（1）一个能显示秒、分、时的 12 小时数字钟。

（2）熟练掌握各种计数器的使用，本设计有十二进制、六十进制两种计数器。

（3）能用低位的进位输出构成高位的计数脉冲。

2．设计提示

（1）时钟源使用实验仪上的 1Hz 连续脉冲。

（2）设置两个按钮，一个供"开始"及"停止"用，一个供系统复位用。

（3）时钟显示使用数码管。"时钟显示"部分应注意 12 点后显示为 1 点。

3．设计要求

（1）根据任务选择总体方案，画出设计框图。

（2）根据设计框图进行单元电路设计。

（3）画出总体逻辑电路图。

（4）列出元器件清单。

（5）拟定实验步骤和调试方法。

（6）安装调试电路。

（7）写出实验报告。

5.3.2　智力竞赛抢答器

1．设计任务

（1）设计一个可供三人参赛的智力竞赛抢答器，每人设一个按钮，供抢答使用。

（2）抢答器具有互相锁存功能，使除第一抢答者外的按钮不起作用。

（3）设置一个主持人"复位"按钮。主持人复位后，开始抢答。

（4）设计声响、显示电路。抢答成功者相应的灯亮，并有声响电路发出声响。

（5）设计一个抢答计时电路。如规定回答问题必须在 100s 完成，否则为超时，声响电路发出警示。

2．设计提示

（1）设计关键是准确判断出第一抢答者并将其他抢答者封锁。

（2）抢答成功后，用编码、译码及数码显示电路显示抢答者的序号，同时声响电路发出声响。

3．设计要求

（1）根据任务选择总体方案，画出设计框图。

（2）根据设计框图进行单元电路设计。

（3）画出总体逻辑电路图。

（4）列出元器件清单。

（5）拟定实验步骤和调试方法。

（6）安装调试电路。

（7）写出实验报告。

5.3.3　交通信号灯控制器

1．设计任务

（1）设计一个交通信号灯控制器，由一条主干道和一条支干道汇合成十字路口。在每个入口处设置红、黄、绿三色信号灯，红灯亮禁止通行，绿灯亮允许通行，黄灯亮则给行驶中的车辆有时间停在禁行线外。

（2）用红、黄、绿发光二极管作为信号灯，用传感器或逻辑开关检测车辆是否到来的信号。

（3）主干道处于常允许通行的状态，支干道有车来时才允许通行。主、支干道均有车时，两者交替允许通行，主干道每次放行 45s，支干道每次放行 25s。每次由绿灯变红灯亮时，黄灯应亮 5s 作为过渡。设立 5s、25s、45s 计时显示电路。

2．设计提示

（1）主、支干道用传感器检测车辆到来情况，实验中用逻辑开关代替。

（2）计时可用倒计时，也可用顺计时。计时起始信号由主控电路给出，定时结束信号也输入到主控电路，由主控电路启、闭三色信号灯或启动另一计时电路。

（3）主控电路是核心，这是一个时序电路，其输入信号为：

① 车辆检测信号；

② 45s、25s、5s 定时信号。

（4）画出状态转换图。

3．设计要求

（1）根据任务选择总体方案，画出设计框图。

（2）根据设计框图进行单元电路设计。

（3）画出总体逻辑电路图。

（4）列出元器件清单。

（5）拟定实验步骤和调试方法。

（6）安装调试电路。

（7）写出实验报告。

▶▶▶ 5.3.4　乒乓球比赛游戏机

1．设计任务

（1）设计一个由甲乙双方参赛，有裁判的 3 人游戏机。

（2）用 9 个 LED 排成一条直线，以中点为界，两边各代表参赛双方的位置，其中一只点亮的 LED 指示灯为当前位置，点亮的 LED 依次从左到右，或从右到左，其中移动速度应能调节。

（3）当"球"（点亮的 LED）运动到某方的最后一位时，参赛者应能果断地按下位于自己一方的按钮开关，即表示启动球拍击球。若击中，则球向相反方向移动；若没击中，则对方得 1 分。

（4）自动记分电路（甲、乙双方各一个）。

（5）甲乙双方各设一个发光二极管，表示拥有发球权，每隔 5 次自动交换发球权，拥有发球权的一方发球才有效。

2．设计提示

（1）用双向移位寄存器的输出端控制 LED 显示来模拟乒乓球运动的轨迹，先点亮位于某一方的第一个 LED，由击球者通过按钮输入开关信号，实现移动方向的控制。

（2）任何时刻都保持一个 LED 发亮，若发亮的 LED 运动到对方的终点，但对方未能及时输入信号使其向相反方向移动，即失去 1 分。

（3）控制电路决定全系统的协调动作，必须严格掌握各信号之间的关系。

3．设计要求

（1）根据任务选择总体方案，画出设计框图。

（2）根据设计框图进行单元电路设计。

（3）画出总体逻辑电路图。

（4）列出元器件清单。

（5）拟定实验步骤和调试方法。

（6）安装调试电路。

（7）写出实验报告。

5.3.5 拔河比赛游戏机

1. 设计任务

（1）拔河游戏机需用15个（或9个）发光二极管排列成一行，开机后只有中间一个发亮，以此作为拔河的中心线，游戏双方各持一个按键，迅速地、不断地按动产生脉冲，谁按得快，亮点就向谁的方向移动，每按一次，亮点移动一次。移到任一方终端二极管发亮，这一方就得胜，此时双方按键均无作用，输出保持，只有经复位后才使亮点恢复到中心线。

（2）显示器显示胜者的盘数。

2. 设计提示

（1）可逆计数器原始状态输出4位二进制数0000，经译码器输出使中间的一只发光二极管发亮。当按动A、B两个按键时，分别产生两个脉冲信号，经整形后分别加到可逆计数器，可逆计数器输出的代码经译码器译码后驱动发光二极管点亮并产生位移，当亮点移到任何一方终端后，由于控制电路的作用，使这一状态被锁定，而对输入脉冲不起作用。如按动复位键，亮点又回到中点位置，比赛又可重新开始。

（2）将双方终端二极管的正端分别经两个与非门后接至两个十进制计数器的加计数端，当任一方取胜时，该方终端二极管发亮，产生一个下降沿使其对应的计数器计数。这样，计数器的输出即显示了胜者取胜的盘数。

（3）为指示出谁胜谁负，需用一个控制电路。当亮点移到任何一方的终端时，判该方为胜，此时双方的按键均宣告无效。此电路可用异或门和非门来实现。将双方终端二极管的正极接至异或门的两个输入端，当获胜一方为"1"，另一方则为"0"，异或门输出为"1"，经非门产生低电平"0"，再送到计数器的置数端，于是计数器停止计数，处于预置状态，使计数器对输入脉冲不起作用。

3. 设计要求

（1）根据任务选择总体方案，画出设计框图。

（2）根据设计框图进行单元电路设计。

（3）画出总体逻辑电路图。

（4）列出元器件清单。

（5）拟定实验步骤和调试方法。

（6）安装调试电路。

（7）写出实验报告。

5.3.6 数字式电容测试仪

1. 设计任务

（1）设计一个能测量电容容量在100pF～100μF之间的测试仪。

（2）至少有两个测量量程。

（3）用3位数码管显示测量结果。

2．设计提示

（1）设法将电容的大小转换成与之相对应的脉冲数，较简单的做法是利用单稳态触发器，将被测电容 C_X 转换成与之对应的脉冲宽 $T_W=1.1RC_X$，用这一脉冲宽作为门控信号，控制一个计数器对时基脉冲计数，这样即获得 C_X 到脉冲数的转换。

（2）对计数输出进行译码，用数码管显示结果。

（3）量程分挡可改变单稳态电路积分常数中的 R，也可改变时基脉冲的频率。

3．设计要求

（1）根据任务选择总体方案，画出设计框图。

（2）根据设计框图进行单元电路设计。

（3）画出总体逻辑电路图。

（4）列出元器件清单。

（5）拟定实验步骤和调试方法。

（6）安装调试电路。

（7）写出实验报告。

第三部分　模拟电子技术实验

第6章　模拟电子技术实验技术概要

6.1　元器件选用原则

半导体三极管和集成运算放大器（简称运放），是放大电路的核心器件。放大电路的各项性能指标，在很大程度上取决于放大器件的各项性能参数。所以，必须根据所设计或选用的放大电路的各项技术指标，选择适用的放大器件。由于放大器件在多级放大电路中的地位和作用不同，选用的侧重点也不尽相同。

6.1.1　半导体三极管选用原则

若为了满足放大电路上限频率的要求，应选用 f_β 比 f_H 高几倍的半导体三极管。

若为了满足电压增益的要求，应选用 β 值高的三极管。但是，β 值高，温度稳定性差。为了兼顾增益与稳定性的要求，常选用 β=40～100 的硅三极管。

设计或选用放大微弱信号的高增益放大器的输入级时，除上述两点之外，还要注意应选择噪声系数 N_F 小的三极管。

设计或选用放大器输出级时，要保证动态范围及安全工作的技术要求。为此，应选择用符合下述条件的三极管，即 $U_{(BR)CEO}>V_{CC}$，$I_{CM}>2I_{cm}+I_{CEO}$（I_{cm} 为集电极最大信号的电流幅值），$P_{CM}>P_{Tmax}$（P_{Tmax} 为最大管耗）。

6.1.2　集成运算放大器选用原则

（1）根据上限频率高低选择运放。若放大电路上限频率较高（f_H>100kHz），同时增益较高（如单级 A_u=40～60dB），这时应选用宽带运放，否则不能满足频响要求。

（2）根据电路运算精度选择运放。若运算精度要求高，又采用直接耦合电路形式，则应选用输入失调参数小和共模抑制比高的运放，如高精度运放 F741 等型号；若电路为 R-C 耦合交流放大器，输入失调参数的大小则无关紧要。

（3）根据电路的特殊要求选择运放。一般低频放大电路对运放要求不十分严格，而某些电路则必须选用专用型运放。例如：音响电路中的高频、中频和前置放大电路均有多种型号专用运放；若要求电路输入阻抗高，可选用高输入阻抗运放，如 5G28 等；若要求电路静态功耗低，可选用低功耗运放，如 F252、F02、FC54 和 XFC75 等型号；若要求转换速率高，可选用高速运放，如 F715、F722 等型号；若要求电路输出电压高，可选用高压型运放，如 D41 型等。

总之，选择运算放大器型号，必须根据实验电路各项技术要求综合考虑。

6.1.3　阻容元件选用原则

放大器的各项技术指标是选择元件的依据。下面仅以分压偏置基本共射放大电路为例加以说明。电路如图 6-1 所示。

（1）集电极电阻 R_C 的选择

选择输出级 R_C 的依据，是保证具有技术指标所要求的足够宽的动态范围（即不失真的最大电压输出范围）。而对于低放输入级和中间级，选择 R_C 的依据是电压增益。由于整机分配给各级的增益是已知的，所以不难求出 R_C 的值，即 $A_u=\beta R_L'/r_{be}$，其中 $R_L'=R_C//R_L$。根据放大电路电压增益的公式可方便地计算集电极电阻 R_C。通常，增大 R_C 可以提高增益 A_u，但 R_C 也不能过大，若 $R_C>>R_L$，则 A_u 不但不会明显升高，反而会造成饱和失真。除了确定 R_C 数值外，还应对 R_C 的功率消耗作出估算。

图 6-1　分压偏置基本共射放大电路

（2）偏置电阻 R_{B1}、R_{B2} 和 R_E 的选择

射极电阻 R_E 越大，工作点稳定性越好。但 R_E 过大会使动态范围明显减小，故应两者兼顾。对于硅管，一般选取 $U_E=3\sim5$V，因此，可由式 $R_E=U_E/I_{EQ}$ 确定 R_E。

下偏置电阻 R_{B2} 越小，温度稳定性越好。但 R_{B2} 小，对信号的分流作用明显，会使 A_u 下降，故应两者兼顾。对于硅管，一般选取 $R_{B2}=(5\sim10)R_E$ 为宜。

上偏置电阻 R_{B1}，其主要作用是保证放大器有合适的工作点。可按式 $R_{B1}=(V_{CC}-U_B)/I_1$（其中 $I_1=U_B/R_{B2}$）来选取（I_1 选取原则为 $I_1>>I_{BQ}$，硅管 $I_1=(3\sim5)I_{BQ}$，锗管 $I_1=(10\sim20)I_{BQ}$）。

（3）耦合电容 C_1（或 C_2）及射极旁路电容 C_E 的选择

一般 C_1、C_E 容量越大，电路的低频响应越好，但是容量过大也不利，因为容量大则体积大，分布电容和电感相应增大，会使电路高频响应变差；容量大的电解电容器漏电流大；另外，大容量电解电容器价格高，不经济。所以，应以满足放大电路下限频率为选取原则。

通常 C_1 选取范围为 $10\sim30\mu$F，C_E 选取范围为 $50\sim100\mu$F。

由运放构成的放大电路，其外电路元件选择较简单。

6.2　电压放大电路静态调试

通常所称的电路工作状态，实质上是指电路中半导体器件的工作状态。在输入信号等于零，无自激振荡的条件下，调整放大电路中各个半导体器件的偏置电路，使放大电路处于合适的直流工作状态，以便对有用信号进行不失真的放大。这种调试称为静态调试。尽管不同类型电子线路静态参数有所不同，但调试的内容和方法基本相同。

6.2.1　分立元件放大电路静态调试

实用的分立元件放大电路，一般均由多级基本放大电路组成。由于各级的地位和主要作用不同，所以，选择各级静态工作点的出发点和原则有所区别。

1. 确定各级工作点的原则

（1）输入级工作点的选择

对输入级的主要技术要求，通常是噪声系数要低。这就是选择输入级工作点的出发点。

① I_{CQ} 的选择。I_{CQ}（或 I_{EQ}）越小，散粒噪声（即载流子由发射区扩散到基区速度不一致所引起的集电极电流的微小而又不规则的变化）越小；但是，另一方面，若 I_{CQ} 过小，r_{bb}'（基

区等效电阻）将显著增大，致使热噪声（即 r'_{bb} 中载流子的不规则热骚动所引起的噪声）也增大。由此可见，为了降低噪声系数 N_F，并非 I_{CQ} 越小越好，而应兼顾两种噪声的影响。经实验证明，对于锗管，$I_{CQ}=0.5\sim1\text{mA}$ 时，N_F 最小；对于硅管，$I_{CQ}=1\sim5\text{mA}$ 时，N_F 最小。

② U_{CEQ} 的选择。U_{CEQ} 对 N_F 的影响不大，故通常选取 $U_{CEQ}=1\sim3\text{V}$ 即可。

（2）中间级工作点的选择

中间级的技术要求是获得尽可能高的稳定增益。为此，应使每个中间级晶体管具有较高的 β 值，这是选择中间级静态工作点的出发点。

① I_{CQ} 的选择。通常，小功率三极管 I_{CQ} 达 $1\sim3\text{mA}$ 时，β 值即达正常值，故 I_{CQ} 选择上述值即可；中间级的末级，即前置级，其 I_{CQ} 应视输出级的性质而定，若输出级仍为电压放大器，则 I_{CQ} 仍可选用上述值；若输出级为功率放大器，则 I_{CQ} 应选得大些，以保证输出级所要求的基极激励电流。

② U_{CEQ} 的选择。中间级所要求的动态范围不大，其峰-峰值一般在 1V 左右。当考虑到晶体管的饱和电压 $U_{CES}\approx0.3\sim1\text{V}$，以及避免因温度影响使工作点进入饱和区这两个因素时，通常取 $U_{CEQ}=2\sim3\text{V}$ 即可。

（3）输出级静态工作点的选择

输出级的主要技术要求是输出足够高的不失真电压（或功率）。因此，必须保证输出级符合技术要求的动态范围，这是选择输出级静态工作点的出发点。但是，动态范围不仅与工作点有关，而且还与 V_{CC} 和 R_C 密切相关。因此，输出级工作点的选择比较麻烦，以下从两方面介绍。

① 给定输出信号电压有效值 U_o 和负载电阻 R_L 时。

由于集电极信号电流 I_C，既流经负载电阻 R_L 又流经集电极直流负载电阻 R_C，可以断言，集电极信号电流 I_C 必定大于负载信号电流 I_o。作为估算，可取集电极信号电流幅值为 $I_{cm}=(1.5\sim2)I_{om}$（I_{om} 为负载 R_L 电流幅值）。

然后，根据给定条件 U_{om} 和选定条件 I_{cm}，按不产生截止和饱和失真的条件选择静态工作点，即

$$I_{CQ}\geqslant I_{cm}+I_{CEO}+\Delta I_C$$
$$U_{CEQ}\geqslant U_{om}+U_{CES}+\Delta U_{CE}$$

式中　I_{CEO}——穿透电流。对硅管可忽略，对锗管可按 $0.1\sim0.5\text{mA}$ 选取，或进行实测。

ΔI_C——为了避免环境温度低于室温时，信号电流的负峰进入截止区所加的裕量。一般取 $\Delta I_C=1\sim2\text{mA}$。

ΔU_{CE}——为了避免环境温度高于室温时，使信号电流的正峰进入饱和区所加的裕量。一般取 $\Delta U_{CE}=1\sim3\text{V}$。

工作点确定后，再由给定条件 U_{om} 和选定条件 I_{cm} 计算交流等效负载 R_L'，即 $R_L'=U_{om}/I_{cm}$，由于 $R_L'=R_C//R_L$，故 R_C 可求。选定 U_E 之后，则 V_{CC} 可由下式确定，即

$$V_{CC}=U_E+U_{CEQ}+I_{CQ}R_C\approx2U_{om}+U_{CES}+\Delta U_{CE}+U_E$$

综上所述，静态工作点、R_C 及 V_{CC} 均已确定，随之动态范围也就确定了。那么，在这种状态下，所选用晶体管的极限参数（主要是 I_{CM}、$U_{(BR)CEO}$ 和 P_{CM}）是否能满足已计算出来的动态范围呢？还要回过头来按下式加以检验，即

$$I_{CM}>2I_{cm}+I_{CEO}$$
$$U_{(BR)CEO}>V_{CC}$$
$$P_{CM}>P_{Tmax}=I_{CQ}U_{CEQ}$$

如果已选用晶体管不满足上述条件，则必须重选晶体管。

② 给定输出信号电压有效值 U_o、负载电阻 R_L 和电源电压 V_{CC} 时。

在这种情况下设计输出级，不应估算 I_{cm}，而是先按动态范围（已知 U_o 和 V_{CC}，则动态范围已定）求出 R_C，再计算满足动态范围要求的交流负载电阻 R_L'，之后求出静态工作点参数并设计偏置电路。

2．静态工作点的调整方法

仍以图 6-1 所示分压偏置基本共射放大电路为例，说明调试方法。

（1）静态工作点的测量方法

首先，将放大电路输入端对地短路。然后用合适的直流电流表和电压表，先后测量出晶体管的 I_{CQ} 和各极电压（U_B、U_C、U_E 或 U_{BE}、U_{CE}）。为了避免更动接线，可以用测量电压换算成电流的方法测量 I_{CQ}（或 I_{EQ}）。例如：$I_{EQ}=U_E/R_E$，$I_{CQ}=(V_{CC}-U_C)/R_C$。

值得注意的是，在测量各极电压时，应选用高内阻的电压表，否则会产生较大的测量误差。

（2）静态工作点的调整方法

测得静态工作点参数 I_{CQ} 和 U_{CEQ} 之后，就知道放大电路的工作状态是否符合设计要求。如果测得 $U_{CEQ} \leq 0.5V$，说明晶体管已经饱和或者接近饱和，这时应加大上偏置电阻 R_{B1} 的阻值，使 I_{BQ}、I_{CQ} 下降而 U_{CEQ} 上升，直至符合设计要求为止；如果测得 $U_{CEQ} \approx V_{CC}$，说明晶体管已经截止或接近截止状态，这时应适当减小上偏置电阻 R_{B1} 的阻值，使 I_{BQ}、I_{CQ} 增大而 U_{CEQ} 下降，直至符合设计要求为止。通过上述调整使晶体管确实工作在放大区，否则输出信号将产生非线性失真。

值得注意的是，用电位器调节工作点时，为了防止因电位器旋到阻值为零或过小状态，使 I_{CQ} 超过 I_{CM} 而烧坏晶体管，应将一只数十千欧姆的固定电阻与电位器相串联作为 R_{B1}。

▶▶▶ 6.2.2　集成运放电路静态调试

在设计和制造集成运放时，已解决了内部电路各个晶体管的偏置问题。因此，在正常应用时，只要按技术要求提供合适的电源电压，运放内部各级的工作点就是正常的。这里的静态调试，主要是指由双电源供电改为单电源供电时的调试，以及消除寄生振荡和输出端电压调零等内容。

1．正确供电

（1）双电源供电

有的运放需要正、负两组电源供电，如 F001 需要+12V 和-6V；大部分需要正、负对称电源供电，如 F004、F007 等型号，它们的电源电压为±15V。

运放电路在接通电源之前，一定要弄清运放外引线电源端（V+、V-）和地端，并将直流稳压电源输出电压调整到需要值上，然后再接通电源。

（2）单电源供电

单电源集成运放的功能与双电源供电运放大致相同，常见的型号有：CF158、CF258 和 F3140（高内阻型）等。

另外，在交流放大电路中，双电源供电的运放常改为单电源供电形式，改变方法是：需将两个输入端（IN+、IN-）和输出端（OUT）三个端口的直流电压调至电源电压的一半，以保证运放内部电路各点的相对电压和双电源供电时相同。单电源供电又可分为单端偏置法和双端偏置法。

单端偏置法，其偏置电压是从同相输入端（IN+）加入的；双端偏置法，其偏置电压是从两个输入端同时加入的。

2. 消除自激振荡（即相位补偿）

运放本身是个电压增益很高的多级直接耦合放大器，在实用中，外电路多半采用深度负反馈电路形式。由于内部晶体管极间电容和分布电容的存在，信号在传输过程中产生了附加相移。因此，原电路中的负反馈有可能变成正反馈而引起高频自激振荡，造成放大电路不能正常工作。解决上述问题的办法，是外加电抗性元件（如电容器）或 RC 网络，以进行相位补偿，达到消除自激振荡的目的。有些需要进行相位补偿的运放，其产品说明书中注明了补偿端和补偿元件参考数值。

另一种需要进行相位补偿的运放，补偿元件数值需要调试才能确定。调试方法有两种，第一种方法是根据有关资料和应用条件选用，如 F004 在调试补偿电容时，可根据产品说明书中提供的实验数据选用。第二种方法是实际调试，首先将输入端接地，在补偿端逐渐增加补偿电容的容量，直至自激振荡消失。目前，多数通用型运放（如 F007 等），不需要外接补偿电容器。因其在制造过程中已在晶体管集电极与基极间接了小电容，通常称为密勒补偿。

3. 调零

运放的输入级多为差动放大电路，由于电路参数不可能完全对称，故必定存在输入失调电压和电流。这样，当输入信号为零（即两输入端接地）时，输出端对地仍有一定的输出。为了在静态时使运放输出端为零电位，可利用外接调零电位器进行调零。调零电位器的阻值，应按手册中规定值选用，不应为扩大调节范围而选用高阻值的电位器，否则会加重输入级失配程度，降低共模抑制比。

6.3　放大电路动态调试

在静态调试的基础上，给放大器加上合适的输入信号，在确保输出信号不失真的情况下，用示波器等测试仪器，测试出输出信号和电路的性能参数，并根据测试结果对电路的静态参数和元件参数进行必要的修正，使电路的各项性能指标满足或超过设计要求。这一过程称为动态调试。

本节介绍非线性失真的消除方法，最佳工作点和最大动态范围的调试方法，以及电压放大倍数、输入和输出电阻、幅频特性的测试方法。

▶▶▶ 6.3.1　消除非线性失真

放大电路加上设计要求的输入信号以后，用示波器从前级至末级观察波形，如果某级或某几级出现波形失真，还要反复调整相应级的静态工作点，使放大电路既有较高的增益又无波形失真。

下面以 NPN 型三极管分压偏置基本共射放大电路为例（如图 6-1 所示），介绍两种典型非线性失真的消除方法。

1. 饱和失真

因工作点偏高，致使输入信号正半周的顶部进入管子的饱和区，造成输出电压波形"底部被切掉"。可采取增大上偏置电阻 R_{B1}，即减小 I_{BQ} 使工作点下移，或适当减小集电极电阻 R_C，即加大负载线斜率等措施，迫使工作点远离饱和区，即可消除饱和失真。

2．截止失真

因工作点偏低，致使输入信号负半周的顶部进入管子的截止区，造成输出电压波形"顶部被切掉"。可采取减小上偏置电阻 R_{B1}，即增大 I_{BQ} 使工作点上移，或适当加大集电极电阻 R_C，即减小负载线斜率等措施，迫使工作点远离截止区，即可消除截止失真。

如果发现输出电压波形顶部和底部同时被切割掉，则说明既存在截止失真又存在饱和失真。这是由于输入信号幅度偏大或电源电压 V_{CC} 偏低造成的。如果输入信号大小已定，可适当提高 V_{CC} 并重调工作点加以排除。此外，适当加入负反馈，能有效地抑制非线性失真，但同时必须兼顾增益指标。

▶▶▶ 6.3.2　最佳工作点的调整和最大动态范围的测量

放大电路电源电压 V_{CC}、交流负载电阻 R_L' 和偏置电路元件确定之后，工作点的位置和动态范围也随之确定。虽然经调试，排除了非线性失真，获得了较合适的工作点和拓宽了动态范围，但这时的工作点不一定是最佳工作点，动态范围也不一定是最大的。为了使放大电路处于最佳工作状态，还需要进一步调试，以获得最佳工作点和最大动态范围。

最佳工作点应处在交流负载线的中点上。如能做到，则动态范围也最大。具体调试方法如下。

逐步增大放大电路输入信号的幅度，同时用示波器观察其输出电压波形。若输出电压波形正、负峰在同一时刻被切割，则说明静态工作点已在交流负载线的中点上，即此时的工作点是最佳工作点；若正、负峰不在同一时刻被切割，则说明静态工作点不在交流负载线的中点上，此时的工作点不是最佳工作点。这时，可调整输出级的上偏置电阻 R_{B1}，直至工作点处在交流负载线中点为止。之后，由小到大再次逐渐增大输入信号幅度，当输出电压波形为最大不失真时，测量输出信号电压 U_o（有效值），则可得最大动态范围，其值为 $2\sqrt{2}\,U_o$；若用示波器测量，输出信号峰–峰值就是最大动态范围。

▶▶▶ 6.3.3　基本动态参数的测试方法

以下参数的测试方法，对分立元件电路和集成运放电路均适用。测试的前提条件是：放大电路工作正常，输出信号电压波形不失真。

1．电压放大倍数的测试

用交流毫伏表（如 CA2171 型）分别测量各级输入和输出电压的大小，从而得到电压放大倍数。如电压放大倍数不符合要求，可适当提高中间级的静态工作点或加大中间级的集电极电阻 R_C，或换用 β 值较高的晶体三极管，即可满足设计要求。在负反馈放大电路中，适当降低反馈深度，效果是明显的，但也要兼顾其他各项技术指标。

为了提高测量的准确程度，应注意以下几个问题。

（1）要正确选用测量仪器。所选用仪器的工作频率范围应远大于被测电路的通频带；仪器的输入（输出）电阻应满足被测电路的要求。

（2）测量高增益放大电路的增益时，由于输入信号小，可能是毫伏或微伏数量级。用低灵敏度（即测程大）仪器测量误差过大，需选用高灵敏度仪器。如不具备此条件，可在信号源与放大电路之间接一个阻抗变换电路，减小测量误差。

（3）当被测放大电路工作频率较高时，必须用示波器探头接于被测电路进行测量。因为加探头后，示波器输入电阻一般提高了 10 倍，而分布电容大大减小了，有助于提高高频信号的测量精度。

2．输入电阻的测量

按输入电阻的定义，有两种测量方法。

（1）"串联电阻"法

该方法适用于低输入电阻测量，即在信号源与被测放大电路之间，串入一个与被测输入电阻同数量级的已知电阻 R，如图 6-2 所示。

用交流毫伏表分别测量图 6-2 中 U_s 和 U_i 的值，则

$$R_i = \frac{U_i}{U_s - U_i} \times R$$

（2）"半电压"法

该方法适用于高输入电阻的测量，如场效应管或集成同相放大电路输入电阻的测量。上述"串联电阻"法需测输入信号电压 U_i，由于被测放大器输入电阻往往比测量仪器输入电阻还高，故所测 U_i 值误差甚大，此法在此不适用。应采用测量输出电压 U_o 的方法，测试电路如图 6-3 所示。

图 6-2 低输入电阻测量电路

图 6-3 高输入电阻的测量电路

如图 6-3 所示，信号源输出电压 U_s 保持恒定，当开关 S 处于"1"位置时，测得放大器输出电压为 U_{o1}；当开关 S 处于"2"位置时（串入了与被测输入电阻同数量级的已知电阻 R），测得放大器输出电压为 U_{o2}。因为放大电路的电压放大倍数为常数，所以有

$$R_i = \frac{U_{o1}}{U_{o1} - U_{o2}} \times R$$

由上式可见，如果用电阻箱代替 R，则可通过调节电阻箱的阻值，使 $U_i = U_s/2$ 或 $U_{o2} = U_{o1}/2$，这时电阻箱的示值即为被测输入电阻的阻值，故此法称为"半电压"法。

3．输出电阻测量

放大器的输出端，可以等效为一个理想电压源 U_o 与输出电阻 R_o 相串联的电路，如图 6-4 所示。

图 6-4 输出电阻测量电路

放大器输出电阻的大小，反映了放大器带动负载的能力，可以通过测量放大器接入负载前后的输出电压，求得输出电阻 R_o。

首先测得放大器开路输出电压 U_o（理想电压源电压），再测得接入已知负载 R_L 时的输出电压 U_o'，则

$$R_o = \frac{U_o - U_o'}{U_o'} \times R_L$$

测试时应注意以下两个问题。

（1）R_L 过大或过小都将造成较大的测量误差，仍以取 R_L 接近被测输出电阻 R_o 值为宜。

如果 R_L 用电阻箱代替，通过调节电阻箱，可使 $U_o'=U_o/2$，这时，电阻箱的示值就是输出电阻，故该方法也可称为"半电压"法。

（2）在测量过程中，始终应保持输入信号幅度恒定。

4．幅频特性的测量

幅频特性是放大器的增益与输入信号频率之间的关系曲线。通过它可求得放大器的上限频率 f_H、下限频率 f_L 和通频带 f_{BW}。

幅频特性有两种测量方法：一是"稳态法"，也称频域测量法，该法又可分为"点频法"和"扫频法"两种；二是"暂态法"，又称时域测量法，该方法适宜对放大器进行定性研究。下面分别加以介绍。

（1）点频法

在保持输入信号大小为某一个定值的条件下，改变输入信号的频率，每改变一个频率就测出放大器的电压增益。这样，就获得了一组频率与增益的数据，根据这组数据作出幅频特性曲线。

通常幅频特性曲线的横坐标采用对数坐标。因此，在选取测试点的频率时，应注意按对数规律选取。纵坐标电压增益常以分贝（dB）表示。

关于放大器通频带的测量，可先测出放大器中频区的输出电压 U_o（或计算出电压增益），升高信号频率直至输出电压下降到中频区输出电压 U_o 的 0.707（–3dB）倍为止，该频率即为上限频率 f_H；同理，降低信号频率可测得下限频率 f_L。于是通频带为：$f_{BW}=f_H-f_L$。

（2）扫频法

该方法是在点频法的基础上发展而来的，两种方法原理基本相同。所不同之处在于：调节输入信号频率的方法由自动代替了手动，获得测量结果的方式由自动显示的曲线代替了点测的离散的数据。因此，所用仪器也由频率特性图示仪代替了普通的信号发生器和交流毫伏表。

（3）暂态法（瞬态法）

将周期性方波信号加于放大器的输入端，用脉冲示波器观测波形。可以定性看出：若输出脉冲前沿上升时间不大，平顶降落也很小，则说明被测放大器通频带较宽；若输出脉冲前沿上升时间较长，则说明被测放大器上限频率 f_H 较低；若平顶降落也较大，则说明被测放大器下限频率 f_L 较高，所以通频带较窄。

6.4　实验电路故障检查与排除

检查与排除电路故障是实验的重要内容之一。能否迅速而准确地排除故障，反映实验者基础知识和基本技能的水平。

模拟电路类型较多，故障原因与现象不尽相同，所以本节仅介绍检查与排除电路故障的一般方法和步骤。

▶▶▶　6.4.1　检查电路故障的基本方法

若实验电路（或电子设备）不工作，首先应检查供电电源系统，例如，检查电源插头（或接线端）接触是否良好，电源线是否折断，保险丝是否完好，整流电路是否正常等。在确认供电系统正常后，方可利用下列方法检查电子电路。

1．测试电阻法

此法应在关闭电源的情况下进行。测试电阻法又可分为通断法和测阻值法两种。

通断法用于检查电路中连线、焊点有无断路、脱焊；不应连接的点、线之间有无短路。在使用无焊接实验电路板或接插件时，常出现接触不良、断路或短路故障，利用通断法可以迅速确定故障点。

测阻值法用来测量电路中元器件本身引线间的阻值，以判断元器件功能是否正常，例如：电阻器的阻值是否变更失效或断路；电容器是否击穿或漏电严重；变压器各绕组间绝缘是否良好，绕组直流电阻值是否正常；半导体器件引线间（即 PN 结）有无击穿，正、反向阻值是否正常等。测试操作时应注意两点：一是将电路中电解电容器正极端对地短路一下，泄放掉其存储的电荷，免得损坏欧姆表；二是被测元器件引线至少要有一端与电路脱开，以消除对与被测元器件相并联的其他元器件的影响。

测阻值法也可用于检查电路，例如：在接入电源 V_{CC} 之前，可先用欧姆表测一下 V_{CC} 到地，输入端与输出端到地的电阻值，检查实验电路整体是否存在短路或断路故障，以防电源短路而损坏直流稳压电源，或因输出端短路而损坏实验电路元器件。

2．测试电压法

用测阻值法检查过后，确认实验电路内无短路故障，即可接上电源 V_{CC} 观察电路元器件是否有"冒烟"或"过热"等异常现象。若正常，则可用测试电压法继续寻找故障。

使用电压表测试，并将各测试点测得的电压值与有关技术资料给定的正常电压值相比较，以判断故障点和故障原因。电路中的电压可分以下三种情况。

（1）电压值已知

电压值是已知的，如电源电压 V_{CC}、放大状态下晶体三极管的 U_{BE}、截止或饱和状态下晶体管的 U_{CE}、稳压管的稳定电压等。

（2）电压值估算

有些测试点的正常电压值可估算出来。如已知晶体三极管集电极电阻 R_C 和集电极电流 I_C，则 R_C 上的压降可求出。

（3）电压对比

有些测试点的正常电压值可与同类正常电路对比得到。

使用上述方法时，应明确电路的工作状态，因为工作状态直接影响各测试点电压的大小和性质。

3．波形显示法

在电路静态正常的条件下，可将信号输入被检查的电路（振荡电路除外）。然后，用示波器观察各个测试点的电压波形，根据波形判断电路故障。

波形显示法适用于各类电子电路的故障分析。如对于振荡电路，可以直接测出电路是否起振，振荡波形、幅度和频率是否符合技术要求；对于放大电路，可以判断电路的工作状态是否正常（有无截止或饱和失真），判断各级电压增益是否符合技术要求，判断级间耦合元件是否正常等。以上对于数字电路同样适用。波形显示法具有直观、方便、有效等优点，因此得到了广泛应用。

4．部件替代法

在故障判断基本正确的情况下，对可能存在故障的元器件（含集成电路），可用同型号（或技术指标接近的同类器件）好的元器件替代。替代后，若电路恢复正常工作，则说明原来的元器件存在故障。这种检查故障的方法，多用于不易直接测试有无故障的元器件，如无条件测量电容器容量是否正常时，无条件判断晶体三极管是否软击穿时，无条件判断专用集成电路质量优劣时等，均可用替代法进行检查。注意事项：在替代前，应检查被替代元器件供电电压是否符合要求，其外围元器件是否正常。若电源电压不对或外围元件存在异常现象（如某个电阻已烧毁），不可贸然替代。特别对那些连线多，功率较大，价格较高的元器件，替代时更应慎重，要防止再次造成损坏。

▶▶▶ 6.4.2　排除故障的一般步骤

以上介绍的是检查故障的方法。至于如何迅速、准确地找出电路故障点，还要遵循一定的步骤。

排除电路故障，要在反复观察、测试与分析的过程中，逐步缩小可能发生故障的范围，逐步排除某些可能发生故障的元器件，最后在一个小范围内，确定出已损坏或性能变差的元器件。根据这一思路，拟定如下检查步骤。

1. 直观检查

观察电路有无损坏迹象，如阻容元件及导线表面颜色有无异变，焊点有无脱焊，导线有无折断；触摸半导体器件外壳是否过热等。若经直观检查未发现故障原因或虽然排除了某些故障，但仍不能正常工作，则应按下述步骤进一步检查。

2. 判断故障部位

首先应查阅电路原理图，按功能划分成几个部分。弄清信号产生或传递关系，各部分电路之间的联系和作用原理。然后，根据故障现象，分析故障可能发生在哪一部分。再查对安装工艺图，找到各测试点的位置，为检测做好准备。

3. 确定故障所在级

根据以上判断，在可能发生故障的部分电路中，用电压测试法对各级电路进行静态检查；用波形显示法进行动态检查。检查顺序可由后级向前级推进或者相反也可。下面以电压放大电路为例加以说明。

（1）由前级向后级推进检查

将测试信号从第一级输入，用示波器从前级至后级依次测试各级电路输入与输出波形。若发现其中某一级输入波形正常而输出波形不正常或无输出，则可确定该级或下一级（是前一级负载的一部分）存在故障。为进一步弄清故障发生在哪一级，可将这两级间耦合电路断开，断开后，前一级仍不正常，则故障就在前一级；断开后，若前一级工作恢复正常，则故障发生在耦合电路和下级输入电路中。

（2）由后级向前级推进检查

将测试信号由后级向前级分别加在各级电路的输入端，并同时观察各级输入与输出信号波形。如果发现某一级有输入信号而无输出信号或输出信号波形不正常，则该级电路可能有故障，这时，可将该级与其前后级断开，并进一步检测。

（3）确定故障点

故障级确定后，要找出发生故障的元器件，即确定故障点。通常是用电压测试法测出电路中静态电压值，略加分析即可确定该级中哪个元器件存在故障。例如：测得故障级中晶体管的

$U_{BE} \approx 0V$ 或 $U_{BE} >> 0.7V$，则可初步确定该管已损坏。然后，切断电源，拆下可能有故障的元器件，再用测试仪器进行检测。这样，即可准确无误地找出故障元器件。

（4）修复电路

找出故障元器件后，还要进一步分析其损坏的原因，以保证已修复电路的稳定性和可靠性。对接线复杂的电路，在更新元器件时，要记住各引线的焊接位置，必要时可做适当标记，以免接错再次损坏元器件。修复的电路应通电试验，测试各项技术指标，看其是否达到了原电路的技术要求。

第7章 模拟电子技术实验项目

7.1 基础实验

7.1.1 常用电子仪器使用

1. 实验目的

（1）掌握使用示波器观察正弦波信号波形，测量波形参数的方法。

（2）学会正确使用函数信号发生器与交流毫伏表。

2. 实验原理

本实验采用常用电子仪器，即函数信号发生器、交流毫伏表和双踪示波器。

函数信号发生器（CA1640-02 型）用来产生频率为 1Hz～2MHz，最大幅度为 $10V_{P-P}$ 的正弦信号，并分别给交流毫伏表和双踪示波器提供信号。

交流毫伏表用来测量信号电压的大小，选用 CA2171 型交流毫伏表，能测量 5Hz～2MHz，幅度为 300μV～100V 的正弦信号电压。

双踪示波器是一种用来观察各种周期电压（或电流）波形的仪器，能观察到的最高信号频率主要决定于 Y 通道频带宽度。本实验采用 PNGPOS9020 型双踪示波器，用它可以观察频率为 20MHz 以下的各种周期信号，且可同时观察两个不同信号，以便比较。为减小示波器的输入阻抗对被测信号的影响，被测信号可以通过探头加到 Y 轴放大器的输入端。这时信号将有 10∶1 的衰减（探头本身将信号衰减 10 倍）。

3. 实验仪器

（1）函数信号发生器（CA1640-02 型）1 台。

（2）交流毫伏表（CA2171 型）1 台。

（3）双踪示波器（PNGPOS9020 型）1 台。

4. 实验内容

（1）函数信号发生器的使用

① 信号频率的调节方法：面板左下方为"频率范围"选择开关，调节此开关可改变输出频率的一个频程，调节此开关和"微调"旋钮可以输出频率范围为 1Hz～2MHz 的正弦信号。

② 信号输出幅度的调节方法：调节输出幅度"衰减"开关（有四挡：不衰减、衰减 20dB、衰减 40dB、衰减 60dB）和"幅度"旋钮，使输出电压在不同范围连续可调。

（2）使用交流毫伏表测量电压

① 将函数信号发生器频率调至 1kHz，"衰减"开关不衰减，并调"幅度"旋钮，使交流毫伏表指示值为 4V（注意：交流毫伏表测量前要调零）。然后测出不同"输出衰减"位置的输出电压值，记入表 7-1 中。

② 将函数信号发生器输出调节为 4V，此时的信号频率为 1kHz，改变函数信号发生器输出信号频率，用交流毫伏表测量相应的电压值，记入表 7-2 中。

表 7-1   输出衰减测试表

输出衰减（dB）	0	20	40	60
毫伏表读数（V）	4			

表 7-2   频率特性测试表

信号频率	50Hz	100Hz	1kHz	10kHz	50kHz	100kHz	500kHz	1MHz
毫伏表读数			4V					

（3）示波器的使用

① 用示波器观察信号波形。接通电源，在加入被测信号之前，首先应调节"辉度"、"聚焦"各旋钮，使屏幕上显示一条细而清晰的扫描时基线，调节 X 轴"位移"和 Y 轴"位移"旋钮，使时基线居于屏幕中央，然后将被测信号从 Y 轴"CH1"输入端加入（显示方式开关置于"CH1"）。调节 CH1 的灵敏度选择开关"VOLTS/DIV"及其"微调"旋钮，控制显示正弦波形的高度。调节扫描速率选择开关"SEC/DIV"以及"微调"旋钮，改变扫描电压周期 T_C。当扫描电压周期 T_C 为正弦信号周期 T_S 的整数倍时，屏幕上就能显示稳定的正弦波形。改变 T_C 和 T_S 的倍数关系，就能控制显示正弦波形的个数。

本实验要求输入信号为 4V（用交流毫伏表测量）。调节示波器的灵敏度选择开关"VOLTS/DIV"及其"微调"旋钮和扫描速率选择"SEC/DIV"以及"微调"旋钮，分别观察频率为 100Hz、1kHz、100kHz 和 1MHz 时的正弦信号，要求在屏幕上显示高度为 6 格并有三个完整周期的正弦波形。

② 用示波器测量信号周期。使函数信号发生器输出信号固定为 4V，将示波器扫描速率"微调"旋钮旋至校准位置。在此位置上扫描速率选择开关"SEC/DIV"的刻度值表示屏幕上横向每格的时间值。这样就能根据示波器屏幕上所显示的一个周期的波形在水平轴上所占的格数直接读出信号的周期。为了保证测量精度，屏幕上一个周期应占有足够的格数，为此，应将扫描速率开关置于合适挡位。将测量结果记入表 7-3 中。

表 7-3   信号周期测试表

信号频率（kHz）	1	5	50	100	200
SEC/DIV 挡位					
周期格数					
信号周期					

③ 用示波器测量信号电压。使函数信号发生器输出信号的频率固定为 1kHz，并保持输出电压为 4V，将示波器灵敏度"微调"旋钮旋至校准位置，在此位置上灵敏度选择开关"VOLTS/DIV"的刻度值表示屏幕上纵向每格的电压伏特数。这样就能根据显示波形所占的格数，直接读出电压数值。为了保证测量精度，在屏幕上应显示出足够高度的波形。为此，应将灵敏度选择开关选在合适的挡位。将测量结果记入表 7-4 中。

表 7-4   信号电压测试表

输出衰减（dB）	0	20	40
毫伏读数（V）	4		

VOLTS / DIV 挡位			
峰到峰高度			
峰-峰电压值（V）			
电压有效值（V）			

5. 预习要求

阅读本实验中所用仪器的使用说明书。

6. 实验报告要求

根据实验记录，列表整理，计算实验数据，并描绘观察到的波形图。

7. 思考题

（1）用示波器观察波形时，要达到如下要求，应调节哪些旋钮？

① 波形清晰；　　② 亮度适中；　　③ 波形稳定；

④ 移动波形位置；⑤ 改变波形个数；⑥ 改变波形高度。

（2）用示波器测量交流信号，如何保证示波器所能达到的测量精度？

▶▶▶ 7.1.2　单管放大电路

1. 实验目的

（1）通过对单管放大电路的估算和测试，熟悉并掌握放大电路的主要性能指标及其测试方法。

（2）进一步掌握双踪示波器、函数信号发生器、交流毫伏表的使用方法。

2. 实验原理

（1）静态工作点与偏置电路的选择

放大电路的基本任务是不失真地放大信号。要使放大电路能够正常工作，必须设计合适的静态工作点。否则，容易产生饱和失真或截止失真。

偏置电路有简单（或称固定）偏置电路和分压式偏置电路。在教材中对这两种电路进行了分析与比较，这里不再赘述。

（2）分压式偏置电路的工程估算

图 7-1 所示为单管放大电路图，对电路作工程估算，确定其静态工作点。电路参数如下：$R_{B1} = 3k\Omega$，$R_{B2} = 10k\Omega$，$R_C = 2k\Omega$，$R_E = 2k\Omega$，$R_L = 4.7k\Omega$，$C_1 = C_2 = 10\mu F$，$C_E = 47\mu F$，$V_{CC} = 12V$，三极管的$\beta = 50$，$r'_{bb} = 300\Omega$。

图 7-1　单管放大电路图

3. 实验仪器

（1）函数信号发生器（CA1640-02 型）1 台。

（2）双踪示波器（PNGPOS9020 型）1 台。

（3）交流毫伏表（CA2171 型）1 台。

（4）模拟电子技术实验仪（HY-ΛE-1 型）1 台。

（5）万用表（500 型）1 台。

4．实验内容

（1）按实验电路图 7-1 所示接线，无误后方可接通电源。

（2）测试电路静态工作点。用万用表测试三极管各极对地的电位：U_B、U_C、U_E。

（3）测试电路的电压放大倍数。

① 静态条件下在输入端加上正弦信号，其大小为 5mV（有效值），频率为 1kHz，观察输出波形，在不失真的条件下测出输出电压大小，计算电压放大倍数（A_u）。

② 改变 R_C，观察输出波形变化，测量此时的静态工作点。如输出波形不失真，则测量输出电压大小，并计算 A_u。

（4）观察负载（R_L=4.7kΩ）对放大电路静态工作点、电压放大倍数及输出波形的影响，电路参数和所加信号与"（3）①"中的数值相同。

5．预习要求

（1）预习分压式偏置放大电路的工作原理及电路元件的作用。

（2）根据本实验要求，拟定好电路设计方案和调试步骤。

6．实验报告要求

（1）整理实验数据，列出表格。

（2）总结 R_C、R_L 变化以后，对静态工作点、放大倍数、输出波形的影响。

（3）将电压放大倍数的估算值与实测值进行比较并讨论，分析误差产生原因。

（4）总结提高放大倍数应采取哪些措施。

7．思考题

（1）如何利用测出的静态工作点来估算三极管的电流放大系数 β 值？

（2）在图 7-1 所示的电路中，如果电容器 C_2 漏电较严重，试问当接上负载 R_L 时，静态工作点会如何变化？

▶▶▶ 7.1.3　射极跟随器

1．实验目的

（1）掌握射极跟随器的工作原理、性能和特点。

（2）熟练掌握射极跟随器主要技术指标的测试方法。

2．实验原理

射极跟随器是一个电压串联负反馈放大电路，它具有输入电阻高，输出电阻低，输出电压能够在较大范围内跟随输入电压作线性变化，以及输入/输出信号相同（电压放大倍数近似等于 1）等特点。

射极跟随器的输出取自发射极，故也称其为射极输出器。射极跟随器没有电压放大作用，但它具有一定的电流和功率放大作用。射极跟随器在电子线路中应用十分广泛，在多级放大电路中，它可用于输入级，提高输入电阻，减小对信号源的影响；它可用于中间级，实现阻抗变换；它可用于输出级，降低输出电阻，提高带负载的能力。

3．实验仪器

（1）函数信号发生器（CA1640-02 型）1 台。

（2）双踪示波器（PNGPOS9020 型）1 台。

（3）交流毫伏表（CA2171 型）1 台。

（4）模拟电子技术实验仪（HY-AE-1 型）1 台。

（5）万用表（500 型）1 台。

4．实验内容

（1）接线

按实验电路图 7-2 所示接线，无误后方可接通电源。

（2）测试电路静态工作点

用万用表分别测量三极管各极对地静态电位，即为该射极跟随器的静态工作点。

（3）测试电压放大倍数

在输入端加入频率为 1kHz 的正弦信号，调节输入信号源幅度，用示波器观察输出信号波形，在输出最大不失真的情况下，测量输入和输出电压的大小，计算电压放大倍数。

图 7-2　射极跟随器

（4）测试输出电阻

在输入端加入大小为 0.1V（有效值），频率为 1kHz 的正弦信号，接上负载电阻 R_L=5.1kΩ，用示波器观察输出信号波形，在输出不失真的情况下，测量空载（$R_L=\infty$）输出电压 U_o 和负载（R_L=5.1kΩ）输出电压 U_o' 的大小，计算输出电阻 R_o。

（5）测试输入电阻

在输入端加入大小为 0.1V（有效值 U_i），频率为 1kHz 的正弦信号，测量输出电压的大小。在输入端串接电阻 R_S=10kΩ，在 R_S 左边到地之间加入频率为 1kHz 的正弦信号（U_S），大小使输出电压与未接电阻 R_S 时相同，测量此时输入电压 U_S 的大小，计算输入电阻 R_i。

（6）测试跟随特性和输出电压峰-峰值

在输入端接入频率为 1kHz 的正弦信号，幅度由小逐渐增大，用示波器观察输出波形。在波形不失真时，用电压表逐点测试对应的输入和输出电压的大小，计算出 A_u，并用示波器观察输出波形，测量输出电压的峰-峰值 U_{oP-P}。

电路参数如下：$R_B = 430kΩ$，$R_E = 7.5kΩ$，$R_L = 1.5kΩ$，$C_1=C_2=10\mu F$，$V_{CC} = 12V$，三极管的 $\beta= 50$，$r_{bb}' = 300Ω$。

5．预习要求

（1）复习射极跟随器的工作原理和特点。

（2）按电路所给参数，估算电路的静态工作点及电压放大倍数。

6．实验报告要求

（1）根据实测数值和计算结果，分析产生误差的原因。

（2）分析射极跟随器的性能和特点。

7．思考题

（1）分析比较射极跟随器电路和共射放大电路两种电路的性能和特点，说明两种电路分别适用于什么场合。

（2）如何用"半电压"法测试电路中的输入电阻？请自拟测试方法。

▶▶▶ 7.1.4　场效应管放大电路

1．实验目的

（1）掌握场效应管性能和特点。

（2）熟悉场效应管放大电路的工作原理及静态和动态指标计算方法。

（3）掌握场效应管放大电路主要技术指标的测试方法。

2．实验原理

　　场效应管是一种电压控制器件，按结构可分为结型和绝缘栅型两种。由于场效应管栅源之间处于绝缘或反向偏置，所以输入电阻很高；又由于场效应管是一种多数载流子控制器件，因此热稳定性好，抗辐射能力强，噪声系数小。加之场效应管制造工艺较简单，便于大规模集成，所以得到越来越广泛的应用。

3．实验仪器

（1）函数信号发生器（CA1640-02 型）1 台。

（2）双踪示波器（PNGPOS9020 型）1 台。

（3）交流毫伏表（CA2171 型）1 台。

（4）模拟电子技术实验仪（HY-AE-1 型）1 台。

（5）万用表（500 型）1 台。

4．实验内容

（1）接线

按电路图 7-3 所示接线，无误后方可接通电源。

图 7-3　场效应管放大电路图

　　电路参数如下：$R_D = 10k\Omega$，$R_S = 10k\Omega$，$R_G = 1M\Omega$，$R_1 = 51k\Omega$，$R_2 = 200k\Omega$，$R_L = 10k\Omega$，$C_1 = 0.1\mu F$，$C_2 = 10\mu F$，$C_S = 47\mu F$，$V_{DD} = 20V$。

（2）测试静态工作点

　　用万用表分别测量场效应管各极对地静态电位，检查静态工作点是否合适。如不合适，则适当调整 R_2、R_S，调整好后再测试。

（3）测试电压放大倍数

　　在输入端加入大小为 0.1V，频率为 1kHz 的正弦信号，用示波器观察输出信号波形，在输出最大不失真的情况下，测量输出电压的大小，计算电压放大倍数 A_u。

（4）测试输出电阻

在输入端加入大小为 0.1V，频率为 1kHz 的正弦信号，接上负载电阻 R_L=10kΩ，用示波器观察输出信号波形，在输出不失真的情况下，测量空载输出电压 U_o（R_L=∞）和负载输出电压 U_o'（R_L=10kΩ），计算输出电阻 R_o。

（5）测试输入电阻

① 在输入端加入大小为 0.1V，频率为 1kHz 的正弦信号，测量输出电压大小，在输入端串接电阻 R_S=10MΩ，在 R_S 左边到地之间加入频率为 1kHz 的正弦信号（U_S），大小使输出电压与未接电阻 R_S 时相同，测量此时输入电压 U_S 的大小，计算输入电阻 R_i。

② 用"半电压"法测试，自拟测试方法。

比较两种方法测试结果，进行分析讨论。

5. 预习要求

（1）复习场效应管放大电路工作原理、性能特点。

（2）按电路所给参数，估算电路的静态工作点及电压放大倍数、输入与输出电阻。

6. 实验报告要求

（1）根据实测数值，计算场效应管放大电路的静态工作点和电压放大倍数，并与理论估算值进行比较，分析产生误差的原因。

（2）将场效应管放大电路与晶体管放大电路进行比较，总结场效应管放大电路的特点。

7. 思考题

（1）场效应管放大电路中输入耦合电容 C_1 为什么可以取较小值（C_1=0.1μF）？

（2）在测量场效应管放大电路静态工作电压 U_{GS} 时，能否用万用表直接并在 G、S 两端测量？为什么？

（3）为什么要用"半电压"法测试输入电阻？分析其优点。

▶▶▶ 7.1.5 差动放大电路

1. 实验目的

（1）掌握差动放大电路的工作原理，了解产生零漂的原因及抑制零漂的方法。

（2）熟悉和比较差动放大电路的性能和特点。

（3）掌握差动放大电路主要技术指标的测试方法。

2. 实验原理

差动放大电路是直接耦合放大电路的一种较好的形式，不仅可以放大交流信号，而且可以放大缓慢变化的信号和直流信号。它靠增加一个对称的三极管和电路的对称性抑制零漂，同时用长尾电阻的 R_E 或恒流源三极管来减小每管的零漂，提高放大电路的共模抑制比。

差动放大电路有四种工作方式：单端输入，单端输出；单端输入，双端输出；双端输入，单端输出；双端输入，双端输出。

本实验中，以双端输入，单端输出及双端输出为主要测试内容，对不同 R_E 值的情况及恒流源式电路性能进行比较。单端输入为选做内容。

如有直流信号源，则实验用直流信号；如没有直流信号源，则实验可用交流信号。

3. 实验仪器

（1）函数信号发生器（CA1640-02 型）1 台。

（2）交流毫伏表（CA2171 型）1 台。

（3）模拟电子技术实验仪（HY-AE-1 型）1 台。

（4）万用表（500 型）1 台。

4. 实验内容

（1）接线

按如图 7-4 所示电路接线。

图 7-4　差动放大电路

电路参数如下：三极管的 $\beta = 50$，$U_{BEQ}=0.7V$，$R_{B1}= R_{B2}=10k\Omega$，$R=510\Omega$，$R_{C1}= R_{C2}=11k\Omega$，RP $=200\Omega$，$R_{E3}=5.1k\Omega$，$R_{B31}=15k\Omega$，$R_{B32}=47k\Omega$，$+V_{CC}=12V$，$-V_{EE}=-12V$。

（2）长尾电路的测试

将 C、D 两端接通，使长尾电阻 $R_E = 11k\Omega$ 或 $R_E = 5.1k\Omega$。

① 测试静态工作点。先将电路输入端 A、B 对地短路，调节电位器 RP，使双端输出为 0，然后分别测两管各极对地静态电位。

② 测试差模电压放大倍数。在 A、B 两端之间输入大小为 0.1V，频率为 100Hz 的正弦信号，或者在 A、B 两端之间输入直流差模信号 $\pm0.1V$，测量单端输出电压的大小，分别计算单端及双端输出差模放大倍数 A_{ud1}、A_{ud2} 及 A_{ud}。

③ 测试共模电压放大倍数。将输入端 A、B 短路，在 A（B）与地之间输入大小为 0.1V，频率为 100Hz 的共模信号，或者在 A（B）与地之间输入直流共模信号 0.1V，测量单端输出电压的大小，计算单端及双端共模放大倍数 A_{uc1}、A_{uc2} 及 A_{uc}（注意：双端输出为浮地，所以用间接测量法）。

④ 计算共模抑制比。

（3）恒流源差动放大电路的测试

将电路中 C、D 两端断开，将 C、E 和 F、G 端分别接通。测试内容、方法、步骤同实验内容（2）。

5．预习要求

（1）复习差动放大电路的由来和工作原理，比较长尾式和恒流源式差放电路的性能特点及克服零漂的能力。

（2）按电路所给参数，分别估算两种电路的静态工作点及差模放大倍数。

6．实验报告要求

（1）根据实测数值和计算结果，分别把长尾电路及恒流源电路的静态工作点、差模电压放大倍数与估算值进行比较，分析误差原因。

（2）根据实测结果分析 R_E 对共模信号的抑制作用，比较长尾电路和恒流源电路的性能特点。

（3）通过实验，简要说明差动放大电路是如何解决放大和零漂之间的矛盾的。

7．思考题

（1）电路中两个三极管及元件参数的对称性对放大器的有关性能起什么作用？

（2）电路中的负反馈电阻 R_E 起什么作用？为什么有时改用恒流源？

（3）实验中，每次输入信号之前为什么要调零？

▶▶▶ 7.1.6　电流负反馈放大电路

1．实验目的

（1）加深理解反馈放大电路的工作原理及负反馈对放大电路性能指标的影响。

（2）进一步熟悉放大电路性能指标的测试方法。

2．实验原理

为改善放大电路的性能指标，电路中往往引入负反馈。负反馈能提高放大电路的放大倍数的稳定性，扩展频带，改变输入/输出电阻，而放大器的增益将会降低。电流负反馈放大电路就是一例，其实验电路如图 7-5 所示。

电路参数如下：R_{B1}= 3kΩ，R_{B2}= 10kΩ，R_C = 2kΩ，R_E = 2kΩ，R_F= 100Ω，$C_1=C_2$=10μF，C_E=47μF，V_{CC}= 12V，三极管的 β= 50，r'_{bb} = 300Ω。

图 7-5　电流串联负反馈放大电路

3．实验仪器

（1）函数信号发生器（CA1640-02 型）1 台。

（2）双踪示波器（PNGPOS9020 型）1 台。

（3）交流毫伏表（CA2171 型）1 台。

（4）模拟电子技术实验仪（HY-AE-1 型）1 台。

（5）万用表（500 型）1 台。

4．实验内容

（1）接线

按实验电路连线，接线无误后，方可接通电源。

（2）测定静态工作点

接通稳压电源，测量电路中三极管三个极的直流电位（对地）。

（3）测量基本放大电路的性能

测试条件：C_E 接 A 端。

① 测量基本放大电路的放大倍数。在输入端加大小为 5mV，频率为 1kHz 的正弦信号，然后测量输出电压大小，计算电压放大倍数 A_u。

② 测量基本放大电路的输入电阻。接入 R_S=4.7kΩ，在 R_S 左端到地之间加大小为 5mV，频率为 1kHz 的正弦信号，然后测量 R_S 右端到地之间电压的大小，并计算输入电阻。

③ 测量基本放大电路的输出电阻。在输入端加大小为 5mV，频率为 1kHz 的正弦信号，分别测量负载开路和接入负载电阻 R_L=4.7kΩ 时输出电压的大小，并计算输出电阻。

④ 测量基本放大电路的上限频率 f_H 及下限频率 f_L。输入适当幅值信号，在 f=1kHz 时使输出电压（例如 1V）在示波器上显示出适度而基本不失真的正弦波。保持输入信号幅度不变，提高输入信号频率直至示波器上显示波形幅度下降到原来幅值的 70%，此时输入信号频率即为 f_H。同样，保持输入信号幅度不变，降低信号频率，直至示波器上显示的输出电压波形幅度下降到原来幅值的 70%，此时输入信号的频率即为 f_L。

（4）测定反馈放大电路的性能

测试条件：C_E 接 B 端。将放大电路接成电流串联负反馈电路，测量方法同（3）中所述。

① 测量反馈放大电路的放大倍数。

② 测量反馈放大电路的输入电阻。

③ 测量反馈放大电路的输出电阻。

④ 测量负反馈放大电路的上、下限频率。

（5）电压串联负反馈放大电路测试

设计一个电压串联负反馈放大电路，并自拟实验步骤和测试方案。

5. 预习要求

（1）复习电流串联负反馈和电压串联负反馈放大电路的工作原理及对放大电路性能的影响。

（2）复习放大倍数的估算法及深度负反馈电路放大倍数的近似计算法。

6. 实验报告要求

（1）讨论负反馈对放大电路性能的影响。

（2）估算基本放大电路的放大倍数、输入电阻、输出电阻，并与实验结果比较。

（3）利用深度负反馈的近似公式，计算反馈放大电路的放大倍数、输入电阻、输出电阻，并与实验结果比较。

7. 思考题

（1）图 7-5 中的负反馈为电流反馈，若改为电压反馈，电路将如何改变？请画出电路图，并进行测试。

（2）本实验中电流负反馈若为另一种组态，则电路将如何改变？结果将怎样？

▶▶▶　**7.1.7　电压负反馈放大电路**

1. 实验目的

（1）进一步熟悉负反馈对放大电路主要性能的影响。

（2）掌握负反馈放大电路各项性能的测试方法。

2．实验原理

在放大电路中引入负反馈后，放大电路的许多性能得到改善。本实验仅对电压串联及电压并联两种负反馈放大电路的放大倍数、输入电阻、输出电阻及上、下限截止频率进行测试，并与该运放组件的开环参数（手册中的给定值）进行比较。

电压并联深度负反馈即反相比例电路，其主要特点是：集成运放的反相输入端为虚地点，集成运放的共模输入电压近似为 0，故这种电路对运放的 CMRR 要求低；由于是并联负反馈，输入电阻比开环时降低；由于是电压负反馈，输出电阻比开环时小，带负载能力增强。

电压串联负反馈即同相比例电路，其主要特点是：$u_+=u_-=u_i$，集成运放的共模电压等于输入电压，对集成运放的 CMRR 要求比较高；由于是串联负反馈，输入电阻比开环时增加；由于是电压负反馈，输出电阻比开环时小，带负载能力增强。

3．实验仪器

（1）函数信号发生器（CA1640-02 型）1 台。

（2）双踪示波器（PNGPOS9020 型）1 台。

（3）交流毫伏表（CA2171 型）1 台。

（4）模拟电子技术实验仪（HY-AE-1 型）1 台。

（5）万用表（500 型）1 台。

4．实验内容

（1）电压并联负反馈电路的测试

① 测量电路的电压放大倍数。电压并联负反馈电路如图 7-6 所示，电路参数为：$R_1=R_2=10\text{k}\Omega$，$R_F=100\text{k}\Omega$。

输入端加入大小为 0.5V，频率为 500Hz 的正弦信号，测量输出电压大小，计算电压放大倍数，并与理论值比较。若用本电路当反相器用（不放大），R_F 应取多大？请用实验验证。

② 测量电路的输出电阻。观察电压负反馈稳定输出电压的作用，取 $R_1=10\text{k}\Omega$，$R_F=100\text{k}\Omega$，输入大小为 0.2V，频率为 500Hz 的正弦信号。改变 R_L，使之分别为 ∞、

图 7-6　电压并联负反馈电路

10kΩ、5.1kΩ、100Ω，测量并记录所对应的每个输出电压值，说明电压负反馈电路稳定输出电压的作用。

用 $R_L=\infty$ 时的输出电压值 U_o 与 $R_L=100\Omega$ 时的输出电压 U_o' 值计算输出电阻 R_{of}（计算方法同前）。将 R_{of} 与组件给定的（手册上的）值比较，说明电压反馈对输出电阻的影响。

③ 测量电路的输入电阻。

方法一：把 R_1 当做 R_S，输入大小为 0.5V，频率为 500Hz 的正弦信号，测量 u_i、u_+、u_- 的值，计算输入电阻 R_{if}，求出 R_{if} 值与组件的输入电阻 R_i 值比较，说明并联负反馈对输入电阻的影响。此电路的输入电阻是多少？

用实测的 u_+、u_- 值说明虚地现象，并分析电路的共模输入电压的大小。

方法二：在 R_1 前面串联 $R_S=10\text{k}\Omega$，测量 u_S、u_i，计算 R_{if}。

（2）电压串联负反馈电路的测试

① 测量电路的电压放大倍数。电压串联负反馈电路如图 7-7 所示，电路参数为：$R_1=R_2=10\text{k}\Omega$，$R_F=100\text{k}\Omega$。

输入端加入大小为 0.5V，频率为 500Hz 的正弦信号，当 R_F 分别为 $10\text{k}\Omega$ 及 $100\text{k}\Omega$ 时，测量输出电压的值，求出各自的电压放大倍数 A_{uf}。

该电路当 $R_F=0$，$R_1=\infty$ 时，A_{uf} 是多少？这种电路叫什么电路？特点是什么？

图 7-7 电压串联负反馈电路

② 测电路的输入电阻。

方法一：把 R_2 当做 R_S，输入 $f=500\text{Hz}$、0.5V 的正弦信号，测量 u_i、u_+、u_- 的值，计算 R_{if}，求出 R_{if} 值与组件的输入电阻 R_i 值比较，说明串、并联负反馈对输入电阻的影响。此电路的输入电阻是多少？

用实测的 u_+、u_- 值说明"虚短"现象，并分析本电路的共模输入电压的大小。

方法二：在 R_2 前面串接 R_S，取 $R_S=1\text{M}\Omega$，测量 u_S、u_i，计算 R_{if}。

③ 测量上限频率。输入大小为 0.5V 的正弦信号。改变输入信号的频率，测量 f_{Hf}。将 f_{Hf} 值与组件的开环上限截止频率 f_H 比较，看频带扩展了多少。

（3）自拟实验

请设计一个放大倍数为–1 000 的负反馈放大电路，组件尽量用得少，电路参数与前面的电路变化不大。请画出电路图，计算电路参数，并进行实验，测量是否达到设计要求。

5．预习要求

（1）阅读附录 D 中关于运放组件的性能及引脚图的介绍。

（2）复习教材中不同组态的负反馈电路的特点及性能改善的有关内容。

（3）按实验要求设计电路，并自拟实验步骤。

6．实验报告要求

（1）整理各电路的数据，对两种电压负反馈电路的性能进行分析。

（2）分析实验中出现的问题，说明排除故障的方法。

7．思考题

（1）电压串联和电压并联负反馈各自的特点是什么？各在什么情况下被采用？

（2）什么是"虚短"现象？什么是"虚断"现象？什么是"虚地点"？请用实验数据说明。

▶▶▶ 7.1.8 基本运算电路

1．实验目的

（1）进一步加深理解集成运算放大电路的基本性质和特点。

（2）熟悉各种基本运算电路的运算关系，掌握运算电路功能测试的方法。

2．实验原理

集成运放是高增益的直流放大器，若在它的输出端和输入端之间加上反馈网络，则可以实现各种不同的电路功能。例如，施加线性负反馈，可以实现放大功能以及加、减、微分、积分等模拟运算功能；施加非线性反馈，可以实现对指数、乘除等模拟运算功能以及其他非线性变换功能；施加线性或非线性正反馈或将正、负两种反馈结合，可以实现产生各种模拟信号的功能。

3．实验仪器

（1）函数信号发生器（CA1640-02 型）1 台。

（2）双踪示波器（PNGPOS9020 型）1 台。

（3）交流毫伏表（CA2171 型）1 台。

（4）模拟电子技术实验仪（HY-AE-1 型）1 台。

（5）万用表（500 型）1 台。

4．实验内容

（1）反相比例运算放大电路

实验电路如图 7-8 所示，电路参数为：$R_1 = R_2 = 10\text{k}\Omega$，$R_F = 100\text{k}\Omega$。输入直流信号，按表 7-5 要求进行测量。

表 7-5　反相比例测试表

u_i（V）	−0.2	−0.1	+0.1	+0.2
u_o（V）				
A_u				

（2）差动比例运算放大电路

实验电路如图 7-9 所示，电路参数为：$R_1 = R_2 = 10\text{k}\Omega$，$R_F = R_3 = 100\text{k}\Omega$。输入直流信号，按表 7-6 要求进行测量。

图 7-8　反相比例运算放大电路

图 7-9　差动比例运算放大电路

（3）反相加法运算电路

实验电路如图 7-10 所示。

表 7-6　差动比例测试表

u_{i1}（V）	+0.2	+0.4
u_{i2}（V）	−0.2	+0.2
u_o（V）		

图 7-10　反相加法运算电路

① 已知 $R_F = 100\text{k}\Omega$，要使 $u_o = -10(u_{i1} + u_{i2})$，求 R_1、R_2、R_3 的数值。

② 输入直流信号电压，按表 7-7 要求进行测量。

表 7-7 反相加法测试表

u_{i1}（V）	+0.2	+0.4
u_{i2}（V）	+0.1	+0.2
u_o（V）		

（4）积分电路

实验电路如图 7-11 所示，电路参数为：$R_1 = R_2 = 10\text{k}\Omega$，$R' = 1\text{M}\Omega$，$C = 0.1\mu\text{F}$。

① 正弦波积分：输入信号为 $3V_{P-P}$，$f = 160\text{Hz}$ 的正弦波，用示波器双踪显示观察 u_i 与 u_o 的波形，测量它们的相位差，用 u_i 做触发信号，说明 u_o 是超前还是滞后。

② 方波积分：输入 $f = 1\text{kHz}$ 的方波信号，改变方波幅度，观测 u_o 幅值的变化，把测量值与理论值加以比较，得出结论；维持输入方波信号幅度不变，改变方波频率，观察并记录积分电路输出与输入之间的频率关系，得出结论。

（5）微分电路

实验电路如图 7-12 所示，电路参数为：$R_1 = R = 10\text{k}\Omega$，$C = 0.1\mu\text{F}$，$C' = 1\,000\text{pF}$。

输入信号为 $3V_{P-P}$，$f = 160\text{Hz}$ 的正弦波，用示波器双踪显示观察 u_i 与 u_o 的波形，测量它们的相位差，用 u_i 做触发信号，说明 u_o 是超前还是滞后。改变 u_i 的频率，u_o 幅值是否有变化？

图 7-11 积分电路   图 7-12 微分电路

5. 预习要求

（1）复习有关集成运放基本运算电路的工作原理及运算关系。

（2）根据电路参数，计算有关数值。

6. 实验报告要求

整理实验数据，计算结果，并与理论值比较，分析产生误差的原因。

7. 思考题

（1）积分电路中 R' 的作用是什么？

（2）微分电路中 C' 的作用是什么？

▶▶▶ 7.1.9 正弦波发生电路

1. 实验目的

（1）掌握文氏电桥正弦波振荡电路的振荡条件及工作原理。

（2）掌握测试振荡电路的振荡频率和幅度的方法。

2．实验原理

RC 文氏电桥正弦振荡电路由下列几部分组成：放大电路具有信号放大作用，将电源的直流电能转接成交变的振荡能量；反馈网络形成正反馈，并保证有一定幅值的稳定电压输出；选频网络用 RC、LC 或石英晶体等电路组成，以获得单一振荡频率 f_0 的正弦波，选频网络可单独存在，也可与放大电路或反馈网络结合在一起；稳幅电路用以使振幅稳定和改善波形，可以由器件的非线性或外加稳幅电路来实现。一般来说，RC 正弦振荡器常采用外稳幅，而 LC 正弦振荡器则常采用内稳幅。

振荡电路常利用放大电路负反馈强弱的自动调节作用实现稳幅。

3．实验仪器

（1）函数信号发生器（CA1640-02 型）1 台。

（2）双踪示波器（PNGPOS9020 型）1 台。

（3）交流毫伏表（CA2171 型）1 台。

（4）模拟电子技术实验仪（HY-AE-1 型）1 台。

（5）万用表（500 型）1 台。

4．实验内容

（1）连接线路

RC 文氏电桥正弦波振荡电路如图 7-13 所示，电路参数为：$R=R_1= R_2=10\text{k}\Omega$，$C=0.1\mu\text{F}$，$R_{RP}=100\text{k}\Omega$。

按图 7-13 所示连接好线路，检查无误后接通电源。

（2）观察负反馈对输出波形的影响

用示波器观察输出波形，调节 RP，观察 u_o 波形的变化，将结果填入表 7-8 中。

图 7-13　RC 文氏电桥正弦波振荡电路

表 7-8　负反馈程度测试表

负反馈程度	u_o 波形
弱	
适中	
强	

（3）测量振荡频率

按上述步骤调节 RP，在输出为稳定的不失真正弦波时测量输出信号频率。可用下面三种方法测试。

① 用频率计测频率。将频率计输入端连接振荡器的输出端，调节频率计的有关旋钮，直接读出振荡频率。

② 用示波器测量频率。用示波器读出振荡信号的周期，即可算出振荡频率。

③ 利用示波器的李萨如法测量振荡频率。将示波器 Y 轴输入接振荡电路的输出端，将 X

轴输入接信号源的输出端，调节 Y 轴衰减和 X 轴衰减旋钮，并调节信号源的频率。当两者频率相同时，示波器上显示出一个较稳定的圆形或椭圆形，此时信号源的频率即为振荡电路的频率。

（4）观察二极管的稳幅作用

断开一个二极管，观察 u_o 的波形；断开两个二极管，观察 u_o 的波形。

（5）测量基本放大电路的电压放大倍数

在上述振荡器维持稳定正弦振荡时，用交流毫伏表测出电压 u_o 值。断开 RC 串、并联网络，在放大器的同相输入端输入正弦信号，其频率与振荡频率相同，调节信号源的输出电压，使放大器输出电压 u_o 与原来振荡时的输出相同，此时用交流毫伏表测量放大器的输入信号电压大小，计算电压放大倍数。

5. 预习要求

复习电路的工作原理及有关参数的计算。

6. 实验报告要求

（1）整理实验数据，画出相应的波形图。

（2）由给定参数计算电路的振荡频率，并与实测值比较，分析误差原因。

7. 思考题

（1）正弦波振荡电路中共有几个反馈支路？各有什么作用？运放工作在什么状态？

（2）电路中二极管为什么能起稳幅作用？断开二极管，波形会怎样变化？

▶▶▶ 7.1.10 串联型直流稳压电源

1. 实验目的

（1）掌握串联型稳压电路的工作原理及主要特性。

（2）熟悉串联型稳压电路的性能指标和测试方法。

2. 实验原理

直流稳压电源包括整流滤波和稳压两部分电路。其中，整流滤波电路是直流稳压电源的公共组成部分。根据电路的结构不同，稳压电路部分又分为串联式、并联式、开关式等。同时又有分立元件组成的稳压电路，又有集成稳压器，本实验只涉及由分立元件组成的稳压电路。无论哪种电路形式，其主要的性能指标及测试方法都是相同的。

（1）实验电路

由分立元件组成的串联型直流稳压电源电路如图 7-14 所示。电路参数为：$R_1=R_2=100\Omega$，$R_3=180\Omega$，$R_C=4.7k\Omega$，$R=1\Omega$，RP=220Ω，稳压管 $U_Z=6.5V$，变压器次级电压为 17V，二极管为 1N4004，三极管 VT$_1$ 为 3DD 型，VT$_2\sim$VT$_4$ 为 3DG6 型。

图 7-14　串联型直流稳压电源测试原理图

（2）基本原理

整流滤波电路将交流电压变成直流电压是不稳定的，基本上随交流电网电压成比例变化，且随负载的变化而变化。为得到稳定的直流电压，就需要稳压电路。图 7-14 中稳压电路由 $VT_1 \sim VT_3$ 等组成串联反馈式电路，各三极管都工作在放大状态。该电路实质上是一个具有自动调节作用的直接耦合的射极输出器。

3．实验仪器

（1）调压器（TDGC-0.2C）1 台。

（2）交流毫伏表（CA2171 型）1 台。

（3）双踪示波器（POS9020 型）1 台。

（4）万用表（500 型）1 只。

4．实验内容

（1）输出电压调节范围

调节调压器使变压器输入为 220V，调节 RP 用万用表测试表 7-9 中所示的电压值。

（2）测稳压系数

接入负载 R_L=100Ω，按表 7-10 要求测试，并计算稳压系数。

表 7-9　输出电压测试表

RP 位置	U_O（V）	U_{CE1}（V）	U_I（V）
最上端			
最下端			

表 7-10　稳压系数测试表

输入电压（V）	U_O（V）	U_I（V）
198		
220	12	
242		

（3）测输出电阻

保持输入交流电压 220V，调节负载 R_L，测两组输出电压值，然后计算 R_o。

（4）测纹波电压

保持输入交流电压 220V，在额定负载 R_L=100Ω 时，用交流毫伏表测输出端和输入端的纹波电压，计算纹波系数。用示波器观察输出及输入的波形，并记录下来。

（5）过流保护电路测试

按表 7-11 要求进行测试。

表 7-11　过流保护测试表

工 作 状 态	U_I（V）	U_{CE1}（V）	U_{C4}（V）	U_R（V）	U_O（V）
正常时					
过流时					

5．预习要求

（1）复习有关整流、滤波、串联稳压电路等部分内容。

（2）实验前应拟出本实验测量时所用的仪表及测量方案。

6．实验报告要求

（1）整理实验数据，填写表格，画出波形图。

（2）根据实测结果，写出实验电路的主要技术指标，并分析评估电路的性能。

7．思考题

（1）稳压系数主要取决于电路中哪几个元器件？为什么？

（2）直流稳压电源能否在 I_O 变化时 U_O 不变？为什么？

7.2　设计性实验

▶▶▶ 7.2.1　二极管特性及参数检测电路

1．实验目的

（1）掌握二极管工作原理、特性及参数。

（2）熟悉二极管的检测方法，加深理解二极管的单向导电性能。

2．实验原理

二极管是半导体中最基本的器件。二极管的类型很多，从制造二极管的材料来分，有硅二极管和锗二极管。从管子的结构来分，主要有点接触型和面接触型。点接触型二极管的特点是 PN 结的面积小，因而，管子中不允许通过较大的电流，但是因为它们的结电容也小，可以在高频下工作，适用于检波电路。面接触型二极管则相反，由于 PN 结的面积大，故允许流过较大的电流，但只能在较低频率下工作，可用于整流电路。此外，还有一种开关型二极管，适于在脉冲数字电路中作为开关管。

半导体（电子）器件的参数是其特性的定量描述，也是实际工作中根据要求选用器件的主要依据。各种器件的参数可由手册查得。二极管的主要参数有以下几个：最大整流电流 I_F、最高反向工作电压 U_R、反向电流 I_R 和最高工作频率 f_M 等。

3．实验内容

（1）设计一个检测二极管伏安特性的电路，并进行参数测试。

（2）测试二极管的正向导通电压。

（3）测试二极管的反向电流和电压。注意：选用合理的测试点和测试方法。

4．实验预习和实验报告要求

（1）复习二极管工作原理及特点。

（2）根据实验内容，设计实验电路。

（3）整理实验数据，画出二极管的伏安特性，对实验结果进行分析。

5．思考题

（1）测试二极管的参数时，电路中的电阻阻值如何选择？

（2）测试二极管反向电压时，如何确保二极管不损坏？

▶▶▶ 7.2.2　光控报警电路

1．实验目的

（1）掌握光控（热控）开关电路的组成及工作原理。

（2）熟悉光敏（热敏）电阻的性能和作用。

（3）熟悉三极管的开关作用和音乐集成电路的使用方法。

2．实验原理

在自动控制系统中，经常使用光传感器（如光敏电阻、硅光电池、光电耦合器件）或热传感器（热敏电阻、PN 结、热电偶）等将光强度或温度的变化转换为电信号，并与某一限度比较，当高于或低于这个限度时，产生一个开关信号，去控制一个系统的工作状态。以光敏电阻和热敏电阻为例，常用的电路形式有：光（热）敏电阻是电阻性传感器，在所受到的光(热)强度发生变化时，其电阻值相应变化。当光（热）敏电阻与电阻器串联或组成电桥时，就能把电阻的变化转换为电压信号。光敏电阻的基本知识请参考有关资料；热敏电阻有正、负温度系数两种类型，基本知识请参考有关资料。

基本光-电、热-电转换电路，把电路的输出引至三极管构成的开关电路，就能实现光（暗）动、热（冷）动开关控制或报警，采用桥式转换电路，和比较器连用构成光动开关。若用开关电路驱动继电器、晶闸管等，就能实现各种开关控制；若直接驱动音响电路，就构成音响报警。

3．实验内容

（1）设计一个光控报警电路。

设计一种由三极管和音乐集成电路组成的光动报警器电路。当光照度增加时，光敏电阻阻值减小；当光照度达到某一门限值以上时，发射极电位上升使三极管饱和导通，而集电极电位接近于 0，使音乐集成电路得到足够大的工作电压，喇叭发出音乐报警声；当光照度降到门限值以下时，三极管截止，集电极电位接近于电源电压，音乐集成电路无电压，不工作。也可采用一级共发射极放大电路直接驱动音乐集成电路，但光照灵敏度会降低。

音乐集成电路由产生乐曲的芯片和一只 NPN 型三极管组成，三极管的作用是放大声音信号。音乐集成电路的触发极 M，当该端输入一个正脉冲时，触发芯片工作，发出一段音乐；接高电平时，使芯片发出连续不断的音乐。

（2）调试转换电路的工作状态，判断电路是否正常。

（3）测试音乐集成电路的工作情况与性能。

4．实验预习和实验报告要求

（1）复习光敏（热敏）电阻的工作原理及特点。

（2）根据实验内容，设计实验电路。

（3）整理实验数据，并对实验结果进行分析。

5．思考题

（1）能否用硅光电池和光电二极管代替光敏电阻？

（2）测试不同光照强度下光敏电阻的阻值，分析其特性。

▶▶▶ 7.2.3 三极管特性及参数检测电路

1．实验目的

（1）掌握三极管工作原理、特性及参数。

（2）熟悉三极管的检测方法，加深理解三极管的输入与输出特性。

2．实验原理

双极型三极管（BJT）是半导体三极管的一种类型，是半导体中最基本的器件。由于它有空穴和自由电子两种载流子参与导电，故称为双极型。双极型三极管通常称为半导体三极管、三极管、晶体管等。它的种类很多，按结构分，可分为 NPN 型和 PNP 型；按功率大小分，可分为大、中、小功率管；按所用半导体材料分，可分为硅管和锗管；按频率分，可分为高频管和低频管等。

三极管是组成放大电路的最基本的器件，常用于各种放大电路中。此外，三极管可用于数字电路中作为开关管。

三极管主要有输入与输出特性，其参数由电流放大系数、极间反向电流和极限参数等组成。

3. 实验内容

（1）设计一个检测三极管输入特性的电路，并进行相关参数测试。

（2）设计一个检测三极管输出特性的电路，并进行相关参数测试。

（3）测试三极管的电流放大系数和反向击穿电压。注意：选用合理的测试点和测试方法。

4. 实验预习和实验报告要求

（1）复习三极管工作原理及特点。

（2）根据实验内容，设计实验电路。

（3）整理实验数据，画出三极管的输入与输出特性，对实验结果进行分析。

5. 思考题

（1）测试三极管的参数时，电路中的电阻阻值如何选择？

（2）测试三极管反向击穿电压时，如何确保三极管不损坏？

▶▶▶ 7.2.4　放大电路故障分析与判断

1. 实验目的

（1）掌握三极管放大电路工作原理与电路元件对其工作的影响。

（2）掌握三极管放大电路的常见故障的判断和检测方法。

2. 实验原理

三极管组成的放大电路有三种基本组态，因而各具特色，所以电路的故障分析有所不同。理论上要熟练掌握三极管三种基本组态的放大电路中，各元件的作用、阻值的大小对电路的影响，以及可能产生的故障现象，实验中进一步加深对放大电路的工作原理及电路参数作用的理解。

3. 实验内容

（1）设计一个共发射工作点稳定电路，电路参数合理选择。

（2）测试电路正常时电压和电流值。注意：选用合理的测试点和测试方法。

（3）测试偏置电阻开路时电压和电流值。

（4）测试集电极电阻开路、短路时电压和电流值。

（5）测试发射极电阻开路、短路时电压和电流值。

4. 实验预习和实验报告要求

（1）复习共发射工作点稳定电路原理及特点。

（2）根据实验要求，设计实验电路。

（3）整理实验数据，对故障现象进行分析和总结。

5．思考题

（1）根据实验数据，如何判断三极管的好坏？

（2）如何判断放大电路加交流信号后的故障（如输出电压为零）？

7.2.5　闭环温控电路

1．实验目的

（1）掌握利用运算放大器组成测量放大电路的方法。

（2）掌握一般闭环控制系统的基本工作原理和调试方法。

2．实验原理

集成运算放大器（简称运放）是模拟集成电路中发展最早、应用最广的一种集成器件，最早应用于模拟信号的运算。随着集成技术的发展，运放的应用已超出数学运算的范围，广泛应用于信号的处理和测量、信号的产生和转换，以及自动控制等许多方面，成为电子技术领域中广泛应用的基本电子器件。运放的基本应用可分为两类，即线性应用和非线性应用。当运放外加负反馈使其闭环工作在线性区时，可构成模拟信号运算放大电路、正弦波振荡电路和有源滤波电路等；当运放处于开环或外加正反馈使其闭环工作在非线性区时，可构成各种幅值比较电路和波形发生电路等。

简易温度控制系统电路是线性和非线性的综合应用。

3．实验内容

（1）设计一个闭环温度控制电路。系统的温度自动控制在设定的温度内（$T \pm \Delta T$）。

设计提示：恒定温度的设定在一定范围内可调，可用灯泡模拟加热系统，当温度低于下限设定温度时灯泡自动亮（加热），当温度高于上限设定温度时灯泡自动灭（停止加热）。

（2）用电桥电路测量温度，感温元件为热敏电阻。

（3）用运放组成测量放大器，用滞回比较器的电压设置温度范围，并控制电路是否需要加热。

4．实验预习和实验报告要求

（1）复习运放的工作原理及应用。

（2）按实验要求，设计实验电路。

（3）整理实验数据，进行分析和总结。

5．思考题

（1）滞回比较器特性曲线的中点电压与温度设置值有无关系？如要提高温度控制精度，应如何改变电路参数？

（2）滞回比较器的参考电压值与温度设置值有无关系？

7.2.6　有源滤波器

1．实验目的

（1）熟悉有源滤波器电路的组成、工作原理及其特性。

（2）掌握有源滤波器电路的幅频特性的测试方法。

（3）熟悉有源滤波器的应用。

2．实验原理

由 RC 元件与集成运算放大器组成的滤波器称为 RC 有源滤波器，其功能是让一定频率范围内的信号通过，抑制或急剧衰减此频率范围以外的信号。它可用在信息处理、数据传输、抑制干扰等方面，但因受集成运算放大器频带的限制，这类滤波器主要用于低频范围。根据对频率范围的选择不同，可分为低通滤波器（LPF）、高通滤波器（HPF）、带通滤波器（BPF）与带阻滤波器（BEF）四种滤波器。

一般在实际应用中，滤波器的幅频特性越好，其相频特性越差，反之亦然。滤波器的阶数越高，幅频特性衰减的速度越快，但电路越复杂。实际使用中应合理选择电路。

3．实验内容

（1）低通滤波器（LPF）

设计一个低通滤波器，截止频率自定。用示波器观察输出波形及幅度变化情况，测量低通滤波器的频率特性并绘出曲线图，自拟测试表格。

（2）高通滤波器（HPF）

设计一个高通滤波器，截止频率自定。用示波器观察输出波形及幅度变化情况，测量高通滤波器的频率特性并绘出曲线图，自拟测试表格。

（3）带通滤波器（BPF）和带阻滤波器（BEF）

分别设计一个带通滤波器（BPF）和一个带阻滤波器（BEF），截止频率自定。用示波器观察输出波形及幅度变化情况，测量滤波器的频率特性并绘出曲线图，自拟测试表格。

4．实验预习和实验报告要求

（1）复习有源滤波器电路的工作原理和幅频特性。

（2）根据要求设计实验电路，确定各电路的截止频率、中心频率、带宽、阻带宽度及品质因数。

（3）整理实验数据，画出各电路实测的幅频特性，总结有源滤波器电路的特性。

5．思考题

如何提高有源滤波器品质因数？应在电路中改变哪些元件的参数？

▶▶▶ 7.2.7 电压比较器

1．实验目的

（1）熟悉电压比较器电路的工作原理、特性及应用。

（2）掌握电压比较器电路的测试方法。

2．实验原理

电压比较器是集成运放非线性应用电路，它将一个模拟量电压信号和一个参考电压相比较。在二者幅度相等的附近，输出电压将产生跃变，相应输出高电平或低电平。电压比较器可以组成非正弦波形变换电路及应用于模拟与数字信号转换等场合。

电压比较器可分为过零比较器、滞回比较器、双限（窗口）比较器。每种电压比较器都有一定应用场合。实际使用中应根据要求合理选择电压比较器电路。

3．实验内容

（1）过零比较器

设计一个过零比较器，用示波器同时观察过零比较器输入和输出波形，并绘出波形图。

（2）反相滞回比较器

设计一个反相滞回比较器，用示波器同时观察反相滞回比较器输入和输出波形，测试电路转折电平，并绘出传输特性曲线图。

输入端接+5V可调直流电源，或者输入端接正弦信号进行测试。

（3）双限（窗口）比较器

设计一个双限比较器，用示波器同时观察双限比较器输入和输出波形，测试电路相关参数，并绘出电路曲线图。

4．实验预习和实验报告要求

（1）复习电压比较器电路的工作原理和传输特性。

（2）根据实验要求，设计实验电路。

（3）整理实验数据，画出各比较器电路的传输特性曲线。

5．思考题

若将双限（窗口）比较器的电压传输高、低电平对调，应如何改动比较器电路？

▶▶▶ 7.2.8 三极管 β 值分选电路

1．实验目的

（1）加深理解电压比较器的工作原理及应用。

（2）掌握译码电路设计及应用。

2．实验原理

在元器件生产中，由于生产过程和生产工艺的不一致性，经常会遇到某些参数（比如电阻的阻值、晶体三极管 β 值）分散性较大的问题，需要对这些参数进行分挡后，印上不同的规格标记才能出厂。元器件参数的分选可利用电压比较器来实现。对于两挡分选，只需要把元件参数变换为电压，与电压比较器的基准电压值相比较，输出高、低两种不同的电平，用发光二极管指示即可；三挡分选可利用窗口比较器来实现；而 N 挡分选，除了采用 $N-1$ 个比较器外，还需要用译码器将比较的结果转换成字段的显示组合，用数码管将分选结果显示出来。

3．实验内容

（1）设计一个 NPN 型晶体三极管 β 值的三挡分选电路

晶体三极管 β 值三挡分选电路，β 值界限分别为 100 和 200，分选范围为：$\beta<100$，$\beta=100\sim200$ 及 $\beta>200$。根据电路中被测三极管的基极限流电阻值，可求得基极电流 I_B，于是集电极电流为 βI_B，而运算放大器的输出电压与集电极电流成正比。当 β 为 100、200 时，输出电压分别为不同的值，把这两个值分别作为两个比较器的基准电压。当 $\beta<100$，$100<\beta<200$，$\beta>200$ 时，两个比较器的输出为三种不同工作状态，从而达到分挡的目的。

（2）设计一个 NPN 型晶体三极管 β 值的四挡分选电路

用于晶体三极管 β 值四挡分选，β 值界限分别为 100、200 和 300，分选范围为：$\beta<100$，$\beta=100\sim200$，$\beta=200\sim300$ 及 $\beta>300$。这个电路的三极管基极电流为 I_B ，运算放大器的输出

电压与集电极电流成正比。当β分别为100、200和300时，输出电压分别为三个不同的值，这正是三个比较器的基准电平。不难分析，β值在不同的范围时，三个比较器的输出状态依次为000、001、011、111。可采用共阳极数码管，用0、1、2、3的显示值分别指示分选结果，这就需要在比较器输出和数码管之间，设计一个专用的译码器电路。

把000、001、011、111以外的状态作为约束项，分别画a~g七个字段输出的卡诺图，可得到它们的函数表达式。

（3）调试

根据实际情况，选择组装调试。运算放大器和比较器由同一片LM324实现，采用单电源供电，即电源正端接+15V，负端接地。

测量比较器的基准电压是否正确。

将$\beta<100$，$\beta=100\sim200$，$\beta>200$的三只被测晶体三极管（事先用万用表的h_{FE}挡进行预测）分别插入电路，观察发光二极管的显示结果，同时用电压表测量运算放大器的输出电压，并分析测量结果与显示结果是否一致。若不一致，分析故障可能出现在哪一部分，并对该部分电路进行检查，确定故障并排除。

4. 实验预习和实验报告要求

（1）复习电压比较器的工作原理及应用。
（2）根据实验内容，设计实验电路。
（3）整理实验数据，进行分析和总结。

5. 思考题

用窗口比较器设计一个电阻值分选电路，要求被测电阻值在0.9~1.1kΩ范围时，两只发光二极管亮；对该范围以外的电阻，两只发光二极管均不亮。

▶▶▶ **7.2.9　简易电子琴**

1. 实验目的

（1）加深理解RC振荡器的工作原理及应用。
（2）掌握电路设计及简易电子琴（RC振荡器）的调试方法。

2. 实验原理

简易电子琴由RC选频网络、集成运算放大器电路、功率放大器和扬声器组成。其核心是集成运算放大器构成的RC正弦波振荡器，提供了实验要求的电阻和电容（固定值），构成RC串、并联选频网络，分别取不同的电阻值使振荡器产生不同的音阶信号，经功率放大器后推动扬声器发出音乐。需要有节拍时，应加上节拍发生器。节拍发生器一般由555定时器组成，节拍快慢由其频率来决定。

3. 实验内容

（1）设计一个简易电子琴。
电路指标：要求利用RC文氏电桥正弦波振荡电路和功率放大电路组成，设计14个音节，高音节4个，中音节7个，低音节3个，电容的容量为0.1μF，合理选择各音节的电阻值。
（2）RC正弦波振荡器设计与调试。
（3）节拍发生器设计与调试，电路统调。

4．实验预习和实验报告要求

（1）复习 RC 正弦波振荡器的工作原理及应用。

（2）根据实验要求，设计实验电路。

（3）整理实验数据，进行分析和总结。

5．思考题

（1）若改变电路的振荡频率，需要调整电路中的哪些元件？

（2）如要进一步扩大音节范围，电路应如何改进？

▶▶▶ 7.2.10 方波和三角波发生器

1．实验目的

（1）了解方波和三角波发生器的组成，进一步巩固运放应用知识。

（2）掌握方波和三角波发生器的参数测量方法。

2．实验原理

由运放构成的方波和三角波发生器的电路形式较多，但均由比较器和积分器电路所组成。最简单方波发生器的特点是电路简单，但性能较差，尤其三角波的线性度和带负载能力很差，它主要用于产生方波或三角波要求不高的场合。

另一种由反相积分器和滞回比较器构成。由于采用了运放组成的积分电路，因而得到了比较理想的方波和三角波。若电路中加入电位器后，其振荡频率和幅度都可以调节。

3．实验内容

（1）设计一个方波发生器，并进行参数测试。

用示波器观察方波发生器输出波形及反相输入端的波形，记录波形，标明周期和幅值。改变电路有关参数后再测周期和幅值。

（2）设计一个三角波发生器，并进行参数测试。

用示波器观察三角波发生器输出波形及反相输入端的波形，记录波形，标明周期和幅值。改变电路有关参数后再测周期和幅值。

（3）扩展：输出信号幅度（电压）可调，输出信号频率可调，调节范围可自定。

设计提示：两种波形输出信号电压峰值可设计为 0~1V 可调，输出信号的频率可设计为 100Hz~1kHz 可调，可用波段开关扩大电压与频率的调节范围。

4．实验预习和实验报告要求

（1）复习方波发生器、三角波发生器的各路工作原理。

（2）根据实验要求，完成各实验电路的理论设计。

（3）整理实验数据，画出各电路相应的波形，对实验结果进行分析，分析产生误差的原因。

5．思考题

（1）方波发生器电路中，哪个元件决定方波的幅值？哪个元件影响方波的频率？运放工作在什么状态？

（2）三角波发生器中两个运放各起什么作用？它们工作在什么状态？

▶▶▶ 7.2.11　集成功率放大器

1. 实验目的

（1）掌握集成功放电路的基本性能及工作原理。

（2）熟悉集成功放芯片的实际应用。

（3）掌握集成功放电路主要性能的测试方法。

2. 实验原理

在实际应用中，往往需要放大电路的输出级能带动一定负载，例如驱动自动控制系统中的执行机构或驱动扩音机的扬声器等。因此，必须使放大电路有足够的输出功率，即不仅要有足够的电压输出，而且要有足够的电流输出。现在，很少采用笨重的变压器输出方式，一般多采用 OTL 和 OCL 等输出方式。OTL 是指无输出变压器的功率放大电路；OCL 是指双电源无电容输出的功率放大电路。

目前，品种繁多的集成功率放大芯片逐步代替了分立元件功放电路。本实验通过对利用 LM386 集成功放芯片接成的 OTL 电路进行性能测试，进一步了解该芯片的性能及其应用。

3. 实验内容

（1）设计一个用集成功放 LM386 组成的 OTL 功率放大器。

（2）测量功率放大电路输出端静态电位，检查电路工作状态是否正常。

（3）从同相端输入音频正弦信号，测量功率放大电路的电压放大倍数。

① LM386 芯片 1 与 8 引脚间不接电容，测量输出电压。

② LM386 芯片 1 与 8 引脚间接入电容 $C=10\mu F$，测量输出电压。

③ 测量最大不失真电压。

（4）测量电路的最大输出电流，并由测量结果计算最大输出功率。

（5）改变输入信号的频率，测量该电路的上限、下限截止频率。

（6）如果有失真度仪，可以测量输出波形的失真度。

（7）如果有录音机和音箱，可以用录音机送进一段音乐，试听功率放大效果。

4. 实验预习和实验报告要求

（1）复习功率放大电路的工作原理（OTL、OCL 等）。

（2）弄清本功率放大电路的工作原理、电路中各元器件的作用，估算电路的静态输出电位及放大倍数。根据实验要求，设计实验电路。

（3）整理实验数据，根据实验结果分析功率放大电路的性能。

5. 思考题

（1）在芯片允许的功率范围内，加大输出功率的措施有哪些？

（2）在实验电路测试过程中出现了什么问题？是怎样解决的？

▶▶▶ 7.2.12　语言提示和告警电路

1. 实验目的

（1）了解语言提示、告警电路的组成及使用方法，学会组装一种语言电路。

（2）熟悉 LM386 集成功放电路的应用。

2. 实验原理

语言提示、告警电路是一种根据需要可以发出人的语言声音（汉语、英语、日语等）的集成电路。这种电路一般以软封装方式封装在线路板上，它的性能稳定，语言清晰逼真，使用灵活方便，在一些特定场合可以替代人而起到语言提示、告警的作用。例如用于机动车辆的转弯、倒车提示电路，当车辆的转向开关打在相应的位置上时，扬声器会发出响亮的"左转弯"、"右转弯"、"请注意，倒车"等声音，以提示其他车辆或行人及时避让。再如，为了防止发生触电事故，在一些高压电器、变电所、高压开关柜等危及人身安全的场合，常用到"有电危险，请勿靠近"的语言告警电路。

一种常用的"有电危险，请勿靠近"语言告警应用电路，型号为 HCF5209，软封装形式。该片集成电路第 5、1 脚是电源正、负端，第 3 脚是触发端，低电平有效，触发一次（S 闭合一次），电路便输出三次"有电危险，请勿靠近"语言信号。若将 3 脚直接接地，则电路将重复发出上述语言信号。第 6、7 脚间所接电阻的大小决定语言输出速度，可适当调整。语言信号由第 4 脚输出，经三极管放大后推动扬声器发声。当需要语言告警电路发出宏亮的告警声音时，可另接一功放电路。

3. 实验内容

（1）设计一个语言提示、告警电路。

由于语言告警电路 HCF5209 为软封装电路，在组装电路时需要将各引脚焊接一条长 8～10cm，直径 0.5～0.7mm 的单股塑铜导线，为实验连接之用。注意：由于 HCF5209 为 CMOS 集成电路，该类电路在焊接时，容易感应电烙铁所带电荷而损坏。使用电烙铁焊接引线的正确操作方法是：使用外壳接地的电烙铁，或在焊接操作时拔掉电烙铁电源。

（2）通电检验电路工作效果，并以接通、断开的方式试验语言电路第 3 脚的触发作用。

（3）改变电阻的数值（150～250kΩ），调整语言发音速度。

（4）取下滤波电容器，通电试听，与有滤波电容时的效果相比较，检验电容器在改善语言音色方面的效果。

4. 实验预习和实验报告要求

（1）复习语言提示和告警电路的工作原理。

（2）根据实验要求，设计实验电路。

（3）整理实验数据，分析实验现象，进一步提升电路功能。

5. 思考题

（1）如何进行语速的调节？

（2）在实验电路测试过程中出现的问题是怎样解决的？

▶▶▶ 7.2.13 电压–频率转换电路

1. 实验目的

（1）掌握电压-频率转换电路的组成、工作原理及其特性。

（2）掌握电压-频率转换电路的测试方法，并了解电压-频率转换电路的实际应用。

2. 实验原理

调节可变电阻或可变电容可以改变波形发生电路的振荡频率，一般是通过人来调节的。而在自动控制系统中，往往要求能自动地调节波形发生电路的振荡频率。常见的情况是给出一个控制电压（如计算机通过接口电路输出的控制电压），要求波形发生电路的振荡频率与控制电压成正比。这种电路称为压控振荡器（VCO），又称电压-频率转换电路（U–f 转换电路）。

利用集成运放可以构成精度高、线性好的电压-频率转换电路（或称压控振荡器）。

电压-频率转换电路一般由积分电路和滞回比较器组成。积分电路的输出电压变化速率与输入电压的大小成正比，如果积分电容充电使输出电压达到一定程度后，设法使它迅速放电，然后输入电压再给电容充电，如此周而复始，产生振荡，其振荡频率与输入电压成正比，故称压控振荡器（VCO）。滞回比较器在电路中起开关作用，使积分电容不断地充电和放电，产生振荡波形。

3. 实验内容

设计一个电压-频率转换电路，完成转换功能。

根据所设计的电路，测试电压-频率转换关系，自拟测试方法，可先用示波器测量周期，然后再换算成频率。用示波器观察并描绘电路的输出波形。

4. 实验预习和实验报告要求

（1）复习电压-频率转换电路的工作原理。

（2）根据实验要求，设计实验电路。

（3）整理实验数据。描绘电压-频率转换曲线，并讨论其结果及主要应用。

5. 思考题

（1）指出电路中电容充电和放电回路。如何确定滞回比较器正反馈支路中分压电阻的阻值？

（2）要求输出信号峰-峰值为 6V，输入电压为 3V，输出频率为 1 000Hz，计算电路相关参数的值。

▶▶▶ **7.2.14   集成直流稳压电源**

1. 实验目的

（1）掌握集成稳压器的特点和主要技术指标的测试方法。

（2）掌握集成稳压器扩展功能的方法。

2. 实验原理

随着半导体工艺的发展，稳压电路也制造成集成器件。由于集成稳压器具有体积小，外接线路简单，使用方便等优点，因此在各种电子设备中应用十分普遍，基本上取代了由分立元件构成的稳压电路。对于大多数电子仪器设备和电子电路来说，通常是选用串联线性集成稳压器。而在这种类型的器件中，又以三端式稳压器应用最为广泛。

78 系列和 79 系列三端式稳压器的输出电压是固定的，在使用中不能进行输出电压调整。78 系列三端式稳压器的输出正极性电压，一般有 5V、6V、9V、12V、15V、18V、24V 七挡，输出电流最大可达 1.5A（加散热片）。同类型 78M 系列三端式稳压器的输出电流为 0.5A，78L 系列三端式稳压器的输出电流为 0.1A。79 系列三端式稳压器输出负极性电压。78 系列三端式稳压器的三个引出端是：输入端（不稳定电压输入端）标以"1"脚，输出端（稳定电压输出端）标以"2"脚，公共端标以"3"脚。

除固定输出三端式稳压器外，还有可调式三端式稳压器。后者可通过外接元件对输出电压进行调整，以适应不同的需要。

3. 实验内容

（1）集成稳压器性能测试

用集成稳压器组成基本应用电路，测试其输出电压、最大输出电流和输出电阻。

（2）集成稳压器性能扩展测试

① 正、负双电源输出电路（指标根据集成稳压器自定）的设计与测试。

② 输出电压扩展电路（电压自定）的设计与测试。

③ 输出电流扩展电路（电流自定）的设计与测试。

4. 实验预习和实验报告要求

（1）复习集成稳压器的工作原理。

（2）实验前应设计实验电路和拟出本实验测量时所用的仪表及测量方案。

（3）整理实验数据，填写表格，画出波形图。根据实测结果，写出实验电路的主要技术指标，并分析电路的性能。

5. 思考题

（1）在测量输出电阻时，应如何选择测试仪表？

（2）固定的三端集成稳压器性能扩展应用时，应注意什么问题？

▶▶▶ 7.2.15 函数信号发生器

1. 实验目的

（1）熟悉函数信号发生器的组成和工作原理，并掌握函数信号发生器的调试方法。

（2）了解集成函数发生器原理及实际应用。

2. 实验原理

函数发生器一般是指能自动产生正弦波、方波（矩形波）、三角波（锯齿波）和阶梯波等电压波形的电路或仪器，电路形式可以采用运算放大器及分立元件构成，也可以采用单片集成函数发生器。根据用途不同，有产生三种或多种波形的函数发生器。

产生方波、三角波和正弦波的方案有多种，如首先产生正弦波，然后通过比较器电路变换成方波，再通过积分电路变换成三角波；也可以首先产生方波、三角波，然后再将方波变换成正弦波或将三角波变换成正弦波；或采用一片能同时产生上述三种波形的专用集成电路芯片（ICL8038）。

3. 实验内容

（1）输出正弦波、方波（矩形波）、三角波（锯齿波）三种波形。

（2）方波（矩形波）、三角波（锯齿波）两种波形均为双极性。

（3）输出阻抗均为 50Ω。

（4）输出信号电压可调，输出信号频率可调，矩形波和锯齿波占空比可调，调节范围可自定。

（5）用集成电路（ICL8038）组成函数发生器。

设计提示：输出信号电压峰值可设计为 0～6V 可调，输出信号的频率可设计为 200Hz～2kHz 可调，占空比可设计为 30%～70% 可调，可用波段开关进一步扩大电压与频率的调节范围。

4．实验预习和实验报告要求

（1）复习正弦波、方波（矩形波）、三角波（锯齿波）的工作原理。

（2）实验前应设计出实验电路和自拟本实验测量时所用的仪表及测量方案。

（3）整理实验数据，填写表格，画出波形图。根据实测结果，写出实验电路的主要技术指标，并分析电路的性能。

5．思考题

（1）产生正弦波有几种方法？说明各种方法的简单原理。

（2）如何进一步扩大电路功能？改进时应注意什么？

▶▶▶ 7.2.16　万用电表

1．实验目的

（1）掌握万用电表的组成和工作原理。

（2）掌握运算放大器在万用电表中的应用。

（3）掌握万用电表的调试方法。

2．实验原理

万用电表在电子技术测量中应用十分广泛，在测量中，电表的接入应不影响被测电路的原工作状态，这就要求电压表应具有无穷大的输入电阻（内阻），电流表的内阻应为零。但在实际使用中，万用电表表头（电压表）的内阻并不是无穷大或者电流表的内阻并不为零，进行测量时将影响被测量，引起误差。此外，交流电表中的整流二极管的压降和非线性特性也会产生误差。如果在万用电表中使用运算放大器，就能大大降低这些误差，提高测量精度。在欧姆表中采用运算放大器，不仅能得到线性刻度，还能实现自动调零。

3．实验内容

（1）直流电压表：满量程+6V；直流电流表：满量程 10mA。

（2）交流电压表：满量程+6V，50Hz～1kHz；交流电流表：满量程 10mA。

（3）欧姆表：满量程分别为 1kΩ，10kΩ，100kΩ。

设计提示：直（交）流电压表，建议采用运放同相输入电路；直（交）流电流表，建议采用浮地式电路，便于在任何电流通路中测量电流；欧姆表，建议采用多量程电路。

4．实验预习和实验报告要求

（1）复习万用电表的工作原理。

（2）实验前应设计万用电表各实验电路及自拟测量方法。

（3）整理实验数据，根据实测结果，分析万用电表的性能指标。

5．思考题

（1）在万用电表调试中应如何选择测试仪表？

（2）如何减小万用电表各功能挡的相对误差？

7.3　设计性实验

7.3.1　红外线自动水龙头控制器

1. 设计任务

（1）采用反射式红外线传感器进行光电信号变换。

（2）传感器输出信号要经过电压放大后送入锁相环音频译码器，驱动继电器控制电路。

（3）继电器吸合水龙头打开，继电器断开水龙头关闭。

2. 设计提示

（1）电压放大电路用运算放大器（LM741）组成，放大倍数根据实际使用器件来定。

（2）环音频译码器选用 LM567，产生标准矩形波送给红外线发射管使其导通并向周围空间发出调制红外光。当有人洗手或接水时，手和容器将红外光反射回一部分，被红外接收管接收并转换为相应的电信号，使继电器吸合，水龙头被打开而放水；当手和容器离开后，电路又恢复等待状态。

3. 设计要求

（1）根据任务选择总体方案，画出设计框图。

（2）根据设计框图进行单元电路设计。

（3）画出总体电路原理图。

（4）列出元器件清单。

（5）拟定实验步骤和调试方法。

（6）安装调试电路。

（7）写出实验报告，包括设计与调试的全过程，附上有关资料和图纸，有心得体会。

7.3.2　电机转速测量电路

1. 设计任务

（1）设计一个用光电转换方式来测量电机转速的电路。

（2）测速对象为一台额定电压为 5V 的直流电机，其转速受电枢电压控制，用改变电枢电压的方式进行调速。

2. 设计提示

（1）本实验涉及光电转换、放大、整形、倍频、计数、译码显示和时序关系的控制等多种电路，是个模拟和数字综合的题目。

（2）要求电机转速的测量范围为 600～6 000r/min，测量的相对误差小于等于 1%。

（3）用 4 位七段数码管显示出相应的电机转速。

3. 设计要求

（1）根据任务选择总体方案，画出设计框图。

（2）根据设计框图进行单元电路设计。

（3）画出总体电路原理图。

（4）列出元器件清单。

（5）拟定实验步骤和调试方法。

（6）安装调试电路。

（7）写出实验报告，包括设计与调试的全过程，附上有关资料和图纸，有心得体会。

7.3.3 电冰箱保护器

1. 设计任务

（1）电冰箱保护器应有过压、欠压和上电延迟功能。

（2）电压在 180～250V 正常范围内供电时，绿灯亮。正常范围可根据需要进行调节。

（3）过压、欠压保护：当电压高于设定允许最高电压或低于设定允许最低电压时，自动切断电源，且红灯亮。

（4）上电、过压、欠压保护或瞬间断电时，延迟 3～5min 才允许接通电源。

（5）负载功率大于 200W。

2. 设计提示

（1）稳压电源电路为其他电路提供工作电压。

（2）采样电路将电网电压转换成直流电压送入比较电路，当电网电压的波动超出正常范围时，通过检测和控制电路实现冰箱自动断电保护。

（3）用窗口比较器设定过压、欠压电压值。

（4）用一阶 RC 电路实现延时。

（5）驱动电路用三极管放大电路，指示电路用发光二极管电路。

3. 设计要求

（1）根据任务选择总体方案，画出设计框图。

（2）根据设计框图进行单元电路设计。

（3）画出总体电路原理图。

（4）列出元器件清单。

（5）拟定实验步骤和调试方法。

（6）安装调试电路。

（7）写出实验报告，包括设计与调试的全过程，附上有关资料和图纸，有心得体会。

7.3.4 低频功率放大器

1. 设计任务

（1）最大输出功率 $P_m \geqslant 5W$（正弦输入为 10mV 时）。

（2）负载电阻 $R_L = 16\Omega$。

（3）失真度 THD $\leqslant 5\%$。

（4）效率 $\eta \geqslant 50\%$。

（5）输入阻抗 $R_i \geqslant 100k\Omega$。

2. 设计提示

（1）用集成运放和功率 BJT 设计制作低频功率放大器。

（2）输出级采用 OCL 电路，所以没有电压增益。前置放大由运放来组成，一般运放做放大器时的闭环放大倍数在几十左右，所以根据实际电压增益，选择运放的级数。

（3）输出级 OCL 电路采用功率 BJT 管。

（4）综合考虑，合理选择元器件及电路参数。

3．设计要求

（1）根据任务选择总体方案，画出设计框图。

（2）根据设计框图进行单元电路设计。

（3）画出总体电路原理图。

（4）列出元器件清单。

（5）拟定实验步骤和调试方法。

（6）安装调试电路。

（7）写出实验报告，包括设计与调试的全过程，附上有关资料和图纸，有心得体会。

7.3.5　数控直流稳压电源

1．设计任务

（1）设计一个可以通过数字量输入来控制输出直流电压大小的直流电源。

（2）输出电压范围：0～+10V。

（3）输出电流：500mA。

（4）输出电压由数码管显示。

2．设计提示

电源要求通过数字量的输入控制直流电源输出电压大小，因此输出电压是步进增减的。从 0～10V，每步 1V，共计 11 步。十一进制计数器的状态和输出电压的大小相对应。其状态可以通过预置设定，也可以通过步进的增减来进行调整。

数控直流稳压电源由可控放大器（其放大倍数受计数器的状态控制）、基准电源、十一进制计数器和步进控制器等组成。

3．设计要求

（1）根据任务选择总体方案，画出设计框图。

（2）根据设计框图进行单元电路设计。

（3）画出总体电路原理图。

（4）列出元器件清单。

（5）拟定实验步骤和调试方法。

（6）安装调试电路。

（7）写出实验报告，包括设计与调试的全过程，附上有关资料和图纸，有心得体会。

7.3.6　简易数字电压表

1．设计任务

（1）输入信号电压（0～9.99V）送入压频转换电路，变为脉冲信号，其信号频率与输入电压成正比。

（2）脉冲信号送入三位数 BCD 计数器和译码电路，显示压频转换电路的结果。

（3）当输入信号电压从 0～9.99V 变化时，三位数码管显示值相应变化为 000～999，再将最高位显示器的小数点点亮，就可转换成相对应的输入电压信号显示值 0.00～9.99V。

2．设计提示

（1）压频转换电路采用集成电路 LM331。集成电路 LM331 外接电路简单，转换精度高，最大非线性误差为 0.01%，双电源或单电源工作，电源电压范围宽，满度频率范围 1Hz～100kHz，可实现电压/频率（V/F）和频率/电压（F/V）的双重转换。

（2）压频转换电路将输入电压转换为频率后，再用测频电路，然后将测出的频率按照对应的关系显示出相应的电压值。

（3）合理选择电路中元器件型号及参数。

3．设计要求

（1）根据任务选择总体方案，画出设计框图。

（2）根据设计框图进行单元电路设计。

（3）画出总体电路原理图。

（4）列出元器件清单。

（5）拟定实验步骤和调试方法。

（6）安装调试电路。

（7）写出实验报告，包括设计与调试的全过程，附上有关资料和图纸，有心得体会。

第四部分　EDA 实验

随着电子设计自动化（EDA）技术的不断发展，其含义已不再局限于类似 Protel 电路版图的设计自动化概念上，更多的是指芯片内的电路设计自动化。即开发人员通过自己的电路设计来定制可编程器件内部的电路功能，使之成为设计者自己的专用集成电路（ASIC）芯片。

可编程器件具有体积小，容量大，I/O 口丰富，易编程，易加密和支持在系统可编程技术等优点。它不但具有可编程和再编程的能力，而且只要把器件插在系统内或线路板上，就能对其进行编程或者再编程，这种技术就是由 Lattice 公司率先发明的在系统可编程技术，简称 ISP 技术。ISP 技术突破了过去开发产品时先编程后装配的局限，可以先装配后编程，成为产品后还可以在系统反复编程。

可编程器件分为数字可编程器件和模拟可编程器件两类。其中模拟可编程器件技术发展相对缓慢一些，现有芯片功能比较单一。而数字可编程器件技术已相当成熟，在大量的电子产品中已得到实际应用。数字可编程器件按其密度可分为低密度 PLD 和高密度 PLD 两种，低密度 PLD 器件如早期的 PAL、GAL 等，它们的编程都需要使用专门的编程器，属半定制 ASIC 器件；高密度 PLD 又称复杂可编程逻辑器件，如 CPLD、FPGA 器件，属全定制 ASIC 芯片，编程时仅需以 JTAG 方式与计算机并口相连。本书第四部分主要对数字可编程器件的设计与应用进行系统描述。

EDA 技术不只是数字电路课的补充，而是一种通过软件（以 VHDL 语言为例）的方法来高效地完成硬件设计的计算机技术。在内容上通常分成三个层次：将逻辑行为的实现作为最低层，即用 EDA 工具完成数字电路实验中的内容，如交通灯控制、汽车尾灯控制、逻辑表决、数字钟等；将控制与通信的实现作为第二层次，如 A/D 高速采样，工业自动化控制，接口与通信模块的设计等；将算法的实现作为最高层次，如 FIR、FFT、CPU 的设计等。

第 8 章　实验平台简介

常用的 CPLD/FPGA 开发系统有 Lattice 公司的 isp Design EXPERT、Altera 公司的 MAX+plus II 和 Xilinx 公司的 Fondation 等，下面主要介绍前两种平台。

8.1　isp Design EXPERT 设计环境和基本操作

该软件支持所有 Lattice 公司的 ispLSI 器件。设计输入可采用原理图、硬件描述语言、混合输入三种方式；能对所设计的数字电子系统进行功能仿真和时序仿真；ispEXPERT 编译器能进行逻辑优化，将逻辑映射到电路中去，自动完成布局、布线并生成编程所需的熔丝图文件。

本节主要介绍 isp Design EXPERT 环境设计中的项目、窗口、源、过程等概念及软件工具和基本操作。

8.1.1　isp Design EXPERT 设计环境

isp Design EXPERT 软件的所有设计输入、设计实现和设计仿真都在 Project Navigator 项目导航器集成环境下完成。运行 isp Design EXPERT 软件时，首先进入 Project Navigator 项目导航器窗口。

启动 isp Design EXPERT System（单击"开始" => "程序" => "Lattice Semiconductor" => "ispEXPERT System"），在其初始化时，会自动装载上次使用的项目；如果以前从未打开过项目，即会看到一个空的 Project Navigator 项目导航器窗口，如图 8-1 所示。

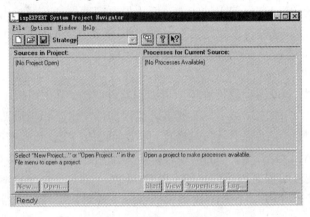

图 8-1　项目导航器窗口

项目导航器窗口包含 Source in Project（项目源窗口）和 Processes for Current Source（源过程窗口）。项目源窗口中列出该项目所有的源，源过程窗口中列出的是当前选中的源所对应的处理过程。

isp Design EXPERT 把整个设计作为一个项目（Project），为方便文件管理，每个设计都应该建立一个独立的目录，把设计文件置于该目录下。

isp Design EXPERT 把项目的输入文件称为源，源可以是逻辑图、HDL（硬件描述语言）源文件或测试向量文件，也可以是器件、项目标题和设计说明文档。每种源在项目源窗口中由图标和名称加以区别。它们显示着该工程项目在逻辑设计中的层次结构，源从上到下，位置越偏右，其逻辑层次越低，如图 8-2 所示。

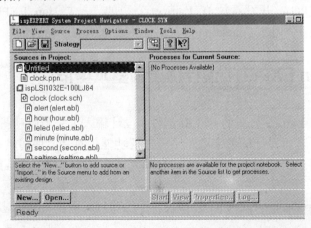

图 8-2　源的层次结构

单击项目源窗口中的一个源，源过程窗口中将列出对应的处理过程。如单击器件源，可以看到器件源对应的过程有：Updata All Schematic Files、Link Design、Linked Equations、Fit Design、pre_Fit Equation、JEDEC File、Fitter Report。

isp Design EXPERT 设计环境还包括下列几类环境窗口（工具）：isp EXPERT System、Schematic Edit、isp EXPERT System Text Edit、Symbol Edit、Wave Form Viewer、Hierarchy Navigator。

▶▶▶ 8.1.2　基本命令

项目导航器的基本命令主要有以下三类。

1．项目命令

项目命令用于项目文件的建立、打开和保存操作。

（1）New Project 命令，创建新项目。在 File 菜单中单击 New Project…，弹出文件对话框。选择 🗁 图标，单击鼠标左键，在新建文件夹中输入目录名，建立设计项目目录。双击鼠标左键进入该文件夹，在文件名中输入设计项目名，单击 Open 按钮。

（2）Open Project 命令，打开一个已存在的项目，进入项目管理器。

（3）Save 和 Save AS 命令，用原名或换名保存当前的项目文件。

（4）器件选择。在进入项目管理器后，可以看到窗口左边有虚设源文件和器件：Untitled 和 ispxxx。现需给项目定义一个模块名和选定项目所用器件。

（5）双击左栏的 Untitled，在 title 文本对话框中输入有关该项目的说明或项目名，并单击 OK 按钮，然后开始选择目标器件。

（6）双击左栏中虚设的目标器件名，弹出器件选择对话框。如图 8-3 所示，在 Device Family 器件系列对话框中选择你要的器件系列 ispLSI 1000，再在 Device 器件对话框中选择具体的器件 ispLSI-1032E 并单击 OK 按钮。最后在 part name 对话框中选择器件型号后面的后缀，以确定器件的封装形式。再单击 OK 按钮，并单击 YES 按钮，器件选择结束。

图 8-3　器件选择对话框

2．源命令

源命令是有关源的建立、打开、移入和移出等操作的命令。

（1）New 命令，创建新的源。选择总菜单 Source 项下的 New 命令或单击 New…按钮，弹出一个源类型选择对话框，如图 8-4 所示。选择其中一个源类型，软件会自动启动有关的编辑器。不同的源使用不同的编辑器，电路图使用电路图编辑器，其他几种源使用 isp Design EXPERT 文本编辑器或 Windows 的书写器。

（2）Open 命令，打开一个源。选择总菜单 Source 项下的 Open 命令或单击 Open...按钮，可以打开当前项目源窗口选中的源，双击源图标也可以执行该操作。

编辑项目属性说明。选中 Untitled 项双击，或选中后单击 Source\Open 打开，用户可以在弹出的对话框中输入项目说明，如图 8-5 所示。

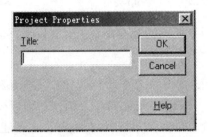

图 8-4　源类型选择对话框　　　　　　　图 8-5　项目属性标题输入框

编辑电路图。打开 Top Level（*.sch）顶层设计电路图，会进入 Schematic Editor 电路图编辑器，如图 8-6 所示，用户可以进行编辑和修改。选择 Exit 命令退出。

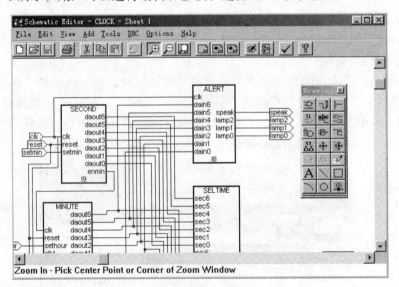

图 8-6　电路图编辑器

编辑测试向量和 ABEL 等文本设计文件。打开*.abv 测试向量文件和*.abl 等底层 ABEL 设计模块文件，会进入 Text Editor 文本编辑器，如图 8-7 所示，编辑或修改设计或测试向量文件。选择 Exit 命令退出。

（3）Import 命令，移入已有的源。设计者可以从其他项目中或已存在的文件中移入电路图或 ABEL 模块文件，添加到当前设计中。在菜单中选择这条命令时，会弹出一个文件对话框，可以从中选择一个.sch 电路图文件、.abl 文件或.abv 测试向量文件。

（4）Remove 命令，移走源文件。和 Import 对应，通过菜单 Remove 选项去掉当前"Source of Project"项目源窗口中选中的源。

图 8-7 文本编辑器

3. 过程命令

过程命令对应 "Processes for Current Source" 源过程窗口和处理过程。

（1）Start 命令，运行当前 "Processes for Current Source" 源过程窗口选中的处理过程。如执行编译或适配过程，可通过单击 Start 按钮或双击过程图标运行。根据过程不同产生不同的处理结果，同时自动生成一个处理过程记录 *.log 文件，提示有关处理过程和出错信息。

执行编译或适配过程命令还有一个简单的方法，即双击源的一个过程，软件会自动运行前面有关的过程命令。例如，双击器件源的 JEDEC File 过程图标，会自动执行前面的编译、化简等其他过程，最终生成 JEDEC 文件，如图 8-8 所示。

（2）View 命令，生成并查看设计报告文件或仿真结果。例如，查看选择 Syml.abv 测试向量文件的 Equation Simulator Report，进入 isp Design EXPERT Report Viewer 文本浏览器，在其中显示测试向量的方程仿真报告。

查看选择 Syml.abv 测试向量文件和 Equation Simulator Wave form，则进入 Wave Form Viewer 波形观察器，以波形的形式显示仿真结果。

（3）Properties 命令，设置当前过程的编译参数。编译参数是用户设置用来控制编译器和适配器处理过程的参数。Properties 命令只对顶层设计源的编译过程和器件源的适配过程有效。

例如，选中 DEMO2（DEMO2.sch）的 Compile Schmatic 并执行 Properties 命令，弹出设计参数列表框，从中设置电路图编译参数，如图 8-9 所示。

图 8-8 编译、化简处理过程

图 8-9 电路图编译参数设置

（4）Log 命令，该命令用于查看处理过程记录文件。

8.1.3 设计流程

在 isp Design EXPERT System 的环境下开发 ispLSI 器件的设计流程如下。

1. 建立文件及选择器件

创建设计文件，选择实现该功能的器件。例如，选择 Lattice 公司的 CPLD 芯片（标准系列器件）pLSI/ispLSI1032，该器件有 84 个引脚，集成密度为 6 000 门，速度（系统工作频率）为 70MHz，有 64 个 I/O 口。

2. 设计输入

设计输入包括以下几种方式。

（1）原理图输入：在图形编辑器 Schematic Editor 下完成。

（2）ABEL-HDL 输入：在文本编辑器 Synario Text Editor 环境下输入设计文件（*.abl）。

（3）层次设计输入：包括以上两种方式，利用层次化操作方式 Navigation Hierarchy 实现层次化设计输入。

3. 逻辑仿真

逻辑仿真的结果显示在 ISP Synario 项目管理器波形显示窗口（Waveform Viewer），显示电路在时序脉冲作用下的输出波形，实现设计的仿真。首先建立测试向量文件（*.abv），该文件编译通过后，通过波形显示窗口将仿真结果显示出来。

4. 引脚锁定及 JED 文件生成

*.abl 文件的引脚锁定可以在文件编写过程中进行。例如在信号定义时作如下说明：a，b，c，y PIN 6，8，10。

其中 PIN 前面是信号名（如 a），PIN 后面的数字是文件编译后相应信号在器件中对应的引脚号（如 6）。

引脚锁定也可以在原理图中进行。在原理图编辑环境下对每个 I/O Pad 定义引脚属性（Attribution）即可。

引脚锁定后对源文件进行编辑，即自动生成 JED 文件。

5. 器件编程

器件编程是将设计校验阶段生成的熔丝图文件（*. jed）下载到器件中，最终完成电路的设计。

利用 ISP Synario System 中的菊花链下载软件（IDCD）和下载编程电缆，接通电源后，在 IDCD 的提示下操作，可将*. jed 文件下载到 ISP 器件中，使器件变成设计者的专用集成芯片。

8.1.4 设计输入、设计实现、设计仿真及下载

本节通过一个简单的教程说明设计输入、设计实现和设计仿真的过程，并介绍电路图编辑器、文本编辑器、符号编辑器、波形观察器和层次化设计导航器的使用方法。

1. 创建新项目

在开始输入设计之前，必须启动 isp Design EXPERT 并创建一个项目。

（1）在 Windows 下执行"开始"→"程序"→"Lattice Semiconductor"，启动 isp Design EXPERT。

（2）在 File 菜单中选择 New Project 命令，弹出 New Project 对话框。

（3）单击 图标，在新建文件夹中输入新项目的工作目录名（如 Demo），单击 OK 按钮退出。

（4）在 New Project 对话框中输入项目名*.syn，再单击保存按钮退出。isp Design EXPERT 软件将清除原来的设置，选择默认器件并将适配器设为默认设置。

（5）双击在 Sources in Project 窗口下部的项目记事本的图标（即 Untitled 项），在对话框的 Title 栏中填入有关该项目的说明或项目名，然后单击 OK 按钮。

（6）双击 isp xxx（默认器件名），在 Device Family 器件系列对话框中选择 ispLSI 1000，在 Device 器件对话框中选择 ispLSI-1016E，在 part name（型号）中选择 ispLSI1016E-80LJ44，然后单击 OK 按钮，最后单击 YES 按钮。

（7）在 File 菜单中选择 Save 命令保存项目。

2. 输入源文件

（1）电路原理图输入

① 单击项目源窗口下部的 New 按钮，软件提示用户选择源文件类型。

② 从源类型列表中选 Schematic，再单击 OK 按钮。在弹出的对话框中输入新的逻辑图名字，确定后，启动电路图编辑器。

③ 电路图用元件、连线和符号描述设计的逻辑功能和连接关系。

系统中有两类元件符号库：通用元件库和用户自定义元件库。通用元件库在 genic 目录下，包括下列元件库：ARITHS（数学运算元件）、GATE（门电路）、IOPAD（输入/输出元件）、MUXEX（多路选择器）和 REGS（寄存器）。用户自定义元件库包括用户建立的元件符号、电路图或 ABEL 功能模块文件。

④ 连线表示信号连接关系。

⑤ 电路图中，模块的内部网络和输入/输出接口网络信号有所区别，输入/输出网络信号需要标注信号类型。

⑥ 标注接口信号的类型用 I/O Marker 符号，其操作过程如下。

a. 在 Add 菜单中选 I/O Marker。

b. 在 I/O Marker 对话框中，选择 Input 命令，单击输入网络末端，给输入网络赋上输入标记（连线名）。用同样的方法直到全部输入网络都有输入标记。

c. 在 I/O Marker 对话框中，选择 Output 命令，单击输出网络末端，给输出网络赋上输出标记（连线名）。用同样的方法直到全部输出网络都有输出标记。

⑦ 电路图的保存与退出。

⑧ 为电路图源建立元件符号便于调用。

a. 在项目管理器窗口下，打开已建立的*.sch 源。

b. 在电路图编辑器的 File 菜单中选择 Matching Symbol 命令，自动生成该原理图的模块元件符号，可在用户自定义元器件库 Local 中调用。

（2）ABEL 文件输入

① 在 Source in Project 窗口中单击 New 按钮，进入选择源文件类型对话框。

② 在源类型列表中选择 ABEL-HDL 模块，出现对话框提示输入模块名、文件名和标题，确认后进入 TEXT EDITOR 文本编辑器。

③ 在 ABEL-HDL 源模板文件中，输入 ABEL 语言程序。

④ 保存 ABEL-HDL 源文件，返回 Source in Project 窗口，对该源文件进行编译等必要处理。

⑤ 为 ABEL 源文件建立元件符号便于其他程序调用，具体步骤如下。

a. 在项目管理器下，进入电路图编辑器。

b. 在电路图编辑器的 Add 菜单中选择 New Block Symbol 命令，进入该对话框。

c. 在对话框中，输入对应 ABEL 文件的模块名、输入/输出和双向信号名。

d. 单击 Run 按钮自动产生一个元件符号，该符号自动添加在 Local 库中，供其他设计源引用。

e. 退出电路图编辑器。

（3）混合输入

在实际应用中往往要将多个电路模块综合在一起，以实现较强的功能。这些模块有的适合于电路原理图描述，有的适合于语言描述，这时需要通过混合输入来实现。多个模块组合成一个大的设计时，需要建立顶层设计文件。每个项目只能有一个顶层设计文件，顶层设计文件只进行逻辑模块之间、接口和模块之间的连接关系说明及引脚分配。

在建立顶层文件之前，用户先将设计的原理图或 ABEL 文件建立相应的元件符号，顶层文件一般为电路图。具体步骤如下。

① 创建顶层设计项目文件*.syn，并选定器件（如 ispLSI1032E-70LJ84）。

② 创建一个与设计项目文件名相同的电路图源*.sch，从 Local 库中选择需要使用的电路模块符号，并放在合适位置，连接模块间的连线。

③ 按照原理图输入的方法完成原理图的全部输入。

a. 在 IOPAD 库中选择输入、输出单元符号。

b. 给输入、输出网络加上网络名。

c. 给输入、输出网络锁定器件引脚，在 EDIT 菜单中选择 Attribute 项，单击鼠标左键，再选择 Symbol Attribute，出现一个设计属性对话框，将鼠标移到要定义引脚方框内，单击鼠标左键，该引脚被选中（有阴影），在 Synario Pin 属性中把 "*" 换成对应的引脚编号。

④ 退出图形编辑器。

3. 仿真设计

设计过程中每个模块和整个设计都可以用 ABEL 的方程仿真工具进行功能仿真。对设计仿真需要准备必要的测试驱动文件，对 ABEL 的方程仿真，测试驱动是测试向量文件。

测试向量是输入激励值和相应的输出期望值的集合，可以用以下两种方法之一规定。

● 在 ABEL-HDL 源文件中包含测试向量段；

● 建立一个外部的测试向量文件，即*.abv 文件。

（1）建立测试向量源，其具体步骤如下。

① 在 Source in Project 窗口中单击 New 按钮，进入源类型选择对话框。

② 在源类型列表中选择 ABELTEST VECTOR 模块，确认出现一个对话框提示输入向量文件的文件名，确认后进入文本编辑器。

③ 在文本编辑器中输入测试向量语句并保存。系统自动更新源窗口和源对应过程窗口。

（2）编译仿真新的测试向量文件，选中测试向量源，在对应过程窗口中，双击 Compile TEST Vectors 过程，项目引导器编译仿真所需文件。

（3）生成向量列表文件，在过程窗口中双击 Compile Listing 过程，生成向量文件。

（4）运行仿真文件，双击 Function Simulation 过程，在 Simulation Control Paule 窗口菜单中选择 Simulate Run 命令运行仿真文件，以产生仿真波形。

（5）查看仿真波形，在 Simulation Control Paule 窗口中选择 Tools/Wave From Viewer 命令，进入 Wave From Viewer 波形观察器，查看波形形式的仿真结果。

4. 链接适配、生成熔丝图

设计输入可以在不选择器件的情况下进行，称为器件无关设计。在对设计输入进行处理并生成可供下载的 JEDEC 文件之前需要选定器件型号，不同型号的器件资源和引脚排列不同。链接适配过程如下。

（1）在项目源窗口中，将鼠标移到器件名单击左键。

（2）在源过程窗口中，双击 JEDEC File 项即开始链接适配。

在链接适配过程中，自动产生相关设计报告和过程记录文件，用 View 命令或 Log 命令查看。经适配后产生的 JEDEC 文件，可以直接下载到选定型号的芯片中。

5. 下载

将目标文件（熔丝图）下载到目标器件中的步骤如下。

（1）将目标器件专用下载线一头连到计算机并口上，另一头连到专用目标板上。

（2）将 ispLSI1032E 芯片插到专用目标板的 PLCC-84 插座中。

（3）接通实验仪电源。

（4）单击"开始"→"程序"→"Lattice Semiconductor"→"ispDCD"，进入下载操作窗口，如图 8-10 所示。

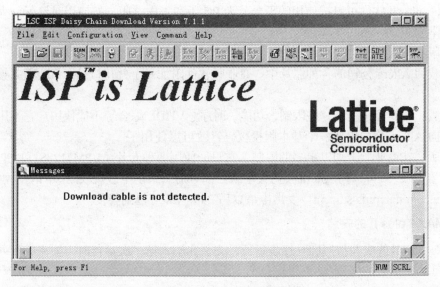

图 8-10 下载操作窗口

（5）选择 File→New 项，在对话框的 Options 中选择 5-wire ISP Interface，在 Please Enter the Number of 中再选 1，在 Please Select the Default 中选择 1032E，单击 OK 按钮，回到下载窗口。

（6）单击 Browse 选择要下载的熔丝图文件。

（7）选择编程命令，单击 Operations 下拉菜单，有四种操作：Program & Verify（编程与比较），Verify（比较），Read（读），No Operation（无操作）。根据情况选择一种，编程时选择 Program & Verify 操作。

（8）执行主菜单 Command→Run Operation...命令，进入编程下载操作，操作结果显示在 Message 窗口中。

▶▶▶ 8.1.5　ispEXPERT 系统中 VHDL 语言的设计方法

用 VHDL 语言设计 ispLSI 的基本过程如下。

（1）在 Synplify 中编辑 VHDL 源程序。

（2）在 Modelsim 中对源程序进行行为仿真。

（3）利用 Synplify 对源文件进行逻辑综合。

（4）利用 ispEXPERT Compiler 对综合产生的*.edf 进行适配（布线优化）。

（5）适配后得到的*.jed 文件下载与硬件功能测试。

8.2　MAX+plusⅡ（10.2 版本）设计环境和基本操作

▶▶▶ 8.2.1　MAX+plusⅡ概况

1. MAX+plusⅡ的版本

MAX+ plusⅡ软件可以按使用的平台分为 PC 版和工作站版，按使用对象可分为商业版、基本版和学生版。

商业版：可以完成对电路设计的功能分析、时序分析以及各种文本及图形输入，并能将设计结果装载到 Altera 公司的各种芯片中。商业版软件附加一个并行口锁，只要送入授权码，就可以工作。

基本版：在商业版上有一些限制，功能、时序、VHDL 综合等不能使用。它不用加并行口锁，只需向 Altera 公司申请一个基本版授权码，就可以使用了。

学生版：在商业版上加以更多的限制。它只能使用两种芯片（EPM7128S 和 EPF10K）。若要安装学生版，就可以向 Altera 公司大学项目部申请一个学生版授权码。申请授权的网址为：www.altera.com/maxplus-student。发出申请以后 24h 内即可得到答复。

2. MAX+ plusⅡ的安装

MAX+ plusⅡ的安装按照向导逐步进行，安装完毕，第一次运行时需要完成下列步骤，才能使软件正常运行。

（1）启动 MAX+plusⅡ，出现其界面时，会跳出 License Agreement 菜单窗口，单击 Yes 按钮后出现版权保护窗口，选择"否"，进入 License Setup 窗口，如图 8-11 所示。

（2）单击 License Setup 窗口中 System Info...按钮，获取安装盘的硬盘序列号，然后到 http://www.altera.com/authcode/index-u.html 上申请授权文件 license.dat。

（3）把该授权文件复制到 maxplus2 根目录下，在 License Setup 窗口的 License File or Server Name 中找到 license.dat 授权文件，确定后即可使用 MAX+plusⅡ。

图 8-11 License Setup 窗口

▶▶▶ 8.2.2 MAX+ plus Ⅱ 设计流程

1. 逻辑设计的输入方法

（1）图形设计输入

① 指定设计项目名称。在 MAX+plus Ⅱ 编译一个项目前，必须指定一个设计文件作为当前项目。对每一个新的项目都应该建立一个单独的子目录，当指定设计项目名称时，即同时指定了保存该设计项目的子目录名。指定项目名称步骤是：在 File 菜单中选择 Project Name 项，在弹出的对话框内输入设计项目名。

② 建立新文件。启动 MAX+ plus Ⅱ，在 File 菜单中选择 New 命令，出现如图 8-12 所示的对话框。选择 Graphic Editor file 即进入图形编辑器窗口，如图 8-13 所示。

图 8-12 新建文件类型选择 　　　　　　　图 8-13 图形编辑器窗口

③ 输入图元和宏功能符号。MAX+plus Ⅱ 为实现不同的逻辑功能提供了大量的图元和宏功

能符号供设计人员在图表编辑器文件中直接使用。其中，Prim（Altera 图元库）包括基本的逻辑电路，mf（宏功能库）包括所有 74 系列逻辑，mega_lpm（参数化模块库）包括参数化模块、宏功能高级模块（如 busmux、csdram、csfio、parakkel_add 等）和 Megacores（如 FFT 等），AMPP（Altera Megafunction partners program）包括 PCL、DS、controller 等。

输入图元和宏功能符号的步骤如下。

a. 输入 Altera 图元。

选择工具按钮有效时，在图形编辑器窗口的空白处单击鼠标左键以确定输入位置。

选择 Enter Symbol 或双击鼠标左键就会出现一个 Enter Symbol 对话框，在 Symbol Libraries 框中选择 "…maxplus\max2lib\prim" 路径，所有的 Altera 图元以列表的形式显示出来。选择所需的输入图元，确定后，所选图元即出现在图形编辑窗口中。重复上述步骤即可连续选取图元。

b. 输入 74 系列逻辑符号及 lpm 符号的方法与图元输入方法相似。

④ 连线。若要连接两个端口，将鼠标移到其中一个端口上，这时鼠标指示符自动变为"十"字形状，按住鼠标的左键并将鼠标拖到需连接的第二个端口，放开左键则画好一条连接线。要删除连接线，先选中要删除的线，按 Delete 键即可。

⑤ 为引脚和节点命名。该操作具体步骤如下。

a. 放置输入/输出引脚。从 Prim 库中分别选取 input 和 output 图元到图形编辑窗口，其方法见输入 Altera 图元。

b. 为引脚命名。在引脚的 PIN_NAME 处双击鼠标左键，然后输入指定的名字即可。

c. 引线命名。选中需命名的引线，输入相应名字。对于 n 位宽的总线 A 命名，可采用 $A[n-1,0]$ 形式，其中单个信号可用 $A_0, A_1, \cdots, A_{n-1}$ 表示。

⑥ 图形编辑选项。在图形编辑窗口中的 Option 菜单中列出了编辑图形所需的选项，包括文本的字型和大小控制、线型、显示任务、网络控制等，设计时可根据需要进行选择。

⑦ 保存文件，检查基本错误。

a. 如需保存新文件或重新命名文件名，则选择 File 菜单中的 Save As 命令保存。

b. 若是为了确保输入逻辑的正确性，可选择 File 菜单中的 Save&Check 命令。该文件被保存的同时，打开 MAX+plus II 编辑器窗口，编译器网表提取器模块检查该文件的错误，给出错误和警告数目的信息（若没有自动显示，可从 MAX+plus II 菜单中选择 Message Processor 打开）。

⑧ 创建一个默认的逻辑符号。创建一个代表现行文件的符号文件（*.sym），该符号就像在一个图形设计文件中的图元符号一样被高层设计调用。创建的方法是在 File 菜单中选择 Create Default Symbol 命令即可。要对产生的逻辑符号进行修改，可以通过 File 菜单中的 Edit Symbol 命令进行。

⑨ 关闭文件。

（2）文本输入

利用 VHDL 语言进行文本设计的步骤如下。

① 在 File 菜单中选择 Project Name 命令，输入项目名称。

② 在 File 菜单中选择 New 命令，然后选择 Text Editor File，打开无标题的文本编辑窗口。

③ 在 File 菜单中选择 Save As 命令进行保存，文本编辑窗就以刚保存的文件名为标题。

④ 输入 VHDL 程序。

⑤ 编译后其默认逻辑符号即可被调用。

（3）顶层图形设计文件

使用 MAX+plus II 的图形编辑器创建顶层设计文件，顶层设计文件就是把一个设计的各个模块放在一起，形成一个便于阅读的图形方式，如图 8-14 所示。各个模块都包含着各自的实现电路。

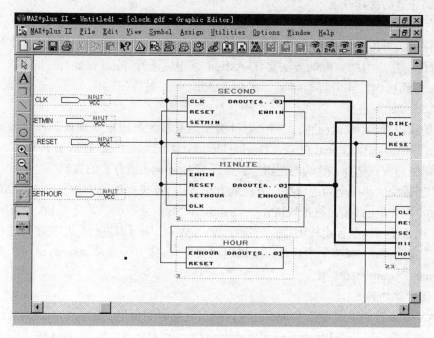

图 8-14 顶层设计原理图

层次显示是以一个层次树的形式显示整个项目和电路的设计文件，打开层次显示的方法是从 MAX+plus II 菜单中选择 Hierarchy Display 项。层次中的每个文件都可通过单击打开，并带到前台来，如图 8-15 所示。

以上几种设计输入方法各有优缺点，可应用于不同的场合，设计者可根据需要灵活运用，以达到最佳设计效果。

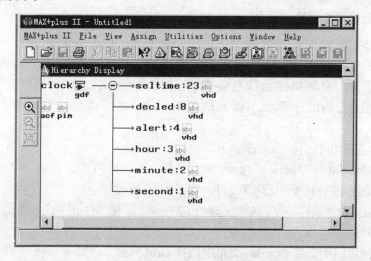

图 8-15 设计文件层次树

2. 设计项目的编译

MAX+plus II 编译器可以检查项目中的错误并进行逻辑综合，将项目最终设计结果加载到 Altera 器件中去，并为模拟和编程产生输出文件。

（1）编译器的选项设置

① 器件选择，在 Assign 菜单内选择 Device 项，出现 Device 对话框，选择相应的器件。

② 器件引脚分配，既可以让编译器自动为项目进行引脚分配，也可以由设计者根据需要进行引脚分配。指定引脚分配的方法是在 Assign 菜单内选择 Pin/Location/Chip 项，在弹出的 Node Name 对话框内输入引脚的名字，在 Chip Resource 对话框内输入或选择引脚的序列数，通过单击 Add 按钮加进来。

③ 保护位设置，保护位能防止一个器件被探测或被无意地重新编程。打开保护位的方法是从 Assign 菜单内选择 Global Project Device Option 菜单，选中 Security Bit 项。

④ 逻辑综合方式选择，默认的逻辑综合方式是 Normal，该方式的逻辑综合优化目标是使单元使用数达到最少。选择全局逻辑综合方式的方法是从 Assign 菜单内选择 Global Project Logic Synthesis 项，在弹出的对话框 Global Project Synthesis Style 列表中，若选择 FAST 则可以改善项目性能，但通常使项目配置比较困难；若选择 WYS/WYG 则可以进行最小量逻辑综合。

⑤ 设定定时要求，对整个项目设定全局定时要求，具体方法是从 Assign 菜单内选择 Global Project Timing Requirements 项。

（2）运行编译器

在 MAX+plus II 菜单内选择 Compile 项，则出现编译器窗口。把需要编译的文件设置成当前文件后（通过单击 File→Project→Set Project to Current File），单击 Start 按钮即自动运行。

编译是在后台进行的，对于较小的项目，编译用时很短，不需等太久；如对一个较大的项目进行编译，可使计算机开始编译后转到其他应用程序继续工作。

编译过程中如果发现有错误或警告，则通过 Message Compile 窗提示。

（3）编译产生的报告文件

报告文件中包含两类信息：项目范围的信息（如器件一览表、项目编译信息等）和器件使用情况的信息（如资源使用、布线资源、逻辑单元互连等）。

3. 设计项目的模拟仿真

模拟仿真是把项目编程到器件之前进行全面检测，以确保它在各种可能的条件下能有正确的响应。模拟时需给 MAX+plus II 模拟器提供输入变量，模拟器利用这些输入信号来产生输出信号。根据提供的信息种类，可进行功能模拟或时序模拟，功能模拟仅测试项目的逻辑功能，而时序模拟不仅测试逻辑功能，还测试目标器件最差情况下的时间关系。

创建模拟文件和功能模拟的步骤如下。

（1）从 File 菜单中选择 New …命令，然后选择 Waveform Editor File，从下拉表框中选择.scf 扩展名，确认后即创建一个新的无标题文件，如图 8-16 所示。

（2）设置结束时间，从 File 菜单中选择 EndTime …，输入 1 μs（或其他值，视需要而定），单击 OK 按钮即可。

（3）设置网络间距，从 Options 菜单中选择 Grid Size …，输入 40 ns（或其他值，视需要而定），单击 OK 按钮即可。

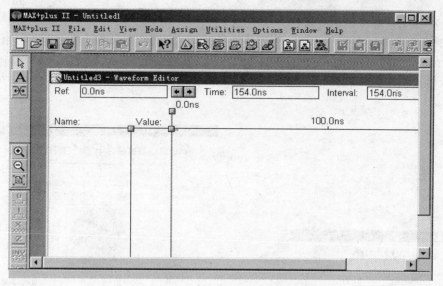

图 8-16　波形编辑器

（4）导入节点，从 Node 菜单中选择 Nodes from SNF 项，或在窗口的空白区域单击鼠标右键选择 Nodes from SNF，即出现导入节点对话框。选中 Type 框中的 Input 和 Output 项，单击 List，列出所有输入/输出节点。单击所需的节点，通过向右箭头把它们送到右窗口，单击 OK 按钮，出现波形编辑器。

（5）波形编辑，输入节点编辑前的初始值均为 0，先选中需编辑的网络段，再通过单击左侧的波形转换工具，实现输入波形的编辑。在编辑波形的过程中，可以根据需要删除节点（选中该节点，按键盘上 Delete 键）或增加节点（在节点区域空白处双击鼠标左键，选择 Insert Node…）。

（6）保存该波形文件，保存路径与源文件一致。

（7）仿真，在 MAX+plus Ⅱ 菜单中，选择 Simulator，出现开始框，单击 Start 按钮，若无错误，则显示零错误零警告框，确定后单击 Open SCF 打开功能波形图。

（8）移动参考线，可观察到此时参考线位置数据，数据值显示在第二列。仿真波形图中，可以看到输出波形由于延时原因，没有完全对应于输入波形。

图 8-17　总线型节点数据显示形式

（9）对于总线型节点，可通过双击该节点选择其显示的形式，如图 8-17 所示。

4．定时分析

（1）启动定时分析工具

编译完成后，可利用定时分析器来分析所设计项目的性能，定时分析器提供了三种分析模式：

① 传播延迟分析。

② 时序逻辑电路性能分析。

③ 建立和保持时间分析。

（2）传播延迟分析

分析多个源节点和目标节点之间的传播延迟。在 Analysis 菜单中选择 Delay Matrix 项，单击 Start 按钮，则定时分析器立即开始分析项目并计算项目中每对连接的节点之间的最大和最小传播延迟，如图 8-18 所示。

（3）时序逻辑电路性能分析

分析时序逻辑电路的性能，包括限制性能的延迟、最小时钟周期和电路最高工作频率。在 Analysis 菜单内选择 Register Performance 项，选择 Start 就开始进行时序逻辑电路性能分析，如图 8-19 所示。

图 8-18　传播延迟分析　　　　　　　　　图 8-19　时序逻辑电路性能分析

（4）建立和保持时间分析

计算从输入引脚到触发器、锁存器和异步 RAM 的信号输入所需的最短的建立和保持时间。在 Analysis 菜单中选择 Set/Hold Matrix 项，选择 Start 开始进行建立和保持时间分析，如图 8-20 所示。

图 8-20　建立和保持时间分析

（5）时间仿真

打开波形编辑器，在 Node 菜单中选择 Enter Nodes from SNF，列出所有的信号，选择所需要的信号，然后画出输入信号的波形，最后将该文件以.scf 的扩展名存盘。在 MAX+plus II 菜单中打开仿真器窗口，单击 Start 按钮，当仿真器结束工作时，单击 Open SCF 按钮，将看到仿真的结果。也可以以文本格式（.vec）创建仿真文件，然后打开仿真器窗口，在 File 菜单中选择 Input/Output 项，可将 .vec 文件转换成 .scf 文件。

5. 器件编程

（1）打开编程器窗口

首先确认编程器硬件已安装好，然后按如下步骤打开编程器窗口：在 MAX+plusⅡ菜单中选择 Programmer 项。编程器窗口如图 8-21 所示。

图 8-21　编程器窗口

（2）利用 Altera 编程器对 MAX 和 EPROM 系列器件进行编程

① 在 Option 菜单内选择 Hardware Setup 项，然后在 Hardware Type 对话框内选择适当的 Altera 编程器，最后单击 OK 按钮，如图 8-22 所示。

② 在编程器窗口中，检查选择的编程文件和器件是否正确。在对 MAX 和 EPROM 器件进行编程时，要用后缀名是.pof 的文件。如果选择的编程文件不正确，可在 File 菜单中执行 Select Programming File 命令选择编程文件。

③ 将器件插到编程插座中。

④ 单击 Program 按钮，编程器将检查器件，并将项目编程到器件中，而且还将检查器件中的内容是否正确。

（3）通过 JTAG 实现在系统编程

一个编程目标文件（.pof）可以通过 ByteBlaster 直接编程到器件中，步骤如下。

① 编译一个项目，MAX+plusⅡ 编译器将自动产生用于 MAX 器件的编程目标文件。

② 将 ByteBlaster 电缆的一端与微机的并行口相连，另一端 10 针阴极头与可编程逻辑器件的 PCB 的阳极头插座相连。该 PCB 还必须为 ByteBlaster 电缆提供电源。

③ 打开 MAX+plusII 编程器。

④ 在 Options 菜单中选择 Hardware Setup 命令，将出现 Hardware Setup 窗口。

⑤ 在下拉条中选择 ByteBlaster，如图 8-23 所示。

图 8-22　Altera 编程器选择　　　　　图 8-23　在系统编程选择

⑥ 指定配置时使用的并行口。

⑦ 单击 OK 按钮。

（4）设置在系统编程链

在 JTAG 菜单中打开 Multi-Device JTAG-Chain 并选择 Multi-Device JTAG Chain Setup 项，进行多个器件的 JTAG 链的设置，如图 8-24 所示。

图 8-24　在系统编程链的设置

（5）利用 ByteBlaster 配置 FLEX 系列器件

在 MAX+plusII 中，可以通过 ByteBlaster 对多个 FLEX 器件进行在电路配置。

① 首先编译一个项目，MAX+plusII 编译器将自动为 FLEX 器件产生一个 SRAM 目标文件（.sof）。

② 将 ByteBlaster 一端与微机的并行口相连，另一端 10 针阴极头与含有可编程逻辑器件的 PCB 的阳极头插座相连。该 PCB 还必须为 ByteBlaster 电缆提供电源。

③ 在 MAX+plusII 菜单中打开编程器窗口。在 Options 菜单中选择 Hardware Setup 命令，在该窗口中选择 Byteblaster 并设定相应的 LPT 口。

④ 如果只需要配置一个 FLEX 器件，首先检查在编程器窗口中的编程文件和器件是否正确。如果不正确，在 File 菜单中选择 Select Programming File 命令来改变编程文件。

⑤ 如果需要配置一个含多个 FLEX 器件的 FLEX 链，则在 FLEX 菜单中打开 Multi-Device FLEX Chain ，然后选择 Multi-Device FLEX Chain Setup。接着按电路板上的顺序添加 FLEX 编程文件。选定全部文件后，单击 OK 按钮。

⑥ 在编程器窗口中单击 Configure 按钮。

可以用 Multi-Device JTAG-Chain 来配置多个 FLEX 器件；也可以用 Altera EPROM，或者用微处理器来配置 FLEX 器件。

第9章 EDA 实验项目

9.1 基础实验

▶▶▶ 9.1.1 原理图输入设计 8 位全加器

1．实验目的

（1）熟悉 MAX+plus II 的原理图输入方法，设计简单的组合逻辑电路。

（2）掌握层次化设计的方法。

（3）熟悉 EDA 开发的一般流程。

（4）学会对实验板上的 FPGA/CPLD 进行编程下载，硬件验证自己的设计项目。

2．实验原理

一个 8 位全加器可以由 8 个 1 位全加器构成，加法器间的进位可以串行方式实现，即将低位加法器的进位输出与相邻的高位加法器的进位信号输入相接。而一个 1 位全加器可以由基本门电路组成。

3．实验仪器

（1）计算机（预装 MAX+plus II）。

（2）EDA 技术实验及开发系统。

（3）下载线缆及连接导线若干。

4．实验内容

（1）用基本门电路实现全加器的设计，并将此全加器电路设置成硬件符号入库。

（2）建立顶层设计，利用上述 1 位全加器构成 8 位全加器，并完成编译、综合、适配、仿真和硬件测试。

（3）线路连接。为便于硬件测试，把输入信号锁定于与拨码开关相连的芯片引脚，输出信号锁定于与发光二极管相连的芯片引脚（自行选择定义）。

5．实验报告要求

详细叙述 8 位加法器的设计流程；给出各层次的原理图及其对应的仿真波形图；列出引脚锁定情况，给出硬件测试流程和结果。

6．预习要求

（1）弄清常用组合逻辑电路的设计步骤。

（2）实验前先画出逻辑电路图。

7．思考题

为了提高加法器的速度，如何改进以上设计的进位方式？

9.1.2　VHDL 的三种描述风格

1．实验目的

（1）熟练掌握 VHDL 的三种描述风格。

（2）进一步熟悉 MAX+plusⅡ的 VHDL 文本设计流程全过程。

（3）掌握组合逻辑电路设计、多层次电路设计、仿真和硬件测试。

2．实验原理

数据流描述一般采用逻辑函数描述；行为描述包含进程模块；结构描述采用元件例化语句。

3．实验仪器

（1）计算机（预装 MAX+plusⅡ）。

（2）EDA 技术实验及开发系统。

（3）下载线缆及连接导线若干。

4．实验内容

（1）分别用三种描述风格实现 1 位全加器逻辑电路。

（2）线路连接。为便于硬件测试，把输入信号锁定于与拨码开关相连的芯片引脚，输出信号锁定于与发光二极管相连的芯片引脚（自行选择定义）。

5．实验报告要求

根据实验内容写出实验报告，包括三种风格的程序设计、软件编译、仿真分析和详细实验过程。

6．预习要求

（1）预先掌握 VHDL 的三种描述风格，并分别用三种风格写出 1 位全加器的 VHDL 程序。

（2）熟悉 MAX+plusⅡ的 VHDL 文本设计流程。

7．思考题

（1）以 1 位全加器为基本元件，用例化语句写出 4 位全加器的顶层文件。

（2）用 VHDL 描述四选一数据选择器。

9.1.3　七段 LED 译码显示电路

1．实验目的

（1）熟练掌握各种组合逻辑电路的 VHDL 实现。

（2）掌握数码译码显示器的设计。

（3）掌握 VHDL 的多层次设计方法。

2．实验原理

用两个进程来实现，一个进程用来描述计数器，另一个进程用来译码显示。

3．实验仪器

（1）计算机（预装 MAX+plusⅡ）。

（2）EDA 技术实验及开发系统。

（3）下载线缆及连接导线若干。

4. 实验内容

（1）用 VHDL 实现七段 LED 译码显示电路，要求能自动以 1Hz 的频率变换。

（2）线路连接。为便于硬件测试，把输入信号锁定于与拨码开关相连的芯片引脚，输出信号锁定于与数码管相连的芯片引脚（自行选择定义）。

5. 实验报告要求

根据实验内容写出实验报告，包括程序设计、软件编译、仿真分析、硬件测试和详细实验过程。

6. 预习要求

实验前先写出七段 LED 译码显示电路的 VHDL 程序。

7. 思考题

奇偶校验电路如何设计？

▶▶▶ 9.1.4　秒表设计

1. 实验目的

（1）掌握计数器的常用设计方法。
（2）掌握动态扫描显示方法。
（3）学会使用层次化设计方法。

2. 实验原理

（1）采用六十进制 BCD 码计数。
（2）产生驱动 8 位八段共阴扫描数码管的片选驱动信号输出和八段字形译码输出。

3. 实验仪器

（1）计算机（预装 MAX+plus II）。
（2）EDA 技术实验及开发系统。
（3）下载线缆及连接导线若干。

4. 实验内容

设计一个具有计时、倒计时、启动、暂停、停止计时等功能的秒表。

5. 实验报告要求

包括完整的硬件电路、软件源程序及实验过程。

6. 预习要求

（1）熟悉 EDA 的层次化设计流程。
（2）弄清实验原理，并画出硬件电路图，写好程序。

7. 思考题

秒表的定时功能如何设计？

9.1.5 汽车尾灯控制电路

1．实验目的

（1）熟练掌握 MAX+plusⅡ的设计过程。
（2）能进行比较复杂的数字逻辑电路设计。

2．实验原理

该设计中涉及组合逻辑电路及时序逻辑电路，时序部分实质是一循环计数器。

3．实验仪器

（1）计算机（预装 MAX+plusⅡ）。
（2）EDA 技术实验及开发系统。
（3）下载线缆及连接导线若干。

4．实验内容

设计一个小汽车尾灯控制电路，小汽车左、右两侧各有三个尾灯，要求：
（1）左转弯时，在左转弯开关控制下，左侧三个灯按图 9-1 所示周期性地亮与灭。
（2）右转弯时，在右转弯开关控制下，右侧三个灯按图 9-1 所示周期性地亮与灭。
（3）在左、右两个转弯开关控制下，两侧的灯作同样的周期性的亮与灭。
（4）在制动开关（制动器）作用下，六个尾灯同时亮，若在转弯情况下制动，则三个转向尾灯正常工作，另一侧三个尾灯则均亮。

图 9-1　尾灯状态转换图

（5）线路连接。为便于硬件测试，把输入信号锁定于与拨码开关相连的芯片引脚，输出信号锁定于与发光二极管相连的芯片引脚（自行选择定义）。

5．实验报告要求

根据实验内容写出实验报告，包括程序设计、软件编译、仿真分析、引脚锁定情况、硬件测试和详细实验过程。

6．预习要求

实验前先写出符合上述要求尾灯控制器的 VHDL 程序。

7．思考题

用原理图输入法如何设计?

9.1.6　交通灯控制电路设计

1．实验目的

（1）学会简单的状态机设计、仿真及硬件测试。
（2）能对具体实际问题进行分析、归纳和处理。

2. 实验原理

从分析灯的状态着手，考虑状态之间进行转换必须满足的条件，以及每一种状态所对应的输出。

3. 实验仪器

（1）计算机（预装 MAX+plus Ⅱ）。

（2）EDA 技术实验及开发系统。

（3）下载线缆及连接导线若干。

4. 实验内容

该交通灯控制电路的技术指标如下。

（1）控制南北和东西道路轮流通行。

（2）每次绿灯变红灯亮时要求黄灯先亮（此时原红灯状态不变）。

（3）黄灯每次亮一个单位时间（如 5s），红灯、绿灯每次亮五个单位时间（如 25s）。

（4）线路连接。为便于硬件测试，把输入信号锁定于与拨码开关相连的芯片引脚，输出信号锁定于与发光二极管相连的芯片引脚（自行选择定义）。

5. 实验报告要求

根据实验内容写出实验报告，包括程序设计、软件编译、仿真分析、引脚锁定情况、硬件测试和详细实验过程。

6. 预习要求

实验前先写出符合上述要求的交通灯控制器的 VHDL 程序。

7. 思考题

考虑如何把灯的显示时间以倒计时的方式实时显示出来。

9.1.7 十路抢答电路设计

1. 实验目的

（1）熟练掌握 EDA 设计流程全过程。

（2）学会进行简单的项目开发。

2. 实验原理

（1）输入/输出信号

输出显示的位扫描时钟信号可以作为键盘输入的检测扫描信号。10s 定时计数器的时钟信号可以选 2Hz 的时钟。复位信号用来使 10s 定时器和键盘编码器清零。十个按键输入信号应进行编码。A～G 数码管段驱动信号 SEG0，SEG1 数码管位驱动信号。

（2）系统功能

按下异步复位键，10s 定时器和键盘编码器清零。放开异步复位键后，启动定时器，并允许键盘编码器扫描信号输入端，如在 10s 内发现有输入信号，将其编码输出，同时使定时器停止计时；否则，停止扫描编码和定时，直到再次按下异步复位键。把十六进制编码转换为十进制码，经译码后显示。

（3）设计框图

十路抢答器设计框图如图 9-2 所示。

图 9-2 十路抢答器设计框图

3. 实验仪器

（1）计算机（预装 MAX+plusⅡ）。

（2）EDA 技术实验及开发系统。

（3）下载线缆及连接导线若干。

4. 实验内容

（1）至少可容纳十名选手或十个代表队参加比赛，他们的编号分别为1~10，各用一个抢答按钮，其编号与参赛者的号码一一对应。此外，还有一个按钮给主持人用来清零，主持人清零后才可进行下一次抢答。

（2）抢答器具有数据锁存功能，并将所锁存的数据用 LED 数码管显示出来。在主持人将抢答器清零后，若有参赛者按抢答按钮，数码管立即显示出最先动作的选手的编号，抢答器对参赛选手动作的先后有很强的分辨能力。数码管不显示后动作选手的编号，只显示先动作选手的编号，并保持到主持人清零为止。

（3）在各抢答按钮为常态时，主持人可用清零按钮将数码管变为零状态，直至有人使用抢答按钮为止。抢答时间设为 10s。在 10s 后若没有参赛者按抢答按钮，则抢答按钮无效，并保持到主持人清零为止。

5. 实验报告要求

根据实验内容写出实验报告，包括程序设计、软件编译、仿真分析、引脚锁定情况、硬件测试和详细实验过程。

6. 预习要求

实验前先写出符合上述要求抢答器的 VHDL 程序。

7. 思考题

尝试写出数字密码锁的 VHDL 程序。

▶▶▶ 9.1.8 序列检测器设计

1. 实验目的

（1）进一步掌握状态机的设计步骤。

（2）学会设计常用数字逻辑器件。

2. 实验原理

当检测器连续收到一组串行二进制码后，输出为 1，否则输出为 0。序列检测 I/O 口的设计如下：设 xi 是串行数据输入端，clk 是工作时钟，clr 是复位信号，D 是 8 位待检测预置数，Q 是检测结果输出端。画出逻辑图，写出该设计程序（提示：检测过程中，任何一位不相等都将回到初始状态重新开始检测）。

3. 实验仪器

（1）计算机（预装 MAX+plus Ⅱ）。
（2）EDA 技术实验及开发系统。
（3）下载线缆及连接导线若干。

4. 实验内容

（1）设计一个用来检测一组或多组由二进制码组成的脉冲序列信号的序列检测器。
（2）线路连接。为便于硬件测试，把输入信号锁定于与拨码开关相连的芯片引脚，输出信号锁定于与发光二极管相连的芯片引脚（自行选择定义）。

5. 实验报告要求

根据实验内容写出实验报告，包括程序设计、软件编译、仿真分析、引脚锁定情况、硬件测试和详细实验过程。

6. 预习要求

实验前先写出符合上述要求序列检测器的 VHDL 程序。

7. 思考题

若不用状态机该如何设计？

9.2　设计性实验

9.2.1　数字钟

1. 实验目的

（1）掌握多位计数器相连的设计方法。
（2）掌握十进制、六十进制、二十四进制计数器的设计方法。
（3）掌握扫描数码管的驱动和编码。
（4）掌握扬声器的驱动和 LED 的花样显示。
（5）掌握 CPLD 的层次化设计方法。

2. 实验原理

在同一 CPLD 芯片上集成了如下电路模块。
（1）时钟计数：秒——六十进制 BCD 码计数；
　　　　　　　　分——六十进制 BCD 码计数；

时——二十四进制 BCD 码计数。

计数器具有清零、调分、调时功能，在整点时能提供报时信号。

（2）具有驱动 8 位八段共阴扫描数码管的片选驱动信号输出和八段字形译码输出。

（3）蜂鸣器在整点时有报时驱动信号产生，LED 灯在整点时有花样显示信号产生。

3. 实验仪器

（1）计算机（预装 MAX+plusⅡ）。

（2）EDA 技术实验及开发系统。

（3）下载线缆及连接导线若干。

4. 实验内容

用 VHDL 设计一个数字钟，要求具有下列功能。

（1）具有时、分、秒计数显示功能，以 24h 循环计时。

（2）具有清零，调节小时、分功能。

（3）具有整点报时功能，整点报时的同时 LED 灯花样显示。

5. 实验连线

（1）输入接口

① 清零、调时、调分信号 RESET、SETHOUR、SETMIN 的引脚分别连接按键开关。

② 计数时钟信号 CLK 和扫描时钟信号 CLKDSP 的引脚分别接 1Hz 和 256Hz 时钟源。

（2）输出接口

① 扫描显示的驱动信号 SEL2、SEL1、SEL0 引脚与 3-8 线译码器的编码输入端相连。

② 扬声器驱动信号（负逻辑）的 SPEAKER 引脚同扬声器驱动接口相连。

③ 花样 LED 灯显示的信号引脚 LAMP0、LAMP1、LAMP2 同三个 LED 灯相连。

▶▶▶ 9.2.2　数字频率计

1. 实验目的

（1）掌握数字频率计的设计方法。

（2）学会进行具有一定应用价值的项目开发。

2. 实验原理

通常的测频方法有两种，即直接测频和周期测频。

直接测频：对被测信号由计数器计数，把单位时间内（1s）的计数值作为测量结果。例如，闸门时间取 1s，当计数值为 5 000 时，则被测信号频率为 5 000Hz；闸门时间取 0.01s，当计数值为 5 000 时，则被测信号频率为 500kHz。这种频率计的测量精度取决于闸门时间的精度。另外，由于闸门时间与被测信号不同步，可能会造成多计或少计一个被测脉冲。这是这种频率计的固有系统误差，这种方法不适于测较低的频率。

周期测频：用被测信号作为闸门时间，而计数器对内部的一个高速基准信号进行计数。由于基准信号的频率较高，计数值较大，所以测量误差较小。由于器件响应速度的限制，基准信号的频率不可能很高。因此，这种方法适于测较低的频率。

3. 实验仪器

（1）计算机（预装 MAX+plusⅡ）。

（2）EDA 技术实验及开发系统。

（3）下载线缆及连接导线若干。

4. 实验内容

设计一个 3 位十进制数字式频率计，其测量范围为 1MHz，量程分 10kHz（×1）、 100kHz（×10）和 1MHz（×100）三挡（最大读数分别为 9.99kHz、99.9kHz 和 999kHz），量程自动转换规则如下。

（1）当读数大于 999 时，频率计处于超量程状态，若量程为×1 或×10 挡，测量结果不显示，量程自动增大一挡；进行下一次测量时，若已在最大量程×100 挡，则显示 P，表示溢出。

（2）当读数小于 99 时，若量程为×10 挡或×100 挡，则频率计处于欠量程状态，测量结果不显示，量程自动减小一挡；进行下一次测量时，若量程为最小的×1 挡，则显示测量结果。显示方式如下。

① 采用记忆显示方式，计数过程中不显示数据，待计数过程结束以后，显示计数结果，并将此显示结果保持到下一次计数结束，测量间隔由定时器决定。

② 小数点位置随量程变化自动移位。

送入的测试信号应是符合 CMOS 电路要求的脉冲。

设计框图如图 9-3 所示。

图 9-3 数字频率计设计框图

▶▶▶ 9.2.3 电梯控制器

1. 实验目的

（1）进一步掌握基于 CPLD 的应用电路开发。

（2）进一步掌握 VHDL 的运用。

2. 实验原理

弄清控制的逻辑关系，设：

UP1～UP3（S1～S3）分别为 1～3 楼电梯入口处的上楼请求键；

DOWN2～DOWN4（S5～S7）分别为 2～4 楼电梯入口处的下楼请求键；

STOP1～STOP4（S8～S11）分别为电梯内 1～4 楼的楼层停站请求键；

L1 为电梯下行状态指示灯；

L2 为电梯上行状态指示灯；

L3 为电梯运行状态指示灯；

L4 为电梯开门状态指示灯；

L5~L8 为电梯到达楼层位置显示。

3．实验仪器

（1）计算机（预装 MAX+plus II）。

（2）EDA 技术实验及开发系统。

（3）下载线缆及连接导线若干。

4．实验内容

设计 4 层楼房全自动电梯控制电路，要求：

（1）每层电梯入口处设有上、下请求开关各 1 个，电梯内设有乘客到达层次的停站请求开关。

（2）有电梯所处位置显示，电梯正处于运行状态指示灯和电梯上、下行指示灯。

（3）电梯每隔一定时间升（降）一层楼，到达某一层楼时，显示牌显示该层号，并一直保持到电梯到达新一层为止。

（4）电梯到达有停站请求的楼层后，运行指示灯灭，经过短时间隔，电梯门打开（开门指示灯亮），开门 5s 后，电梯门自动关闭（开门指示灯灭），电梯继续运行（运行指示灯亮）。

（5）能记忆电梯内、外的所有请求信号，并按照电梯运行规则次第响应，每个请求信号保留至执行后撤除。

（6）电梯运行规则：电梯处于上升模式时，只响应比电梯所在位置高的层次的上楼请求信号，由下而上逐个执行，直到最后一个请求执行完毕。如更高层次有下楼请求，则直接升到有下楼请求的最高楼层接客，然后进入下降模式。电梯处在下降模式时运行规则与此相反，仅响应比电梯所在位置低的楼层的下楼请求，由上而下逐一解决，直到最后一个请求执行完毕。如果低楼层有上升请求，则降至该楼层，并转入上升模式。电梯执行完所有请求后，应停在最后所在的位置不变，等待新的请求。

（7）开机（接通电源）时，电梯应停在一楼，而各种上、下请求皆被清除。

▶▶▶ 9.2.4 A/D 采样控制器

1．实验目的

（1）掌握 CPLD 和 A/D 构成的硬件系统设计。

（2）学会编码转换电路和输出七段显示电路设计。

（3）学会 CPLD 外围电路设计。

2．实验原理

整个电路由三大部分组成，分别是：

（1）A/D 转换接口电路的设计，负责对 ADC0809 的控制。

（2）编码转换电路设计，负责把从 ADC0809 数据总线中读出的电压转换成 BCD 码。

（3）输出七段显示电路的设计，负责将 BCD 码用七段显示器显示出来。

3．实验仪器

（1）计算机（预装 MAX+plus II）。

（2）EDA 技术实验及开发系统。

（3）下载线缆及连接导线若干。

4. 实验内容

用 VHDL 设计一数字电压表，要求具有 4 位输出。

5. 思考题

考虑一下如何用液晶显示屏来显示电压信息。

▶▶▶ 9.2.5 智能函数发生器

1. 实验目的

（1）掌握 CPLD 和 D/A 构成的硬件系统设计。

（2）学会 CPLD 外围电路设计。

（3）掌握各种波形的数字表示。

2. 实验原理

通常可用两种方案来实现该函数发生器，一是根据波形函数通过 VHDL 写出每一种波形的描述代码，再把产生的数据通过外部的 D/A 转换成相应的模拟信号；另一种是用其他的工具产生各种波形数据的十六进制代码，通过 VHDL 描述一个 ROM 和相应的控制器，再在时钟信号的作用下，把数据输出到外部 D/A 转换成相应的模拟信号。

外围电路部分包括波形选择开关、D/A、时钟信号源等。

3. 实验仪器

（1）计算机（预装 MAX+plus Ⅱ）。

（2）EDA 技术实验及开发系统。

（3）下载线缆及连接导线若干。

4. 实验内容

用 VHDL 设计一智能函数（任意波形）发生器，其各种波形如表 9-1 所示。

表 9-1 实现波形表

数 字 代 号	相 应 波 形
01	正弦波
02	正弦波（频率是 01 的两倍）
03	锯齿波
04	锯齿波（频率是 03 的两倍）
05	方波（占空比为 50%）
06	方波（占空比为 67%）
07	方波（占空比为 33%）
08	三角波
09	三角波（频率是 08 的两倍）

▶▶▶ 9.2.6　键盘接口电路

1. 实验目的

（1）掌握键盘矩阵电路设计方法。

（2）学会 CPLD 外围电路设计。

2. 实验原理

判断键盘中有无按键按下：将全部行线置为低电平，然后检测列线的状态。只要有一列的电平为低，则表示键盘中有按键被按下，而且闭合的键位于低电平线与行线相交叉的按键之中。若所有列线均为高电平，则键盘中无按键按下。

判断闭合键所在的位置：在确认有按键按下后，即可进入确定具体闭合键的过程。其方法是依次将行线置为低电平，即在置某根行线为低电平时，其他线为高电平。在确定某根行线为低电平后，再逐行检测各列线的电平状态。若某列为低，则该列线与置为低电平的行线交叉处的按键就是闭合的按键。

3. 实验仪器

（1）计算机（预装 MAX+plus II ）。

（2）EDA 技术实验及开发系统。

（3）下载线缆及连接导线若干。

4. 实验内容

将 4×4（或 2×8）键盘矩阵按键实时显示在数码管上。

▶▶▶ 9.2.7　点阵字符显示电路

1. 实验目的

（1）了解点阵字符的产生和显示原理。

（2）了解 E^2PROM 和 16×16 点阵 LED 的工作机理。

（3）加强对于总线产生，地址定位的 CPLD 实现。

2. 实验原理

16×16 扫描 LED 点阵的工作原理同 8 位扫描数码管类似。它有 16 个共阴极输出端口，每个共阴极对应有 16 个 LED 显示灯。所以其扫描译码地址需 4 位信号线。

2764 E^2PROM 存储器是电可擦除/编程的只读存储器，容量为 $8k \times 8bit$,有 13 位并行地址线和 8 位并行数据线，而一个完整的字符所需的存储空间为 32 字节，即 $32 \times 8\ bit$，也就是说 2864 最多可连续存 256 个 16×16 点阵字形。存储方式可事先约定好。

通过 CPLD 芯片产生读时序，将字形码从 2864 中读出，然后产生写时序，写入 16×16 的点阵，使其扫描显示输出。

3. 实验仪器

（1）计算机（预装 MAX+plus II ）。

（2）EDA 技术实验及开发系统。

（3）下载线缆及连接导线若干。

4. 实验内容

用 CPLD 芯片产生 2764 的地址和读信号（A12～A0，OE），2764 的 CS 片选接 "0"，VPP 接 "1"。

（1）用 CPLD 芯片接收 2764 的数据信号 D0～D7，对外产生 16×16 点阵的扫描驱动电路，其中段驱动 HOUT0～7、LOUT0～7，片选地址 SEL0～SEL3。

（2）对 2764 中的字符地址映射，编写相应顺序的读过程信号和写过程信号，以及相应的扫描顺序。用层次化设计调试，实现设计功能，进行适配划分，根据结果调整、改进设计。

（3）输入接口：代表扫描和地址产生的时钟信号引脚同可调时钟源相连，扫描时钟 CKDSP 不低于 250Hz，读操作时钟 CLK 不低于扫描时钟的 20 倍；汉字选择时钟 HZSEL 在 1Hz 左右。代表字形数据的信号引脚 D0～D7 同 2764 的数据口相连。

（4）输出接口：代表地址信号的引脚 A0～A9 同 2764 的地址相应端相连；代表扫描驱动的 HOUT0～7、LOUT0～7，以及 SEL0～SEL3 信号引脚同 16×16 LED 点阵的段驱动和片选地址端相连。

▶▶▶ 9.2.8 出租车计费器

1. 实验目的

（1）掌握具有一定应用价值的项目开发方法。
（2）学会 CPLD 外围电路设计。

2. 实验原理

以 100m 路程为一个脉冲单位，通过对该脉冲数量进行统计，实现计费和计程。最后把计费和计程值进行动态扫描输出。

3. 实验仪器

（1）计算机（预装 MAX+plus II）。
（2）EDA 技术实验及开发系统。
（3）下载线缆及连接导线若干。

4. 实验内容

（1）实现计费功能，计费标准为：按行驶里程计费，起步价为 8 元，并在车行 3km 后按 2 元/km 计费，当计费器达到或超过 20 元时，每千米加收 50% 的车费，车停止不计费（注：通过计数脉冲数量实现路程统计）。

（2）现场模拟功能：能模拟汽车启动、停止及加速等状态。

（3）设计动态扫描电路，将车费和路程显示出来，各有一位小数。

第五部分　电子技术课程设计

第10章　课程设计基础知识

电子技术基础课程设计包括选择课题，电子线路设计、组装、调试和编写总结报告等教学环节。本篇介绍课程设计的有关知识。

10.1　电子电路的设计方法

在设计一个电子线路系统时，首先必须明确系统的设计任务，根据任务进行方案选择，然后对方案中的各部分进行单元电路的设计、参数计算和器件选择，最后将各部分连接在一起，画出一个符合设计要求的完整的系统电路图。

10.1.1　设计任务要求

对系统的设计任务进行具体分析，充分了解系统的性能、指标、内容及要求，以便明确系统应完成的任务。

10.1.2　方案选择

这一步的工作要求是，把系统要完成的任务分配给若干个单元电路，并画出一个能表示各单元功能的整机原理框图。方案选择的重要任务是根据掌握的知识和资料，针对系统提出的任务、要求和条件，完成系统的功能设计。在这个过程中要敢于探索，勇于创新，力争做到设计方案合理、可靠、经济，功能齐全，技术先进，并且对方案要不断进行可行性和优缺点的分析，最后设计出一个完整框图。框图必须正确反映系统应完成的任务和各组成部分的功能，清楚表示系统的基本组成和相互关系。

10.1.3　单元电路的设计、参数计算和元器件选择

根据系统的指标和功能框图，明确各部分任务，进行各单元电路的设计、参数计算和元器件选择。

1．单元电路设计

单元电路是整机的一部分，只有把各单元电路设计好，才能提高整体设计水平。每个单元电路设计前都需明确本单元电路的任务，详细拟定出单元电路的性能指标，与前后级之间的关系，分析电路的组成形式。具体设计时，可以模仿成熟的先进电路，也可以进行创新或改进，但都必须保证性能要求。不仅单元电路本身要设计合理，而且各单元电路间也要互相配合，注意各部分的输入信号、输出信号和控制信号的关系。

2．参数计算

为保证单元电路达到功能指标要求，就需要用电子技术知识对参数进行计算。例如，放大电

路中各电阻值、放大倍数的计算；振荡器中电阻值、电容值、振荡频率等参数的计算。只有很好地理解电路的工作原理，正确利用计算公式，计算的参数才能满足设计要求。参数计算时，同一个电路可能有几组数据，注意选择一组能完成电路设计要求的功能和在实践中能真正可行的参数。

计算电路参数时应注意下列问题。

（1）元器件的工作电流、电压、频率和功耗等参数应能满足电路指标的要求。

（2）元器件的极限参数必须留有足够裕量，一般应大于额定值的 1.5 倍。

（3）电阻和电容的参数应选计算值附近的标称值。

3．元器件选择

（1）阻容元件的选择

电阻和电容种类很多，正确选择电阻、电容是很重要的。不同的电路对电阻和电容性能要求也不同，有些电路对电容的漏电要求很严，还有些电路对电阻、电容的性能和容量要求很高。例如，滤波电路中常用大容量（100～3 000μF）铝电解电容，为滤掉高频通常还需并联小容量（0.01～0.1μF）瓷片电容。设计时要根据电路的要求选择性能和参数合适的阻容元件，并要注意功耗、容量、频率和耐压范围是否满足要求。

（2）分立器件的选择

分立元件包括二极管、晶体三极管、场效应管、光电二（三）极管、晶闸管等。根据其用途分别进行选择。选择的器件种类不同，注意事项也不同。例如，选择晶体三极管时，首先注意是选择 NPN 型还是 PNP 型管，是高频管还是低频管，是大功率管还是小功率管，并注意管子的参数 P_{CM}、I_{CM}、BV_{CEO}、BV_{EBO}、I_{CBO}、β、f_T 和 f_β 是否满足电路设计指标的要求，高频工作时，要求 $f_T = (5 \sim 10)f$，f 为工作频率。

（3）集成电路的选择

由于集成电路可以实现很多单元电路甚至整机电路的功能，所以选用集成电路来设计单元电路和总体电路既方便又灵活，它不仅使系统体积缩小，而且性能可靠，便于调试及运用，在设计电路时颇受欢迎。

集成电路有模拟集成电路和数字集成电路。国内外已生产出大量集成电路，器件的原理、功能、特性及型号可查阅有关手册。选择的集成电路不仅要在功能和特性上实现设计方案，而且要满足功耗、电压、速度、价格等多方面的要求。

4．电路图的绘制

为详细表示设计的整机电路及各单元电路的连接关系，设计时需绘制完整电路图。电路图通常是在系统框图、单元电路设计、参数计算和元器件选择的基础上绘制的，它是组装、调试和维修的依据。绘制电路图时要注意以下几点。

（1）布局合理，排列均匀，图面清晰，便于看图，有利于对图的理解和阅读。有时一个总电路由几部分组成，绘图时应尽量把总电路画在一张图纸上。如果电路比较复杂，需绘制几张图，则应把主电路画在同一张图纸上，而把一些比较独立或次要的部分画在另外的图纸上，并在图的断口两端做上标记，标出信号从一张图到另一张图的引出点和引入点，以此说明各图纸在电路连线之间的关系。有时为了强调并便于看清各单元电路的功能关系，每一个功能单元电路的元件应集中布置在一起，并尽可能按工作顺序排列。

（2）注意信号的流向，一般从输入端或信号源画起，由左至右或由上至下按信号的流向依次画出各单元电路，而反馈通路的信号流向则与此相反。

（3）图形符号要标准，图中应加适当的标注。图形符号表示器件的项目或概念。电路图中的中、大规模集成电路器件，一般用方框表示，在方框中标出它的型号，在方框的边线两侧标出每根线的功能名称和引脚号。除中、大规模器件外，其余元器件符号应当标准化。

（4）连接线应为直线，并且交叉和折弯应最少。通常连接线可以水平布置或垂直布置，一般不画斜线。互相连通的交叉线，应在交叉处用圆点表示。根据需要，可以在连接线上加注信号名或其他标记，表示其功能或去向。有的连线可用符号表示，例如器件的电源一般标电源电压的数值，地线用专用符号表示。

设计的电路是否能满足设计要求，还必须通过组装、调试进行验证。

10.2　电子电路的组装与调试

电子电路设计好后，便可进行组装、调试，最后对课题内容进行全面总结。

10.2.1　电子电路的组装

电子技术基础课程设计中组装电路通常采用焊接和在实验箱上插接两种方式。焊接组装可提高学生焊接技术，但器件可重复利用率低。在实验箱上组装，元器件便于插接且电路便于调试，并可提高器件重复利用率。下面介绍在实验箱上用插接方式组装电路的方法。

1. 集成电路的插接

插接集成电路时首先应认清方向，不要倒插，所有集成电路的插入方向要保持一致，注意引脚不能弯曲。

2. 元器件的位置

根据电路图的各部分功能确定元器件在实验箱的插接板上的位置，并按信号的流向将元器件顺序连接，以便于调试。

3. 导线的选用

导线的选用和连接导线直径应和插接板的插孔直径相一致，过粗会损坏插孔，过细则与插孔接触不良。为检查电路的方便，根据不同用途，导线可以选用不同的颜色。一般习惯是正电源用红线，负电源用蓝线，地线用黑线，信号线用其他颜色的线等。连接用的导线要求紧贴在插接板上，避免接触不良。连线不允许跨接在集成电路上，一般从集成电路周围通过，尽量做到横平竖直，这样便于查线和更换器件。组装电路时注意电路之间要共地。正确的组装方法和合理的布局，不仅使电路整齐美观，而且能提高电路工作的可靠性，便于检查和排除故障。

10.2.2　电子电路的调试

通常有以下两种调试电路的方法。

第一种是采用边安装边调试的方法。把一个总电路按框图上的功能分成若干单元电路分别进行安装和调试，在完成各单元电路调试的基础上逐步扩大安装和调试的范围，最后完成整机调试。对于新设计的电路，此方法既便于调试，又可及时发现和解决问题。该方法适于课程设计中采用。

第二种方法是整个电路安装完毕，实行一次性调试。这种方法适于定型产品。

调试时应注意做好调试记录，准确记录电路各部分的测试数据和波形，以便于分析和运行时参考。

电子电路一般调试步骤如下。

1. 通电前检查

电路安装完毕，首先直观检查电路各部分接线是否正确，检查电源、地线、信号线、元器件引脚之间有无短路，器件有无接错。

2. 通电检查

接入电路所要求的电源电压，观察电路中各部分器件有无异常现象。如果出现异常现象，则应立即关断电源，待排除故障后方可重新通电。

3. 单元电路调试

在调试单元电路时应明确本部分的调试要求，按调试要求测试性能指标和观察波形。调试顺序按信号的流向进行，这样可以把前面调试过的输出信号作为后一级的输入信号，为最后的整机联调创造条件。电路调试包括静态和动态调试，通过调试掌握必要的数据、波形、现象，然后对电路进行分析、判断，排除故障，完成调试要求。

4. 整机联调

各单元电路调试完成后就为整机调试打下了基础。整机联调时应观察各单元电路连接后各级之间的信号关系，主要观察动态结果，检查电路的性能和参数，分析测量的数据和波形是否符合设计要求，对发现的故障和问题及时采取处理措施。

调试中电路故障的排除可以按下述方法进行。

（1）信号寻迹法

寻找电路故障时，一般可以按信号的流程逐级进行。从电路的输入端加入适当的信号，用示波器或电压表等仪器逐级检查信号在电路内各部分传输的情况，根据电路的工作原理分析电路的功能是否正常，如果有问题，应及时处理。调试电路时也可从输出级向输入级倒推进行，信号从最后一级电路的输入端加入，观察输出端是否正常，然后逐级将适当信号加入前面一级电路输入端，继续进行检查。这里所指的"适当信号"是指频率、电压幅值等参数应满足电路要求，这样才能使调试顺利进行。

（2）对分法

把有故障的电路分为两部分，先检测这两部分中究竟是哪部分有故障，然后再对有故障的部分对分检测，一直到找出故障为止。采用"对分法"可减少调试工作量。

（3）分割测试法

对于一些有反馈的环形电路，如振荡器、稳压器等电路，它们各级的工作情况互相有牵连，这时可采取分割环路的方法，将反馈环去掉，然后逐级检查，可更快地查出故障部分。对自激振荡现象也可以用此法检查。

（4）电容器旁路法

如遇电路发生自激振荡或寄生调幅等故障，检测时可用一只容量较大的电容器并联到故障电路的输入端或输出端，观察对故障现象的影响，据此分析故障的部位。在放大电路中，旁路电容失效或开路，使负反馈加强，输出量下降，此时用适当的电容并联在旁路电容两端，就可以看到输出幅度恢复正常，也就可断定旁路电容的问题。这种检查可能要多处试验才有结果，这时要细心分析可能引起故障的原因。这种方法也可用来检查电源滤波和去耦电路的故障。

（5）对比法

将有问题的电路的状态、参数与相同的正常电路进行逐项对比。此方法可以较快地从异常的参数中分析出故障。

（6）替代法

把已调试好的单元电路代替有故障或有疑问的相同的单元电路（注意共地），这样可以很快判断故障部位。有时元器件的故障不很明显，如电容器漏电，电阻变质，晶体管或集成电路性能下降等，这时用相同规格的优质元器件逐一替代实验，就可以具体地判断故障点，加快查找故障点的速度，提高调试效率。

（7）静态测试法

故障部位找到后，要确定是哪一个或哪几个元件有问题，最常用的就是静态测试法和动态测试法。静态测试是用万用表测试电阻值，电容器是否漏电，电路是否断路或短路，晶体管和集成电路的各引脚电压是否正常等。这种测试是在电路不加信号时进行的，所以叫静态测试。通过这种测试可发现元器件的故障。

（8）动态测试法

当静态测试还不能发现故障原因时，可以采用动态测试法。测试时在电路输入端加上适当的信号再测试元器件的工作情况，观察电路的工作状况，分析、判别故障原因。

组装电路要认真细心，要有严谨的科学作风。安装电路要注意布局合理。调试电路要注意正确使用测量仪器，系统各部分要"共地"，调试过程中不断跟踪和记录观察的现象、测量的数据和波形。通过组装、调试电路，发现问题，解决问题，提高设计水平，圆满地完成设计任务。

10.3 课程设计总结报告

编写课程设计的总结报告是对学生写科学论文和科研总结报告的能力训练。通过写报告，不仅把设计、组装、调试的内容进行全面总结，而且把实践内容上升到理论高度。总结报告应包括以下几点。

（1）课题名称。

（2）内容摘要。

（3）设计内容及要求。

（4）比较和选定设计的系统方案，画出系统框图。

（5）单元电路设计、参数计算和器件选择。

（6）画出完整的电路图，并说明电路的工作原理。

（7）组装调试的内容，包括：

① 使用的主要仪器和仪表。

② 调试电路的方法和技巧。

③ 测试的数据和波形并与计算结果比较分析。

④ 调试中出现的故障、原因及排除方法。

（8）总结设计电路的特点和方案的优缺点，指出课题的核心及实用价值，提出改进意见和展望。

（9）列出系统需要的元器件。

（10）列出参考文献。

（11）收获、体会。

第 11 章　课程设计课题

11.1　逻辑信号电平测试器的设计

在检修数字集成电路组成的设备时，经常需要用万用表和示波器对电路中的故障部位的高低电平进行测量，以便分析故障原因。使用这些仪器能较准确地测出被测点信号电平的高低和被测信号的周期，但使用者必须一方面用眼睛看着万用表的表盘或示波器的屏幕，另一方面还要寻找测试点，因此使用起来很不方便。

本节介绍的仪器采用声音来表示被测信号的逻辑状态，高电平和低电平分别用不同声调的声音表示，使用者不需分神去看万用表的表盘或示波器的荧光屏。

▶▶▶ 11.1.1　电路组成及其工作原理

图 11-1 所示为测试器的原理框图。由图可以看出电路由五部分组成，即输入电路、逻辑状态判断电路、音响电路、发音电路（喇叭）和电源。

图 11-1　测试器原理框图

1. 输入电路及逻辑判断电路

图 11-2 所示为测试器的输入和逻辑判断电路原理图。

图中 u_i 是被测信号。A_1 和 A_2 为两个运算放大器。可以看出 A_1 和 A_2 分别与它们外围电路组成两个电压比较器。A_2 的同相端电压为 0.4V 左右（VD_1 和 VD_2 均为锗二极管），A_1 的反相端电压 U_H 由 R_3 和 R_4 的分压决定。当被测电压 $u_i<0.4V$ 时，A_1 反相端电压大于同相端电压，使 A_1 输出端 A 为低电平（0V）。A_2 反相端电压小于同相端电压，使它的输出端 B 为高电平（5V）。当 u_i 在 0.4V～U_H 之间时，A_1 同相端电压小于 U_H，A_2 同相端电压也小于反相端电压，所以 A_1 和 A_2 的输出电压均为低电平。当 $u_i>U_H$ 时，A_1 输出端 A 为高电平，A_2 输出端 B 为低电平。

2. 音调产生电路

图 11-3 所示为音调产生电路原理图。电路主要由两个运算放大器 A_3 和 A_4 组成。下面分三种情况说明电路的工作原理。

（1）当 $u_A=u_B=0V$（低电平）时

此时由于A和B两端全为低电平，所以二极管VD_3和VD_4截止。因A_4的反相输入端为3.5V，同相输入端电压为电容C_2两端的电压u_{C_2}，由于u_{C_2}是一个随时间按指数规律变化的电压，所以A_4输出电压不能确定，但这个电压肯定是大于或等于0V，因此二极管是截止的。由于VD_3、VD_4和VD_5均处于截止状态，电容C_1没有充电回路，u_{C_1}将保持0V电压不变，使A_3输出为高电平。

图 11-2　输入和逻辑判断电路原理图　　　　　图 11-3　音调产生电路原理图

（2）当 $u_A=5V$，$u_B=0V$ 时

此时二极管 VD_3 导通，电容 C_1 通过 R_6 充电，u_{C_1} 按指数规律逐渐升高，由于 A_3 同相输入端电压为 3.5V，所以在 u_{C_1} 达到 3.5V 之前，A_3 输出端电压为 5V，C_2 通过 R_9 充电。从图 11-3 中可以看到 C_1 的充电时间常数为 $\tau_1=C_1R_6$，C_2 的充电时间常数为 $\tau_2=C_2(R_9+r_{o3})$，其中 r_{o3} 为 A_3 的输出电阻。假设 $\tau_2<\tau_1$，则在 C_1 和 C_2 充电时，当 u_{C_1} 达到 3.5V 时，u_{C_2} 已接近稳态时的 5V。因此在 u_{C_1} 升高到 3.5V 后，A_3 同相端电压小于反相端电压，A_3 输出电压由 5V 跳变为 0V，使 C_2 通过 R_9 和 r_{o3} 放电，u_{C_2} 由 5V 逐渐降低。当 u_{C_2} 降到小于 A_4 反相端电压（3.5V）时，A_4 输出电压跳变为 0V，二极管 VD_5 导通，C_1 通过 VD_5 和 A_4 的输出电阻放电。因为 A_4 输出电阻很小，所以 u_{C_1} 将迅速降到 0V 左右，这导致 A_3 反相端电压小于同相端电压，A_3 的输出电压又跳变到 5V，C_1 再一次充电。如此周而复始，就会在 A_3 输出端形成矩形脉冲信号。u_{C_1}、u_{C_2} 和 u_o 的波形如图 11-4 所示。

由图 11-4 可以看出，A_3 的输出电压 u_o 的周期为：$T=t_1+t_2$。根据一阶电路的响应特点可知，$t_1=1.2\tau_1$。$t_2=0.36\tau_2$。这就是说，只要改变时间常数 τ_1、τ_2，即可改变 u_o 周期。

（3）当 $u_A=0$，$u_B=5V$ 时

此时电路的工作过程与 $u_A=5V$，$u_B=0V$ 时相同，唯一的区别是由于 VD_4 导通 VD_3 截止，u_B 高电平通过 R_7、VD_4 向 C_1 充电，所以 C_1 的充电时间常数改变了，使得 u_o 的周期会发生相应的变化。

图 11-4　u_{C_1}、u_{C_2} 和 u_o 的波形

▶▶▶ 11.1.2　技术指标

（1）测量范围：低电平<0.8V，高电平>3.5V。
（2）用 1kHz 的音响表示被测信号为高电平。
（3）用 800Hz 的音响表示被测信号为低电平。
（4）当被测信号在 0.8～3.5V 之间时，不发出音响。
（5）输入电阻大于 20kΩ。
（6）工作电源为 5V。

11.2　扩音机

在日常工作和生活中，往往需要把声音扩大，以达到理想的效果，如在开会、上课及演唱会等场合经常用扩音机。本节将简单介绍扩音机的组成及工作原理。

▶▶▶ 11.2.1　扩音机组成及工作原理

扩音机电路框图如图 11-5 所示。前置放大器对输入信号进行适当放大，放大后的信号送入音调网络，信号经过音调网络，其幅度有所减小。一般音调网络的特性是：中音（1 000Hz）时变化小于 3dB，低音（100Hz）时调节范围为±12dB，高音（10kHz）时调节范围为±14dB。根据放音节目的不同，可以用"音调选择器"选择不同的位置。音调网络后面接音量电位器，信号经过音量电位器可以调节音量的大小。最后信号送入功率放大器进行功率放大，功率放大后的信号送入扬声器，在扬声器上得到放大了的音频信号。

输入信号 → 前置放大 → 音调网络 → 音量控制 → 功率放大器 → 扬声器

图 11-5　扩音机电路框图

音调网络有两大类，一类是衰减式，另一类是反馈式。

11.2.2　技术指标

设计 5W 双声道功率扩音机，技术指标如下。

（1）不失真功率：5W。

（2）频率响应：200Hz～20kHz。

（3）输入阻抗：>50kΩ。

（4）输入电压：<5mV。

（5）音调控制范围：低音（100Hz）±12dB，高音（10kHz）±14dB。

11.3　多用信号发生器

多用信号发生器一般是指能自动产生正弦波、方波（矩形波）和三角波（锯齿波）等电压波形的电路或仪器。产生方波、三角波和正弦波的方案有多种，如首先产生正弦波，然后通过比较器电路变换成方波，再通过积分电路变换成三角波；也可以首先产生方波、三角波，然后再将方波变换成正弦波或将三角波变换成正弦波；或采用一片能同时产生上述三种波形的专用集成电路芯片，本节采用 ICL8038。

11.3.1　多用信号发生器的基本原理

多用信号发生器电路如图 11-6 所示，本电路的核心是 ICL8038 单片函数发生器，可以产生方波、三角波、正弦波等波形，其频率范围为 1Hz 至几百 kHz，频率的大小与 R_A、R_B 及电容有关。

图 11-6　多用信号发生器电路

电路由 3 个切换开关、7 个调节电位器、两块集成电路构成，调频控制端通过运算放大器（5G353）控制，输出信号通过另一个运算放大器低阻输出。该电路需加±12V 电源。

调节 RP_1 和 RP_2，通过运算放大器（5G353）控制 ICL8038 起振。当开关 S_3 断开时调 RP_3，以改变方波的占空比，可使方波的占空比为 50%。调节 RP_5，使正弦波线性度调节端 1 为 $(3/5)U_S$；调节 RP_6 使另一个正弦波线性度调节端口为 $(2/5)U_S$，就可得理想的正弦波信号（$U_S=V_{CC}+V_{EE}$）。

RP$_4$用于低频端线性校正。RP$_4$、RP$_5$和RP$_6$反复调整才能得到一个好的正弦波。RP$_7$用于增益调节，改变RP$_7$，可以得到需要的输出幅值。

ICL8038 单片函数发生器，外接少量元件不仅可产生上述波形，同时还可以组成其他电路。图 11-7 所示为 ICL8038 的内部结构图，供读者参考使用。图中缓冲 1 是电压跟随器，缓冲 2 是反相器。电压比较器 A$_1$ 和 A$_2$ 的阈值分别为电源电压 U_S（指 $V_{CC}+V_{EE}$）的 2/3 和 1/3，电流源电流 I_1 与 I_2 的大小可通过外接电阻调节，但 I_2 必须大于 I_1。当触发器的输出为低电平时，电流源 I_2 断开，电流源 I_1 给电容 C 充电，它两端的电压 u_C 随时间线性上升。当 u_C 达到电源电压的 2/3 时，电压比较器 A$_1$ 的输出电压发生跳变，使触发器的输出由低电平变为高电平，电流源 I_2 接通。由于电流源的电流 $I_2>I_1$，因此电容放电，u_C 随时间线性下降。当它下降到电源电压的 1/3 时，电压比较器 A$_2$ 的输出电压发生跳变，使触发器的输出由高电平跳变为低电平，电流源 I_2 断开，电流源 I_1 再给电容充电，u_C 又随时间线性上升。如此周而复始，产生振荡。若 $I_2=2I_1$，则触发器的输出为方波，经缓冲 2 输出到引脚 9。在 $I_2=2I_1$ 的条件下，u_C 上升与下降的时间相等，输出为三角波，经缓冲 1 输出到引脚 3，并通过三角波变正弦波的变换电路得到正弦波，从引脚 2 输出。当 $I_1<I_2<2I_1$ 时，u_C 上升与下降的时间不相等，引脚 3 输出锯齿波。

图 11-7　ICL8038 内部结构图

11.3.2　技术指标

（1）设计多用信号发生器电路。

（2）要求输出波形为正弦波、方波和三角波；频率范围为 1Hz～100kHz；输出幅度可调；方波脉宽可调。

11.4　稳压电源

直流稳压电源由电源变压器、整流电路、滤波电路和稳压电路等四部分组成。电源变压器将电网 220V 的交流电压变为所需的电压值送入整流电路；整流电路将交流电压变成脉动的直流电压；滤波电路把脉动的直流电压的纹波加以滤除，得到平滑的直流电压；稳压电路的作用是当电网电压波动，负载和温度变化时，维持输出直流电压稳定。

▶▶▶ 11.4.1　稳压电源的工作原理

通常稳压电源采用串联负反馈电路，电路框图如图 11-8 所示，交流电压经全波整流并滤波后，得到平滑的直流电压，作为稳压电路的输入电源。

图 11-8　串联调整式稳压电源框图

串联调整电路：串联调整电路的核心是调整管，输出电压的稳定通过调整管的调节作用来实现。当系统的输入电网电压变化或负载变化时，调整管的压降相应改变，使输出电压保持稳定。由于调整电路是串联式，输出的最大电流通过调整环节，所以设计电路选择调整管时应满足集电极最大允许电流、最大反向击穿电压和功耗的要求。

取样电路：取样电路检测输出电压 U_o 的变化，把 U_o 的全部或部分取出来和基准电压比较并放大后来控制调整管的调整作用，使输出电压稳定。

基准电压电路：为了检测出取样电路取得的 U_o 值究竟是升高了还是降低了，升高了多少或是降低了多少，就需要把 U_o 值与一恒定的电压值比较。此恒定电压的作用是作为一种基准，也称基准电压，提供恒定电压的电路就是基准电压电路。

比较放大电路：有了 U_o 的取样电压和基准电压，把取样电压和基准电压相比较，由基准电压减去取样电压，所得差值电压的大小反映了 U_o 的变化程度。此差值电压加到调整管的基极，调节调整管的基极电流 I_B，使调整管的 U_{CE} 作相应的变化。为了提高调节灵敏度，往往把比较后的差值电压加以放大。在实际电路中，把信号电压的比较和放大合在一起，就是比较放大电路。比较放大电路的电压放大倍数越大，系统的负反馈作用越强，输出电压 U_o 也就越稳定，电路的稳压系数和输出电阻就越小。

过载短路保护电路：串联调整型的稳压电源，调整管和负载是串联的。当负载电流过大或短路时，大的负载电流或短路电流全部流过调整管，此时负载端的压降小，几乎全部整流电压加在调整管的 C 和 E 极间。因此，在过载或短路时，调整管 U_{CE}、I_E 和允许功耗超过正常值，调整管在此情况下会很快烧坏，所以在过载或短路时应对调整管采取保护。保护电路设计时，应保证当负载电流在额定值内时，保护电路对电源不起作用；但过载或短路时，保护电路控制调整管使其截止，输出电流为零，对负载和电源均起保护作用。

▶▶▶ 11.4.2　器件简介

三端集成稳压电路：它只有输入、输出和公共引出端。LM78×× 是正稳压器，当外加适当大小的散热片且整流器能提供足够的输入电压时，稳压器能提供稳定的输出电压。稳压器根据 LM78×× 系列中 ×× 的不同，其输出稳压值也不同，如 LM7805 可提供 +5V 的输出电压，其引脚如图 11-9 所示。LM79×× 是负电源，根据 ×× 选定稳压器的输出电压，引脚如图 11-10 所示。

图 11-9 LM78×× 系列引脚

图 11-10 LM79×× 系列引脚

11.4.3 调试要点

（1）检查整流滤波电路输出波形是否符合要求，如果 100Hz 纹波大，可能是滤波电容损坏。测量和调整整流滤波电路，使输出的直流电压符合理论值。

（2）检查基准电压电路是否满足设计的基准电压。

（3）检查并调整取样和比较放大电路，使其满足负反馈的要求。

（4）检查、调整电路的工作情况，观察当输出电压改变时，调整管的管压降变化情况。如果输出电压高且不可调，检查调整电路是否开路或调整管是否被击穿。

（5）检查稳压系数、输出电阻和输出纹波电压是否能满足设计要求。

（6）进行功率测量，当输出电流是设计的最大值时，看此时的功率是否小于调整管最大功耗。

（7）检查保护电路工作情况，当输出电流在设计的最大值以内时，保护电路不应动作，稳压电源正常工作。当输出短路或超负载 20% 时，保护电路应动作。

11.4.4 技术指标

（1）设计串联反馈式稳压电路。

（2）要求输出直流电压 0～6V，6～12V，12～20V 连续可调；输出电流 0～0.5A 或 0～1A；稳压系数 $S_\gamma \leq 0.05$；输出电阻 $R_o \leq 0.05\Omega$；输出纹波电压 $\leq 5\text{mV}$。

（3）选做内容：

① 增加设计稳压电源的短路保护电路。

② 用三端集成稳压器完成上述电路的设计、组装。

11.5 水温控制器

在现代工业和日常生活中，往往需要对某一温度进行控制，使其保持在规定的范围内，如锅炉中的水温等。本节将简单介绍水温（温度）控制器的组成及工作原理。

温度（水温）控制器是实现可测温和控温的电路，通过对温度控制电路的设计、安装和调试，了解温度传感器件的性能，学会在实际电路中应用。进一步熟悉集成运算放大器的线性和非线性应用。

11.5.1 水温控制器的工作原理

温度（水温）控制器的基本组成框图如图 11-11 所示。

水温（温度）控制器由温度传感器、K-℃变换、温度设置、数字显示和输出功率级等部件组成。温度传感器的作用是把温度信号转换成电流或电压信号，K-℃变换器将绝对温度 K 转换成摄氏温度℃。信号经放大和刻度定标（0.1V/℃）后由三位半数字电压直接显示温度值，并同时送入比较器与预先设置的固定电压（对应控制温度点）进行比较，由比较器输出电平高低变化来控制执行机构（如继电器）工作，实现温度自动控制。

图 11-11 温度控制器的基本组成框图

11.5.2 技术指标

要求设计一个水温控制器，其主要技术指标如下。

（1）控温范围：20～30℃（实时控制）。

（2）控制精度：±1℃。

（3）控温通道输出为双向晶闸管或继电器，一组转换接点为市电 220V、10A。

11.6 通用程控计数器

通用程控计数器可以预先选定某个起始数和终止数，让计数器从起始数作加法计数，加到终止数时发出"程控信号"；或者让计数器从起始数作减法计数，减到终止数时发出"程控信号"。程控信号反映了来自传感器模拟量转换成的电脉冲数，运用计数器将其记忆。程控信号可以用于自动控制加工、自动报警、自动测量等。

11.6.1 通用程控计数器工作原理

通用程控计数器电路原理框图如图 11-12 所示。

图 11-12 通用程控计数器电路原理框图

传感器及转换电路把被测的物理量转换成计数脉冲，对被测物理量变化的长度、宽度、转速、距离等进行数字量计数和控制。加/减计数控制电路控制系统做加法计数或减法计数，当系统完成终止计数时对该控制电路封锁。预置初始数据电路对计数电路进行预置初始计数数据。计数电路具有加法计数和减法计数功能，还具有进位、借位清零和置数功能。译码 1 显示电路对计数结果译码显示，译码 2 电路随时把电路计数状态译出来，供预置终止数据选通的通道使用。预置终止数据电路根据电路的要求对其预置终止数。通道选择电路选通完成系统计数的预置终止数据的通道，该数据就是系统计数的结果或加工的程控信号，这个程控信号可以用来控制系统工作和报警，也可以用来封锁电路等。

▶▶▶ 11.6.2　技术指标

（1）设计通用程控计数器电路。测量范围 99 999，系统可设置任意的起始数 5 位，终止数 5 位。

（2）系统设置信号转换处理电路,使信号能被计数。

（3）计数器设置的功能：

① 具有加计数和减计数的可逆控制；

② 具有清零和置数功能；

③ 计数结果用 LED 显示；

④ 设置有完成任务的显示电路。

11.7　电子秒表

在体育比赛中，往往需要计时，所以电子秒表应用十分广泛。本节将介绍电子秒表的组成及工作原理。

▶▶▶ 11.7.1　电子秒表工作原理

图 11-13 所示为电子秒表的电原理图，按功能分成四个单元电路进行分析。

图 11-13　电子秒表的电原理图

1. 基本 RS 触发器

图 11-13 中单元 I 为用集成与非门构成的基本 RS 触发器。它属低电平直接触发的触发器，有直接置位、复位的功能。它的一路输出 $\overline{Q}$ 作为单稳态触发器的输入，另一路输出 Q 作为与非门 5 的输入控制信号。按动按钮开关 S_2（接地），则门 1 输出 $\overline{Q}=1$，门 2 输出 Q=0，S_2 复位后 Q、$\overline{Q}$ 状态保持不变。再按动按钮开关 S_1，则 Q 由 0 变为 1，门 5 开启，为计数器启动做好准备。$\overline{Q}$ 由 1 变 0，送出负脉冲，启动单稳态触发器工作。基本 RS 触发器在电子秒表中的职能是启动和停止秒表的工作。

2. 单稳态触发器

图 11-13 中单元 II 为用集成与非门构成的微分型单稳态触发器。单稳态触发器的输入触发负脉冲信号 u_i 由基本 RS 触发器 $\overline{Q}$ 端提供，输出负脉冲 u_o 则加到计数器的清除端 $\overline{CR}$。静态时，门 4 应处于截止状态，故电阻 R 必须小于门的关门电阻 R_{off}。定时元件取值 RC 不同，输出脉冲宽度也不同。当触发脉冲宽度小于输出脉冲宽度时，可以省去输入微分电路的 R_1 和 C_1。单稳态触发器在电子秒表中的职能是为计数器提供清零信号。

3. 时钟发生器

图 11-13 中单元 III 为用 555 定时器构成的多谐振荡器，是一种性能较好的时钟源。调节电位器 RP，使在输出端 3 获得频率为 50Hz 的矩形波信号。当基本 RS 触发器 Q=1 时，门 5 开启，此时 50Hz 脉冲信号通过门 5 作为计数脉冲加于计数器①的计数输入端 $\overline{CP_1}$。

4. 计数及译码显示

二-五-十进制加法计数器 74LS196 构成电子秒表的计数单元，如图 11-13 中单元 IV 所示。其中计数器①接成五进制形式，对频率为 50Hz 的时钟脉冲进行五分频，在输出端 Q_3 取得周期为 0.1s 的矩形脉冲，作为计数器②的时钟输入。计数器②及计数器③接成 8421 码十进制形式，其输出端与实验设备上译码显示单元的相应输入端连接，可显示 0.1～0.9s、1～99s 计时。

▶▶▶ 11.7.2 技术指标

设计一个电子秒表，可显示 0.1～0.9s、1～99s 两挡，并确保有一定的精度。

11.8 数字电压表

数字电压表的基本原理是对直流电压进行模/数转换，其结果用数字直接显示出来。按其基本工作原理不同，数字电压表可分为积分式和比较式两大类。本节将简单介绍积分式数字电压表的组成及工作原理。

▶▶▶ 11.8.1 数字电压表工作原理

直流数字电压表的核心器件是一个间接型 A/D 转换器，首先将输入的模拟电压信号变换成易于准确测量的时间量，后在这个时间宽度里用计数器计时，其结果就是正比于输入模拟电压信号的数字量。

1. V-T 变换型双积分 A/D 转换器

图 11-14 所示是双积分 A/D 的控制逻辑框图。它由积分器（包括运算放大器 A_1 和 RC 积

分网络）、过零比较器 A_2、n 位二进制计数器、开关控制电路、门控电路、参考电压 U_{REF} 与时钟脉冲源 CP 组成。

2. 双积分 A/D 转换器 CC14433 的性能特点

CC14433 是 CMOS 双积分式 A/D 转换器，转换器芯片有 24 只引脚，采用双列直插式，其引脚功能如下。

V_{AG}（1 脚）：被测电压和基准电压的参考地。

U_{REF}（2 脚）：外接基准电压（2V 或 200mV）输入端。

U_X（3 脚）：被测电压输入端。

R_1（4 脚）、R_1/C_1（5 脚）、C_1（6 脚）：外接积分阻容元件端。$C_1=0.1\mu F$（聚酯薄膜电容器），$R_1=470k\Omega$（2V 量程），$R_2=27k\Omega$（200mV 量程）。

图 11-14　A/D 控制逻辑框图

C_{01}（7 脚）、C_{02}（8 脚）：外接失调补偿电容端，典型值 $0.1\mu F$。

DU（9 脚）：实时显示控制输入端。若与 OE 端连接，则每次 A/D 转换均显示。

CP_1（10 脚）、CP_0（11 脚）：时钟振荡外接电阻端，典型值为 $470k\Omega$。

V_{EE}（12 脚）：电路的电源负端，接-5V。

V_{SS}（13 脚）：除 CP 外所有输入端的低电平基准（通常与 1 脚连接）。

E_{OC}（14 脚）：转换周期结束标记输出，每一次 A/D 转换周期结束，E_{OC} 输出一个正脉冲，宽度为时钟周期的二分之一。

$\overline{OR}$（15 脚）：过量程标志输出，当 $|U|>U_{REF}$ 时，输出为低电平。

$DS_4\sim DS_1$（16～19 脚）：多路选通脉冲输入端，DS_1 对应于千位，DS_2 对应于百位，DS_3 对应于十位，DS_4 对应于个位。

$Q_0\sim Q_3$（20～23 脚）：BCD 码数据输出端，DS_2、DS_3、DS_4 选通脉冲期间，输出三位完整的十进制数，在 DS_1 选通脉冲期间，输出千位 0 或 1 及过量程、欠量程和被测电压极性标志信号。

V_{DD}（24 脚）：整个电路的正电源端。

CC14433 具有自动调零，自动极性转换等功能，可测量正或负的电压值。当 CP_1、CP_0 端接入 $470k\Omega$ 电阻时，时钟频率约为 66kHz，每秒钟可进行 4 次 A/D 转换。它的使用、调试简便，能与微处理机或其他数字系统兼容，广泛用于数字面板表、数字万用表、数字温度计、数字量具及遥测、遥控系统。

▶▶▶ 11.8.2　技术指标

（1）设计一只三位半直流数字电压表。

（2）电压表测量范围为：直流电压 $0\sim199.9\text{mV}$、$0\sim1.999\text{V}$、$0\sim19.99\text{V}$、$0\sim199.9\text{V}$。

11.9　数字温度计

数字温度计可由温度传感器、三位半 A/D 转换器和显示器等组成，有些数字温度计还有放大器，以提高测量范围。数字温度计在测量温度时，把温度信号通过传感器转换成电压信号，该电压信号经过模/数转换器把模拟量转变成数字量，送显示器显示温度。

11.9.1　数字温度计的工作原理

数字温度计的传感器，使用一个对温度敏感的硅热敏晶体管，在温度发生变化时，热敏晶体管的 b-e 结正向压降的温度系数为 $-2\text{mV}/℃$，利用这个特性可以测量温度的变化。由于在 $0℃$ 时晶体管的基极存在一个电压 U_{BE}，因此需要设计一个调零电路，调节调零电路使热敏晶体管在 $0℃$ 的环境中温度计输出为零，也就是显示器的读数显示为零。温度计满度读数为 200.0（$200℃$），调节时，热敏晶体管放置在 $200℃$ 的环境中，由于热敏晶体管的温度系数为 $-2\text{mV}/℃$，所以在 $200℃$ 的环境下，热敏晶体管的 b-e 结压降增量为 -400mV，调节参考电压，使 $U_{REF}=400\text{mV}$ 时，输出读数为 200.0。这样，就使数字温度计实现 $0\sim200℃$ 的测量，其精度为 $0.1℃$。一般系统只要把 $0℃$ 和满标度两点调好，输出读数与温度成对应关系。小数点取第二个数码管的 p 段显示。

11.9.2　技术指标

（1）数字温度计电路。
（2）测量范围 $0\sim200℃$。
（3）选做内容：数字体温计。

11.10　数字频率计

数字频率计用于测量信号(方波、正弦波或其他脉冲信号)的频率，并用十进制数字显示，它具有精度高，测量迅速，读数方便等优点，因此用途十分广泛。

11.10.1　数字频率计工作原理

数字频率计原理方框图如图 11-15 所示（图中 S_1 是测量信号选择开关，S_2 是闸门时基选择开关）。

脉冲信号的频率就是在单位时间内所产生的脉冲个数，其表达式为 $f=N/T$。其中，f 为被测信号的频率，N 为计数器所累计的脉冲个数，T 为产生 N 个脉冲所需的时间。计数器所记录的结果，就是被测信号的频率。如在 1s 内记录 1 000 个脉冲，则被测信号的频率为 1 000Hz。

由晶体振荡器、多级分频系统及门控电路得到具有固定宽度 T 的方波脉冲作为门控信号，时间基准 T 称为闸门时间。宽度为 T 的方波脉冲控制闸门（与门）的一个输入端 B。被测信号频率为 f_x，它的周期为 T_x，该信号经放大整形后变成序列窄脉冲送到闸门另一输入端 A。当门控信号到来后，闸门开启，周期为 T_x 的信号脉冲和周期为 T 的门控信号相"与"通过闸门，在闸门输出端 C 产生的脉冲信号送到计数器，开始计数，直到门控信号结束，闸门关闭。单稳 1 的暂态送入锁存器的使能端，锁存器将计数结果锁存，计数器停止计数并被单稳 2 的暂态清零。若取闸门时间 T 内通过闸门的信号脉冲个数为 N，则锁存器中的锁存计数 $N=T/T_x=Tf_x$，$f_x=N/T$。测量频率是按照频率的定义进行的，若 T=1s，则计数器显示的数字 $f_x=N$。若取 T=0.1s，通过闸门的脉冲个数仍为 N 时，则 $f_x=N_1/0.1=10N_1$（N_1 是闸门时间为 0.1s 时通过闸门的脉冲个数）。由此可见闸门时间决定量程，可以通过闸门时基选择开关选择，选择 T 大一些，测量准确度就高一些。根据被测频率选择闸门时间，显示器的小数点对应闸门时间显示数据量程。实验时若未加小数点显示，闸门时间 T 为 1s，被测信号频率通过计数锁存可直接从计数显示器上读出。调试时观测 A、B、C、D 和 E 各点波形可得一组完整的数字频率计波形。

图 11-15　数字频率计原理方框图

1．衰减放大整形系统

衰减放大整形系统包括衰减器、跟随器、放大器、施密特触发器。它将正弦波输入信号 U_x 整形成同频率方波 U_0，测试信号通过衰减开关选择输入衰减倍率。衰减器由分压器构成，幅值过大的被测信号经过分压器分压送入后级放大器，以避免波形失真。由运算放大器构成的射级跟随器起阻抗变换作用，使输入阻抗提高。同相输入的运算放大器的放大倍数为（$1+R_F/R_1$），改变 R_F 的大小可以改变放大倍数。系统的整形电路由施密特触发器组成，整形后的方波送到闸门以便计数。

2．石英晶体振荡器和分频器

石英晶体振荡器的振荡频率为 4MHz，经过分频器，输出频率的周期范围为 1μs～10s。根据被测信号频率的大小，通过闸门时基选择开关选择时基。时基信号经过门控电路得到方波，其正脉宽 T 控制闸门的开放时间。

3．可控制的计数锁存、译码显示系统

本系统由计数器、锁存器、译码器、显示器、单稳态触发器组成。其中计数器按十进制计

数。如果在系统中不接锁存器，则显示器上的显示数字就会随计数器的状态不停地变化，只有在计数器停止计数时，显示器上的显示数字才能稳定。所以，在计数器后边必须接入锁存器。锁存器的工作是受单稳态触发器控制的。门控波形 B 的下降沿使单稳态触发器 1 进入暂态，单稳 1 的上升沿作为锁存器的时钟脉冲（使能）。锁存器在使能脉冲作用下,将门控信号周期 T 内的计数结果存储起来，并隔离计数器对译码显示的作用，同时把所存储的状态送入译码器进行译码，在显示器上得到稳定的计数显示。

为了使计数器稳定、准确地计数，在门控脉冲结束后，锁存器将计数结果锁存。在单稳 1 暂态脉冲的下降沿使单稳 2 进入暂态，利用单稳 2 的暂态对计数器清零，清零后的计数器又等待下一个门控信号到来重新计数。

4．闸门电路

闸门电路由与门组成，该电路有两个输入端和一个输出端。输入端的一端接门控信号，另一端接整形后的被测方波信号，闸门是否开通受门控信号的控制。当门控信号为高电平 1 时，闸门开启，而门控信号为低电平 0 时，闸门关闭。显然，只有在闸门开启的时间内，被测信号才能通过闸门进入计数器，计数器计数时间就是闸门开启时间。可见，门控信号的宽度一定时，闸门的输出值正比于被测信号的频率，通过计数显示系统把闸门的输出结果显示出来，就可以得到被测信号的频率。

5．电子计数器测量周期

当被测信号频率比较低时，用测量周期的方法来测量频率比直接测量频率有更高的准确度和分辨率，且便于测量过程自动化。该测量方法在许多科学技术领域中都得到了普遍应用。

测量周期时常用周期倍乘增大 N 值，减小量化误差的影响，提高测量准确度。测量周期与测量频率的基本原理相似。参阅测频原理设计出用电子计数器测量周期的电路系统。

▶▶▶ 11.10.2　技术指标

（1）测量频率范围 20～9 999Hz 和 1Hz～100kHz。

（2）测量信号：方波峰-峰值 3～5V（与 TTL 兼容）。

（3）闸门时间：10ms，0.1s，1s 和 10s，脉冲波峰-峰值 3～5V。

（4）显示方式：用七段 LED 数码管显示读数，做到显示稳定，不跳变；小数点的位置跟随量程的变更而自动移位；为了便于读数，要求数据显示的时间在 0.5～5s 内连续可调；具有"自检"功能。

（5）频率计的单元电路：可控制的计数、锁存、译码显示系统；石英晶体振荡器及分频系统；带衰减器的放大整形系统。

（6）选做内容：

① 用计数法测量周期；

② 用大规模集成电路 ICM7216 组装数字频率计并进行调试。

11.11　出租汽车里程计价表

当我们坐到出租汽车上，只要汽车一开动，随着行驶里程的增加，就会看到汽车前面的数字计价表读数从零逐渐增大，自动显示该收的车费。当出租车到达某地需要在那里等候时，司机只要按一下"计时"按键，每等候一定时间，显示数字就增加一个该收的等候费用；汽车行驶时，停止计算等候费，继续增加里程费。到达目的地后，便可按显示的数字收费。如要开收据，司机只要按一下"开票"键，打印机即在收据上打印出钱数，作为报销凭证。

11.11.1　出租汽车里程计价表工作原理

图 11-16 所示是出租汽车里程计价表的原理框图。

图11-16　出租汽车里程计价表原理框图

由传感器获得"行驶里程信号"，每当汽车行驶 1km 时，发出 100 个脉冲，行驶里程信号和里程单价相乘后送入计数器中。例如，设每千米应收费 0.65 元，则汽车每行驶 1km，就有 65 个脉冲送入计数器，计数器的第一、二位即计"65"，四位显示器的前后两位间设小数点，所以会显示出 0.65 元，表示行车 1km，应收款 0.65 元。因为每前进 0.01km（10m）就产生一个脉冲，所以显示的收费会随着行驶里程的增加不断地增大。

等候时间信号则由时钟产生，每 10min 发出 100 个脉冲，把它乘上每 10min 的收费价，如 0.25 元×100 就变成 25 个脉冲，计数器的第一、二位增加 25。因为每隔 0.1min 产生一个脉冲，所以等候时间计费也随着等候时间的延长而不断地增大。

传感器可选用普通的干簧继电器。汽车本身设置一套涡轮变速装置，安装在适当的位置，一般装在汽车变速器后的软轴上，保证汽车每前进 10m，涡轮边缘的铁磁就从干簧继电器旁经过一次，发出一个信号。

11.11.2　技术指标

（1）设计秒信号和 0.1min 信号脉冲产生器。
（2）选用十进制系数乘法器。
（3）设计四级 BCD 码计数、译码和显示器。
（4）选用产生行驶里程信号的干簧继电器作为脉冲产生电路。
（5）根据乘法器输入系数 a、b、c、d 设计拨盘开关（按键）电路。它用来改变里程单价。

11.12　数字电子秤

数字电子秤是日常生活中十分常见的一种器具，与普通秤具相比，数字电子秤具有精度高，性能稳定，测量准确，使用方便等优点。该产品不仅用于商业上面，而且还广泛地用于各个生产领域。

11.12.1　数字电子秤工作原理

数字电子秤通常由以下五个部分组成：传感器、信号放大系统、模/数转换系统、显示器、量程切换系统。其原理框图如图 11-17 所示。

图 11-17   数字电子秤原理框图

电子秤的测量过程通过传感器将被测物体的质量转换成电压信号输出，放大系统把来自传感器的微弱信号放大，放大后的电压信号经过模/数转换把模拟量转换成数字量，数字量通过数字显示器显示质量。由于被测物体的质量相差较大，根据不同的质量可以通过量程切换系统选择不同的量程，显示器的小数点对应不同的量程显示。

▶▶▶ 11.12.2   技术指标

（1）设计数字电子秤电路。
（2）测量范围：0～1.999kg、0～19.99kg、0～199.9kg、0～1 999kg。
（3）选做内容：自动切换量程。

11.13   定时显示报警器

定时显示报警器可用于任意定时系统，例如，篮球比赛规则中，队员持球时间不能超过 24s，到时报警，这给运动员和裁判员提供了准确信号。

▶▶▶ 11.13.1   定时显示报警器工作原理

定时显示报警器原理框图如图 11-18 所示。

图 11-18   定时显示报警器原理框图

秒脉冲发生器标准的秒脉冲作为计数器的时钟脉冲，预置时间用拨码盘控制，其输出是编码器的十进制输入，编码器的输出预置了计数器所需要的时间。计数器通过组合逻辑控制锁存器的使能端，将计数器的数据锁存；锁存器锁存的数据经过译码器译码显示，当计数器计数到预置的时间时发出信号报警。

▶▶▶ 11.13.2   技术指标

（1）设计一个可预置 24s 的显示报警器。
（2）要求预置 24s 减到 0s 报警，报警器电路能准确地预置和清零。
（3）选做内容：设计一个电台自动开机和关机的控制电路。

11.14   心率测试仪

人体脉搏与自己的心率是一致的，利用这一原理，只要测出脉搏数就知道了相应的心率。心率测试仪用电子电路实现脉搏的非电量的测量，测量时要先用传感器把非电量转换为数字脉冲，然后在单位时间内对脉搏进行计数，最后通过声光信号将心率显示出来。

11.14.1 心率测试仪工作原理

心率测试仪原理框图如图 11-19 所示。

图 11-19 心率测试仪原理框图

心率测试仪由传感器首先通过对手臂上穴位的血流进行检测，检测出脉搏信号，然而对此脉搏信号进行处理和放大，送计数、译码和驱动电路后，最后显示出相应的数值。

11.14.2 技术指标

（1）选择合适的传感器（可用 HTD 压电陶瓷片做脉搏传感器）。
（2）设计脉搏信号放大器（可用运算放大器组成）。
（3）设计计数、译码、驱动和显示电路。

11.15 优先识别呼叫器

在宾馆、医院等公共场所中，为了方便与客人及病人的联系，往往需要设置一套呼叫装置。由于一套装置需要和多个房间的呼叫器连接，当出现多人同时呼叫时，容易发生混淆，甚至无法工作。因此，必须要在电路中设置一套能够区别并根据呼叫顺序的先后来单独接通呼叫器的电路装置。

11.15.1 优先识别呼叫器工作原理

优先识别呼叫器框图如图 11-20 所示。

图 11-20 优先识别呼叫器框图

当床位开关中某一开关按动时，编码器输出相应的二-十进制代码，通过发射器和接收器送到译码、驱动和发声电路，并显示相应的床位号，通知值班人员前往处理。当多人同时呼叫时，应根据床位号的权重高低来进行处理。

11.15.2 技术指标

（1）设计一个无线呼叫器。
（2）可通过按动自己的床位按钮开关发出呼叫信号。
（3）一旦有人发出呼叫，值班室设置的显示器即显示床位编号，同时扬声器发出声响信号提示值班人员。多人同时呼叫时，应有识别电路。

11.16 可编程时钟控制器

数字时钟的出现打破了人们对时钟的传统观念，因为数字时钟不仅可以通过数字直观地显示日历时间，用音响、音乐及语言等声音报时，还可以定时发出各种声、光、电信号，以及启动各种设备实现实时控制、时间顺序控制。例如，作息时间自动打铃，家电设备自动定时启闭，生产过程顺序控制等。这种电路的用途很广，是十分典型的数字电路。

11.16.1 可编程时钟控制器工作原理

可编程时钟控制器主要由两部分组成，一个是用数字直接显示的时钟电路，另一个是用时钟信号控制打铃器，实现按存入电路的作息时间自动打铃。

时钟电路在可编程时钟控制器中起控制和主导作用，一般用集成电路芯片设计；作息时间控制电路以时间代码为输入信号，经译码后产生定时控制信号去驱动电铃或其他控制设备工作。

可编程时钟控制器的外设的形式多种多样，要求的驱动功率各不相同，因而在译码输出与外设间必须设置适当的功放电路，以提供外设工作的驱动电流与电压。应按照所选的具体执行机构选定功放电路。

11.16.2 技术指标

（1）设计一个具有时、分、秒计时，六位数字显示的时钟电路。
（2）具有快速校时和整点音乐自动报时功能。
（3）设计一个作息时间自动打铃器。

第六部分 附 录

附录 A 常用电阻器

A.1 电阻器和电位器的型号命名法

电阻器及电位器的型号命名一般由四部分组成，其表示方法及意义见表 A-1。

表 A-1 电阻器、电位器的命名法

第 一 部 分		第 二 部 分		第 三 部 分		第 四 部 分
用字母表示主称		用字母表示材料		用数字或字母表示分类		用数字表示序号
符 号	意 义	符 号	意 义	符 号	意 义	
R	电阻器	T	碳膜	1	普通	
RP	电位器	P	硼碳膜	2	普通	
		U	硅碳膜	3	超高频	
		H	合成膜	4	高阻	
		I	玻璃釉膜	5	高温	
		J	金属膜（箔）	6	精密	
		Y	氧化膜	7	*高压或特殊函数	
		S	有机实芯	8	特殊	
		N	无机实芯	9	高功率	
		X	线绕	G	可调	
		R	热敏	T	小型	
		G	光敏	L	测量用	
		M	压敏	W	微调	
				D	多圈	

*第三部分数字"7"，对于电阻器来说表示"高压"，对于电位器来说表示"特殊函数"。

A.2 电阻种类及几种常用的结构和特点

常用电阻有碳膜电阻、碳质电阻、金属膜电阻、线绕电阻和电位器等，现把几种常用电阻的结构和特点列表说明（见表 A-2）。

A.3 电阻器的主要性能指标

表征电阻器的主要技术参数有电阻值、额定功率、准确度等。

1. 电阻器的标称阻值

标准化了的电阻值称为标称阻值。标称阻值组成的系列称为标准系列。表 A-3 所示为常用固定电阻器的标称系列，表 A-4 所示为常用可变电阻器的标称系列。

任何固定式电阻器的标称值应符合表 A-3 数值或表列数值乘以 10^n，其中 n 为正整数或负整数。

表 A-2 几种常用电阻的结构和特点

电阻种类	电阻结构和特点
碳膜电阻	气态碳氢化合物在高温和真空中分解，碳沉积在瓷棒或瓷管上，形成一层结晶碳膜。改变碳膜的厚度和用刻槽的方法变更碳膜的长度，可以得到不同的阻值。碳膜电阻成本较低，性能一般
金属膜电阻	在真空中加热合金。合金蒸发，使瓷棒表面形成一层导电金属膜。刻槽和改变金属膜厚度可以控制阻值。与碳膜电阻相比，体积小，噪声低，稳定性好，但成本较高
碳质电阻	把碳黑、树脂、黏土等混合物压制后经热处理制成。在电阻上用色环表示它的阻值。这种电阻成本低，阻值范围宽，但性能差，采用极少
线绕电阻	用康铜或者镍铬合金电阻丝，在陶瓷骨架上绕制成。这种电阻分固定和可变两种。它的特点是工作稳定，耐热性能好，误差范围小，适用于大功率的场合，额定功率一般在 1W 以上
碳膜电位器	它的电阻体是在马蹄形的纸胶板上涂上一层碳膜制成。它的阻值变化和中间触头位置的关系有直线式、对数式和指数式三种。碳膜电位器有大型、小型、微型几种，有的和开关一起组成带开关电位器。还有一种直滑式碳膜电位器，它是靠滑动杆在碳膜上滑动来改变阻值的。这种电位器调节方便
线绕电位器	用电位器在环状骨架上绕制成。它的特点是阻值变化范围小，功率较大

表 A-3 常用固定电阻器的标称系列

允许误差	系列代号	系列值
±5%	E24	1.0, 1.1, 1.2, 1.3, 1.5, 1.6, 1.8, 2.0, 2.2, 2.4, 2.7, 3.0, 3.3, 3.6, 3.9, 4.3, 4.7, 5.1, 5.6, 6.2, 6.8, 7.5, 8.2, 9.1
±10%	E12	1.0, 1.2, 1.5, 1.8, 2.2, 2.7, 3.3, 3.9, 4.7, 5.6, 6.8, 8.2
±20%	E8	1.0, 1.5, 2.2, 3.3, 4.7, 6.8

表 A-4 常用可变电阻器的标称系列

名 称	允 许 误 差	系 列 值
线绕电位器	±10%, ±5%, ±20%, ±1%	E12 或 E8
薄膜电位器	±20%, ±10%, ±5%	E12 或 E8

2. 电阻器的准确度

电阻器的准确度指电阻器的实际阻值与规定阻值之间的偏差范围，以允许偏差的百分数表示。常用的电阻器有以下几个等级（见表 A-5）。

表 A-5 电阻器允许误差等级

允 许 误 差	± 0.5%	± 1%	± 5%	± 10%	± 20%
级 别	0.05	0.1	I	II	III

3. 电阻器的额定功率

电阻器的额定功率指在标准大气压和一定环境温度下，电阻器能长期连续负荷而不改变性能的允许功率。

额定功率共分 19 个等级，其中常用的有 0.05W、0.125W、0.25W、0.5W、1W、2W、4W、5W、…、500W 等。电阻器额定功率的选取要比实际耗散功率大一倍左右。

A.4 电路图中电阻器符号及参数标记规则

1. 符号表示（见图 A-1）

图 A-1 电阻器符号图

2. 阻值标记

（1）1Ω以下的电阻，在阻值数字后面要加"Ω"的符号，如 0.5Ω。

（2）1kΩ以下的电阻，可以只写数字不写单位，如 6.8Ω可写成 6.8，200Ω可写成 200。

（3）1kΩ～1MΩ，以 kΩ为单位，符号是"k"，如 6 800 可写成 6.8k。

（4）1kΩ以上，以 MΩ为单位，符号是"M"，如 1MΩ可写成 1M。

标记举例：

A.5 电阻器的色标

电阻器的阻值和误差,一般都用数字标印在电阻器上,但一些体积很小的合成电阻器,其阻值和误差常以色环来表示。这就是电阻器的色标,如图 A-2 所示。

图 A-2 色环电阻器符号图

这种色标包括电阻器上的色带或点。颜色和数值如表 A-6 所示。

表 A-6 电阻颜色和数值表

颜 色	代表的有效数字	电阻, EIA 及 MIL	
		代 表 倍 数	代表误差(%)
黑	0	1	—
棕	1	10	—
红	2	100	—
橙	3	1 000	—
黄	4	10 000	—
绿	5	10 0000	—
蓝	6	10^6	—
紫	7	10^7	—
灰	8	10^8	—
白	9	10^9	—
金	—	0.1	5
银	—	0.01	10
无色	—	—	20

在图 A-2 中,第一条带的颜色表示了电阻值的第一位有效数字,第二条带的颜色表示了第二位有效数字,第三条带的颜色代表倍率值 n(乘上 10^n),第四条色带表示电阻值的误差范围。若没有第四条色带,就表示电阻有 20% 的误差。

例如,一个电阻其色标第一圈是绿色,第二圈是棕色,第三圈是橙色,第四圈是无色,则表示 51×1 000=51kΩ±20%。

又如,一个电阻其色标第一圈是红色,第二圈是红色,第三圈是黑色,第四圈是金色,对照表 A-6 可知其阻值是 22×1=22Ω,误差是 5%。

如果是五色环电阻,前三环为有效数值,第四环为倍率,第五环为误差。

表 A-7 列出了常用电阻器的技术特性。

表 A-7 电阻器技术特性

电 阻 类 别	额定功率（W）	标称阻值范围（Ω）	温度系数（1/℃）	噪声电势（μV/V）	运 用 频 率
RT 型碳膜电阻	0.05	$10\sim100\times10^3$	$-（6\sim20）\times10^{-4}$	$1\sim5$	10MHz 以下
	0.125	$5.1\sim510\times10^3$			
	0.25	$5.1\sim910\times10^3$			
	0.5	$5.1\sim2\times10^8$			
	1.2	$5.1\sim5.1\times10^8$			
RU 型硅碳膜电阻	0.125,0.25	$5.1\sim510\times10^3$	$\pm（7\sim12）\times10^{-4}$	$1\sim5$	10MHz 以下
	0.5	$10\sim1\times10^8$			
	1.2	$10\sim10\times10^8$			
RJ 型金属膜电阻	0.125	$30\sim510\times10^3$	$\pm（6\sim10）\times10^{-4}$	$1\sim4$	10MHz 以下
	0.25	$30\sim1\times10^8$			
	0.5	$30\sim5.1\times10^8$			
	1.2	$30\sim10\times10^8$			
RXYC 型线绕电阻	$2.5\sim100$	$5.1\sim56\times10^8$			低频
WTH 型碳膜电位器	$0.5\sim2$	$470\sim4.7\times10^8$	$\pm（10\sim20）\times10^{-4}$	$5\sim10$	几百 kHz 以下
WX 型线绕电位器	$1\sim3$	$10\sim20\times10^8$			低频

附录 B 常用电容器

B.1 电容器的型号命名法

电容器的型号命名由四部分组成，其表示方法及意义如表 B-1 所示。

表 B-1 电容器型号命名法

第 一 部 分		第 二 部 分		第 三 部 分		第 四 部 分
主　称		材　料		特　征		序　号
符　号	意　义	符　号	意　义	符　号	意　义	用字母和数字表示
C	电容器	C	高频瓷	T	铁电	
		T	低频瓷	W	微调	
		I	玻璃釉	J	金属化	
		Y	云母	X	小型	
		V	云母纸	D	低压	
		Z	纸介	M	密封	
		J	金属化纸	Y	高压	
		B	聚苯乙烯等非极性有机薄膜	C	穿心式	
		L	涤纶等极性有机薄膜	S	独石	
		Q	漆膜			
		H	纸膜复合			
		D	铝电解			
		A	钽电解			
		G	金属电解			
		N	铌电解			
		E	其他材料电解			
		O	玻璃膜			

B.2 电容器种类及几种常用电容的结构和特点

常用电容按介质区分有纸介电容、油浸纸介电容、金属化纸介电容、云母电容、薄膜电容、电解电容等。表 B-2 列出了几种常用电容的结构和特点。

表 B-2 几种常用电容的结构和特点

电容种类	电容结构和特点
纸介电容	用两片金属箔做电极，夹在极薄的电容纸中，卷成圆柱形或者扁柱形芯子，然后密封在金属壳或者绝缘材料壳中制成。它的特点是体积较小，容量可以做得较大。但是固有电感和损耗都比较大，适用于低频电路
云母电容	用金属箔或在云母片上喷涂银层做电极板，极板和云母一层一层叠合后，再压铸在胶木粉或封固在环氧树脂中制成。其特点是介质损耗小，绝缘电阻大，温度系数小，适用于高频电路
陶瓷电容	用陶瓷做介质。在陶瓷基体两面喷涂银层，然后烧成银质薄膜作为极板制成。其特点是体积小，耐热性好，损耗小，绝缘电阻高，但容量小，适用于高频电路。 铁电陶瓷电容容量较大，但损耗和温度系数较大，适用于低频电路
薄膜电容	结构与纸介电容相同，介质是涤纶或聚苯乙烯。涤纶薄膜电容介质常数较高，体积小，容量大，稳定性好，适宜做旁路电容。 聚苯乙烯薄膜电容介质损耗小，绝缘电阻高，但温度系数大，可用于高频电路
金属化纸介电容	结构基本与纸介电容相同，它在电容器纸上覆盖一层金属膜来代替金属箔，体积小，容量较大，一般用于低频电路
油浸纸介电容	它把纸介电容浸在经过特别处理的油里，能增强其耐压性。其特点是电容量大，耐压高，但体积较大
铝电解电容	它用铝圆筒做负极，里面装有液体电解质，插入一片弯曲的铝带做正极制成。还需经直流电压处理，使正极片上形成一层氧化膜做介质。其特点是容量大，但是漏电大，稳定性差，有正、负极性，适用于电源滤波或低频电路中。使用时，正、负极不要接反
钽铌电解电容	它用金属钽或者铌做正极，用稀硫酸等配液做负极，用钽或铌表面生成的氧化膜做介质制成。其特点是体积小，容量大，性能稳定，寿命长，绝缘电阻大，温度特性好，用在要求较高的设备中

B.3 电容器的主要特性指标

表征电容器的主要技术参数有电容量、准确度、工作电压和绝缘电阻等。

1. 电容器的标称容量

电容器上标有的电容数值是电容器的标称容量。常用固定电容的标称容量系列见表 B-3。任何固定电容器的标称值应符合表 B-3 数值或表列数值乘以 10^n，其中 n 为正整数或负整数。

表 B-3 常用固定电容的标称容量系列

电容类别	允许误差	容量范围	标称容量系列
纸介电容、金属化纸介电容、纸膜复合介质电容、低频（有极性）有机薄膜介质电容	± 5% ± 10% ± 20%	100pF～1μF	1.0；1.5；2.2；3.3；4.7；6.8
		1～100μF	1；2；4；6；8；10；15；20；30；50；60；80；100
高频（无极性）有机薄膜介质电容、瓷介电容、玻璃釉电容、云母电容	± 5%		1.0；1.1；1.2；1.3；1.5；1.6；1.8；2.0；2.2；2.4；2.7；3.0；3.3；3.6；3.9；4.3；4.7；5.1；5.6；6.2；6.8；7.5；8.2；9.1
	± 10%		1.0；1.2；1.5；1.8；2.2；2.7；3.3；3.9；4.7；5.6；6.8；8.2
	± 20%		1.0；1.5；2.2；3.3；4.7；6.8
铝、钽、铌、钛电解电容	± 10% ± 20% +50% −20% +100% −20%		（容量单位μF）

2. 电容器的允许误差

电容器的准确度的允许偏差直接以允许偏差的百分数表示。常用固定电容允许误差的等级见表 B-4 所示。

表 B-4 常用固定电容允许误差的等级

允 许 误 差	± 2%	± 5%	± 10%	± 20%	+20% −30%	+50% −20%	+100% −10%
级 别	02	I	II	III	IV	V	VI

3. 电容器的耐压

电容器长期可靠地工作下所能承受的最大直流电压，就是电容器的耐压，也叫电容的直流工作电压。如果在交流电路中，要注意所加的交流电压最大值不能超过电容的直流工作电压值。表 B-5 列出了常用固定电容直流工作电压系列。

表 B-5 常用固定电容的直流电压系列

1.6	4	6.3	10	16	25	32*	40	50	63
100	125*	160	250	300*	400	450*	500	630	1 000

注：标"*"的数值，只限电解电容用。

4. 电容的绝缘电阻

由于电容两极板之间的介质不是绝对的绝缘体，它的电阻不是无穷大，而是一个有限大的数值，一般在 1 000MΩ 以上。电容两极之间的电阻叫绝缘电阻，或叫漏电电阻。漏电电阻越小，漏电越严重。电容漏电会引起能量损耗，这不仅影响电容的寿命，而且会影响电路的正常工作，因此，漏电电阻越大越好。

B.4 电路图中电容器符号及参数标记规则

1. 符号表示（见图 B-1）

固定电容　　电解电容　　可变电容　　半可变电容

图 B-1 电容器符号

2. 电容值标记

标记举例：

```
C C G 1 - 63V  -0.01μF  II
                         └─ 允许误差 II 级 ± 20%
                    └─ 标称容量 0.01μF
              └─ 耐压 63V
         └─ 序号
       └─ 高功率（分类）
     └─ 高频瓷（材料）
   └─ 电容器（主称）
```

```
C Z J X - 250 -0.033 - ± 10%
                         └─ 允许误差 ± 10%
                    └─ 标准容量 0.033μF
              └─ 耐压 250V
         └─ 小型
       └─ 金属化
     └─ 纸介
   └─ 电容器
```

　　通常在容量小于 10 000pF 的时候用 pF 做单位。为了方便起见，大于 100pF 而小于 1μF 的电容常常不注单位。没有小数点的，它的单位是 pF，有小数点的，其单位是μF。例如：3 300 就是 3 300pF，0.1 就是 0.1μF 等。

B.5　电容器的色标

　　现在使用的电容器，一般都在电容器上刻上该电容器的电容值。但是仍存在一些用色环（或色点）表示电容器参数的方法，简要介绍如下。

　　表 B-6 列出了模制电容器的色码。

表 B-6　模制电容器的色码

颜　　色	有 效 数 字	模制纸质圆筒型电容器		
		十 进 倍 率	允许误差 ±%	电压（V）
黑	0	1	20	—
棕	1	10		100
红	2	100		200
橙	3	1 000	30	300
黄	4	10 000	40	400
绿	5	10^5	5	500
蓝	6	10^6		600
紫	7	—		700
灰	8	—		800
白	9	—	10	900
金		0.1	—	
银	—	—	10	
无色	—	—		—

　　例如，在图 B-2 所示的圆筒型模制纸质电容器中，根据表 B-6 可知：C=22 000pF，允许误差=± 10%，U=1 600V（两位电压数字表示额定电压大于 900V，应在该两位数字后面加上两个 0）。第一、二位为电容容量有效数字，第三位为倍率，第四位为误差，第五、六位为有效电压数字。

图 B-2　模制电容器

　　表 B-7 列出了常用电容的几项特性。

表 B-7 常用电容的几项特性

电容种类	容量范围	直流工作电压 （V）	运用频率 （MHz）	允许 误差	漏电电阻 （MΩ）
中小型纸介电容	470pF～0.22μF	63～630	8 以下	Ⅰ～Ⅲ	>5 000
金属壳密封纸介电容	0.01～10μF	250～1 600	直流，脉动直流	Ⅰ～Ⅲ	>1 000～5 000
中小型金属化纸介电容	0.01～0.22μF	160，250，400	8 以下	Ⅰ～Ⅲ	>2 000
金属壳密封金属化纸介电容	0.22～30μF	160～1 600	直流，脉动直流	Ⅰ～Ⅲ	>30～5 000
薄膜电容	3pF～0.1μF	63～500	高频、低频	Ⅰ～Ⅲ	>10 000
云母电容	10pF～0.051μF	100～7 000	75～250 以下	02～Ⅲ	>10 000
瓷介电容	1pF～0.1μF	63～630	低频、高频 50～3 000 以下	02～Ⅲ	>10 000
铝电解电容	1～10 000μF	4～500	直流，脉动直流	Ⅳ，Ⅴ	
钽、铌电解电容	0.47～1 000μF	6.3～160	直流，脉动直流	Ⅲ，Ⅳ	
瓷介微调电容	2/7～7/25pF	250～500	高频		>1 000～10 000
可变电容	最小容量>7pF 最大容量<1 100pF	100 以上	低频、高频		>500

附录 C　半导体器件

导电能力介于导体与绝缘体之间的物质称为半导体，如锗、硅、硒及大多数金属氧化物。PN 结是由两种不同类型半导体材料组成的，它具有单向导电性。半导体都是利用半导体材料和 PN 结的特殊性组成的，它包括半导体二极管和三极管，以及特殊半导体和集成电路。它们都是组成电子电路的核心器件。

C.1　半导体二极管

半导体二极管也称晶体二极管，简称二极管。二极管具有单向导电性，可用于整流、检波、稳压及混频电路中。

1. 分类简介

（1）按材料不同分

二极管按材料不同可分为锗管和硅管两大类。两者性能区别在于：锗管正向压降比硅管小（锗管为 0.2V，硅管为 0.5～0.8V）；锗管的反向漏电流比硅管大（锗管约为几百μA，硅管小于 1μA）；锗管的 PN 结可承受的温度比硅管低（锗管约为 100℃，硅管约为 200℃）。

（2）按用途不同分

二极管按用途不同可分为普通二极管和特殊二极管。普通二极管包括检波二极管、整流二极管、开关二极管、稳压二极管；特殊二极管包括变容二极管、光电二极管、发光二极管等。

常用二极管的特性如表 C-1 所示，符号如图 C-1 所示。

表 C-1　常用二极管特性表

名　称	原 理 特 性	用 途
整流二极管	多用硅半导体制成，利用 PN 结单向导电性	把交流电变成脉动直流，即整流
检波二极管	常用点接触式，高频特性好	把调制在高频电磁波上的低频信号检出来
稳压二极管	利用二极管反向击穿时，两端电压不变原理	稳压限幅，过载保护，广泛用于稳压电源装置中
开关二极管	利用正偏压时二极管电阻很小，反偏压时电阻很大的单向导电性	在电路中对电流进行控制，起到接通或关断的开关作用
变容二极管	利用 PN 结电容随加到管子上的反向电压大小而变化的特性	在调谐等电路中取代可变电容器
发光二极管	正向电压为 1.5～3V 时，只要正向电流通过，可发光	用于指示，可组成数字或符号的 LED 数码管
光电二极管	将光信号转换成电信号，有光照时其反向电流随光照强度的增加而成正比上升	用于光的测量或作为能源即光电池

(a) 普通二极管　　(b) 稳压二极管　　(c) 发光二极管　　(d) 光电二极管

图 C-1　部分二极管符号示例

2. 二极管的型号命名

根据国际 GB 249—1974，半导体二极管和三极管型号由五部分组成，详见表 C-2。

表 C-2 半导体分立器件型号命名方法

第 一 部 分		第 二 部 分		第 三 部 分		第 四 部 分	第 五 部 分
用数字表示器件的电极数		用字母表示器件的材料和极性		用字母表示器件的类别		用数字表示器件的序号	用字母表示规格
符号	含 义	符号	含 义	符号	含 义	含 义	含 义
2	二极管	A	N 型锗材料	P	普通管	反映了极限参数、直流参数和交流参数等的差别	反映了承受反向击穿电压的程度。如规格号 A、B、C、D 等，其中 A 承受的反向击穿电压最低，B 次之，依次类推
		B	P 型锗材料	V	微波管		
		C	N 型硅材料	W	稳压管		
		D	P 型硅材料	C	参量管		
3	三极管	A	PNP 型锗材料	Z	整流管		
		B	NPN 型锗材料	L	整流桥		
		C	PNP 型硅材料	S	隧道管		
		D	NPN 型硅材料	N	阻尼管		
		E	化合物材料	U	光电器件		
				K	开关管		
				X	低频小功率管 $(f_a<3\text{MHz}, P_C<1\text{W})$		
				G	高频小功率管 $(f_a\geqslant3\text{MHz}, P_C<1\text{W})$		
				D	低频大功率管 $(f_a<3\text{MHz}, P_C\geqslant1\text{W})$		
				A	高频大功率管 $(f_a\geqslant3\text{MHz}, P_C\geqslant1\text{W})$		

第一部分：用数字"2"表示二极管，用数字"3"表示三极管；

第二部分：材料和极性，用字母表示；

第三部分：类型，用字母表示；

第四部分：序号，用数字表示；

第五部分：规格，用字母表示。

示例 1：2CN1 表示硅材料 N 型阻尼二极管。

示例 2：3AX31A 表示 PNP 型锗材料低频小功率管，序号为 31，管子规格为 A。

3. 主要技术参数

反映二极管性能的参数较多，且不同类型二极管的主要参数种类也不一样，下面以普通二极管为例，介绍几个主要电参数。

（1）最大整流电流 I_F

在正常工作的情况下，二极管允许通过的最大正向平均电流称为最大整流电流 I_F。使用时二极管的平均电流不能超过这个数值。

（2）最高反向电压 U_{RM}

反向加在二极管两端，而不引起 PN 结击穿的最大电压称为最高反向电压 U_{RM}。工作电压仅为击穿电压的 1/2～1/3，工作电压的峰值不能超过 U_{RM}。

（3）最大反向电流 I_{RM}

因载流子的漂移作用，二极管截止时仍有反向电流流过 PN 结，该电流受温度及反向电压的影响。I_{RM} 越小，二极管质量越好。

（4）最高工作频率

最高工作频率指保证二极管单向导电作用的最高工作频率，若信号频率超过该值，则管子的单向导电性将变坏。

4. 判别与选用

（1）极性识别方法

常用二极管的外壳上均印有型号和标记。标记箭头所指的方向为阴极。有的二极管只有一个色点，有色点的一端为阴极，如图 C-2（a）所示；有的带定位标志，如图 C-2（b）所示。判别时，观察者面对管底，由定位销起，按顺时针方向，引出线依次为正极和负极。有的二极管管壳是透明玻璃管，则可看到连接触丝的一端为正极。

(a) 轴向引线图   (b) 带定位标志图

图 C-2   二极管极性识别

（2）检测方法

① 单向导电性的检测。用万用表欧姆挡测量二极管的正、反向电阻，有以下几种情况。

测得的反向电阻（约几百 kΩ 以上）和正向电阻（约几 kΩ 以下）的比值在 100 以上，表明二极管性能良好；

反、正向电阻之比为几十，甚至几百，表明二极管单向导电性不佳，不宜使用；

正、反向电阻为无限大，表明二极管断路；

正、反电阻均为零，表明二极管短路。

测试时需注意，检测小功率二极管时，应将万用表置于 R×100 或 R×1k 挡；检测中、大功率管时，方可将量程置于 R×1 或 R×10 挡。

② 二极管极性判断。当二极管外壳标志不清楚时，可以用万用表来判断。将万用表的两只表笔分别接触二极管的两个电极，若测出的阻值约为几十 Ω、几百 Ω 或几 kΩ，则黑表笔所接触的电极为二极管的正极，红表笔接触的电极是二极管的负极，如图 C-3（a）所示。若测出的电阻约为几十 kΩ 至几百 kΩ，则黑表笔所接触的电极为二极管的负极，红表笔接触的电极是二极管的正极，如图 C-3（b）所示。

(a) 正向特性测试　　　　　　　　　(b) 反向特性测试

图 C-3　二极管极性判断

5. 二极管的选用方法

（1）类型选择

按照用途选择二极管的类型。如用于检波可以选择点接触式普通二极管；用于整流可以选择面接触型普通二极管或整流二极管；用于光电转换可以选用光电二极管；在开关电路中使用开关二极管等。

（2）参数选择

用在电源电路中的整流二极管，通常考虑两个参数，即 I_F 和 U_{RM}。在选择的时候应适当留有裕量。

（3）材料选择

选择硅管还是锗管，可以按照以下原则决定：要求正向压降小的选择锗管；要求反向电流小的选择硅管；要求反电压高，耐高压的选择硅管。

C.2　半导体三极管

半导体三极管又称晶体三极管，通常简称晶体管，或双极型晶体管，它是一种控制电流的半导体器件，可用来对微弱信号进行放大和做无触点开关。它具有结构牢固，寿命长，体积小，耗电省等一系列优点，故在各个领域得到广泛应用。

1. 分类简介

（1）按材料分

三极管按材料分可分为硅三极管、锗三极管。

（2）按导电类型分

三极管按导电类型分可分为 PNP 型和 NPN 型。锗三极管多为 PNP 型，硅三极管多为 NPN 型。

（3）按用途分

按工作频率分为高频（$f_T>3MHz$）、低频（$f_T<3MHz$）和开关三极管。按工作功率又分为大功率（$P_C>1W$）、中功率（$P_C=0.5\sim1W$）和小功率（$P_C<0.5W$）三极管。

常用三极管的符号如图 C-4 所示。

(a) PNP 型　　(b) NPN 型

图 C-4　常用三极管符号图

2. 型号命名

三极管型号由五部分组成，详见表 C-2。

示例 3：3AG11C 表示锗 PNP 型高频小功率管，序号为 11，管子的规格号为 C。

3. 主要参数

表征三极管特性的参数很多，可大致分为三类，即直流参数、交流参数和极限参数。

（1）直流参数

① 共发射极电流放大倍数 h_{FE}（或 $\overline{\beta}$）。它指集电极电流 I_C 与基极电流 I_B 之比，即 $h_{FE}=I_C/I_B$。

② 集电极-发射极反向饱和电流 I_{CEO}。它指基极开路时，集电极与发射极之间加上规定的反向电压时的集电极电流，又称穿透电流。它是衡量三极管热稳定性的一个重要参数，其值越小，则三极管的热稳定性越好。

③ 集电极-基极反向饱和电流 I_{CBO}。它指发射极开路时，集电极与基极之间加上规定的电压时的集电极电流。良好三极管的 I_{CBO} 应很小。

（2）交流参数

① 共发射极交流电流放大系数 h_{fe}（或 β）。它指在共发射极电路中，集电极电流变化量 ΔI_C 与基极电流变化量 ΔI_B 之比，即 $h_{fe}=\Delta I_C/\Delta I_B$。

② 共发射极截止频率 f_β。它是指电流放大系数因频率增高而下降至低频放大系数的 0.707 时的频率，即 β 值下降了 3dB 时的频率。

③ 特征频率 f_T。它是指 β 值因频率升高而下降至 1 时的频率。

（3）极限参数

① 集电极最大允许电流 I_{CM}。它是指三极管参数变化不超过规定值时，集电极允许通过的最大电流。当三极管的实际工作电流大于 I_{CM} 时，管子的性能将显著变差。

② 集电极-发射极反向击穿电压 $U_{(BR)CEO}$。它指基极开路时，集电极与发射极间的反向击穿电压。

③ 集电极最大允许功率损耗 P_{CM}。它指集电结允许功耗的最大值，其大小取决于集电结的最高结温。

4. 判别与选用

（1）放大倍数与极性的识别方法

一般情况下可以根据命名规则从三极管管壳上的符号辨别出它的型号和类型。同时还可以从管壳上的色点的颜色来判断出管子的放大系数 β 值的大致范围。常用色点对 β 值分挡见表 C-3。

表 C-3 色标表示 β 范围

色标	棕	红	橙	黄	绿	蓝	紫	灰	白	黑
β	0~15	12~25	25~40	40~55	55~80	80~120	120~180	180~270	270~400	400 以上

例如，色标为橙色表明该管的 β 值在 25~40 之间。但有的厂家并非按此规定，使用时要注意。当从管壳上知道它们的类型、型号及 β 值后，还应进一步判别它们的三个极。

对于小功率三极管来说，有金属外壳和塑料外壳封装两种。金属外壳封装的如果管壳上带有定位销，那么，将管底朝上，从定位销起，按顺时针方向，三根电极依次为 e、b、c；如果管壳上无定位销，且三根电极在半圆内，则将有三根电极的半圆置于上方，按顺时针方向，三根电极依次为 e、b、c，如图 C-5（a）所示。

塑料外壳封装的，可面对平面，将三根电极置于下方，从左到右，三根电极依次为 e、b、

c，如图 C-5（b）所示。

(a) 金属外壳封装　　　(b) 塑料外壳封装

图 C-5　小功率三极管电极的识别

　　对于大功率三极管，外形一般分为 F 型和 G 型两种，如图 C-6 所示。F 型管，从外形上只能看到两根电极。将管底面对自己，两根电极置于左侧，则上为 e，下为 b，底座为 c，如图 C-6（a）所示。G 型管的三个电极一般在管壳的顶部，将管底朝下，三根电极置于左方，从最下电极起，顺时针方向依次为 e、b、c，如图 C-6（b）所示。

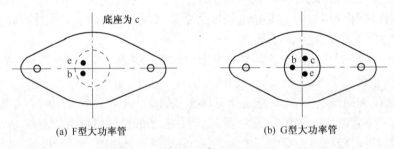

(a) F型大功率管　　　(b) G型大功率管

图 C-6　大功率三极管电极的识别

　　三极管的引脚必须正确确认，否则接入电路中不但不能正常工作，还可能烧坏管子。

　　（2）三极管的检测方法

　　① 应用万用表判别三极管引脚。

　　先判别基极 b 和三极管的类型：将万用表欧姆挡置于 R×100 或 R×1k 挡，先假设三极管的某极为基极，并将黑表笔接在假设的基极上，再将红表笔先后接到其余两个电极上。如果两次测得的电阻值都很大（或都很小），而对换表笔后测得的两个电阻值都很小（或都很大），则可以确定假设的基极是正确的。如果两次测得的电阻值是一大一小，则可肯定假设的基极是错误的，这时就必须重新假设另一电极为基极，再重复上述的测试。

　　当基极确定以后，将黑表笔接基极，红表笔分别接其他两极。此时，若测得的电阻值都很小，则该三极管为 NPN 型管，反之，则为 PNP 型管。

　　再判别集电极 c 和发射极 e：以 NPN 型管为例，把黑表笔接到假设的集电极 c 上，红表笔接到假设的 e 上，并且用手握住 b 和 c 极（b 和 c 极不能直接接触），通过人体，相当于在 b、c 之间接入偏置电阻。读出万用表所示的 c、e 间的电阻值，然后将红、黑两表笔对换重测，若第一次电阻值比第二次小，说明原假设成立，即黑表笔接的是集电极 c，红表笔接的是发射极 e。因为 c、e 间电阻值小正说明通过万用表的电流大，偏置正常，如图 C-7 所示。

(a) 示意图　　　　　　　　　　　(b) 等效电路

图 C-7　判别三极管 c、e 电极的原理图

② 三极管性能简单测试。

a. 检查穿透电流 I_{CEO} 的大小。以 NPN 型管为例，将基极 b 开路，测量 c、e 极间的电阻。万用表红表笔接发射极，黑表笔接集电极，若阻值较高（几十 kΩ 以上），则说明穿透电流较小，管子能正常工作。若 c、e 极间电阻小，则穿透电流大，受温度影响大，工作不稳定。在技术指标要求高的电路中不能用这种管子。若测得阻值接近 0，则表明管子已被击穿；若阻值为无穷大，则说明管子内部已断路。

b. 检查直流放大系数 β 的大小。在集电极 c 与基极 b 之间接入 100kΩ 的电阻 R_B，测量 R_B 接入前后两次发射极和集电极之间的电阻。万用表红表笔接发射极，黑表笔接集电极，电阻值相差越大，则说明 β 越高。

一般的数字万用表具备测 β 的功能，将三极管插入测试孔中，即可从表头刻度盘上直接读出 β 值。若以此法来判别发射极和集电极也很容易，只要将 e、c 脚对调一下，看表针偏转较大的那一次插脚正确，从数字万用表插孔旁标记即可辨别出发射极和集电极。

（3）三极管的选用原则

① 类型选择。按用途选择三极管的类型。如按电路的工作频率，可分低频放大和高频放大，应选用相应的低频管或高频管；若要求管子工作在开关状态，应选用开关管；根据集电极电流和耗散功率的大小，可分别选用小功率管或大功率管，一般集电极电流在 0.5A 以上，集电极耗散功率在 1W 以上的，选用大功率三极管，否则，选用小功率三极管。习惯上也把集电极电流为 0.5～1A 的称为中功率管，而 0.1A 以下的称为小功率管。还有按电路要求，选用 NPN 型或 PNP 型管等。

② 参数选择。对放大管，通常必须考虑 β，$U_{(BR)CEO}$，I_{CM} 和 P_{CM} 四个参数。一般希望 β 大，但并不是越大越好，需根据电路要求选择 β 值。β 值太高，易引起自激振荡，工作稳定性差，受温度影响也大。通常选 β 在 40～100 之间。$U_{(BR)CEO}$，I_{CM} 和 P_{CM} 是三极管极限参数，电路的估算值不得超过这些极限参数。

附录 D　半导体集成电路

D.1　半导体集成电路的型号命名方法

1. 型号命名方法

半导体集成电路的型号由五部分组成，符号及意义如表 D-1 所示。

表 D-1　半导体集成电路型号命名法

第零部分		第一部分		第二部分	第三部分		第四部分	
用字母表示器件符号国家标准		用字母表示器件的类型		用阿拉伯数字表示器件的系列和品种代号	用字母表示器件的工作温度范围		用字母表示器件的封装	
符号	意　义	符号	意　义		符号	意　义	符号	意　义
C	中国制造	T	TTL		C	0～70℃	W	陶瓷扁平
		H	HTL		E	−40～85℃	B	塑料扁平
		E	ECL		R	−55～85℃	F	全密封扁平
		C	CMOS		M	−55～125℃	D	陶瓷直插
		F	线性放大器		⋮	⋮	P	塑料直插
		D	音响、电视电路				J	黑陶瓷直插
		W	稳压器				K	金属菱形
		J	接口电路				T	金属圆形
		B	非线性电路				⋮	⋮
		M	存储器					
		U	微型机电路					
		⋮	⋮					

例如：

（1）肖特基 TTL 双 4 输入与非门

（2）CMOS 8 选 1 数据选择器（3S）

全密封扁平封装

−55～125℃

8 选 1 数据选择器

CMOS 电路

符号国家标准

（3）通用型运算放大器

金属圆形封装

0～70℃

通用Ⅲ型运算放大器

线性放大器

符号国家标准

2. 国标 TTL 集成电路与国外 TTL 集成电路型号对照的说明

国标 TTL 集成电路与国外 TTL 集成电路是完全可以互换的，两者型号之间有一一对应规律。

国外型号：

W：陶瓷扁平
J：陶瓷双列直插
N：塑料双列直插

封装

品种

系列（空白）：标准系列
H：高速系列
S：肖特基系列
LS：低功耗肖特基系列

工作温度范围 54：−55～125℃
74：0～70℃

美国 Texas 代号

国标型号：

F：全密封扁平（同 Texas W）
J：黑陶瓷直插（同 Texas 1）
D：陶瓷直插（可取代 Texas 1）
P：塑料直插（同 Texas N）

封装
工作温度范围 M：−55～125℃（同 Texas 54）
C：0～70℃（同 Texas 74）

品种

系列 1：中速系列（同 Texas 空白）
2：高速系列（同 Texas H）
3：肖特基系列（同 Texas S）
4：低功耗肖特基系列（同 Texas LS）

中国 TTL 集成电路

例如：CT4010CJ——SN74LS10J

CT4010MF——SN54LS10W

D.2 常用集成电路引脚排列图及功能表

常用集成电路引脚排列图及功能表见图 D-1～图 D-36 及表 D-2～表 D-21。

图 D-1 74LS00 四 2 输入与非门

图 D-2 74LS02 四 2 输入或非门

图 D-3 74LS04 六反向器

图 D-4 74LS10 三 3 输入与非门

图 D-5 74LS20 双 4 输入与非门

图 D-6 74LS51 双与或非门

图 D-7 74LS86 四 2 输入异或门

图 D-8 74LS125 四总线缓冲门

图 D-9 74LS03 四 2 输入与非 OC 门

图 D-10 74LS183 双进位全加器

图 D-11 74LS283 快速进位四位二进制全加器

图 D-12 74LS42 4-10 线译码器

表 D-2 74LS42 功能表

输　　入				输　　出									
A_3	A_2	A_1	A_0	$\overline{Y}_9$	$\overline{Y}_8$	$\overline{Y}_7$	$\overline{Y}_6$	$\overline{Y}_5$	$\overline{Y}_4$	$\overline{Y}_3$	$\overline{Y}_2$	$\overline{Y}_1$	$\overline{Y}_0$
L	L	L	L	H	H	H	H	H	H	H	H	H	L
L	L	L	H	H	H	H	H	H	H	H	H	L	H
L	L	H	L	H	H	H	H	H	H	H	L	H	H
L	L	H	H	H	H	H	H	H	H	L	H	H	H
L	H	L	L	H	H	H	H	H	L	H	H	H	H
L	H	L	H	H	H	H	H	L	H	H	H	H	H
L	H	H	L	H	H	H	L	H	H	H	H	H	H
L	H	H	H	H	H	L	H	H	H	H	H	H	H
H	L	L	L	H	L	H	H	H	H	H	H	H	H
H	L	L	H	L	H	H	H	H	H	H	H	H	H
H	L	H	L	H	H	H	H	H	H	H	H	H	H
H	L	H	H	H	H	H	H	H	H	H	H	H	H
H	H	L	L	H	H	H	H	H	H	H	H	H	H
H	H	L	H	H	H	H	H	H	H	H	H	H	H
H	H	H	L	H	H	H	H	H	H	H	H	H	H
H	H	H	H	H	H	H	H	H	H	H	H	H	H

图 D-13　74LS138 3-8 线译码器

图 D-14　74LS148 8-3 线优先编码器

表 D-3　74LS138 功能表

输　　入					输　　出							
使　　能		选　择　端										
S_1	$\bar{S}_2 + \bar{S}_3$	A_2	A_1	A_0	$\bar{Y}_7$	$\bar{Y}_6$	$\bar{Y}_5$	$\bar{Y}_4$	$\bar{Y}_3$	$\bar{Y}_2$	$\bar{Y}_1$	$\bar{Y}_0$
×	1	×	×	×	H	H	H	H	H	H	H	H
0	×	×	×	×	H	H	H	H	H	H	H	H
H	L	L	L	L	H	H	H	H	H	H	H	L
H	L	L	L	H	H	H	H	H	H	H	L	H
H	L	L	H	L	H	H	H	H	H	L	H	H
H	L	L	H	H	H	H	H	H	L	H	H	H
H	L	H	L	L	H	H	H	L	H	H	H	H
H	L	H	L	H	H	H	L	H	H	H	H	H
H	L	H	H	L	H	L	H	H	H	H	H	H
H	L	H	H	H	L	H	H	H	H	H	H	H

表 D-4　74LS148 功能表

输　　入									输　　出				
$\bar{S}$	$\bar{I}_0$	$\bar{I}_1$	$\bar{I}_2$	$\bar{I}_3$	$\bar{I}_4$	$\bar{I}_5$	$\bar{I}_6$	$\bar{I}_7$	$\bar{Y}_2$	$\bar{Y}_1$	$\bar{Y}_0$	$\bar{Y}_S$	$\bar{Y}_{EX}$
1	×	×	×	×	×	×	×	×	1	1	1	1	1
0	1	1	1	1	1	1	1	1	1	1	1	0	1
0	×	×	×	×	×	×	×	0	0	0	0	1	0
0	×	×	×	×	×	×	0	1	0	0	1	1	0
0	×	×	×	×	×	0	1	1	0	1	0	1	0
0	×	×	×	×	0	1	1	1	0	1	1	1	0
0	×	×	×	0	1	1	1	1	1	0	0	1	0
0	×	×	0	1	1	1	1	1	1	0	1	1	0
0	×	0	1	1	1	1	1	1	1	1	0	1	0
0	0	1	1	1	1	1	1	1	1	1	1	1	0

图 D-15　74LS151 八选一数据选择器

图 D-16　74LS153 四选一数据选择器

表 D-5　74LS151 功能表

输　入				输　出	
选　择			选　通		
A_2	A_1	A_0	$\overline{S}_T$	Y	$\overline{W}$
×	×	×	H	L	H
L	L	L	L	D_0	$\overline{D}_0$
L	L	H	L	D_1	$\overline{D}_1$
L	H	L	L	D_2	$\overline{D}_2$
L	H	H	L	D_3	$\overline{D}_3$
H	L	L	L	D_4	$\overline{D}_4$
H	L	H	L	D_5	$\overline{D}_5$
H	H	L	L	D_6	$\overline{D}_6$
H	H	H	L	D_7	$\overline{D}_7$

表 D-6　74LS153 功能表

输　入			输　出
选　择		选　通	
A_1	A_0	$\overline{S}_T$	Y
×	×	H	L
L	L	L	D_0
L	H	L	D_1
H	L	L	D_2
H	H	L	D_3

图 D-17　74LS132 正与非施密特触发器

图 D-18　74LS85 四位数码比较器

表 D-7 74LS85 功能表

输 入							输 出		
A_3B_3	A_2B_2	A_1B_1	A_0B_0	M′ (A′>B′)	L′ (A′=B′)	F′ (A′<B′)	M (A>B)	F (A=B)	L (A<B)
$A_3>B_3$	×	×	×	×	×	×	1	0	0
$A_3<B_3$	×	×	×	×	×	×	0	1	0
$A_3=B_3$	$A_2>B_2$	×	×	×	×	×	1	0	0
$A_3=B_3$	$A_2<B_2$	×	×	×	×	×	0	1	0
$A_3=B_3$	$A_2=B_2$	$A_1>B_1$	×	×	×	×	1	0	0
$A_3=B_3$	$A_2=B_2$	$A_1<B_1$	×	×	×	×	0	1	0
$A_3=B_3$	$A_2=B_2$	$A_1=B_1$	$A_0>B_0$	×	×	×	1	0	0
$A_3=B_3$	$A_2=B_2$	$A_1=B_1$	$A_0<B_0$	×	×	×	0	1	0
$A_3=B_3$	$A_2=B_2$	$A_1=B_1$	$A_0=B_0$	1	0	0	1	0	0
$A_3=B_3$	$A_2=B_2$	$A_1=B_1$	$A_0=B_0$	0	1	0	0	1	0
$A_3=B_3$	$A_2=B_2$	$A_1=B_1$	$A_0=B_0$	0	0	1	0	0	1

图 D-19 74LS74 双 D 触发器

图 D-20 74LS112 双 JK 触发器

表 D-8 74LS74 功能表

输 入				输 出	
$\overline{S}_D$	$\overline{R}_D$	CP	D	Q	$\overline{Q}$
L	H	×	×	H	L
H	L	×	×	L	H
L	L	×	×	H	H
H	H	↑	H	H	L
H	H	↑	L	L	H
H	H	0	×	Q_0	$\overline{Q}_0$

表 D-9 74LS112 功能表

输 入					输 出	
$\overline{S}_D$	$\overline{R}_D$	CP	J	K	Q	$\overline{Q}$
L	H	×	×	×	H	L
H	L	×	×	×	L	H
L	L	×	×	×	H	H
H	H	↓	L	L	Q_0	$\overline{Q}_0$
H	H	↓	L	H	L	H
H	H	↓	H	L	H	L
H	H	↓	H	H	$\overline{Q}_0$	Q_0
H	H	↓	×	×	Q_0	$\overline{Q}_0$

图 D-21　74LS160/161/163 同步十进制计数器

图 D-22　74LS190 同步可逆十进制计数器

表 D-10　74LS160 功能表

输　入									输　出			
清　零	使　能		置　数	时　钟	数　据							
$\overline{CR}$	CT_T	CT_P	$\overline{LD}$	CP	D_0	D_1	D_2	D_3	Q_0	Q_1	Q_2	Q_3
L	×	×	×	×	×	×	×	×	L　L　L　L			
H	×	×	L	↑	d_0	d_1	d_2	d_3	d_0　d_1　d_2　d_3			
H	H	H	H	↑	×	×	×	×	计数			
H	L	×	H	×	×	×	×	×	保持			
H	×	L	H	×	×	×	×	×	保持			

表 D-11　74LS161 功能表

输　入									输　出			
清　零	使　能		置　数	时　钟	数　据							
$\overline{CR}$	CT_T	CT_P	$\overline{LD}$	CP	D_0	D_1	D_2	D_3	Q_0	Q_1	Q_2	Q_3
L	×	×	×	×	×	×	×	×	L　L　L　L			
H	×	×	L	↑	d_0	d_1	d_2	d_3	d_0　d_1　d_2　d_3			
H	H	H	H	↑	×	×	×	×	计数			
H	L	×	H	×	×	×	×	×	保持			
H	×	L	H	×	×	×	×	×	保持			

表 D-12　74LS163 功能表

输　入									输　出			
清　零	使　能		置　数	时　钟	数　据							
$\overline{CR}$	CT_T	CT_P	$\overline{LD}$	CP	D_0	D_1	D_2	D_3	Q_0	Q_1	Q_2	Q_3
L	×	×	×	↑	×	×	×	×	L　L　L　L			
H	×	×	L	↑	d_0	d_1	d_2	d_3	d_0　d_1　d_2　d_3			
H	H	H	H	↑	×	×	×	×	计数			
H	L	×	H	×	×	×	×	×	保持			
H	×	L	H	×	×	×	×	×	保持			

表 D-13 74LS190 功能表

输 入								输 出			
使 能	置 数	时 钟	加/减	数 据				Q_0	Q_1	Q_2	Q_3
$\overline{ST}$	$\overline{LD}$	CP1	$\overline{U}/D$	D_0	D_1	D_2	D_3				
×	0	×	×	d_0	d_1	d_2	d_3	d_0	d_1	d_2	d_3
0	1	↑	0	×	×	×	×	加法计数			
0	1	↑	1	×	×	×	×	减法计数			
1	1	×	×	×	×	×	×	保持			

图 D-23 74LS191 同步可逆二进制计数器   图 D-24 74LS192 同步可逆十进制计数器

表 D-14 74LS191 功能表

输 入								输 出			
使 能	置 数	时 钟	加/减	数 据				Q_0	Q_1	Q_2	Q_3
$\overline{ST}$	$\overline{LD}$	CP1	$\overline{U}/D$	D_0	D_1	D_2	D_3				
×	0	×	×	d_0	d_1	d_2	d_3	d_0	d_1	d_2	d_3
0	1	↑	0	×	×	×	×	加法计数			
0	1	↑	1	×	×	×	×	减法计数			
1	1	×	×	×	×	×	×	保持			

表 D-15 74LS192 功能表

输 入								输 出			
清 零	加 计 数	减 计 数	置 数	数 据				Q_0	Q_1	Q_2	Q_3
CR	CT_U	CT_D	$\overline{LD}$	D_0	D_1	D_2	D_3				
H	×	×	×	×	×	×	×	L	L	L	L
L	×	×	L	d_0	d_1	d_2	d_3	d_0	d_1	d_2	d_3
L	↑	H	H	×	×	×	×	递增计数			
L	H	↑	H	×	×	×	×	递减计数			
L	H	H	H	×	×	×	×	保持			

图 D-25 74LS193 同步可逆二进制计数器

图 D-26 74LS194 四位双向通用移位寄存器

表 D-16 74LS193 功能表

输　入								输　出			
清　零	加 计 数	减 计 数	置　数	数　据				Q_0　Q_1　Q_2　Q_3			
CR	CT_U	CT_D	$\overline{LD}$	D_0	D_1	D_2	D_3				
H	×	×	×	×	×	×	×	L　L　L　L			
L	×	×	L	d_0	d_1	d_2	d_3	d_0　d_1　d_2　d_3			
L	↑	H	H	×	×	×	×	递增计数			
L	H	↑	H	×	×	×	×	递减计数			
L	H	H	H	×	×	×	×	保持			

表 D-17 74LS194 功能表

输　入										输　出			
清　零	模　式		时　钟	串　行		并　行				Q_0^{n+1}	Q_1^{n+1}	Q_2^{n+1}	Q_3^{n+1}
$\overline{CR}$	S_1	S_0	CP	D_{SL}	D_{SR}	D_0	D_1	D_2	D_3				
L	×	×	×	×	×	×	×	×	×	L	L	L	L
H	×	×	L	×	×	×	×	×	×	Q_0^n	Q_1^n	Q_2^n	Q_3^n
H	H	H	↑	×	×	d_0	d_1	d_2	d_3	d_0	d_1	d_2	d_3
H	L	H	↑	×	H	×	×	×	×	H	Q_0^n	Q_1^n	Q_2^n
H	L	H	↑	×	L	×	×	×	×	L	Q_0^n	Q_1^n	Q_2^n
H	H	L	↑	H	×	×	×	×	×	Q_1^n	Q_2^n	Q_3^n	H
H	H	L	↑	L	×	×	×	×	×	Q_1^n	Q_2^n	Q_3^n	L
H	L	L	×	×	×	×	×	×	×	Q_0^n	Q_1^n	Q_2^n	Q_3^n

图 D-27 74LS196 十进制计数器/锁存器

图 D-28 74LS197 二进制计数器/锁存器

表 D-18 74LS196 功能表

输 入							输 出			
清 零	置 数	时 钟	数 据				Q_3	Q_2	Q_1	Q_0
$\overline{CR}$	$\overline{LD}$	CP	D_3	D_2	D_1	D_0				
0	×	×	×	×	×	×	0	0	0	0
1	0	×	d_0	d_1	d_2	d_3	d_0	d_1	d_2	d_3
1	1	↓	×	×	×	×	递增计数			

表 D-19 74LS197 功能表

输 入							输 出			
清 零	置 数	时 钟	数 据				Q_3	Q_2	Q_1	Q_0
$\overline{CR}$	$\overline{LD}$	CP	D_3	D_2	D_1	D_0				
0	×	×	×	×	×	×	0	0	0	0
1	0	×	d_0	d_1	d_2	d_3	d_0	d_1	d_2	d_3
1	1	↓	×	×	×	×	递增计数			

图 D-29 74LS290 十进制计数器

图 D-30 CC7555 集成定时器

表 D-20 74LS290 功能表

输 入			输 出			
$R_{OA} \times R_{OB}$	$S_{9A} \times S_{9B}$	CP	Q_3	Q_2	Q_1	Q_0
H	L	×	L	L	L	L
L	H	×	H	L	L	H
L	L	↓	计数			

表 D-21 CC7555 功能表

TH	$\overline{TR}$	$\overline{R}$	OUT	放电管 V
×	×	0	0	导通
$> (2/3) V_{DD}$	$> (1/3) V_{DD}$	1	0	导通
$< (2/3) V_{DD}$	$< (1/3) V_{DD}$	1	不变	维持原态
×	$< (1/3) V_{DD}$	1	1	关闭

图 D-31 DAC0832 数/模转换器

图 D-32　ADC0809 模/数转换器

注：1 脚与 5 脚间接入一只几十 kΩ的调零电位器，

　　并将中心抽头接到负电源端（4 脚）

图 D-33　LM741（μA741、WA741）

高增益集成运算放大器

注：7 脚接旁路电容（大于 10μF），1 脚与 8 脚之间

　　接入 RC 网络后可调节电压增益

图 D-34　LM386 集成功率放大器

图 D-35　ICL8038 函数发生器

图 D-36　LM324 四运放集成运算放大器

附录 E　Multisim 2001 简介

Multisim 是 IIT 公司推出的以 Windows 为基础的超级仿真工具，适用于模拟和数字电路的设计。该工具在一个程序中汇总了框图输入、Spice 仿真、HDL 设计输入和仿真及其他设计能力。

Multisim 是一个完整的设计工具系统，提供了一个非常大的零件数据库，并提供原理图输入接口、全部的数/模 Spice 仿真功能、VHDL/Verilog HDL 设计接口与仿真功能、FPGA/CPLD 综合、RF 设计能力和后处理功能，还可以进行从原理图到 PCB 布线工具包的无缝隙数据传输。它提供单一易用的图形输入接口，可以满足一般使用者的设计要求。

Multisim 提供了全部先进的设计功能，满足用户从参数到产品的设计要求。因为程序将原理图输入、仿真和可编程逻辑紧密集成，用户可以放心地进行设计工作，不必顾及不同供应商的应用程序之间传输数据时经常出现的问题。

Multisim 最突出的特点之一是用户界面友好，尤其是多种可放置到设计电路中的虚拟仪表很有特色，从而使电路仿真分析操作更符合电子工程技术人员的实验工作习惯。

正因为如此，Multisim 一经推出就受到广大电路设计人员的喜爱，特别是在教育领域得到广泛应用。

E.1　Multisim 2001 菜单栏

Multisim 2001 的菜单栏提供了软件几乎所有的功能命令，包含着 10 个主菜单，分别为：File（文件）、Edit（编辑）、View（视图）、Place（放置）、Simulate（仿真）、Transfer（文件输出）、Tools（工具）、Options（选项）、Window（窗口）和 Help（帮助）。

1. File（文件）菜单

File（文件）菜单主要用于管理所创建的电路文件，如打开、保存和打印等。File 菜单中主要命令及功能如下。

New：新建一个空白窗口以建立一个新文件；Open：打开一个已存在的文件，如*·cir、*·msm、*·ewb 等格式的文件；Close：关闭当前工作区内的文件；Save：将工作区内的文件以*·msm 的格式存盘；Save As：另存为，将工作区内的文件换名存盘；Print Setup：打印设置；Print Circuit Setup：打印电路设置；Print Instruments：打印仪器；Print Preview：打印预览；Print：打印；Recent Files：最近文件，即最近几次打开过的文件，可选其中一个打开；Exit：退出并关闭 Multisim 2001。

2. Edit（编辑）菜单

Edit（编辑）菜单主要用于在电路绘制过程中，对电路和元件进行各种技术性处理。Edit 菜单中主要命令及功能如下。

Undo：撤销操作；Redo：重做；Cut：剪切；Copy：复制；Paste：粘贴；Paste Special：选择性粘贴；Delete：删除；Select All：全部选择；Find：查找；Flip Horizontal：水平翻转；

Flip Vertical：垂直翻转；90 Clocksise：顺时针旋转 90°；90 Counter CW：逆时针旋转 90°；Properties：打开一个已被选中的元件属性对话框，可对该元件的参数值、标识符等信息进行读取或修改。

3. View（视图）菜单

View（视图）菜单用于确定仿真界面上显示的内容以及电路图的缩放。View 菜单中的主要命令及功能如下。

Toolbars：选择工具栏，该命令还有二级菜单，用于显示或关闭相应的工具栏；Show Grid：显示栅格；Show Page Bounds：显示纸张边界；Show Title Block：显示标题栏；Show Border：显示边界；Show Ruler Bars：显示标尺栏；Zoom In：放大；Zoom Out：缩小；Zoom Arm：放大选定区域；Zoom Full：全部显示，用于查看整张原理图；Grapher：显示图表分析窗口；Circuit Description Box：显示电路文本描述窗口。

4. Place（放置）菜单

Place（放置）菜单主要提供在电路窗口内放置元件、连接点、总线和文字等命令。Place 菜单中的主要命令及功能如下。

Component：放置一个元件；Junction：放置一个节点；Bus：放置一根总线；Bus Vector Connect：放置总线连线；Hierarchical Block：放置电路功能块；Create New Hierarchical Block：新建电路功能块；Subcircuit：放置一个子电路；Replace by Subcircuit：用一个子电路替代；Text：放置文字；Graphics：绘图工具；Tilte Block：放置标题栏。

5. Simulate（仿真）菜单

Simulate（仿真）菜单主要提供电路仿真设置与操作命令。Simulate 菜单中的主要命令及功能如下。

Run：运行仿真开关；Pause：暂停仿真；Default Instrument Settings：打开预置仪表设置对话框；Digital Simulation Settings：选择数字电路仿真设置；Instruments：选择仿真仪表，该命令还有二级菜单，Instruments 的二级菜单中有万用表、信号发生器、功率表、示波器、波特仪、字符发生器、逻辑分析仪、逻辑转换仪、失真度分析仪、频谱分析仪、网络分析仪等；Analysis：选择仿真分析法，该命令还有二级菜单（Analysis 二级菜单中有多达 19 种仿真分析功能，这些分析功能是：直流工作点分析（DC Operating Point）、交流分析（AC Analysis）、瞬态分析（Transient Analysis）、傅里叶分析（Fourier Analysis）、噪声分析（Noise Analysis）、失真分析（Distortion Anaims）、直流扫描分析（DC Sweep）、灵敏度分析（Sensitivity）、参数扫描分析（Parameter Sweep）、温度扫描分析（Temperature Sweep）、零极点分析（Pole Zero）、传递函数分析（Transfer Function）、最坏情况分析（Worst Case）、蒙特卡罗分析（Monte Carlo）、轨迹宽度分析（Trace Width Analysis）和 RF 分析（RF Analysis））；Post Processor：打开后处理器对话框；Simulation Error Log/Audit Trail：自动设置电路故障；Global Component Tolerances：全局元件容差设置。

6. Transfer（文件输出）菜单

Transfer（文件输出）菜单将用 Multisim 2001 绘制的，经过仿真调试满意后的原理图传送到 IIT 公司的 PCB 软件 Ultiboard 或其他 PCB 软件（如 botel）中进行 PCB 布线，以生成合格的 PCB 文件，最后制作 PCB。Transfer 菜单中的主要命令及功能如下。

Transfer to Ultiboard V7：传送给 Ultiboard V7；Transfer to Ultiboard 2001：传送给

Ultiboard 2001；Transfer to Other PCB Uyout：传送给其他PCB软件；Forward Annotate to Ultiboard V7：到Ultiboard V7的注释；Back annotate from Ultiboard V7：从Ultiboard V7返回的注释；Export Simulation Results to MathCAD：仿真分析的结果输出到MathCAD；Export Simulation Results to Excel：仿真分析的结果输出到Excel；Export Netlist：输出网表。

7．Tools（工具）菜单

Tools（工具）菜单主要用于编辑或管理元器件和元件库。Tools 菜单中的主要命令及功能如下。

Component Wizard：打开创建元件对话框；Symbol Editor：打开编辑元件符号对话框；Database Management：打开元件库管理对话框；555 Timer Wizard：打开 555 定时器对话框；Filter Wizard：打开滤波器对话框；Electrical Rules Check：电气规则检查；Renumber Components：元件序号重编；Replace Components：重新放置元件；Update HB/SB Symbols：升级 SB/HB 符号；Convert V6 Database：转换 V6 元件库；Modify Title Block Data：改变标题栏；Titie Block Editor：编辑标题栏；Internet Design Sharing：网络设计分享；EDAparts.com：连接 www.EDAparts.com 网站。

8．Options（选项）菜单

Options（选项）菜单主要用于定制电路的界面和电路某些功能的设定。Options 菜单中的命令及功能如下。

Preferences：打开参数选择对话对话框；Customize：打开定制菜单的对话框。

9．Window（窗口）菜单

Window（窗口）菜单主要用于多个窗口的显示方式。Window 菜单中的命令及功能如下。Cascade：各电路窗口叠放显示；Tile：各电路窗口排列显示；Arrange Icons：排列图标。

10．Help（帮助）菜单

Help（帮助）菜单主要为用户提供在线技术帮助和使用指导。

E.2　Multisim 2001 元器件栏

Multisim 2001 提供了 15 个元器件库，用鼠标左健单击元器件库栏目下的图标即可打开该元器件库。元器件栏有：信号源库、基本元件库、二极管库、晶体管库、模拟集成电路库、TTL数字集成电路库、CMOS 数字集成电路库、数字器件库、混合器件库、指示器件库、其他器件库、控制器件库、射频元器件库、电机类器件库和网站，其功能如下。

信号源库（Source）：含接地、直流信号源、交流信号源、受控源等 6 类。

基本元件库（Basic）：含电阻、电容、电感、变压器、开关、负载等 18 类。

二极管库（Diode）：含虚拟、普通、发光、稳压二极管、桥堆、可控硅等 9 类。

晶体管库（Transistor）：含双极型管、场效应管、复合管、功率管等 16 类。

模拟集成电路库（Analog）：含虚拟、线性、特殊运放和比较器等 6 类。

TTL 数字集成电路库（TTL）：含 74×× 和 74LS×× 两大系列。

CMOS 数字集成电路库（CMOS）：含 4××× 和 74HC×× 两大系列。

数字器件库（Miscellaneous Digital）：含虚拟 TTL、VHDL、Verilog HDL 器件等 3 个系列。

混合器件库（Mixed）：含 ADC/DAC、555 定时器、模拟开关等 4 类。

指示器件库（Indicator）：含电压表、电流表、指示灯、数码管等 8 类。

其他器件库（Miscellaneous）：含晶振、集成稳压器、电子管、保险丝等 14 类。

控制器件库（Controls）：含微分运算、积分运算和除法运算等 8 类。

射频元器件库（RF）：含射频 NPN、射频 PNP、射频 FET 等 7 类。

电机类器件库（Electromechanical）：含各种开关、继电器、电机等 8 类。

网站（.com）：连接 EDA 相关网站。

E.3　Multisim 2001 仪器仪表

Multisim 2001 提供一系列虚拟仪表，用户可用这些仪表测试电路的性能。这些仪表的使用和读数与真实的仪表相同。使用虚拟仪表显示仿真结果是检测电路性能的最好、最简便的方法之一。

提供的虚拟仪表有：

数字万用表（Multimeter）：数字万用表外观和操作与实际的万用表相似，可以测电流 A、电压 V、电阻 Ω 和分贝值 dB，测直流或交流信号。万用表有正极和负极两个引线端。

函数发生器（Function Generator）：可以产生正弦波、三角波和矩形波，信号频率可在 1Hz～999MHz 范围内调整。信号的幅值以及占空比等参数也可以根据需要进行调节。信号发生器有三个引线端口：负极、正极和公共端。

瓦特表（Wattmeter）：用来测量电路的交流或者直流功率，瓦特表有四个引线端口，分别为电压正极和负极、电流正极和负极。

示波器（Oscilloscope）：与实际的示波器外观和基本操作基本相同，该示波器可以观察一路或两路信号波形的形状，分析被测周期信号的幅值和频率，时间基准可在秒直至纳秒范围内调节。示波器图标有四个连接点：A 通道输入、B 通道输入、外触发端 T 和接地端 G。

波特图仪（Bode Plotter）：可以方便地测量和显示电路的频率响应，波特图仪适合于分析滤波电路或电路的频率特性，特别易于观察截止频率。

字信号发生器（Word Generator）：一个通用的数字激励源编辑器，可以多种方式产生 32 位的字符串，在数字电路的测试中应用非常灵活。

逻辑分析仪（Logic Analyzer）：为 16 路的逻辑分析仪，用于数字信号的高速采集和时序分析。逻辑分析仪的连接端口有：16 路信号输入端、外接时钟端 C、时钟限制 Q 以及触发限制 T。

逻辑转换器（Logic Converter）：逻辑转换器为一种虚拟仪器，实际中没有这种仪器。逻辑转换器可以在逻辑电路、真值表和逻辑表达式之间进行转换。有 8 路信号输入端、1 路信号输出端。6 种转换功能依次是：逻辑电路转换为真值表，真值表转换为逻辑表达式，真值表转换为最简逻辑表达式，逻辑表达式转换为真值表，逻辑表达式转换为逻辑电路，逻辑表达式转换为与非门电路。

失真度仪（Distortion Analyzer）：失真度仪专门用来测量电路的信号失真度，失真度仪提供的频率范围为 20Hz～100kHz。

频谱分析仪（Spectrum Analyzer）：用来分析信号的频域特性，其频域分析范围的上限为 4GHz。

网络分析仪（Network Analyzer）：网络分析仪主要用来测量双端口网络的特性，如衰减器、放大器、混频器、功率分配器等。

附录 F 全国大学生电子设计竞赛题目

第七届（2005 年）全国大学生电子设计竞赛题目

▶▶▶ **A 题 正弦信号发生器**

一、任务

设计制作一个正弦信号发生器。

二、要求

1. 基本要求

（1）正弦波输出频率范围：1kHz～10MHz。

（2）具有频率设置功能，频率步进：100Hz。

（3）输出信号频率稳定度：优于 10^{-4}。

（4）输出电压幅度：在 50Ω 负载电阻上的电压峰-峰值 $V_{opp} \geqslant 1V$。

（5）失真度：用示波器观察时无明显失真。

2. 发挥部分

在完成基本要求任务的基础上，增加如下功能：

（1）增加输出电压幅度：在频率范围内 50Ω 负载电阻上正弦信号输出电压的峰-峰值 V_{opp}=（6±1）V。

（2）产生模拟幅度调制（AM）信号：在 1～10MHz 范围内调制度 m_a 可在 10%～100% 之间程控调节，步进量 10%，正弦调制信号频率为 1kHz，调制信号自行产生。

（3）产生模拟频率调制（FM）信号：在 100kHz～10MHz 频率范围内产生 10kHz 最大频偏，且最大频偏可分为 5kHz/10kHz 两级程控调节，正弦调制信号频率为 1kHz，调制信号自行产生。

（4）产生二进制 PSK、ASK 信号：在 100kHz 固定频率载波进行二进制键控，二进制基带序列码速率固定为 10Kbps，二进制基带序列信号自行产生。

（5）其他。

▶▶▶ **B 题 集成运放参数测试仪**

一、任务

设计并制作一台能测试通用型集成运算放大器参数的测试仪，示意图如图 F-1 所示。

图 F-1　集成运算放大器参数测试仪组成框图

二、要求

1. 基本要求

（1）能测试 V_{IO}（输入失调电压）、I_{IO}（输入失调电流）、A_{VD}（交流差模开环电压增益）和 K_{CMR}（交流共模抑制比）四项基本参数，显示器最大显示数为 3 999。

（2）各项被测参数的测量范围及精度如下（被测运放的工作电压为±15V）：

V_{IO}：测量范围为 0～40mV（量程为 4mV 和 40mV），误差绝对值小于 3%读数+1 个字；

I_{IO}：测量范围为 0～4μA（量程为 0.4μA 和 4μA），误差绝对值小于 3%读数+1 个字；

A_{VD}：测量范围为 60～120dB，测试误差绝对值小于 3dB；

K_{CMR}：测量范围为 60～120dB，测试误差绝对值小于 3dB。

（3）测试仪中的信号源（自制）用于 A_{VD}、K_{CMR} 参数的测量，要求信号源能输出频率为 5Hz，输出电压有效值为 4 V 的正弦波信号，频率与电压值误差绝对值均小于 1%。

（4）按照本题附录提供的符合 GB3442—82 的测试原理图（见图 F-2～图 F-4），再制作一组符合该标准的测试 V_{IO}、I_{IO}、A_{VD} 和 K_{CMR} 参数的测试电路，以此测试电路的测试结果作为测试标准，对制作的运放参数测试仪进行标定。

2. 发挥部分

（1）增加电压模运放 BW_G（单位增益带宽）参数测量功能，要求测量频率范围为 100kHz～3.5MHz，测量时间≤10s，频率分辨力为 1kHz。

为此设计并制作一个扫频信号源，要求输出频率范围为 40kHz～4MHz，频率误差绝对值小于 1%，输出电压的有效值为（2±0.2）V。

（2）增加自动测量（含自动量程转换）功能。该功能启动后，能自动按 V_{IO}、I_{IO}、A_{VD}、K_{CMR} 和 BW_G 的顺序测量、显示并打印以上 5 个参数测量结果。

（3）其他。

3. 附录

参照 GB 3442—82 标准，V_{IO}、I_{IO}、A_{VD} 和 K_{CMR} 参数的测试原理图分别如图 F-2～图 F-4 所示。图 F-3 和图 F-4 中的信号源可采用现成的信号源。为了保证测试精度，外接测试仪表（信号源和数字电压表）的精度应比自制的运放参数测试仪的精度高一个数量级。

（1）V_{IO}、I_{IO} 电参数的测试原理与测试原理图

① 在 K_1、K_2 闭合时，测得辅助运放的输出电压记为 V_{L0}，则有：

$$V_{IO} = \frac{R_i}{R_i + R_f} \cdot V_{L0}$$

② 在 K_1、K_2 断开时，测得辅助运放的输出电压记为 V_{L1}，则有：

$$I_{\mathrm{IO}} = \frac{R_{\mathrm{i}}}{R_{\mathrm{i}} + R_{\mathrm{f}}} \cdot \frac{V_{\mathrm{L1}} - V_{\mathrm{L0}}}{R}$$

图 F-2　V_{IO}、I_{IO} 电参数测试原理图

（2）A_{VD} 电参数的测试原理与测试原理图

图 E-3　A_{VD} 电参数测试原理图

设信号源输出电压为 V_{S}，测得辅助运放输出电压为 V_{L0}，则有

$$A_{\mathrm{VD}} = 20 \lg \left(\frac{V_{\mathrm{S}}}{V_{\mathrm{L0}}} \cdot \frac{R_{\mathrm{i}} + R_{\mathrm{f}}}{R_{\mathrm{i}}} \right) \text{ (dB)}$$

（3）K_{CMR} 电参数的测试原理与测试原理图

图 F-4　K_{CMR} 电参数测试原理图

设信号源输出电压为 V_{S}，测得辅助运放输出电压为 V_{L0}，则有

$$K_{\text{CMR}} = 20 \lg \left(\frac{V_{\text{S}}}{V_{\text{L0}}} \cdot \frac{R_{\text{i}} + R_{\text{f}}}{R_{\text{i}}} \right) \text{(dB)}$$

（4）附录说明

① 测试采用了辅助放大器测试方法。要求辅助运放的开环增益大于 60dB，输入失调电压和失调电流值小。

② 为了保证测试精度，要求对 R、R_{i}、R_{f} 的阻值准确测量，R_1、R_2 的阻值尽可能一致；I_{IO} 与 R 的乘积远大于 V_{IO}；I_{IO} 与 $R_{\text{i}}//R_{\text{f}}$ 的乘积应远小于 V_{IO}。测试电路中的电阻建议取值：R_{i}=100Ω，R_{f}=20～100kΩ，$R_1 = R_2$=30kΩ，R_{L}=10 kΩ，R=1MΩ。

③ 建议图 F-3、图 F-4 中使用的信号源输出为正弦波信号，频率为 5Hz，输出电压有效值为 4 V。

三、说明

（1）为了制作方便，被测运放的型号选定为 8 引脚双列直插的电压模运放 F741（LM741、μA741、F007 等）通用型运算放大器。

（2）为了测试方便，自制的信号源应预留测量端子。

（3）测试时用到的打印机自备。

▶▶▶ C 题　简易频谱分析仪

一、任务

采用外差原理设计并实现频谱分析仪，其参考原理框图如图 F-5 所示。

图 F-5　频谱分析仪原理框图

二、要求

1. 基本要求

（1）频率测量范围为 10～30MHz。

（2）频率分辨力为 10kHz，输入信号电压有效值为（20±5）mV，输入阻抗为 50Ω。

（3）可设置中心频率和扫频宽度。

（4）借助示波器显示被测信号的频谱图，并在示波器上标出间隔为 1MHz 的频标。

2．发挥部分

（1）频率测量范围扩展至 1～30MHz。

（2）具有识别调幅、调频和等幅波信号及测定其中心频率的功能，采用信号发生器输出的调幅、调频和等幅波信号作为外差式频谱分析仪的输入信号，载波可选择在频率测量范围内的任意频率值，调幅波调制度 m_a=30%，调制信号频率为 20kHz；调频波频偏为 20kHz，调制信号频率为 1kHz。

（3）其他。

三、说明

（1）原理框图中虚线框内的"信号处理电路"和"显示电路"两模块适用于发挥部分（2），可以采用模拟或数字方式实现。

（2）制作与测试过程中，该频谱分析仪对电压值的标定采用对比法，即首先输入幅度为已知的正弦信号（如：电压有效值为 20mV，频率为 10MHz 的正弦信号），以其在原理框图中示波器纵轴显示的高度确定该频谱分析仪的电压标尺。

▶▶▶ D题 单工无线呼叫系统

一、任务

设计并制作一个单工无线呼叫系统，实现主站至从站间的单工语音及数据传输业务。

二、要求

1．基本要求

（1）设计并制作一个主站，传送一路语音信号，其发射频率在 30～40MHz 之间自行选择，发射峰值功率不大于 20mW（50Ω假负载电阻上测定），射频信号带宽及调制方式自定，主站传送信号的输入采用话筒和线路输入两种方式。

（2）设计并制作一个从站，其接收频率与主站相对应，从站必须采用电池组供电，用耳机收听语音信号。

（3）当传送信号为 300～3 400Hz 的正弦波时，去掉收、发天线，用一个功率衰减 20dB 左右的衰减器连接主、从站天线端子，通过示波器观察从站耳机两端的接收波形，波形应无明显失真。

（4）主、从站室内通信距离不小于 5m，题目中的通信距离是指主、从站两设备（含天线）间的最近距离。

（5）主、从站收、发天线采用拉杆天线或导线，长度小于等于 1m。

2．发挥部分

（1）从站数量扩展至 8 个（实际制作 1 个从站），构成一点对多点的单工无线呼叫系统。要求从站号码可任意改变，主站具有拨号选呼和群呼功能。

（2）增加英文短信的数据传输业务，实现主站英文短信的输入发送和从站英文短信的接收显示功能。

（3）当发射峰值功率不大于 20mW 时，尽可能地加大主、从站间的通信距离。

（4）其他。

三、说明

（1）主站需留出末级功率放大器发射功率的测量端，用于接入 50Ω假负载电阻，以测试发射功率。

（2）为测试方便，作品中可以使用自制的衰减器。

▶▶▶ E题　悬挂运动控制系统

一、任务

设计一电机控制系统，控制物体在倾斜（仰角≤100°）的板上运动。

在一白色底板上固定两个滑轮，两只电机（固定在板上）通过穿过滑轮的吊绳控制一物体在板上运动，运动范围为 80cm×100cm。物体的形状不限，质量大于 100g。物体上固定有浅色画笔，以便运动时能在板上画出运动轨迹。板上标有间距为 1cm 的浅色坐标线（不同于画笔颜色），左下角为直角坐标原点，示意图如图 F-6 所示。

图 F-6　运动轨迹示意图

二、要求

1. 基本要求

（1）控制系统能够通过键盘或其他方式任意设定坐标点参数。

（2）控制物体在 80cm×100cm 的范围内作自行设定的运动，运动轨迹长度不小于 100cm，物体在运动时能够在板上画出运动轨迹，限 300s 内完成。

（3）控制物体作圆心可任意设定，直径为 50cm 的圆周运动，限 300s 内完成。

（4）物体从左下角坐标原点出发，在 150s 内到达设定的一个坐标点（两点间直线距离不小于 40cm）。

2. 发挥部分

（1）能够显示物体中画笔所在位置的坐标。

（2）控制物体沿板上标出的任意曲线运动（见示意图），曲线在测试时现场标出，线宽 1.5～1.8cm，总长度约 50cm，颜色为黑色；曲线的前一部分是连续的，长约 30cm；后一部分是两段总长约 20cm 的间断线段，间断距离不大于 1cm；沿连续曲线运动限定在 200s 内完成，沿间断曲线运动限定在 300s 内完成。

（3）其他。

三、说明

（1）物体的运动轨迹以画笔画出的痕迹为准，应尽量使物体运动轨迹与预期轨迹吻合，同时尽量缩短运动时间。

（2）若在某项测试中运动超过限定的时间，该项目不得分。

（3）运动轨迹与预期轨迹之间的偏差超过 4cm 时，该项目不得分。

（4）在基本要求（3）、（4）和发挥部分（2）中，物体开始运动前，允许手动将物体定位；开始运动后，不能再人为干预物体运动，测试用板（板上含空白坐标纸）测试时自带。

▶▶▶ F题 数控直流电流源

一、任务

设计并制作数控直流电流源。输入交流 200～240V，50Hz；输出直流电压不大于 10V。其原理示意图如图 F-7 所示。

图 F-7　数控直流电流源原理示意图

二、要求

1．基本要求

（1）输出电流范围：200～2 000mA。

（2）可设置并显示输出电流给定值，要求输出电流与给定值偏差的绝对值不大于给定值的 1%+10 mA。

（3）具有"+"、"-"步进调整功能，步进不大于 10mA。

（4）改变负载电阻，输出电压在 10V 以内变化时，要求输出电流变化的绝对值不大于输出电流值的 1%+10mA。

（5）纹波电流不大于 2mA。

（6）自制电源。

2．发挥部分

（1）输出电流范围为 20～2 000mA，步进 1mA。

（2）设计、制作测量并显示输出电流的装置（可同时或交替显示电流的给定值和实测值），测量误差的绝对值不大于测量值的 0.1%+3 个字。

（3）改变负载电阻，输出电压在 10V 以内变化时，要求输出电流变化的绝对值不大于输出电流值的 0.1%+1mA。

（4）纹波电流不大于 0.2mA。

（5）其他。

三、说明

（1）需留出输出电流和电压测量端子。

（2）输出电流可用高精度电流表测量；如果没有高精度电流表，可在采样电阻上测量电压换算成电流。

（3）纹波电流的测量可用低频毫伏表测量输出纹波电压，换算成纹波电流。

▶▶▶ **G 题　三相正弦波变频电源**

一、任务

设计并制作一个三相正弦波变频电源，输出线电压有效值为 36V，最大负载电流有效值为 3A，负载为三相对称阻性负载（Y 接法）。变频电源框图如图 F-8 所示。

图 F-8　变频电源框图

二、要求

1．基本要求

（1）输出频率范围为 20～100Hz 的三相对称交流电，各相电压有效值之差小于 0.5V。

（2）输出电压波形应尽量接近正弦波，用示波器观察无明显失真。

（3）当输入电压为 198～242V，负载电流有效值为 0.5～3A 时，输出线电压有效值应保持在 36V，误差的绝对值小于 5%。

（4）具有过流保护（输出电流有效值达 3.6A 时动作）、负载缺相保护及负载不对称保护（三相电流中任意两相电流之差大于 0.5A 时动作）功能，保护时自动切断输入交流电源。

2．发挥部分

（1）当输入电压为 198～242V，负载电流有效值为 0.5～3A 时，输出线电压有效值应保持在 36V，误差的绝对值小于 1%。

（2）设计制作具有测量、显示该变频电源输出电压、电流、频率和功率的电路，测量误差的绝对值小于 5%。

（3）变频电源输出频率在 50Hz 以上时，输出相电压的失真度小于 5%。

（4）其他。

三、说明

（1）在调试过程中，要注意安全。

（2）不能使用产生 SPWM（正弦波脉宽调制）波形的专用芯片。

（3）必要时，可以在隔离变压器前使用自耦变压器调整输入电压，可用三相电阻箱模拟负载。

（4）测量失真度时，应注意输入信号的衰减以及与失真度仪的隔离等问题。

（5）输出功率可通过电流、电压的测量值计算。

第八届（2007 年）全国大学生电子设计竞赛题目

▶▶▶ A 题 音频信号分析仪【本科组】

一、任务

设计、制作一个可分析音频信号频率成分，并可测量正弦信号失真度的仪器。

二、要求

1．基本要求

（1）输入阻抗：50Ω。

（2）输入信号电压范围（峰-峰值）：100mV～5V。

（3）输入信号包含的频率成分范围：200Hz～10kHz。

（4）频率分辨力：100Hz（可正确测量被测信号中频差不小于 100Hz 的频率分量的功率值）。

（5）检测输入信号的总功率和各频率分量的频率和功率，检测出的各频率分量的功率之和不小于总功率值的 95%；各频率分量功率测量的相对误差的绝对值小于 10%，总功率测量的相对误差的绝对值小于 5%。

（6）分析时间：5s。应以 5s 周期刷新分析数据，信号各频率分量应按功率大小依次存储并可回放显示，同时实时显示信号总功率和至少前两个频率分量的频率值、功率值，并设暂停键保持显示的数据。

2．发挥部分

（1）扩大输入信号动态范围，提高灵敏度。

（2）输入信号包含的频率成分范围：20Hz～10kHz。

（3）增加频率分辨力 20Hz 挡。

（4）判断输入信号的周期性，并测量其周期。

（5）测量被测正弦信号的失真度。

（6）其他。

三、说明

（1）电源可用成品，必须自备，亦可自制。

（2）设计报告正文中应包括系统总体框图、核心电路原理图、主要流程图、主要的测试结果。完整的电路原理图、重要的源程序和完整的测试结果用附件给出。

▶▶▶ B 题　无线识别装置【本科组】

一、任务

设计制作一套无线识别装置。该装置由阅读器、应答器和耦合线圈组成，其方框图参见图 F-9 所示。阅读器能识别应答器的有无，编码和存储信息。

图 F-9　无线识别装置方框图

装置中阅读器、应答器均具有无线传输功能，频率和调制方式自由选定。不得使用现有射频识别卡或用于识别的专用芯片。装置中的耦合线圈为圆形空芯线圈，用直径不大于 1mm 的漆包线或有绝缘外皮的导线密绕 10 圈制成。线圈直径为（6.6±0.5）cm（可用直径 6.6 cm 左右的易拉罐作为骨架，绕好取下，用绝缘胶带固定即可）。线圈间的介质为空气。两个耦合线圈最接近部分的间距定义为 D。

阅读器、应答器不得使用其他耦合方式。

二、要求

1．基本要求

（1）应答器采用两节 1.5V 干电池供电，阅读器用外接单电源供电。阅读器采用发光二极管显示识别结果，能在 D 尽可能大的情况下，识别应答器的有无。识别正确率≥80%，识别时间≤5s，耦合线圈间距 D≥5cm。

（2）应答器增加编码预置功能，可以用开关预置四位二进制编码。阅读器能正确识别并显示应答器的预置编码。显示正确率≥80%，响应时间≤5s，耦合线圈间距 D≥5cm。

2．发挥部分

（1）应答器所需电源能量全部从耦合线圈获得（通过对耦合到的信号进行整流滤波得到能量），不允许使用电池及内部含有电池的集成电路。阅读器能正确读出并显示应答器上预置的四位二进制编码。显示正确率≥80%，响应时间≤5s，耦合线圈间距 D≥5cm。

（2）阅读器采用单电源供电，在识别状态时，电源供给功率≤2W。在显示编码正确率≥80%，响应时间≤5s 的条件下，尽可能增加耦合线圈间距 D。

（3）应答器增加信息存储功能，其存储容量大于等于两个四位二进制数。装置断电后，应答器存储的信息不丢失。无线识别装置具有在阅读器端写入、读出应答器存储信息的功能。

（4）其他。

三、说明

设计报告正文中应包括系统总体框图、核心电路原理图、主要流程图、主要的测试结果。完整的电路原理图、重要的源程序用附件给出。

▶▶▶ C 题　数字示波器【本科组】

一、任务

设计并制作一台具有实时采样方式和等效采样方式的数字示波器，示意图如图 F-10 所示。

图 F-10　数字示波器示意图

二、要求

1．基本要求

（1）被测周期信号的频率范围为 10Hz～10MHz，仪器输入阻抗为 1MΩ，显示屏的刻度为 8 div×10div，垂直分辨率为 8bits，水平显示分辨率≥20 点/ div。

（2）垂直灵敏度要求含 1V/div、0.1V/div 两挡。电压测量误差≤5%。

（3）实时采样速率≤1MSa/s，等效采样速率≥200MSa/s；扫描速度要求含 20ms/div、2μs/div、100 ns/div 三挡，波形周期测量误差≤5%。

（4）仪器的触发电路采用内触发方式，要求上升沿触发，触发电平可调。

（5）被测信号的显示波形应无明显失真。

2．发挥部分

（1）提高仪器垂直灵敏度，要求增加 2mV/div 挡，其电压测量误差≤5%，输入短路时的输出噪声峰-峰值小于 2mV。

（2）增加存储/调出功能，即按动一次"存储"键，仪器即可存储当前波形，并能在需要时调出存储的波形予以显示。

（3）增加单次触发功能，即按动一次"单次触发"键，仪器能对满足触发条件的信号进行一次采集与存储（被测信号的频率范围限定为 10Hz～50kHz）。

（4）能提供频率为 100kHz 的方波校准信号，要求幅度值为 0.3V±5%（负载电阻≥1MΩ时），频率误差≤5%。

（5）其他。

三、说明

（1）A/D 转换器最高采样速率限定为 1MSa/s，并要求设计独立的取样保持电路。为了方便检测，要求在 A/D 转换器和取样保持电路之间设置测试端子 TP。

（2）显示部分可采用通用示波器，也可采用液晶显示器。

（3）等效采样的概念可参考蒋焕文等编著的《电子测量》一书中取样示波器的内容，或陈尚松等编著的《电子测量与仪器》等相关资料。

（4）设计报告正文中应包括系统总体框图、核心电路原理图、主要流程图、主要的测试结果。完整的电路原理图、重要的源程序和完整的测试结果可用附件给出。

▶▶ D 题　程控滤波器【本科组】

一、任务

设计并制作程控滤波器，其组成如图 F-11 所示。放大器增益可设置；低通或高通滤波器通带、截止频率等参数可设置。

图 F-11　程控滤波器组成框图

二、要求

1. 基本要求

（1）放大器输入正弦信号电压振幅为 10mV，电压增益为 40dB，增益 10dB 步进可调，通频带为 100Hz～40kHz，放大器输出电压无明显失真。

（2）滤波器可设置为低通滤波器，其−3dB 截止频率 f_c 在 1～20kHz 范围内可调，调节的频率步进为 1kHz，$2f_c$ 处放大器与滤波器的总电压增益不大于 30dB，R_L=1kΩ。

（3）滤波器可设置为高通滤波器，其−3dB 截止频率 f_c 在 1～20kHz 范围内可调，调节的频率步进为 1kHz，$0.5f_c$ 处放大器与滤波器的总电压增益不大于 30dB，R_L=1kΩ。

（4）电压增益与截止频率的误差均不大于 10%。

（5）有设置参数显示功能。

2. 发挥部分

（1）放大器电压增益为 60dB，输入信号电压振幅为 10mV；增益 10dB 步进可调，电压增益误差不大于 5%。

（2）制作一个四阶椭圆型低通滤波器，带内起伏≤1dB，-3dB 通带为 50kHz，要求放大器与低通滤波器在 200kHz 处的总电压增益小于 5dB，-3dB 通带误差不大于 5%。

（3）制作一个简易幅频特性测试仪，其扫频输出信号的频率变化范围是 100Hz～200kHz，频率步进 10kHz。

（4）其他。

三、说明

设计报告正文应包括系统总体框图、核心电路原理图、主要流程图和主要的测试结果。完整的电路原理图、重要的源程序和完整的测试结果可用附件给出。

▶▶▶ E 题　开关稳压电源【本科组】

一、任务

设计并制作如图 F-12 所示的开关稳压电源。

图 F-12　开关稳压电源框图

二、要求

在电阻负载条件下，使电源满足下述要求。

1. 基本要求

（1）输出电压 U_O 可调范围：30～36V。

（2）最大输出电流 I_{Omax}：2A。

（3）U_2 从 15V 变到 21V 时，电压调整率 $S_U \leq 2\%$（$I_O=2A$）。

（4）I_O 从 0 变到 2A 时，负载调整率 $S_I \leq 5\%$（$U_2=18V$）。

（5）输出噪声纹波电压峰-峰值 $U_{OPP} \leq 1V$（$U_2=18V$，$U_O=36V$，$I_O=2A$）。

（6）DC-DC 变换器的效率 $\eta \geq 70\%$（$U_2=18V$，$U_O=36V$，$I_O=2A$）。

（7）具有过流保护功能，动作电流 $I_{O(th)}=(2.5\pm0.2)A$。

2. 发挥部分

（1）进一步提高电压调整率，使 $S_U \leq 0.2\%$（$I_O=2A$）。

（2）进一步提高负载调整率，使 $S_I \leq 0.5\%$（$U_2=18V$）。

（3）进一步提高效率，使 $\eta \geq 85\%$（$U_2=18V$，$U_O=36V$，$I_O=2A$）。

（4）排除过流故障后，电源能自动恢复为正常状态。

（5）能对输出电压进行键盘设定和步进调整，步进值 1V，同时具有输出电压、电流的测量和数字显示功能。

（6）其他。

三、说明

（1）DC-DC 变换器不允许使用成品模块，但可使用开关电源控制芯片。

（2）U_2 可通过交流调压器改变 U_1 来调整。DC-DC 变换器（含控制电路）只能由 U_{IN} 端口供电，不得另加辅助电源。

（3）本题中的输出噪声纹波电压是指输出电压中的所有非直流成分，要求用带宽不小于 20MHz 模拟示波器（AC 耦合，扫描速度 20ms/div）测量 U_{OPP}。

（4）本题中电压调整率 S_U 指 U_2 在指定范围内变化时，输出电压 U_O 的变化率；负载调整率 S_I 指 I_O 在指定范围内变化时，输出电压 U_O 的变化率；DC-DC 变换器效率 $\eta = P_O / P_{IN}$，其中 $P_O = U_O I_O$，$P_{IN} = U_{IN} I_{IN}$。

（5）电源在最大输出功率下应能连续安全工作足够长的时间（测试期间，不能出现过热等故障）。

（6）制作时应考虑方便测试，合理设置测试点（参考图 F-12）。

（7）设计报告正文中应包括系统总体框图、核心电路原理图、主要流程图、主要的测试结果。完整的电路原理图、重要的源程序和完整的测试结果用附件给出。

▶▶▶ F 题　电动车跷跷板【本科组】

一、任务

设计并制作一个电动车跷跷板，在跷跷板起始端 A 一侧装有可移动的配重。配重的位置可以在从始端开始的 200～600mm 范围内调整，调整步长不大于 50mm；配重可拆卸。电动车从起始端 A 出发，可以自动在跷跷板上行驶。电动车跷跷板起始状态和平衡状态示意图分别如图 F-13 和图 F-14 所示。

图 F-13　起始状态示意图

图 F-14　平衡状态示意图

二、要求

1．基本要求

在不加配重的情况下，电动车完成以下运动。

（1）电动车从起始端 A 出发，在 30s 内行驶到中心点 C 附近。

（2）60s 之内，电动车在中心点 C 附近使跷跷板处于平衡状态，保持平衡 5s，并给出明显的平衡指示。

（3）电动车从（2）中的平衡点出发，30s 内行驶到跷跷板末端 B 处（车头距跷跷板末端 B 不大于 50mm）。

（4）电动车在 B 点停止 5s 后，1min 内倒退回起始端 A，完成整个行程。

（5）在整个行驶过程中，电动车始终在跷跷板上，并分阶段实时显示电动车行驶所用的时间。

2．发挥部分

将配重固定在可调整范围内任一指定位置，电动车完成以下运动。

（1）将电动车放置在地面距离跷跷板起始端 A 点 300mm 以外、90° 扇形区域内某一指定位置（车头朝向跷跷板），电动车能够自动驶上跷跷板，如图 F-15 所示。

图 F-15　自动驶上跷跷板示意图

（2）电动车在跷跷板上取得平衡，给出明显的平衡指示，保持平衡 5s 以上。

（3）将另一块质量为电动车质量 10%～20% 的块状配重放置在 A～C 间指定的位置，电动车能够重新取得平衡，给出明显的平衡指示，保持平衡 5s 以上。

（4）电动车在 3min 之内完成（1）～（3）全过程。

（5）其他。

三、说明

（1）跷跷板长 1 600mm，宽 300mm，为便于携带也可将跷跷板制成折叠形式。

（2）跷跷板中心固定在直径不大于 50mm 的半圆轴上，轴两端支撑在支架上，并保证与支架圆滑接触，能灵活转动。

（3）测试中，使用参赛队自制的跷跷板装置。

（4）允许在跷跷板和地面上采取引导措施，但不得影响跷跷板面和地面平整。

（5）电动车（含加在车体上的其他装置）外形尺寸规定为：长≤300mm，宽≤200mm。

（6）平衡的定义为 A、B 两端与地面的距离差 $d=|d_A-d_B|$ 不大于 40mm。

（7）整个行程约为 1 600mm 减去车长。

（8）测试过程中不允许人为控制电动车运动。

（9）基本要求（2）不能完成时，可以跳过，但不能得分；发挥部分（1）不能完成时，可以直接从（2）项开始，但是（1）项不得分。

G题　积分式直流数字电压表【高职高专组】

一、任务

在不采用专用 A/D 转换器芯片的前提下，设计并制作积分型直流数字电压表。

二、要求

1．基本要求

（1）测量范围：10mV～2V。

（2）量程：200mV，2V。

（3）显示范围：十进制数 0～1 999。

（4）测量分辨率：1mV（2V挡）。

（5）测量误差：≤±0.5%±5 个字。

（6）采样速率：≥2 次/s。

（7）输入电阻：≥1MΩ。

（8）具有抑制工频干扰功能。

2．发挥部分

（1）测量范围：1mV～2V。

（2）量程：200mV，2V。

（3）显示范围：十进制数 0～19 999。

（4）测量分辨率：0.1mV（2V挡）。

（5）测量误差：≤±0.05%±5 个字。

（6）具有自动校零功能。

（7）具有自动量程转换功能。

（8）其他。

三、说明

在电路中应有可测得积分波形的测试点。

H题　信号发生器【高职高专组】

一、任务

设计并制作一台信号发生器，使之能产生正弦波、方波和三角波信号，其系统框图如图 F-16 所示。

图 F-16　信号发生器系统框图

二、要求

1. 基本要求

（1）信号发生器能产生正弦波、方波和三角波三种周期性波形。

（2）输出信号频率在 100Hz～100kHz 范围内可调，输出信号频率稳定度优于 10^{-3}。

（3）在 1kΩ 负载条件下，输出正弦波信号的电压峰-峰值 V_{opp} 在 0～5V 范围内可调。

（4）输出信号波形无明显失真。

（5）自制稳压电源。

2. 发挥部分

（1）将输出信号频率范围扩展为 10Hz～1MHz，输出信号频率可分段调节：在 10Hz～1kHz 范围内步进间隔为 10Hz；在 1kHz～1MHz 范围内步进间隔为 1kHz。输出信号频率值可通过键盘进行设置。

（2）在 50Ω 负载条件下，输出正弦波信号的电压峰-峰值 V_{opp} 在 0～5V 范围内可调，调节步进间隔为 0.1V，输出信号的电压值可通过键盘进行设置。

（3）可实时显示输出信号的类型、幅度、频率和频率步进值。

（4）其他。

三、说明

设计报告正文应包括系统总体框图、核心电路原理图、主要流程图和主要的测试结果。完整的电路原理图、重要的源程序和完整的测试结果可用附件给出。

▶▶▶ I 题 可控放大器【高职高专组】

一、任务

设计并制作一个可控放大器，其组成框图如图 F-17 所示。放大器的增益可设置；低通滤波器、高通滤波器、带通滤波器的通带、截止频率等参数可设置。

图 F-17 可控放大器组成框图

二、要求

1. 基本要求

（1）放大器输入正弦信号电压振幅为 10mV，电压增益为 40dB，通频带为 100Hz～40kHz，放大器输出电压无明显失真。

（2）滤波器可设置为低通滤波器，其−3dB 截止频率 f_c 在 1～20kHz 范围内可调，调节的频率步进为 1kHz，$2f_c$ 处放大器与滤波器的总电压增益不大于 30dB，R_L=1kΩ。

（3）滤波器可设置为高通滤波器，其–3dB 截止频率 f_c 在 1～20kHz 范围内可调，调节的频率步进为 1kHz，$0.5f_c$ 处放大器与滤波器的总电压增益不大于 30dB，R_l=1kΩ。

（4）截止频率的误差不大于 10%。

（5）有设置参数显示功能。

2. 发挥部分

（1）放大器电压增益为 60dB，输入正弦信号电压振幅为 10mV，增益 10dB 步进可调，通频带为 100Hz～100kHz。

（2）制作一个带通滤波器，中心频率 50kHz，通频带 10kHz，在 40kHz 和 60kHz 频率处，要求放大器与带通滤波器的总电压增益不大于 45dB。

（3）上述带通滤波器中心频率可设置，设置范围 40～60kHz，步进为 2kHz。

（4）电压增益、截止频率误差均不大于 5%。

（5）其他。

三、说明

（1）正弦输入信号由信号源提供。

（2）放大器输出端应留测试端子。

（3）设计报告正文应包括系统总体框图、核心电路原理图和主要的测试结果。完整的电路原理图、重要的源程序和完整的测试结果可用附件给出。

▶▶▶ J题　电动车跷跷板【高职高专组】

一、任务

设计并制作一个电动车跷跷板，要求跷跷板起始端一侧装有可移动的配重物体，配重物体位置可调范围不小于 400mm。电动车从起始端出发，按要求自动在跷跷板上行驶。电动车跷跷板起始状态和平衡状态示意图分别如图 F-18 和图 F-19 所示。

图 F-18　起始状态示意图

图 F-19　平衡状态示意图

二、要求

1．基本要求

（1）先将跷跷板固定为水平状态，电动车从起始端 A 位置出发，行驶跷跷板的全程（全程的含义：电动车从起始端 A 出发至车头到达跷跷板顶端 B 位置）。停止 5s 后，电动车再从跷跷板的 B 端倒退回至跷跷板的起始端 A，电动车能分别显示前进和倒退所用的时间。前进行驶在 1min 内，倒退行驶在 1.5min 内完成。

（2）跷跷板处在图 F-18 所示的状态下（配重物体位置不限制），电动车从起始端 A 出发，行驶跷跷板的全程。停止 5s 后，电动车再从跷跷板的 B 端倒退回至跷跷板的起始端 A，电动车能分别显示前进和倒退所用的时间。前进行驶在 1.5min 内，倒退行驶在 2min 内完成。

2．发挥部分

（1）由参赛队员将配重物体设定在可移动范围中的某位置，电动车从起始端 A 出发，当跷跷板达到平衡时，保持时间不小于 5s，同时发出声光提示，电动车显示所用的时间。全过程要求在 2min 内完成。

（2）在可移动范围内任意设定配重物体的位置（由测试人员指定），电动车从起始端 A 出发，当跷跷板达到平衡时，保持时间不小于 5s，同时发出声光提示，电动车显示所用的时间。全过程要求在 2min 内完成。

（3）其他。

三、说明

（1）跷跷板长 1 600mm，宽 300mm。为便于携带也可将跷跷板制成折叠形式。

（2）跷跷板中心固定在直径不大于 40mm 的圆轴上，圆轴两端支撑在两个支架上，与支架圆滑接触。跷跷板在图 F-19 所示的平衡状态下，跷跷板底距地面或桌面的距离为 70mm。

（3）允许在跷跷板面上画有寻迹线。

（4）电动车（含车体上的其他装置）的外形尺寸规定：长≤300mm，宽≤200mm。测试过程中电动车外形尺寸不允许变动。

（5）电动车不允许采用有线或无线遥控，电动车自身应具备转弯功能。

（6）电动车行驶距离的测量以车尾为基准。

（7）平衡状态的含义是：当跷跷板出现上下摆动，且 B 端底部与水平状态的偏移量不大于±60mm 范围内时，可视为进入平衡状态。

参 考 文 献

[1] 叶致诚. 电子技术基础实验. 北京：高等教育出版社，1995.

[2] 任为民. 电子技术基础课程设计. 北京：中央广播电视大学出版社，1997.

[3] 李桂安. 电工电子实践初步. 南京：东南大学出版社，1999.

[4] 梁宗善. 新型集成电路的应用. 武汉：华中理工大学出版社，1999.

[5] 李国丽. 电子技术实验指导书. 合肥：中国科学技术大学出版社，2000.

[6] 邓木生. 电子技能训练. 北京：机械工业出版社，2002.

[7] 华永平. 电子线路课程设计. 南京：东南大学出版社，2002.

[8] 潘松. EDA技术实用教程. 北京：科学出版社，2002.

[9] 金惠平. 模拟电子技术实训教程. 北京：科学出版社，2003.

[10] 黄仁欣. 电子技术实践与训练. 北京：清华大学出版社，2004.

[11] 高吉祥. 电子技术基础实验与课程设计. 北京：电子工业出版社，2005.

[12] 赵淑范. 电子技术实验与课程设计. 北京：清华大学出版社，2006.

读者调查表

尊敬的读者：

欢迎您参加读者调查活动，对我们的图书提出真诚的意见，您的建议将是我们创造精品的动力源泉。

为方便大家，我们提供了两种填写调查表的方式：

1. 您可以登录 http://yydz.phei.com.cn，进入右上角的读书栏目，填好本调查表后直接反馈给我们。

2. 您可以填写下表后寄给我们(北京市海淀区万寿路 173 信箱电子技术分社　邮编：100036)。

姓名：_____　　性别：□ 男 □ 女　　年龄：_____　　职业：_____

电话（寻呼）：_____　　E-mail：_____

传真：_____　　通信地址：_____

邮编：_____

1. 影响您购买本书的因素（可多选）：

□封面封底　　　□价格　　　□内容简介、前言和目录　　　□书评广告　　□出版物名声

□作者名声　　　□正文内容　□其他 _____

2. 您对本书的满意度：

从技术角度　　　　□很满意　　□比较满意　　□一般　　　□较不满意　　□不满意

从文字角度　　　　□很满意　　□比较满意　　□一般　　　□较不满意　　□不满意

从排版、封面设计角度　　□很满意　　　□比较满意　　□一般　　　□较不满意

　　　　　　　　　　　□不满意

3. 您最喜欢书中的哪篇（或章、节）？请说明理由。

_____

_____

4. 您最不喜欢书中的哪篇（或章、节）？请说明理由。

_____

_____

5. 您希望本书在哪些方面进行改进？

_____

_____

6. 您感兴趣或希望增加的图书选题有：

_____

_____

邮寄地址：北京市海淀区万寿路 173 信箱电子技术分社　刘海艳　收　邮编：100036

编辑电话：（010）88254453　　　E-mail：lhy@phei.com.cn